영웅의 도시 4

영웅의 도시 4

1판 1쇄 인쇄 | 2011. 6. 29
1판 1쇄 발행 | 2011. 7. 5

지은이 | 이원호
펴낸이 | 박연
펴낸곳 | 스토리뱅크

등록일자 | 2009년 11월 17일
등록번호 | 제313-2009-250호
주 소 | 서울시 마포구 모래내로 83 (성산동, 한올빌딩 6층)
전 화 | 02)704-3331 팩 스 | 02)704-3360

ISBN 978-89-966418-3-4 04810
ISBN 978-89-964778-9-1 (세트)

* 잘못 만들어진 책은 구입처에서 교환해 드립니다.

이원호 대표장편소설

英雄의 都市

제4권
열강의 음모

스토리뱅크

목 차

홍콩에서 헤어지다 | 7

조직의 몰락 | 42

밤에 떠난 수송열차 | 79

대가를 받는다 | 117

열강의 지배 | 155

오는 자와 가는 자 | 193

드미트리 김 | 231

폭설 | 266

길고 긴 밤 | 304

피값 | 340

새로운 출발 | 380

대의의 희생자 | 416

홍콩에서 헤어지다

성화 호텔은 구룡반도의 입구인 지엔사쥐 아래쪽으로 네이단 로드가 시작되는 길가에 세워져 있었다. 네이단 로드는 금세기 초에 홍콩의 13대 총독 네이단 경이 건설한 도로로 구룡반도 발전의 계기가 되었다. 도로 양쪽으로 밀집한 빌딩과 상점은 북쪽의 지에이엔지에까지 약 4킬로미터에 걸쳐 뻗어나가 요우마디, 왕지아오 등의 번화가를 형성하고 있는 것이다.

객실에 들어선 김상철이 의자에 앉았을 때는 오전 9시 45분이었다. 3급 호텔에 오래된 건물이라 가구도 낡았지만 방은 꽤 넓었다. 유리창 밖으로 구름 한 점 없는 푸른 하늘이 보였고 거리의 소음이 방 안을 가득 채우고 있었다.

9시 55분이 되었을 때 탁자 위에 놓인 전화벨이 울렸다. 수화기를 귀에 댄 그가 미처 입을 열기도 전에 사내의 목소리가 들렸다.

"네 부하들은 지금 어디에 있지? 세 놈인 것으로 알고 있는데."

사내가 말을 이었다.

"어디에 숨겨둔 거냐? 분명히 네 주변 어딘가에 엎드려있을 테지만 말이야."

"잘 들어, 이 자식아!"

수화기를 고쳐 쥔 김상철이 목소리를 높였다.

"이제 여기까지 내가 왔으니 여자는 풀어주고 얼굴을 보여라. 상대해 줄 테니까."

사내가 웃음 띤 목소리로 말했다.

"하지만 네 마음대로 될 일이 아니야, 이 일은."

"어디 어떻게 되나 볼까?"

자리에서 일어선 김상철이 시계를 내려다보았다.

"네놈이 나타나지 않는다면 무작정 기다릴 수는 없어. 알아들었어? 여자는 네 마음대로 처리해."

수화기를 내려놓은 그는 곧장 호텔 복도로 나왔다. 덜커덩거리는 엘리베이터를 타고 사람들로 북적이는 로비에 내린 그는 호텔 후문을 통해 밖으로 나왔다. 거리에는 인파가 들끓고 있었다. 빠른 걸음으로 길을 건넌 그는 중국행 버스 정류장 앞쪽에 서 있는 택시의 뒷문을 열고 들어가 앉았다. 택시가 튕기듯이 앞으로 달려 나가자 옆자리에 앉아 있던 이한이 입을 열었다.

"경찰에 신고가 되어 있습니다. 채담이 확인해 보았답니다."

"……."

"놈은 우리가 러시아 여권을 사용하고 있는 것까지 알고 있습니다."

택시는 네이단 로드로 들어서더니 곧장 위쪽으로 달렸다. 잠자코 앞쪽을 바라보던 김상철이 이한에게로 머리를 돌렸다.

"결국 그놈이 우리를 찾게 될 것이다."

택시는 요우마디를 지나 왕지아오로 들어서고 있었다. 인구 밀도가 홍콩 제일인 거리로 온통 사람과 차의 물결에 휩싸인 지독하게 혼잡한 거리였다.

"후문으로 나와서 버스 정류장 앞에서 택시를 탔습니다. 갑자기 내려오는 바람에 저희들은 미처……."

부하 한 명이 더듬거리며 마파척의 눈치를 살폈다.

"미리 택시를 대기시켜 두고 있었습니다. 택시는 미들로드 쪽으로 갔습니다만……."

마파척은 흐린 눈으로 앞에 선 부하들을 번갈아 바라본 채 입을 열지 않았다. 성화 호텔에서 두 블록밖에 떨어지지 않은 베이징로드의 마우저 호텔 안이다. 시계는 11시 50분을 가리키고 있었는데 김상철이 행방을 감춘지 벌써 두 시간이 지났다. 마파척으로서도 전혀 예기치 못했던 일이어서 부하들만 다그칠 수는 없다.

"놈이 섬 쪽으로 가지는 않았을 것이다. 놈은 아마 우리를 역추적하려고 이 부근에 있을지도 모른다."

담배를 빼어 문 마파척이 얼굴에 쓴웃음을 지었다.

"박미정은 내 마음대로 처리하라는 뜻이로군. 교활한 놈. 방에서 기다리는 것처럼 해놓고 곧장 도망치다니……."

그는 성화 호텔의 건너편에 위치한 쉐라튼 호텔에 방을 잡아놓고 김상철을 기다렸던 것이다. 망원렌즈가 부착된 79식 저격보총은 구소련의 SVD 드라그노프 저격 라이플을 그대로 모방한 것으로 유효 사정 거리가 800미터나 된다. 170센티미터의 신장을 가진 사람 머리를 맞추려고 조절된 망원조준경 안으로 김상철은 들어오지 않았다. 메리디안 호텔에서부터 그를 미행해 온 부하들이 무선전화기로 줄곧 보고를 했으므로 단단히 준비를 하고 있었지만 놈은 택시기사를 위협했는지 현관의 바로 앞쪽까지 차를 갖다 대고는 눈 깜짝할 사이에 성화 호텔 안으로 들어가 버렸다. 정문에서 현관까지는 20미터의 통로는 차가 들어가지 못하는 곳이다.

"놈도 보통내기가 아니다. 머리도 좋은데다가 부하들과 손발이 잘 맞는다."

마파적의 시선을 받은 부하들이 일제히 눈길을 돌렸다. 성화호텔에 오기 전에 미리 김상철은 부하를 보내어 호텔에 방을 잡아두었던 것이다. 그는 프런트를 들리지도 않고 곧장 엘리베이터에 올랐는데 아마 그 안에서 부하로부터 열쇠를 넘겨받은 모양이었다. 함께 탔던 마파적의 부하는 10여 명 승객 중의 한 사람일 것으로만 뒤늦게 추측했을 뿐이다.

담배를 비벼 끈 마파적이 자리에서 일어섰다.

"서로 누가 먼저 찾느냐는 것으로 승부가 나겠군. 나로서는 놈을 이곳까지 끌어들인 이상 아쉬운 건 없다."

그가 침대 위에 놓인 알루미늄 가방을 눈으로 가리키자 부하가 그것을 집어 들었다. 저격총 케이스다.

"자, 움직여야지. 나도 그것 한 방으로 싱겁게 끝내기는 싫으니까."

마우저 호텔의 아래쪽 네이단 로드에 멈춰서 있던 택시로 서둘러 다가온 최복수가 뒷좌석에 올랐다.

"나왔다, 저놈이야."

그는 막 호텔을 나서는 택시 한 대를 가리켰다. 정기만이 운전사에게 짧게 말하자 택시는 곧 차선으로 들어섰다.

"놓치면 안 돼. 바짝 붙어."

최복수가 조바심을 내었다. 빽빽하게 늘어선 차량들은 굼벵이 걸음을 하고 있었는데 앞쪽 택시와의 사이에는 넉 대의 차량이 있었다. 정기만의 말을 들은 운전사가 차선을 바꿨다가 다시 끼어들면서 앞차와의 사이는 두 대로 좁혀졌다.

정기만이 옆에 놓인 무전기를 집어 들더니 스위치를 켰다.

"형님, 접니다."

이한에게 보고하는 것이다.

"지금 호텔을 나와 네이단 로드를 올라가는 중입니다. 놈들이 타고 있는 택시를 따르고 있어요."

"놈들을 잡아."

이한의 목소리가 차 안에 크게 울렸다.

"어설프게 미행할 것 없다. 죽이지만 말고 잡아와."

"알았습니다, 형님."

스위치를 끈 정기만이 운전사의 어깨를 손으로 가볍게 쳤다.

"이봐, 저 차 꽁무니를 받아버려라."

눈을 둥그렇게 뜬 40대 운전사가 뒤를 돌아보자 정기만은 주머니에서 두툼한 달러 뭉치를 꺼냈다.

"이것, 3000달러야. 덤으로 주는 돈이다."

머리를 끄덕인 운전사가 얼굴에 주름을 만들며 웃었다.

"좋습니다."

손을 뻗어 돈을 받아 쥔 운전사는 깜박등도 켜지 않고 다시 차선을 옮겼다.

"세게 받아, 알았지?"

"알았수다, 손님."

앞쪽 택시에 탄 두 사내는 놓쳐서는 안 될 유일한 실마리였다. 김상철이 성화 호텔을 빠져나왔을 때 로비에 있던 사람들 중에서 두 사내가 그를 보았고 최복수와 정기만이 그들을 미행했던 것이다.

두 사내는 김상철을 놓치자 택시를 잡아타고 한참이나 네이단 로드를 따라 올라가더니 단념한 듯 다시 내려와 마우저 호텔로 들어갔던 것이다. 운전사는 이제 그들이 탄 택시와 거의 나란히 서서 달리고 있었다. 최복수와 정기만은 바닥을 디딘 발에 잔뜩 힘을 주고 좌석에 등을 깊숙이 밀착시켰다. 최복수가 힐끗 옆쪽을 바라보자 무언가 이야기를 나누고 있는 사내들의 옆얼굴이 보였다.

"자, 꽉 잡으시오."

광둥어로 소리친 운전사가 핸들을 와락 꺾자 그들이 탄 택시는 옆쪽 택시의 왼쪽 뒷부분을 세차게 들이받았다. 요란한 충돌음과 함께 몸이 왈칵 앞으로 쏠리는 충격이 왔다. 그러자 그들의 뒤쪽에서 요란한 브레이크 소리가 잇달아 들리면서 다시 충격이 가해졌고 저쪽 택시도 뒤따라오던 차량에 의해 다시 부딪혔다. 최복수와 정기만은 거의 동시에 문을 열고 뛰쳐나갔다. 저쪽 택시도 뒷좌석의 문이 열리면서 사내들이 서두르며 나오는 중이다.

도로는 금방 아수라장이 되었다. 이쪽 운전사는 받은 주제에 냅다 고함을 질러대는 중이었고 차량들은 길을 가득히 메우며 멈춰선 상태였다. 최복수와 정기만이 바짝 다가서자 사내들이 그들을 바라보았다.

"이것 봐, 당신들."

정기만이 고함과 동시에 주먹을 휘둘러 사내 한 명의 턱을 쳤고 최복수는 발을 날려 다른 사내의 사타구니를 올려 찼다. 사내들이 제각기 비틀거리는 순간 다시 주먹을 휘둘러 사내의 얼굴을 쳐올리던 최복수가 주춤 몸을 굳히더니 눈을 부릅뜨고 주위를 둘러보았다. 그 다음 순간 정기만도 택시의 몸체에 등을 부딪치면서 입을 벌렸다. 흰색 셔츠의 가슴 한복판에 동전만한 핏자국이 보이더니 금방 손바닥만하게 커졌다. 최복수가 땅바닥에 천천히 무릎을 꿇고 앉더니 머리를 숙였다.

입에서는 핏덩어리가 울컥울컥 땅바닥으로 쏟아져 내렸다. 등과 가슴을 관통당해 이미 온몸은 피범벅이 되어 있었다. 정기만은 아직 정신이 흐려지지 않았으므로 기를 써서 몸을 세우고는 최복수를 향해 한 걸음 내딛었다. 그제야 주위에서 째지는 듯한 날카로운 비명소리가 났다. 여자들이 내지르는 놀람과 공포의 비명이다. 그 소리가 신호가 된 듯이 사람들이 놀란 고기떼처럼 사방으로 흩어졌고 정기만은 다시 한 걸음을 내딛었다. 그러자 최복수는 땅바닥에 엎어졌고 정기만도 천천히 무릎을 꿇었다.

총을 맞은 것이다. 택시에 타고 있던 두 놈은 미끼였고 그들은 이미 사람들과 함께 도망쳐서 보이지 않았다. 최복수의 몸 위로 엎어지면서 정기만은 눈을 부릅뜨고 자신을 쏜 사내를 찾으려는 듯 앞쪽을 노려보았다. 그러나 그의 눈에는 이미 아무것도 보이지 않았다.

양필성이 방으로 들어서자 이금철이 자리에서 일어섰다. 저녁 6시가 조금 지난 시간이어서 안쪽의 홀에서는 이미 음악 소리가 들려오고 있었다.

"어서 오시오, 양 선생."

이금철의 중국어는 유창했다. 악수를 나눈 그들은 술과 안주가 준비되어 있는 탁자에 마주앉았다. 양필성이 다소 서먹한 얼굴인 이유는 이금철과의 첫 대면인 까닭도 있지만 고려리아에서 북한과 중국계와의 결코 우호적이라고 볼 수 없는 관계 때문이기도 했다. 지난번의 폭동 때 북한계는 김상철과 연합으로 이쪽을 쳤다. 물론 그 전에는 진대원이 남북을 교란시킬 목적으로 양쪽을 살상하기도 했으므로 이쪽도 피를 나눈 형제 운운할 수도 없는 입장이었다.

"그런데 무슨 용건입니까?"

이금철이 따라준 보드카 잔을 본 척도 하지 않고 양필성이 물었다. 오늘의 만남은 이금철의 요청으로 홍기천 대신 양필성이 참석하여 북한측의 코즈모프 바에서 이루어진 것이다.

"당신들이 잘 알고 있는 일 때문이오."

술잔을 손에 든 이금철이 그를 똑바로 바라보았다.

"홍콩의 김상철이 때문이지."

"우리가 잘 알고 있다니, 당치 않소."

양필성이 정색을 하고 머리를 저었다.

"우리하고는 상관이 없는 일이오."

"그 말을 믿을 사람이 어디 있겠소? 지금 장인규는 전쟁 준비를 하고 있어요."

이금철이 탁자 위로 상체를 숙이고는 목소리를 낮추었다.

"만만하게 보면 안 될 거요. 김상철이 하바롭스크와 블라디보스토크에 자리 잡은 부하들에게 동원령을 내렸다는 소문도 있으니까. 홍콩에서 김상철의 부하 두 명이 총에 맞아 살해되었다는 것도 알고 계시겠지?"

"글쎄 그 일도 우리하고는."

그러다가 양필성이 술잔을 쥐고는 단숨에 술을 삼켰다.

"우리는 상관없습니다."

"그렇다면 우리가 했단 말이오? 아니면 마피아가? 아직 뿌리도 내리지 못한 야쿠자가 했다고 할 참이오?"

이금철이 상체를 세우고는 어깨를 폈다.

"솔직히 전쟁이 터진다면 나도 김상철의 손을 잡게 될 것이오. 그렇게 된다면 당신들은 고립무원이야."

"……"

"나는 도무지 이해할 수가 없소. 김상철의 옛날 여자까지 인질로 삼아 그를 없애려고 하는 당신들의 저의를 말이오."

"글쎄, 우리가 한 일이 아니라고 했지 않소?"
얼굴을 붉힌 양필성이 소리치듯 말하자 이금철도 눈을 부릅떴다.
"정말 끝까지 시치미를 뗄 작정이라면 자리에서 일어나 나가시오. 나도 더 이상 미련을 두지 않을 테니까."
"……."
"난 쓸데없는 전쟁을 막아볼 생각이었소. 지금 부하 두 명을 잃은 김상철은 눈이 뒤집혀 있단 말이오. 곧 무슨 일이 일어날 테니까 단단히 준비를 하고 있으라고."
자리에서 일어난 양필성이 이금철을 내려다보았다.
"대형하고 상의해 보겠소."
"전쟁 준비나 잘 해두시오. 이번에는 지난번과는 경우가 다를 테니까."
그 말에는 대꾸하지 않고 양필성이 방을 나가자 이금철은 다시 술잔을 쥐었다.

사건 현장은 공교롭게도 네이단 로드의 요우마디 북쪽으로 장의사가 밀집되어 있는 지점이었다. 이미 현장 정리는 끝난 지 오래였고 두 구의 시체는 곧장 장의사에게 보내진 것이 아니라 경시청의 시체보관소에 안치되었다.
경시청의 진위 경위는 현장 검증을 마치고는 찌푸린 얼굴로 사복 차림의 부하를 바라보았다.
"이봐, 그렇다면 이놈들을 쓴 것은 누구일 것 같나? 삼합회가 움직인 것이 아닐까?"
머리를 갸우뚱 기울인 부하가 자신 없는 얼굴을 했다.
"정보원의 말을 들으면 삼합회는 관계하지 않은 것 같은데 하지만 확실하지는 않습니다. 원체 조직원이 많아서……."

"빌어먹을."

길가의 빌딩 앞에 선 진위는 팔짱을 낀 자세로 앞쪽 도로를 바라보았다. 러시아워여서 도로를 가득 메운 차량들은 거의 움직이지 못하는 상황이다. 사건이 일어났던 시간에는 제법 차량의 흐름이 빨랐는데 피살자들은 택시 운전사를 위협하여 앞쪽의 택시를 들이 받게 한 다음 뛰쳐나갔다고 했다. 그러고는 상대방 남자들을 폭행하는 도중에 총을 맞았는데 증인들의 말을 종합해 보면 다른 곳에서 총알이 날아온 모양이었다.

"김상철과 이한, 이제는 두 놈만 남았군."

담배를 꺼내 입에 문 진위가 부하를 돌아보았다.

"메리디안에 그놈이 투숙했다는 신고가 들어온 것을 보면 그놈은 누군가에게 쫓기고 있든지 아니면 꼬리를 잡히고 있어."

"그렇다면 김상철과 이한, 그리고 여자까지 해서 세 명이 남은 것 아닙니까?"

"글쎄, 그럴지도 모르지."

길가에 세워둔 그들의 경찰차 뒤쪽에 택시 한 대가 멈춰서더니 사내 두 명이 내렸다. 그들을 본 진위가 입맛을 다셨다. 한국에서 온 국정원 요원들이었던 것이다. 그들은 진위에게로 곧장 다가와 섰다. 경시청 본부에서 오전에 인사를 나누었다고 스스럼없는 태도였다.

"경위님, 본부에서 들었는데 피살자들도 총기를 휴대하고 있었다면서요?"

그 중 나이든 사내가 유창한 영어로 물었다. 그가 서두르듯 말을 이었다.

"다른 정보는 없습니까?"

"없어요, 아직은……."

"우리도 본부에 보고를 해야 하기 때문에…… 더구나 여자 한 명까지 납치되어 있는 상황이라…….”

그러자 진위가 턱으로 앞쪽 거리를 가리 켰다.

“저것 보시오. 저 자리에서 몇 시간 전에 두 명이 총에 맞아 죽었다는 흔적이 있습니까? 우리도 수사를 하겠지만 아침 같은 신고가 들어오기 전에는 시간이 꽤 걸릴 겁니다.”

사내가 무엇인가를 다시 물을 것 같았으므로 진위는 발을 떼어 도로로 나섰다. 김상철이 홍콩에 와 있다는 것은 어느 정도 신빙성이 있었지만 아직 확실한 것은 아무것도 없었던 것이다.

왕지아오의 허름한 게스트하우스 안이다. 낡은 가구에다 햇볕이 들지 않은 방이어서 습기가 밴 방 안에서는 지린내마저 났다. TV의 스위치를 끈 김상철이 창가의 의자에 앉아 있는 이한에게로 머리를 돌렸다.

“놈들을 가볍게 생각한 내 실수다.”

저녁 7시가 되었는데도 불을 켜지 않아 실내는 어두웠다. 그의 낮은 목소리가 다시 방 안을 울렸다.

“이곳에 온 것부터가 잘못이었다. 그놈들의 조건을 무시해 버렸어야만 했어. 내 치졸한 객기가 최복수와 정기만이를 죽였다.”

바깥의 불빛을 받아 희뿌연 형체만 보이는 이한을 향해 그가 말을 이었다.

“포기하고 돌아가자. 더 이상 놈들의 노리개가 되지는 않겠다.”

“형님.”

이한이 입을 열었다.

“이제는 이대로 돌아갈 수가 없습니다. 이왕 그럴 작정을 하셨다면 놈들과 정면으로 부딪치는 것이…….”

“그놈들이 누군지도 아직 우리는 모르고 있어. 더구나 놈들은 우리가 홍콩에 있다는 것을 경시청에 신고까지 해놓았다. 우리는 함정에 빠진 것이다."

"분합니다."

손을 뻗어 전등의 스위치를 켜려던 김상철이 다시 등을 의자에 기대고는 손목시계를 내려다보았다.

"내려가자. 전화를 걸 시간이다."

게스트하우스를 나온 그들은 거리 모퉁이에 세워진 공중전화 부스로 다가갔다. 부스 안에 들어간 김상철은 전화기를 쥐었다. 거리는 사람으로 가득 차 있었고 정신이 어지러울 정도로 소음이 심했으므로 그는 수화기를 귀에 바짝 대었다.

"여보세요."

기다리고 있었던 듯 송길수가 대뜸 한국어로 전화를 받는다.

"나다. 무슨 연락 없었나?"

"있었습니다, 형님."

송길수가 소리치듯 말을 이었다.

"조금 전에 장 사장한테서 연락을 받고는 형님 전화를 기다리고 있었습니다."

"……."

"양필성이 털어놓았습니다. 그놈은 마파척이라는 청부살인업자가 틀림없는 것 같습니다. 동기는 확실하지는 않지만 그놈이 박미정 씨를 납치하고 지금 홍콩에서 형님을 노리는 것 같다고 합니다."

"……."

"그놈은 찬드라라는 이름으로 타운 호텔에 장기투숙을 했고 박기동과는 친하게 지냈었다고 하는군요. 양필성도 최근에야 그 사실을 알게 되었답니다."

김상철이 초조한 표정으로 뒤쪽에 서 있는 이한을 바라보았다. 바지 주머니에 두 손을 찔러 넣은 그는 오가는 행인들을 바라보다가 가끔씩 이쪽으로 시선을 보내고 있다.

"그렇다면 삼합회하고는 관계가 없단 말이냐?"

"예, 형님, 이금철이 양필성에게 전쟁이 일어날 것이라고 했더니 저희들끼리 상의를 한 모양입니다. 그놈들은 알고는 있었지만 모른 척 하고 있었던 겁니다."

타운 호텔에서 박기동과 친하게 지냈다면 조직의 내부사정에 대해 자세히 꿰고 있을 가능성이 있다.

"형님, 듣고 계십니까?"

이쪽이 잠자코 있자 송길수가 소리쳤다.

"그래, 듣고 있어."

"경비대의 도청을 피하려고 장 사장이 헬기로 테르시 마을까지 내려와 무전기로 그레고리에게 연락한 것을 제가 중계 받았습니다. 제가 내일 아침에 부하들을 데리고 홍콩에 갈 작정입니다."

"쓸데없는 짓 하지 마라."

김상철이 목소리를 높였다.

"그보다도 마파적에 대해서 들은 대로 말해라, 어서."

마파적의 가족 관계를 아는 사람은 본인 외에는 아무도 없다. 언제나 일정한 거주지도 없이 일이 생기면 나타났다가 끝나면 자취를 감추는 그는 신비의 인물이었던 것이다. 그러나 홍콩에서 그의 비밀은 조금 벗겨졌는데 요우마디에 있는 클럽 댄서인 소기에 의해서였다.

그가 소기를 어떻게 해서 알게 되었는지는 알 수 없었지만 소기가 그의 정부라는 것은 알려진 사실이었다. 실제로 삼합회 간부들이 소기에게 연락을 해서 마파척은 찾은 적도 있었다.

요우마디의 조단로드에 있는 라이온 클럽 안이다. 20평 규모의 작은 클럽이었지만 내부 장식은 화려했고 밤 11시가 되자 홀 안은 손님으로 가득 찼다. 홀 중앙에 원통형으로 세워진 무대 위에는 빠른 타악기의 음악에 맞추어 흑인 남녀가 선정적으로 몸을 비틀며 춤을 추고 있었다. 지금이 가장 손님이 많은 시간으로 소기의 순서는 그 다음이다.

주방 옆쪽에 3평쯤의 규모로 만들어진 대기실에 앉아 소기는 다리에 크림을 바르고 있었다. 곧게 뻗은 다리의 선이 대리석 조각처럼 매끈했고 샌들 앞쪽으로 튀어나온 발톱에는 붉은색 매니큐어가 칠해져 있었다. 그녀는 25살로 홍콩의 여배우 진진과 닮은 미인이었다. 몸매도 빼어났으므로 내막을 모르는 손님들이 기를 쓰고 추파를 던지는 것도 당연했. 문에서 노크 소리가 들리더니 지배인이 얼굴을 들이밀었다.

"소, 10분 후야. 준비해."

"알았으니까 어서 문 닫고 꺼져."

40대 중반으로 비대한 체격의 지배인이 눈만을 굴리다가 문을 닫았다. 소기는 라이온 클럽의 지분을 반이나 갖고 있는 실질적인 소유주였으므로 지배인 목을 자르는 것은 아무 일도 아니다.

그녀는 무대에 서서 뭇사람들의 시선을 온몸에 받을 때가 가장 행복했다. 마파척에게는 비밀로 했지만 그녀가 좋아하는 섹스 스타일은 혼음이었다. 아니면 구경꾼이 한 명이라도 있어야 흥분이 된다. 다시 문이 열렸으므로 소기는 와락 이맛살을 찌푸렸다. 그러나 다음 순간 그녀는 눈을 크게 떴다. 낯선 사내가 거침없이 들어서고 있는 것이다.

"당신 누구야? 여기가 어딘 줄 알고……."

날카로운 목소리로 말한 그녀가 자리에서 막 일어서려고 엉덩이를 들었을 때 다가선 사내가 주먹을 휘둘렀다.

턱이 부서지는 것 같은 충격을 받은 소기가 눈앞에 무수한 흰 점을 보면서 옆으로 쓰러지자 이한은 그녀의 허리를 안아들었다. 뒷문은 바로 연결되어 있었으므로 고리를 푼 그가 밖으로 나가자 택시의 뒷문이 열렸다. 김상철이 두 손을 벌리고 소기의 상반신을 받아 안자 택시는 날카롭게 타이어로 바닥을 긁으면서 달려 나갔다.

새벽 1시가 조금 넘은 시간이었다. 박미정은 자신의 고른 숨소리를 들으면서 침대에 반듯이 누워 있었다. 아직도 건물 안에서는 갖가지 소음이 들려왔지만 강도는 낮다. 이제는 낮 시간에 들리지 않던 물 버리는 소리, 어린아이가 우는 것 같은 고양이 소리도 들려왔다. 두 손이 묶여 있었으므로 그녀는 허리를 겨우 움직여 몸을 모로 눕혔다. 옆방의 마른 사내는 잠이 들었는지 이제 기척이 없다. 베개에 머리를 다시 고정시키려고 몸을 뒤척이는 순간 문이 열리는 소리가 들리더니 옆방에서 어지러운 발소리가 났다. 한두 사람이 아닌 서너 명의 기척이었다. 긴장한 박미정이 어둠 속에서 눈을 크게 떴을 때, 이쪽의 방문이 열리면서 불이 환하게 켜졌다. 놀라 몸을 일으킨 그녀 앞으로 다가온 사내는 마파척이다.

"깨어 있었던 모양이군."

그가 던지듯이 말하자 박미정은 서둘러 일어나 신발을 발에 꿰었다. 두 눈이 불안감으로 크게 흔들리고 있다. 옆방에서 가구를 뒤지는 듯한 소란이 일어나고 있었으므로 그녀의 불안감이 더욱 커졌다.

"김상철이가 내 정체를 알아낸 모양이야. 놈은 요우마디에 있는 어떤 계집을 납치해 갔어."

마파척의 입가에 웃음기가 떠올랐다가 지워졌다.

"내 여자라고 소문을 내고 다닌 년인데 이제 그 대가를 치를 때가 되었지."

"……."

"여자를 하나씩 꿰차고 일하게 되었으니 공평하게 되었다."

시계를 내려다본 마파척이 몸을 돌리더니 옆방의 문을 열고는 무어라고 짧게 지시하고 돌아왔다.

"시간은 충분해."

그는 앞에 버티고 선 채로 벨트를 풀었다. 지퍼를 내리고 바지를 벗어 던지는 동안 박미정은 온몸을 굳힌 채 침대 끝에 걸터앉아 있었다. 마파척의 팬티가 바로 눈앞에 보였고 팬티 밖으로 튀어나올 듯이 돌출해 있는 것은 그의 성기였다. 상의를 벗어 팽개친 마파척이 이제 팬티를 끌어내리자 그의 검은 성기가 용수철처럼 튀어나왔다. 마파척은 팔을 뻗어 그녀의 어깨를 쥐는가 싶더니 와락 침대 위로 밀었다.

"넌 영리한 년이니까 쓸데없는 반항은 하지 않을 것이다."

박미정은 그의 손이 자신의 바지를 벗겨내는 동안 누운 채로 저항하지 않았다. 바지가 벗겨지자 곧 팬티가 거칠게 찢어졌다.

"아름다운 몸매로군."

자신의 하반신에 꽂힌 그의 시선을 의식한 박미정이 무의식중에 다리를 오므렸다가 우악스런 손길에 의해 다시 벌려졌다. 마파척의 몸이 곧 박미정 위로 겹쳐졌다. 눈을 크게 뜬 채로 이를 악문 그녀의 얼굴 위로 마파척의 얼굴이 부딪쳐 왔다. 그 순간 하반신에 뜨거운 통증을 느낀 박미정은 눈을 감았다. 마파척의 거친 숨결이 귓가에서 느껴지기 시작했다. 그의 거칠고 힘찬 허리의 움직임에 전신을 맡기고 있던 박미정은 어느덧 자신의 하체가 젖어가는 것을 깨달았다. 어느새 몸이 그를 받아들이면서 호흡을 맞추고 있는 것이다. 마파척의 움직임은 거칠었지만 잘 절제되어 있었다. 자신이 뜨거워져 가는 것을 느끼고는 서두르지 않는 것이다.

"다리를 들어."

헐떡이면서 마파척이 말하자 박미정은 두 다리를 들어 그를 더욱 깊게 받아들였다. 그러고는 위쪽으로 치켜들고 있던 묶인 두 팔을 내려 그의 목을 안았다. 마파척의 움직임이 더욱 거세지자 박미정은 자기도 모르게 신음소리를 뱉어내었다. 그와 움직임을 맞춰 허리를 흔들던 그녀는 크게 입을 벌려 그의 어깨를 물었다. 마파척이 신음소리를 내었다. 박미정이 눈을 부릅뜨고는 어금니에 힘을 주자 마파척의 신음소리가 더욱 커졌다. 그러나 허리 운동은 절정에 이른 듯 거칠고 빨라졌다. 입 안 가득히 고인 피가 목구멍으로 흘러내려갔고 나머지는 숨결에 튀어 얼굴은 피투성이가 되었지만 그녀는 그의 어깨에서 입을 떼지 않았다. 그녀가 머리를 좌우로 흔들자 한 입 가득히 마파척의 어깨살이 떼어지면서 그가 커다랗게 신음소리를 내었다. 그 순간 박미정은 그가 자신에게 뜨거운 것을 분출하는 것을 느끼면서 입에 물고 있던 그의 살점을 뱉어냈다. 그리고 무의식중에 터져 나오는 자신의 신음소리를 들을 수가 있었다.

다음날 아침, 국정원 요원인 양인수와 고병택은 다른 날과 같이 10시 정각에 경시청 진경위의 방으로 들어섰다.

"여어, 어서 오시오."

오늘따라 진위의 표정은 밝다. 30대 후반으로 수사관 생활 12년째인 그는 마른 몸매에 용모가 수려한 미남이다.

"오늘은 이것저것 정보가 많습니다."

그러자 양인수와 고병택이 동시에 긴장을 하더니 그의 앞자리에 앉았다.

"김상철에 관한 정보인가요?"

선임인 양인수가 묻자 진위가 머리를 끄덕였다.

"모두 그자와 관계가 있는 정보요. 우선 어제 네이단 로드의 사건은 삼합회의 살인전문가인 마파척이란 자의 소행이라는 신고가 들어왔습니다. 이것은 꽤 정확한 정보원이 보내온 정보여서 믿을 만해요."

잠자코 있는 그들을 향해 진위가 말을 이었다.

"두 번째로 파리에서 한국 여자, 그 박미정인가 하는 여자를 납치하고 당신 동료들을 살해한 것도 마파척이라는 정보가 있습니다. 이것도 믿을 만한 것이오."

"가만······."

양인수가 손을 들어 그의 말을 막았다.

"정보원의 정보라고 하셨는데, 무슨 증거라도······ 아니면 증인이 있습니까?"

"당신은 증인과 증거에 입각한 수사를 하셔서 이런 정보가 양에 안 차시는가 본데 나는 이것만이라도 춤을 추고 싶은 심정이오."

"······."

"어젯밤에 요우마디의 라이온 클럽에서 소기라는 고급 창녀가 납치를 당했소. 그런데 그 여자가 누군고하니 바로 마파척의 정부라는 소문이 나 있던 년이오. 자, 그년을 채간 것이 누군 것 같습니까?"

이제까지 잠자코 있던 고병택이 머리를 들었다.

"그렇다면 김상철이?"

진위가 이를 드러내며 웃었다.

"김상철이 마파척의 정부가 누구인가를 알게 되었다는 것도 재미있는 일 아니오? 정보는 우리뿐만이 아니라 김상철에게도 보내진 겁니다."

"······."

"이제 김상철과 마파척은 상대방의 여자를 끼고 있는 상황이 되었습니다."

"정보 소스를 알 수는 없습니까?"

고병택이 묻자 한동안 그를 바라보던 진위가 머리를 끄덕였다.

"말씀드리지요…… 바로 삼합회요."

"마파척은 지금 독자적으로 행동하고 있다는 거요. 그래서 삼합회의 입장을 난처하게 만들고 있다고 합니다."

"……."

"그래서 우리도 조금 신경을 써서 행동해야 될 것 같습니다. 무조건 김상철만 잡으려고 하면 안 될 것 같단 말입니다. 왜냐하면 마파척은 지금까지 6건의 사건과 연루되어 있어요. 살해당한 사람만 해도 14명이오. 이것도 확실한 소스가 제공해 준 정보라 단숨에 미제사건 6개가 해결될지 모릅니다."

진위의 방을 나온 양인수와 고병택은 경시청의 복도에서 마주보고 섰다. 두 사람 모두 당혹스러운 표정이다.

"계장님, 어떡하실 겁니까?"

고병택이 입을 열었다.

"보고해야 하지 않습니까?"

"해야지."

입맛을 다신 양인수가 지나가는 홍콩 경찰의 뒷모습을 노려보았다.

"마파척인지 마파두부인지는 모르지만 저놈한테 들은 그대로 보고하는 수밖에 없다. 당분간 홍콩 경찰은 김상철을 잡을 생각이 없는 것 같다고 말이야."

"형님, 마파척의 어머니가 시궁에 살고 있답니다. 3년 전에 중국에서 데려왔다는데요."

이한의 두 눈에는 핏발이 서 있었다. 그는 김상철의 앞으로 바짝 다가앉았다.

"해안가에서 해물 요리점을 하고 있어서 찾기 쉽습니다."

왕지아오의 게스트하우스 안이다. 어제 있던 곳과는 달리 방이 2개나 되는 넓고 깨끗한 곳이었다. 마파척의 어머니에 대한 것은 이한이 밤새도록 소기를 닦달한 끝에 얻어낸 정보였다.

자리에서 일어선 김상철이 옆방으로 들어서자 방바닥에 두 다리를 뻗고 앉아 있던 소기가 눈을 들었다. 코와 입에서 흘러내린 피로 상반신 여기저기가 거무튀튀했고 머리칼이 헝클어져 있었지만 빼어난 미인이었다. 밤새도록 이한에게 시달린 때문인지 그녀의 시선은 불안한 듯 흔들리고 있었다.

"꽤 고집을 부리더니 죽기는 싫었던 모양이군. 마파척에 대해서 털어놓은 걸 보면."

김상철이 영어로 말하자 소기가 힐끗 이한에게로 시선을 주었다.

"얼굴을 칼로 긋는다니까 불더군요. 죽인다는 말보다 그것이 더 무서웠던 모양입니다."

이한이 한국어로 말했다.

"형님, 이년과 에미를 함께 잡아놓으면 그놈은 꼼짝하지 못할 겁니다."

김상철이 소기에게로 머리를 돌렸다.

"시궁에 마파척의 에미가 살고 있는 것이 사실이냐?"

소기가 잠자코 머리를 끄덕이자 김상철은 한 걸음 다가가 섰다.

"마파척의 인상을 말해라. 특징이나 성격, 네가 알고 있는 모든 버릇을."

김상철과 이한이 방을 나온 것은 그로부터 1시간쯤 지난 후였다. 그들은 제각기 관광객 차림으로 배낭까지 메었고 이한은 목에 싸구려 카메라까지 건 모습이었다. 거리는 행인들로 땅이 보이지 않을 정도였고 갖가지의 소음을 헤치고 걸어가는 것은 마치 전쟁터를 헤쳐가는 느낌이었다. 택시 정류장으로 다가가던 김상철이 문득 걸음을 멈추고는 건물 앞쪽에 붙은 공중전화를 바라보았다.

"여보세요."
진위는 상대방이 영어를 쓰자 자신도 영어로 말을 바꾸었다.
"내가 진위올시다."
"난 김상철 입니다."
순간 숨을 멈춘 진위가 허리를 세우고는 수화기를 고쳐 쥐었다.
"김상철 씨, 당신이 어떻게 나를……."
"당신이 이번 사건의 담당자라고 이야기를 들었습니다. 꽤 먼 곳에서 전해져 오지만 정확한 정보지요. 그렇지 않습니까?"
"그렇긴 합니다만……."
진위는 선수를 빼앗긴 것 같았지만 그렇다고 나쁜 기분은 아니었다.
"김상철 씨, 어젯밤에 요우마디의 라이온 클럽에서 소기라는 여자를 납치해 간 것으로 알고 있는데……."
"그랬습니다. 마파척의 소재를 알아내기 위해서 데려갔지요. 오늘밤 안으로 돌려보내겠다고 약속드리지요."
상대방이 대뜸 시인하고 약속해 오는 데야 더 이상 할 말이 없다. 김상철의 말이 이어졌다.
"마파척의 소재는 모르는지 그자의 어머니가 살고 있는 곳을 알려주었습니다. 시궁이라는 바닷가로 베이징 반점이라는 해산물 요리점인데……."
진위는 부리나케 서류 위에 시궁의 베이징 반점이라고 흘려 썼다.
"공원 옆의 승선장 쪽으로 있다니까 찾기 쉬울 겁니다."
"그것을 나한테 알려 주는 이유는 뭐요?"
"서로 도와야 한다고 생각했습니다. 나 혼자 힘으로는 벅차기도 하고."

"알겠소."

"그놈이 그곳에 한국 여자를 숨겨두었을지도 모릅니다."

"그럴 가능성도 있겠소."

"그럼 움직여 주시겠습니까?"

"물론이오. 그런데 여자는 무사하지요?"

가볍게 헛기침을 한 진위가 말을 이었다.

"약속은 꼭 지켜줘야 합니다."

"알겠소. 그런데 나도 부탁이 있습니다."

송화기를 통해 소음이 심하게 들리는 걸 보면 길가의 공중전화 부스인 모양이었다. 김상철이 소리치듯 말했다.

"내 부하 두 명이 지금 경찰병원 영안실에 누워 있소. 그놈들은 러시아 여권을 갖고 있지만 본적이 고려리아요. 내일 중으로 20만 달러를 당신 앞으로 보내드릴 테니 그들의 시체를 좋은 관에 넣어서 고려리아로 보내주시오."

"……."

"고려리아의 행정위원장에게도 연락을 할 테니 보내는 데는 지장이 없을 겁니다. 수취인은 장인규…… 장인규로 적어주시오."

전화가 끊겼으므로 진위는 몇 번 소리치다가 서류 위에 '고려리아, 행정위원장, 장인규'라고 써 갈겼다.

수화기를 내려놓은 그는 눈을 껌벅이며 한동안 앞쪽을 바라보았다. 그러고는 놀란 듯 일어서서 옷걸이에 걸린 상의를 집어 들었다.

시궁은 해안선이 아름다운데다가 바다와 산으로 둘러싸인 수려한 경관 때문에 주말에는 사람들이 들끓는 곳이다. 아직 조그만 마을이었지만 홍콩의 중심부에서 1시간 안의 거리에 이렇게 자연 그대로의 모습을 간

직한 곳이 드물었으므로 내지 손님들이 많았다. 특히 해물 요리가 유명했는데 버스 터미널에서 해안까지 해물 요릿집들이 늘어서 있어서 즉석 요리를 구경하고 맛볼 수 있었다.

오후 4시가 되자 요릿집의 손님이 뜸해졌고 거리의 행인들도 줄어들었으므로 마파척은 의자에서 등을 떼고는 눈을 PSO-1 망원조준경에 했다. 3층의 창에서 해물 요릿집의 현관을 겨냥해 고정시켜 놓은 79식 저격보총에 장착된 망원렌즈였다. 4배 배율로 사정거리가 800미터지만 해물 요릿집과의 직선거리는 100미터 정도였으니 얼굴의 점이라도 맞출 수가 있다. 아래쪽의 길로 소학교 학생들이 재잘거리며 지나고 있었다. 건물의 옆쪽에 있는 소학교 수업이 끝난 모양이었다.

뒤쪽에서 노크 소리가 들리더니 문이 열렸다.

"형님, 집주인 아들놈이 방금 학교에서 돌아왔습니다."

다가온 부하가 마파척의 옆에 앉아 앞쪽의 해물 요릿집을 바라보았다.

"동천이 잡았는데 울기에 입에다 테이프를 붙여놓았습니다."

이 집은 3층짜리 저택으로 주인 식구와 하녀까지 합하여 7명을 잡아서 묶어놓았는데 소학생 하나가 더 늘었으니 8명이 된 셈이다. 마파척은 시계를 내려다보았다. 4시 30분이 되어가고 있었다. 소기는 아마 몇 시간이 못되어서 해물집의 위치를 불 것이라고 짐작하고 있었던 것이다. 그러면 김상철은 틀림없이 이곳으로 온다. 그가 다시 망원렌즈에 눈을 가져다 대려는 순간 대여섯 대의 승용차가 속력을 내어 바닷가로 달려가는 것이 보였다. 승용차들은 일제히 요릿집이 늘어선 길가에 멈춰서더니 경찰들이 쏟아져 내렸다.

"이런 빌어먹을."

번쩍 머리를 든 마파척의 얼굴은 찌푸려져 있었다. 그는 상처 난 어깨를 조심스럽게 펴며 일어섰다.

"놈이 경찰에 신고를 했다."
그는 저격보총을 삼각대에서 떼어 냈다.
"돌아간다."
이미 어머니는 리우푸샨으로 옮겨갔고 요릿집은 종업원들만이 지키고 있을 뿐이다. 부하가 문을 열고 서둘러 밖으로 나갔다. 알루미늄 가방에 총을 분해해 넣으면서 마파척은 어금니를 물었다. 자신이 그랬듯이 놈도 적절하게 경찰을 이용하고 있는 것이다. 그는 상황이 급박하게 반전되어 가는 이유를 알고 있었다. 삼합회측에서 정보를 흘려준 것이다. 책임을 뒤집어쓸 상황이 되자 그들은 자신의 의심 가는 행적을 김상철측과 경찰에게 알려주었을 것이다.

퇴근 시간이 지났지만 기분이 좋지 않은 진위는 의자에 온몸을 구겨 넣은 듯한 자세로 앉아 있었다. 기동타격대를 이끌고 기세 좋게 시궁에 갔다가 허탕을 치고 돌아온 것이 30분 전이다. 직속상관인 호경감은 오늘은 대놓고 말은 안했지만 언젠가는 이 일로 꼬투리를 잡을 것이다. 김상철은 자신에게 거짓 정보를 주었던 것이다. 시궁 바닷가의 베이징 반점 주인은 40대의 홍콩 토박이로 3대에 걸쳐 요릿집을 하고 있는 사내였다. 시궁의 해물 요릿집은 줄잡아서 100여 개가 넘는다. 베이징 반점에서 기운이 빠져버린 진위는 기동대를 사방에 배치해 놓은 채 몇 집을 수소문하다가 돌아왔던 것이다.
전화벨이 울렸으므로 그는 손을 떼어 수화기를 잡았다.
"여보세요, 진 경위올시다."
"경위님, 저 시궁에 남은 교 경사입니다."
소리치듯 말한 사내가 서둘러 말을 이었다.
"경위님, 10분쯤 전에 중산 반점에서 폭발이 일어나 완전히 전소되었습니다."

"무슨 폭발이야?"

"택시를 타고 온 놈들이 폭탄을 던지고 도망갔다는데 아무래도 수류탄 같습니다."

"……."

"그것도 한 개가 아니고 대여섯 개나 되어서 요릿집이 완전히 가루가 되었는데……."

"인명 피해는?"

"그것이……."

저쪽이 잠깐 숨을 돌리려는 듯 말을 멈췄다.

"그것이 수류탄을 던지기 5분쯤 전에 전화가 와서는 대피하라고 했답니다. 주방장 한 사람만 장난 전화인 줄 알고 남아 있다가 화상을 약간 입었습니다."

"중산 반점이라고?"

"예, 경위님."

"주인이 누구야?"

"이곳 서류에는 지엔사쥐에 살고 있는 탁정 씨라고 되어 있는데 그의 어머니가 운영하고 있었다고 합니다만, 오늘은 보이지 않는답니다."

"……."

"경위님, 혹시 그곳이…… 경위님이 찾으셨던 곳이 아닌가 해서."

진위는 입맛을 다셨다. 마파척의 어머니는 중산 반점을 운영 하고 있었던 것이다.

택시를 타고 수류탄을 던진 놈들은 김상철과 이한이다. 수화기를 내려놓은 그가 조금 전과는 다른 모습으로 앉아 있는데 다시 벨소리가 울렸다. 그는 서둘러 수화기를 들었다.

"여보세요."

"나, 김상철입니다."

"당신, 장난하는 거야?"

진위가 버럭 고함을 쳤다.

"베이징 반점이라고? 중산 반점이 아니었어?"

"그렇소. 중산 반점이오."

그의 아무렇지도 않은 목소리에 진위의 화가 더욱 북받쳐 올랐다.

"그렇다면 왜 거짓말을 해!"

"당신이 곧장 중산 반점으로 갔어도 마파척은 물론이고 그놈의 어미도 만날 수 없었을 거요. 그놈은 소기가 납치된 것을 알자마자 빼돌렸을 테니까."

"그쯤은 나도 짐작하고 있었소."

"마파척 그놈이 내가 오기를 기다릴 것이라는 것도 예상하셨겠지요?"

"……."

"경찰이 들이닥치는 것을 보고는 철수했을 겁니다. 어느 정도 시간이 지나면 경찰도 물러갈 것이고."

"……."

"내가 노렸던 것은 그것이오. 난 그놈의 가게를 산산조각 낼 작정이었소. 노친네를 어떻게 할 생각은 처음부터 없었습니다."

"당신, 도대체 어쩌려고…… 인질로 잡혀 있는 여자는……."

"내가 여자 때문에 끌려 다니지 않는다는 것을 이제 그놈도 알게 되었을 거요."

"내가 당한 만큼 빚을 갚는다는 것도 알게 되었을 것이고."

"그렇다면 소기는……."

"조금 전에 보냈습니다. 코피가 조금 났고 입 안이 터졌지만 며칠 쉬고 나면 다시 엉덩이를 흔들 수 있을 거요. 마파척이 어떻게 할지는 알 수 없지만."

"……."

"최소한 그놈과는 동격으로 취급받기 싫으니까. 오늘 정말 미안합니다, 진 경위."

전화가 끊기자 진위는 목을 좌우로 흔들어보고는 자리에서 일어섰다. 아까보다는 조금 기운이 났고 기분도 나아진 느낌이었다.

왕지아오의 네이단 로드를 따라 곧장 올라가다가 아크릴로드로 꺾어져 한 블록이 끝나는 곳에 에드워드 클럽이라는 조그만 술집이 있다. 길모퉁이에 세워져 있었지만 간판도 없고 육중한 나무문 위에 문패처럼 상호만 붙어 있어서 찾기가 쉽지 않은 곳이었다. 게다가 회원제 클럽으로 회원만을 입장시켰고 회원과 동행한 비회원도 받지 않는다. 클럽 안은 넓었다. 150평쯤 되는 넓은 공간에 어두운 색깔의 가죽 의자가 서너 개씩 모여 있었고 그 사이로 잎이 무성한 화초를 놓아 구분해 놓았다. 바닥에는 양탄자가 깔려 있어서 발자국 소리도 없고 더구나 음악도 없다. 천장의 거대한 샹들리에가 희미한 빛을 발하고는 있었지만 실내는 전체적으로 어두웠다. 절대로 밝고 가벼운 분위기를 받아들이지 않는 곳이었다.

밤 10시가 되었지만 클럽에는 손님이 서너 테이블뿐이었다. 안쪽의 주방 입구에 도열해 있는 웨이터들이 가끔씩 소리 없이 오가며 시중을 들 뿐 클럽 안은 조용했다.

마파척은 벽 쪽의 테이블에 앉아 있었는데 그와 마주보고 앉은 사내는 장영국으로 삼합회의 홍콩지회 자문이었다. 자문역이면 지회장 다음가는 지위로 회주의 직명을 받아 움직이는 요직이다. 50대 후반으로 백발에 코밑수염도 하얀 장영국은 마파척과도 여러 번 만난 적이 있는 사이였다. 한동안 그들 사이에 흐르던 정적을 장영국이 먼저 했다.

"러시아에서 곧 수십 명의 고려인이 몰려온다는 정보가 있어. 그자들이 홍콩을 휘젓고 다닌다면 어떻게 될 것 같나?"

그의 목소리는 낮았고 얼굴의 표정도 부드러웠지만 마파척은 몸을 굳히고는 대답하지 않았다.

"검찰 당국은 아마 이 소동을 기회로 삼아 몇 개 조직을 분쇄시킬 것이 틀림없어. 요우마디와 통루어완에서 몇 놈이 마약 거래로 꼬리를 잡혔거든."

"……"

"그리고 고려리아의 홍기천 입장이 난처해진단 말일세. 상황이 묘하게도 남북한 세력이 연합해 있는데다 마피아에까지 김상철은 뿌리를 박고 있단 말이야. 삼면에 적을 두고는 불편해진단 말이지."

장영국이 물 잔을 손에 쥐고는 한 모금 마셨다. 가느다란 목과 튀어나온 울대를 보면 한 손에 조를 수 있을 것같이 가냘파 보이지만 장영국은 별명이 처형수로 20년 전만 해도 한 달에 서너 명은 꼭 죽였다는 삼합회의 감찰관 출신이다.

물 잔을 내려놓은 장영국이 마파척을 똑바로 바라보았다.

"진대원과의 약속은 이제 잊어버려. 그만하면 충분히 의리를 세웠고 신의도 지켰다. 그것은 내가 인정해 주마."

"이미 늦은 감이 있습니다, 장 대형."

마파척이 그를 똑바로 바라보았다.

"김상철과 저와는 이제 씻을 수 없는 원한이 쌓였습니다."

"그것은 시간이 해결해 준다. 천의(天意)를 거역하지 마라."

몸을 반듯이 세운 장영국의 목소리가 굵어졌다. 희미한 빛을 받아 번들거리는 눈으로 그는 마파척을 쏘아보았다.

"김상철은 여자를 풀어주면 이곳을 떠날 위인이다. 그는 소인배가 아니다."

그러자 번쩍 머리를 든 마파척의 시선이 그와 잠시 부딪쳤다가 떨어졌다.

"자네 또한 우리한테 유용한 인재야. 이런 의미없는 싸움에서 희생시키고 싶지가 않아. 내 말 알겠는가?"

"예, 장 대형."

마침내 길게 한숨을 내리쉰 마파척이 말을 이었다.

"내일 오전 안에 여자를 보내지요."

"넌 당분간 중국으로 들어가 있는 것이 낫겠다. 어머니를 모시고."

"알겠습니다."

"뒷일은 모두 나에게 맡기고…… 아마 네 명성은 크게 떨치게 될 것이다."

"경위님, 특별우편으로 보내온 서류가 있는데요."

진위 앞에 선 부하가 편지봉투 하나를 내밀었다. 한국의 국정원 요원 양인수와 고병택과 함께 있는 자리였다. 인수증에 사인을 받은 부하가 방을 나가자 진위는 봉투를 뜯고 내용물을 꺼내 들었다. 그것은 수표 한 장이었다. 한동안 수표를 내려다보던 진위는 이윽고 지갑을 꺼내더니 조심스럽게 안에 집어넣었다.

"이제 남은 문제는 인질로 잡혀 있는 한국 여자의 구출이지요. 그렇지 않습니까?"

지갑을 넣으면서 진위가 앞쪽에 앉은 그들을 둘러보았다.

"그렇다고 볼 수 있지요."

말을 받은 것은 양인수였다.

"그러고 그 다음 순서는 김상철을 체포하는 겁니다."

머리를 끄덕인 진위는 손을 뻗어 수화기를 들고는 다이얼을 눌렀다. 새벽 5시쯤 소기는 자신의 아파트로 돌아왔다. 김상철의 말대로 코피가 났고 입 안이 조금 터진 것 외에는 멀쩡한 모습이어서 당장에 오늘밤부터라도 무대에 설 수 있을 것 같았다.

"나야, 시체실의 채 주임을 바꿔."

진위가 의자에 등을 기대더니 말을 이었다.

"채 주임? 나, 진 경위다. 그, 워털루로드 아래쪽에 관 파는 집 있지? 그곳에다 관 두 개만 좋은 걸로 주문해 줘. 단단하고 멋진 걸로. 돈 걱정은 말고."

그는 힐끗 양인수와 고병택을 바라보았다.

"호화스러울 필요는 없다니까, 이 멍청아. 단단하고 품위 있는 걸로. 그래, 얼마 정도라고? 그까짓, 상관없어. 당장 주문해. 네가 잘 아는 데가 있을 테니 생색을 내란 말이다."

수화기를 내려놓은 진위가 의자에서 등을 떼었다.

"한국 여자가 풀려난다면 파리 사건에 대한 김상철의 혐의는 풀리겠군요."

"글쎄요. 하지만 다른 사건도 있어서……."

양인수는 시큰둥한 표정이었다.

"고려리아에서 그는 우리 요원 다섯 명을 사살한데다가 그 전에도 다른 한 명을 살해한 혐의가 있습니다."

"그렇군요."

"김상철이 마파척의 어머니가 운영했던 가게까지 잿더미로 만들어 놓은 마당인데 인질을 풀어줄까요?"

진위가 시계를 내려다보았다.

"글쎄, 기다려봅시다. 우리가 서두른다고 될 일이 아니오, 이일은."

채담이 운전하는 승용차는 이번에는 신형 벤츠였다. 차 안의 가죽 냄새도 아직 가시지 않은 신형이었고 숨소리도 들릴 만큼 방음 장치가 잘돼 있었다. 아침 10시 15분이었다. 러시아워가 지난 시간이었지만 차량의 소통이 많았으므로 채담은 자주 경적을 울리고 있었다. 뒷좌석에 깊숙이 앉은 김상철은 창밖을 바라보았다. 벤츠는 바다를 왼쪽으로 끼고는 구룡반도의 신계를 달리는 중이었다. 허리춤에 찔러 넣은 권총이 허벅지를 찔렀으므로 그는 권총을 등쪽으로 밀어 넣었다.

"다 왔습니다."

채담이 속력을 내며 말했다. 차량의 통행이 뜸한 길을 지나자 앞쪽으로 거대한 아파트 단지가 보였다. 새하얀 고층 아파트들이 푸른 하늘을 배경으로 선명한 자태를 보이고 있다.

"툰먼이오."

차가 멈춰선 곳은 바닷가 외진 곳에 외따로 서 있는 흰색의 2층 벽돌집 정문 앞이다. 정문에 서 있던 두 사내가 잠자코 비켜서자 차는 현관 앞으로 굴러가 멈춰섰다. 현관 앞에도 정장 차림의 두 사내가 서 있었는데 차에서 내리는 김상철과 채담을 보더니 허리를 굽혔다.

"이쪽으로."

그들의 안내를 받아 현관으로 들어선 김상철은 마른 몸매의 사내를 보았다. 백발의 장영국이었다.

"잘 오셨습니다."

온 얼굴을 주름살투성이로 만들며 장영국이 손을 내밀어 김상철의 손을 잡았다. 그가 김상철을 이끌고 간 곳은 로비 옆의 응접실이다. 이한은 시위하듯 기관총을 양복 안에 걸고 허리춤에 권총 두 개를 꽂은데다가 바지 주머니에 수류탄을 넣고 있었는데 아무도 그것을 상관하지 않았다. 그는 응접실로 따라오지 않고 로비에 남았다. 대형 유리창을 통해 푸른 바다와 어선들이 내려다보이는 응접실에 그들은 마주앉았다. 앳된 얼굴의 소녀가 옆쪽문을 열고 소리 없이 들어오더니 그들 앞에 김이 오르는 찻잔을 내려놓고 물러갔다.

"김 선생을 뵙자고 한 것은 서로 인사를 나누고 우의를 맺고 싶었기 때문입니다. 우리는 오래 전부터 선생의 명성을 듣고 있었지요."

장영국의 표정은 온화했고 목소리도 부드러웠다.

"또한 이번 사건에 본회가 난데없는 오명을 쓰게 된 것에 대해서도 어쨌든 해명해 드려야겠다고 생각했습니다."

그의 영어는 유창하지는 않았지만 표현이 정확했다. 김상철이 입을 열었다.

"도와주셔서 감사합니다. 저도 이번 일에 삼합회가 개입되지 않았다는 것을 믿습니다."

"진대원이 죽기 전에 계약을 했던 모양이오. 마파척은 약속을 지키려 했다는 겁니다."

장영국이 쓴웃음을 지었다.

"제 나름대로 계산이 있었겠지요. 본회의 내부에서도 지금 그자의 행동에 대해서 호의를 보이는 간부진이 있는 형편이니까."

장영국이 자리에서 일어섰다.

"이거, 내가 너무 이야기를 많이 했습니다. 나는 이만 가겠습니다."

따라 일어선 김상철을 향해 그가 다시 얼굴에 웃음을 지어 보였다.

"마파척은 지금 중국에 들어가 있습니다. 일단 내가 그곳으로 보냈지요."

"……"

"집안에 하녀 두 사람만 남겨두고 비워둘 테니 쓰고 싶을 때까지 쓰시지요. 그 한국 여자 분은 곧 들여보내도록 하겠습니다."

그는 김상철에게 남아 있으라는 듯 손을 들어보이고는 방을 나갔다.

문을 열고 들어선 박미정은 똑바로 김상철을 바라보았는데 무표정한 얼굴이었다. 화장기가 없는데다가 긴 머리를 뒤로 모아 묶은 탓인지 얼굴은 야위어 보였다. 그녀에게로 다가간 김상철이 반걸음쯤의 사이를 두고 멈춰섰다.

"고생 많았지?"

시선을 내린 박미정이 그를 스치고 지나 응접실의 소파에 앉았다. 표정은 변함이 없었지만 눈가가 조금 붉어져 있다. 집안은 조용했다. 장영국의 말대로 모두 나간 모양이었다.

"운이 좋았어. 도와주는 사람이 있었기 때문에."

김상철이 그녀의 앞자리에 앉았다.

"이곳에서 쉬어도 돼. 집주인이 우리를 위해서 빌려주겠다니까."

퍼뜩 시선을 들었던 박미정이 머리를 돌려 바다를 바라보았다.

한낮의 태양이 내려쪼이는 바다 색깔은 짙은 남색이었다.

"나 때문에 이런 일을 당하게 돼서 미안해. 정말 면목이 없어."

그러자 박미정이 머리를 들었다.

"난 끌려올 적에 당신을 만나리라고는 기대하지도 않았어요."

"……"

"찾아와 주신 것만 해도 기뻐요."

눈가가 더욱 붉어진 박미정이 다시 머리를 돌려 바다를 바라보았다.

"오늘 하루만 나하고 같이 있어줘요."

그가 미처 입을 열기도 전에 그녀는 서두르듯 말을 이었다.

"오늘 하루만…… 여기서 나하고."

밤이다. 창밖은 이미 짙은 어둠에 덮여 있어서 지나는 배의 불빛으로 바다를 구분할 수 있을 뿐이다. 집안은 조용했지만 1층은 불빛이 환하게 켜져 있어서 아래쪽의 벼랑까지 비추고 있었다. 이한이 긴장하고 있는 것이다. 그는 외딴 집에 노출된 채 남겨져 있다는 것에 신경을 곤두세우고 있었다. 불을 켜지 않은 2층 방 안은 어두웠지만 어둠에 익숙해지자 사물의 윤곽은 뚜렷해졌다. 이윽고 방 안의 정적을 깨고 창가의 의자에 앉아 있는 김상철에게 박미정이 다가왔다. 그녀에게서 비누 냄새가 풍겨왔다. 김상철의 어깨에 몸을 기댄 박미정이 손을 뻗어 그의 머리칼을 쓸었다.

"한때는 당신을 잊었는데……."

그녀의 목소리는 부드러웠다.

"잊고 행복한 적도 있었어요."

김상철이 그녀의 허리를 한 팔로 끌어안았다. 그녀가 지난 일을 끄집어내는 것이 마음에 걸렸지만 자신도 마찬가지의 삶을 살아왔다. 현실에 적응하여 잊고, 만나는 생활을 해온 것이다. 박미정이 그의 무릎 위에 앉더니 두 팔로 목을 감싸 안았다. 곧 둘의 입술이 부딪쳤고 김상철의 입 안으로 그녀의 뜨겁고 매끄러운 혀가 빨려 들어왔다. 박미정의 한 손이 어느 사이에 그의 바지 벨트를 풀어 내리고 있었다. 김상철은 그녀의 스커트를 걷어 올리고는 서둘러 팬티를 끌어내렸다. 서로 몸이 맞닿았고 의자에 앉아 있는 불편한 자세였지만 곧 박미정은 그의 남성을 찾아 자신의 몸속으로 끌어넣었다. 그녀의 입에서 긴 한숨이 새어나오면서 그의 목을 힘차게 감아 안았다. 박미정은 하체를 움직이기 시작했다. 거칠고 굵은 숨을 토해내던 그녀는 신음소리를 내었고 그것은 점점 더 격렬해졌다. 그녀를 두 팔로 감아 안은 김상철이 그 자세 그대로 일어섰다. 침대로 가려는 몸짓이다. 그러자 박미정이 가쁜 숨을 뱉으며 말했다.

"그냥 이대로……."

다시 김상철이 의자에 몸을 내리자 박미정은 허리를 흔들기 시작했다. 그녀는 쫓기는 사람처럼 서두르고 있었다. 어둠 속이어서 윤곽만 보일 뿐이었지만 신음소리를 내는 그녀의 얼굴은 땀으로 범벅이 되어 있었다. 어둠 속에서 그들은 그 자세 그대로 한 덩어리가 된 채 앉아 있었다. 집안은 조용했고 이제까지는 들리지 않던 바닷가를 두드리는 물결 소리가 들려오고 있었다.

"내일 서울로 가겠어요."

그의 어깨에 얼굴을 묻은 박미정이 낮은 목소리로 말했다.

"찾아와 줘서 고마워요."

"……."

"앞으로는 방해되는 일이 일어나지 않을 거예요. 적어도 나로 인해서는……."

김상철이 박미정의 허리를 손바닥으로 부드럽게 쓸었다.

"마지막 단계에서 나는 미정 씨를 포기했었어. 나는 그런 놈이야."

"들었어요."

뺨을 김상철의 가슴에 댄 박미정이 더운 숨을 길게 뱉어냈다.

"그놈한테서…… 그리고 나도 마찬가지예요. 나도 현실과 타협을 해요."

조직의 몰락

 11월이면 고려리아는 벌써 영하 30도까지 내려가는 겨울이다. 사흘 걸러 한 번씩 눈보라가 날리는데 어떤 때는 그것이 폭설로 변해 도로가 끊기고 비행장이 폐쇄된다. 그러나 오늘은 구름 한 점 없이 푸른 하늘이 보이는 맑은 날씨였다. 수은주는 영하 20도를 가리키고 있었으나 밝은 햇살에 바람도 없다.
 "날씨가 좋습니다."
 담배에 불을 붙여 문 우재환이 테이블 너머로 길게 연기를 뿜어내었다. 그는 30대 후반으로 당당한 체격에 이목구비가 반듯한 호남이었다. 앞에 앉은 이대각은 어깨를 펴고 있었지만 그에게 비교하면 어린아이 같은 몸집이다. 우재환이 말을 이었다.
 "처음에 여기 왔을 때는 못살 것 같더니만 시간이 지나고 보니 그런대로 지낼 만하더군요. 보드카 맛도 괜찮고."
 그는 운영위원장 전창남이 정책적으로 들여온 어용 조직의 우두머리였는데 고려리아에 온지 한 달이 되어가는 중이다. 이대각이 그를 쏘아보았다.

"고춘식이 소유했던 업소들은 서류상으로 완전히 김상철의 소유로 되어 있어요. 당신들이 무슨 수단을 쓴다고 해도 어려울 겁니다."

"그렇습니까?"

우재환이 상관없다는 듯 얼굴에 웃음을 띠었다.

"고춘식으로부터 업체를 인수할 때 강제성이 있었던 것으로 아는데요."

고춘식은 고려타운의 초대 경비소장으로 타운이 개발을 시작하는 어수선한 때를 이용하여 갖가지 수단으로 거금을 착복했던 사내였다. 결국 그는 배후의 인물이었던 관리 담당 중역 조성욱과 함께 파면되었고 5개의 사업장은 몰수되어 김상철이 관리하게 되었던 것이다.

이대각은 말하기도 귀찮은 듯 머리를 돌리고는 대답하지 않았다. 고려리아에 오고 나서 10여 일간 우재환은 현지 상황을 파악하는 듯 행정부에 나타나지 않았으나 근래에 들어서는 이틀에 한 번꼴로 이대각을 찾아오고 있는 것이다. 그는 운영위원장의 특별보좌관이라는 직책으로 임명되었기 때문에 함부로 내쫓을 수도 없는 상황이었다.

"부위원장님."

재떨이에 담배를 비벼 끈 우재환이 정색을 했다.

"도대체 왜 이러십니까? 모두 고려리아의 안정을 위해서 이러는 것 아닙니까? 지금 장인규의 능력이나 조건으로는 앞으로 쏟아져 들어올 한국계 이주민도 관리할 수 없다는 걸 알고 계시지 않습니까?"

"……"

"더구나 장인규는 북한계 출신이고 지금도 북한 쪽과 밀접합니다. 이대로 두었다가는 죽 쑤어 개 주는 꼴이 될 것이 뻔합니다."

"나도 당신을 믿지 않소. 운영위원회 놈들도, 경비대도."

이대각이 머리를 가로 저으며 계속 말을 이었다.

"당신들과 우리는 근본적으로 생각의 차이가 있소. 고려리아 건국이념의 차이라고 할까? 그것을 당신들은 이해하지 못하고 있소."

"그 잘난 한민족의 새로운 자치 국가가 빨갱이 세상이 되어도 좋단 말이오?"

우재환의 목소리가 높아졌다.

"정 이렇게 나온다면 나도 생각이 있습니다. 무슨 말인지 아시겠소?"

"당신들이 고춘식과 조성욱이를 꼬드겨서 소송을 제기한 것은 이미 알고 있소."

"소송 따위는 필요 없어요. 강제로 빼앗은 것이니 같은 방법으로 되찾는 수밖에."

눈썹을 추켜올린 우재환이 이대각을 똑바로 바라보았다.

"경비본부에서 곧 5개의 영업장에 어떤 조처를 내릴 거요. 내가 이렇게 미리 예고해 드리는 것은 쓸데없는 충돌을 피하자는 뜻이오. 부위원장께서 장인규에게 경고해 두시는 게 나을 겁니다."

어금니를 악문 이대각은 그를 노려본 채 대답하지 않았다. 이미 타운에는 갖가지 소문이 퍼져 있었고 우재환은 새로 생긴 서울 호텔에 대한 실업이라는 이름의 사무실까지 설립해 둔 상황이다. 고개를 돌린 이대각은 소리죽여 숨을 내쉬었다. 고려리아는 지금 안팎으로 숨통이 조여지고 있는 것이다.

고려시의 상가는 반 이상이 외부 공사까지 끝난 상태여서 입주한 업체만 해도 20% 가까이 되었다. 끝없이 몰려드는 이주민으로 고려리아의 인구는 벌써 100만 명이 넘었고 고려시는 35만 명의 도시가 되어 있었다. 고려시의 주민은 대부분이 고려 직원이나 고려에 고용된 조선족 가족이었지만 외국인도 늘어나고 있다. 고려시를 남북으로 가로지르는 20차선의 도로를 달리면서 시바다 겐지는 자신도 모르게 여러 차례 탄성을 질렀다. 그는 고려리아가 처음이었고 이렇게 거대한 도시를 보는 것도 처음이었다.

"거창하군, 가와베. 그렇지 않나?"

시바다 겐지가 옆자리에 앉은 사내를 바라보았다.

"나도 외국을 꽤 다녀보았지만 이런 도시는 처음이다."

"그렇습니다, 보스. 규모뿐만 아니라 시설 면에 있어서도 세계 제일입니다."

가와베 미노루가 공손하게 대답했다.

"현재는 아직 100만 명 정도지만 5년 후의 고려리아 인구는 500만 명이 될 것으로 행정위원회가 계획하고 있습니다. 10년 후의 계획은 1000만 명입니다."

고려리아 행정부는 외화의 입출을 제한하지 않았으므로 이미 작년 말부터 세계 각국의 은행이 고려시에 지점을 개설하여 은행의 숫자만 해도 100개가 넘었다. 외화의 입출 제한이 없을 뿐만 아니라 세금도 없는데다 고객의 비밀을 정부 차원에서 철저히 보호해 주었으니 검은 돈이 몰려드는 것은 당연한 일이다.

처음에 고려리아 내부의 불안정한 분위기 때문에 망설이던 고객들은 올 하반기부터 거액을 예금하기 시작했는데 러시아 마피아와 중국 삼합회의 자금이 제일 먼저 쏟아져 들어왔다. 그들은 고려리아 내부에 기반을 굳히고 있었으므로 치안 상태는 걱정할 필요가 없었던 것이다. 그러자 봇물 터지듯이 세계 각국에서 거금이 몰려들기 시작했다. 미국 마피아는 물론 일본 야쿠자의 자금이 쏟아졌고 중국과 아프리카의 검은 돈도 마찬가지였다.

이윽고 승용차는 속력을 늦추더니 도로가에 세워진 호텔의 정문으로 꺾어져 들어왔다. 영업을 시작한 지 한 달도 되지 않은 호텔로 20층 높이에 객실이 2000개나 되는 대형 건물이다. 차에서 내린 그들이 로비에 들어서자 사람들을 헤치고 나카무라가 다가왔다. 본명이 김봉만으로 한국계 일본인이다.

"보스, 다녀오셨습니까?"

40대 초반의 시바다 겐지는 일본 야쿠자의 2대 조직인 이나카와회(稲川會)의 간부로 이번에 고려리아의 책임자로 임명된 사내였다. 1949년에 이나카와 카쿠지에 의해 결성된 이나카와회는 재일교포 출신의 2대 회장 이시이 스스무가 사가와 류빈 기업들과 유착하여 기업 이름을 앞세우고 한국 진출을 시도했다가 물러난 적이 있었다. 그들은 객실에 들어가 자리를 잡고 앉았다. 이나카와회는 작년 말부터 고려리아에 집중적인 투자를 해왔던 것이다. 그들은 이제 고려시에 카지노가 포함된 특급 호텔과 3개의 나이트클럽을 소유하고 있었는데 지금 앉아 있는 오리엔트 호텔이 바로 그들의 소유였다. 시바다 겐지는 검은 머리를 올백으로 넘긴 단정한 용모의 사내였다. 이나카와회에서의 그의 지위는 서열 4위였으니 고려리아가 그들에게 차지하는 비중이 어떤 것인가를 말해주는 셈이 되었다.

"가와베, 공사 감독하느라고 수고 많이 했다."

"천만의 말씀입니다, 보스. 솔직히 공사는 별문제가 없었습니다. 문제는 지금부터지요."

가와베는 30대 후반으로 작년부터 고려시에 상주하면서 공사를 맡아왔던 실무 책임자였다. 따라서 고려리아의 사정에 매우 밝은 편이었다.

"고려타운이 저소득층의 소비 도시라면 고려시는 고소득층과 관광객의 도시가 됩니다. 이제 이곳에서도 주도권 다툼이 일어날 가능성이었습

니다."

 나카무라가 헛기침을 하더니 입을 열었다.

 "한국측이 분열을 일으키고 있어서 북한과 삼합회, 마피아 세력이 급신장하고 있습니다. 이미 그들은 사이좋게 고려시로 진출해 있지만 이권 문제로 언제 등을 돌릴지 알 수 없지요."

 그는 주로 고려타운에 머물면서 상황을 파악해 왔던 것이다.

 보통 체격에 뿔테 안경을 끼고 있는 나카무라는 평범한 샐러리맨처럼 보였지만 시바다가 아끼는 일급 부하였다. 더구나 성격이 매섭고 끈기가 있는데다 한국어에도 능통한 재일한국인인 것이다. 고려리아에 딱 들어맞는 인물이었다.

 "그, 우재환인가 하는 자가 장인규를 밀어낼 것 같으냐?"

 시바다가 묻자 나카무라는 머리를 저었다.

 "쉽지가 않을 겁니다, 보스. 장인규의 세력이 약화되어 있기는 하지만 마피아의 응원을 받고 있는데다가 북한 세력도 동조하고 있는 상황이니까요."

 "……"

 "하지만 결정적인 상황이 되었을 때 그들이 등을 돌릴 가능성은 있습니다. 고려리아 경비대와 맞서서 싸우려고 하지 않을 테니까요."

 물론 그것은 최악의 상황이다. 경비대까지 동원해서 전쟁을 치르게 된다면 고려리아 위원회 쪽에도 막대한 손실이 따를 것이다. 애써 조성해 놓은 투자와 고객 유치의 분위기도 깨어져 다시 몇 년을 기다려야만 한다.

 "자중지란이로군, 조센징들이란."

 혼잣소리처럼 시바다가 말하자 나카무라가 빙긋 웃었다. 천진하게 보이는 웃음이다.

"보스, 저도 조센징입니다."

"알고 있어. 우리의 2대 회장께서도 조센징이셨다. 내가 제일 존경하는 분이다."

시바다도 얼굴에 웃음을 띠었다.

"아무래도 자라난 땅의 영향을 받은 것 같다. 그들은 반도에서 자라났거든. 대륙의 끝에 혹처럼 붙은 반도에서 말이다."

유장석은 뒷짐을 지고 서서 벽에 걸린 대형 지도를 바라보고 있었다. 고려리아의 지도로 며칠 전에 만들어 붙인 것이다. 오른쪽으로 오호츠크 해협을 두고 베르호얀스크, 체르스키 산맥이 위쪽으로 비스듬히 놓인 거대한 영토가 붉은 선으로 표시되어 있었다. 남북한과 사할린까지 포함한 일본을 합친 면적보다도 넓다.

고려시를 중심으로 뻗어나간 도로와 철도 송유관을 나타내는 색색의 선이 길게 뻗은 사이로 새롭게 태어난 수십 개의 도시와 마을에는 제각기 이름들이 붙어 있었다. 그의 시선이 이윽고 한 곳에 머물렀다. 주그주르 산맥 모퉁이에 있는 조그만 마을이다. 올해 여름부터 철광석을 캐내기 시작한 곳이었는데 마을 이름이 장석이었다. 파견된 직원들이 그의 이름을 따서 붙인 곳으로 북쪽에는 두 곳의 유전과 세 곳의 천연가스 유정이 있었고 10여 군데의 광산이 발굴되는 중이었다. 그러나 강 회장의 명령으로 거대한 원시림은 자연 그대로 보호되었고 순록 떼의 이동을 방해하지 않으려고 도로를 50킬로미터나 우회시켜 건설 한 곳도 있었다. 이곳은 분명히 한민족의 희망의 땅이었다. 이곳에서 일하다가 죽는다면 남자로서 더 이상 바랄 것이 없다고 믿어왔던 것이다. 문에서 노크 소리가 들리더니 이대각이 들어섰다.

"위원장님, 또 지도를 보십니까?"

그렇게 묻는 이대각은 지친 표정이었다. 둘이 있을 적에는 스스럼없이 구는 이대각이다.

"경비본부에서 곧 5개 영업장에 영업정지 명령을 내릴 겁니다. 내일부터 환경심사를 하는데 아마 경비본부에서 꼬투리를 잡아내겠지요."

가라앉은 목소리로 이대각이 말했다.

"나이 탓인지 이젠 반사작용도 늦고 쉽게 지치는 것 같아요. 운영위원회 놈들과의 싸움에도 무기력해지고 있단 말입니다."

"네 나이가 몇이라고 그따위 소리를 해? 회장님이 들으시면 귀싸대기 깜이다."

유장석이 눈을 치켜떴다.

"장인규를 우선 달래는 수밖에 없어. 그 여자, 전쟁이라도 하겠다고 했다면서?"

"당연하지요, 나라도 그랬을 텐데."

"그랬다가는 나머지 사업장도 모두 날아가. 전창남이가 노리는 것이 그것이야."

"그냥 그대로 내버려 두는 게 어떻겠습니까? 한바탕 전쟁이 일어나도록 말입니다."

"이 자식이 정말 미쳤나?"

"저도 계산을 조금 해보고 하는 소립니다. 이왕 당할 바에는 차라리 그렇게라도 하는 것이 나을 것 같단 말입니다."

"……."

"북한 조직이 장인규를 도울 겁니다. 운영위원회가 우재환을 시켜 자신들을 매장하려는 것을 알고 있을 테니까 그리고 마피아에 가 있는 김상철의 부하들이 합세할 것이고."

유장석이 혀를 찼다.

"단순하게 생각하면 안 돼."

"복잡한 것이 뭐가 있다고……."

"경비대를 상대해서 이길 것 같으냐?"

"이기진 못해도 오래 갈 겁니다."

"타운의 사업장뿐만 아니라 고려시에 진출한 사업장까지 폐쇄시킬 거란 말이다. 제각기 막대한 자금을 들여 고려시에 기반을 닦아가는 마당에 그런 손해를 보려고 할까?"

북한은 고려시에 세 곳의 사업장을 건설해 놓았고 마피아는 다섯 곳이다. 모두 3000만 달러 이상의 투자를 해놓고 있는 것이다. 유장석이 말을 이었다.

"잘못 생각한 거야. 북한도, 마피아도 장인규를 돕지 않을 것이다. 그들에게는 장인규나 우재환이나 마찬가지야. 우재환이 조금 껄끄러운 상대가 되겠지만 그렇다고 당장에 자신들을 어떻게 하지 못한다는 것을 잘 알고 있어. 그들은 내버려 둘 것이다."

"……."

"더구나 이젠 야쿠자까지 진출해 왔어. 북한, 마피아, 삼합회, 거기에다 야쿠자까지 가세했으니 동양의 여러 나라가 모두 모인 셈이지. 그들은 제각기 제 나라의 배경을 뒤에 업고 있어. 돌출 행동을 하지 않는 이상 경비본부도 함부로 나설 수가 없단 말이다."

이대각은 찌푸린 얼굴로 그를 바라보았지만 입을 열지는 않았다. 말은 그렇게 했지만 그도 모를 리가 없는 것이다. 고려리아는 이념에 관계없이 러시아의 고려인이나 중국의 조선족 등 한민족이면 모두 다 받아들이는 정책을 폈고 그것은 지금도 변하지 않았다. 그리고 러시아인과 중국인들의 이주도 받아들였는데 아직까지는 크게 제한하지 않고 있었다. 따라서 고려리아 주민의 원적은 러시아, 중국이 대부분이었지만 민족으로 본다면 한민족이 반수 이상이었다. 그러나 지난번 삼합회의 소탕 후에 중국 정부가 강력한 항의를 한 것처럼 주민의 연고권을 주장하는 중국과 러시아, 북한 등이 자국민의 보호 등의 이유로 나서게 될 수도 있는 것이다.

따라서 그들을 상대하기 위해서는 한국 정부가 뒤를 받쳐주는 세력이 있어야 했고 그것이 바로 우재환이다. 장인규는 도태되도록 예정되어 있었다. 유장석이 말소리를 낮추었다.

"다른 소식 없나? 장인규한테서 말이야."

"없습니다. 있다고 해도 이젠 나한테 말해줄 상황이 아니지요."

김상철에 대한 이야기를 하는 것이다. 박미정이 서울로 돌아와 파리 사건에 대한 누명은 풀렸지만 아직 김상철에게는 국정원 요원 5명을 살해한 혐의가 있다. 붙잡히게 되면 사형을 면치 못할 것이었다.

"회장님도 걱정하고 계셨어, 소식 없느냐고."

"방법도 없지 않습니까? 현재로선 무소식이 희소식이지요."

홍콩에 나타났던 김상철은 박미정이 나타나자 다시 잠적해 버린 것이다. 그의 부하 2명의 시체가 비싼 관에 넣어져 고려리아에 보내졌을 때의 연락이 마지막이었다. 그러나 그가 장인규와 수시로 연락을 하고 있으리라는 것은 모두가 짐작하고 있었다.

장인규는 그의 원격 조종을 받는 것이다.

이대각이 길게 한숨을 쉬었다.

"이대로 간다면 고려리아는 사분오열입니다. 그것이 미국과 일본이 바라는 것이겠지만."

그날 저녁, 장인규가 식탁에 앉자 이인숙이 수저를 들며 말했다.

"오늘 오후에 박기동 씨한테서 전화가 왔어. 그 사람, 실없는 사람이야."
 장인규가 이맛살을 찌푸렸다.
 "뭐라고 해요?"
 "글쎄, 만나서 차나 한잔 하자나. 내가 바쁘다고 했는데도 이것저것 말하면서 전화를 끊지도 않아."
 박기동은 한 달쯤 전부터 다시 고려리아에 돌아와 있었는데 오히려 전보다 더 활기 있는 모습이었다. 그는 고려시의 상가에 사무실을 두고 자주 타운에 나타나 사람들을 만나거나 술을 마셨으므로 장인규도 그에 대한 이야기를 듣고 있었다. 박기동의 배후에 운영위원회가 있다는 것을 모르는 사람은 없다.
 "그자가 언니한테 마음이 있는 모양이야. 싫다는데도 치근덕거리는 것을 보면."
 장인규의 말에 이인숙이 눈을 흘겼다.
 "차라리 로스케가 났겠다, 그자보다는."
 입맛이 달아난 장인규가 수저를 내려놓았다. 박기동이 전화질을 해댄다는 것은 그만큼 이쪽을 무시하고 있다는 증거였다. 운영위원회에서 데려온 우재환의 무리들이 타운을 휘젓고 다니면서 곧 이쪽의 조직을 접수한다는 소문을 퍼뜨리고 있는 것이다. 식당을 나온 장인규는 2층의 서재로 올라갔다. 김상철이 떠난 이후로 살고 있는 저택이었는데 요즘 들어 집안 분위기가 더욱 황량하게 느껴지고 있었다. 노크 소리가 들리고는 곧 조심스럽게 문이 열렸다. 들어선 사람은 블라디보스토크에서부터 따라온 그녀의 충실한 경호원 서규환이다. 그는 장인규의 앞자리에 앉았다.
 "사장님, 이금철은 인수할 수 없다고 합니다. 오후에 본국에서 지시를 받았다고……."
 낮은 목소리로 그가 말을 이었다.

"유감이라고 하더군요."

"예상하고 있었어."

장인규가 쓰게 웃었다. 며칠 전에 그녀는 이금철에게 5개 영업장의 소유권을 이전시켜 주겠다는 제의를 했던 것이다. 이금철에게 매각하는 것으로 하되 돈은 물론 받지 않고 그 대신 영업장의 이익금을 반분하자는 파격적인 제의였다.

"득보다 실이 많다고 판단한 거야."

"사장님, 페로프한데 다시 이야기 해보시는 것이…… 차라리 그쪽이 낫지 않겠습니까?"

페로프는 그루진스키 대신으로 고려리아아 들어온 마피아측 책임자였다. 그는 하바롭스크에 근거를 둔 니콜라이 마르첸코의 심복이었는데 장인규는 이미 똑같은 제의를 했다가 거절당한 것이다. 장인규가 천천히 머리를 저었다.

"마르첸코도 모험을 할 생각이 없어. 그레고리가 설득해 보았지만 소용없었어."

5개 사업장을 넘기지 않으려는 장인규의 속셈을 운영위원회가 모를 리 없다. 그들은 공권력을 이용하여 사업장을 압박할 것이 뻔했고 마피아나 북한측은 고려리아 경비대와 정면 대결할 생각이 없는 것이다. 장인규는 담배에 불을 붙였다. 운영위원회의 각본으로 사업장이 강탈되기도 전에 이미 결말이 보이는 것이다. 마피아와 북한은 도와주지 않는다. 이쪽은 그야말로 고립무원의 상태인 것이다.

블라디보스토크의 굼 국영 백화점 앞을 지난 택시는 모퉁이를 돌아 우중충한 석조 건물 앞에서 멈추었다. 무겁게 눈송이가 떨어져 내리는 밤이었다. 희미한 가로등 빛이 비치는 보도에는 이미 두텁게 눈이 쌓여 있었고 추위에 움츠린 행인들의 걸음은 더욱 빨라졌다. 차에서 내린 김상철이 건물의 현관으로 다가가자 슈바 차림의 사내가 한쪽으로 비켜섰다. 얼굴이 수염투성이인 러시아인이다.

현관문을 열고 들어서자 안은 바깥과는 딴 세상으로 밝고 화려했다. 천장의 샹들리에가 휘황하게 빛났고 양탄자가 깔린 실내 곳곳에는 고급 가구가 놓여 있다. 그리고 서 있거나 앉아 있는 10여 명의 여자들은 모두 늘씬한 몸매의 미인들이다. 번쩍이는 장신구로 뒤덮인 나이든 여자가 다가왔다. 주인 마담이다.

"오늘도 카트린을 불러드릴까?"

주위의 여자들이 모두 그에게 추파를 던지고 있다. 김상철이 가까이 서 있는 여자를 턱으로 가리켰다. 붉은 머리였다.

"저 여자로 하겠어."

머리를 끄덕인 마담이 미처 부르기도 전에 붉은 머리가 다가와 그의 팔짱을 끼었다. 여자들이 다시 얼굴을 돌렸고 그는 붉은 머리를 따라 2층으로 올랐다.

방에 들어서자 여자는 김상철의 슈바를 벗겼다. 가깝게 선 그녀의 얼굴에는 화장으로도 감추지 못한 주근깨가 드러나 있었다. 그러나 갈색 눈동자에, 평원의 눈처럼 흰 피부를 가진 미인이다.

"술 드시겠어요?"

그녀가 묻자 김상철이 머리를 끄덕였다.

"가져 와."

"제 이름은 도냐예요."

보드카 병을 든 그녀가 다가와 소파의 옆자리에 앉았다. 아직 앳된 티도 벗지 못한 얼굴이었다. 방 안은 호화롭게 장식되어 있었다. 더블베드 위에는 핑크색 망사 커튼이 드리워져 있었고 벽에는 대형 TV와 오디오시스템까지 설치되어 있다. 이곳은 블라디보스토크 최고의 클럽으로 하룻밤의 화대만 해도 2000달러가 넘는다.

"카트린한테 싫증났어요?"

술을 단숨에 삼키고 난 김상철이 그녀를 바라보았다.

"카트린을 데려와."

여자의 표정이 금방 굳어졌다.

"제가 싫으세요?"

"오늘은 두 여자를 데리고 놀겠다는 말이야."

머리를 끄덕인 여자가 고분고분 방을 나갔다. 술잔을 채우기가 귀찮아진 김상철은 병을 기울여 벌컥거리며 술을 삼켰다. 이곳에 단골로 드나든지 벌써 한 달이 되어가고 있었다. 사흘 걸러 한 번씩 찾아오는 그는 이제 타냐 클럽의 VIP였다. 문이 열리더니 검은 머리에 눈동자도 검게 빛나는 여자와 함께 도냐가 들어왔다. 카트린이다.

그녀는 김상철과 시선이 마주치자 얼굴에 웃음을 띠었으나 그리 밝은 표정은 아니다.

"안드레이, 난 방에서 기다리고 있었는데……."

그의 옆에 앉은 카트린이 낮은 목소리로 말했다. 이곳은 도냐의 방인 것이다. 김상철이 쓴웃음을 지었다.

"화대는 정확하게 줄 테니 걱정하지 마라, 카트린."

송길수가 타냐 클럽을 찾아온 것은 다음날 오전이었다. 아래층 대기실에 앉아 있던 그는 계단을 내려오는 김상철을 보더니 자리에서 일어섰다. 아직도 두 눈이 충혈되었고 머리가 헝클어진 김상철을 카트린과 도냐가 좌우에서 부축하고 있다.

"웬일이야?"

찌푸린 얼굴로 그가 묻자 송길수가 다가와 섰다.

"차 안에서 말씀드리지요."

대기실의 한쪽 구석에 마담 타냐가 경직되어 서 있는 걸 보면 무엇엔가 겁을 먹은 모양이었다. 송길수가 이곳까지 찾아온 것은 처음이다. 그들은 현관 앞에 대기하고 있는 검정색 신형 벤츠에 올랐다. 값비싼 신형차는 수백 종류가 있었지만 마피아는 유난히 벤츠를 선호했는데 이제 송길수도 예외가 아니었다. 벤츠는 간밤에 내린 눈으로 빙판이 되어버린 거리를 달려 나갔다.

"장 사장한테서 조금 전에 연락이 왔습니다."

굼 백화점 앞을 지날 때 송길수가 말했다.

"예상했던 대로 환경국과 경비대가 검열을 나왔는데 11개 사업장이 무기한 영업정지를 당했습니다."

"……."

"북한과 마피아, 삼합회 쪽도 검열을 했지만 영업 정지를 당한 곳은 한 곳도 없습니다. 아주 노골적 입니다."

주머니를 뒤진 김상철이 담배를 꺼내 물자 송길수가 라이터를 켰다.

"형님."

송길수가 그를 똑바로 바라보았다.

"장 사장은 더 이상 고려리아에 남아 있을 자신이 없답니다. 부하들의 사기도 떨어져 있어서 벌써 3분의 1 가량이 이금철에게로 흡수되었습니다."

"……."

"나머지 사업장을 정리해서 블라디보스토크로 돌아오겠다는 대요."

담배 연기를 뱉어낸 김상철이 머리를 저었다.

"안 돼. 그럴 수는 없어."

"이대로 두었다가는 앉아서 망합니다. 11개 사업장이 영업정지를 당했으니 남은 건 6개뿐입니다."

"5개를 돌려주면 나머지는 풀어줄 거야."

"잘못 생각하신 겁니다. 놈들이 노린 것은 5개가 아니었어요. 우리의 모든 사업장이었습니다."

송길수가 김상철의 의중을 모르고 있는 것이 아니다. 이번에 장인규를 부추겨 전쟁을 일으킨다면 김상철은 고려리아에 영영 발을 디딜 수 없게 된다. 그것은 고려리아에 대한 반역으로 이제까지 그가 이룩한 모든 것이 수포로 돌아가는 치명적인 행위가 될 것이다. 김상철이 담배 연기를 길게 내뿜었다.

"난 반란을 일으킬 수는 없다. 내 모든 것을 잃더라도."

"……."

"내가 나서면 고려리아 행정부는 더욱 어려워진다. 내가 차라리 희생양이 되더라도……."

"그럼 이렇게 기다리고만 계실 겁니까?"

송길수의 목소리도 가라앉아 있었다.

"장 사장한데 끝까지 참고 기다리라고 할까요?"

꺼칠한 얼굴로 창밖을 바라본 채 김상철은 대답하지 않았다.

남자 못지않은 기질을 가진 장인규가 이제까지 참아온 것은 김상철을 믿고 그 지시를 충실히 따랐기 때문이다. 예전의 그녀였다면 눈에 거슬리는 우재환이나 그의 무리들을 당장에 쏘아죽였을지도 몰랐.

"형님."

송길수가 그에게로 머리를 돌렸다.

"고려리아에 더 이상 미련을 갖지 않는 것이 나을 것 같은데요. 제가 생각해도 가능성이 없는 일입니다."

"……."

"형님의 상대는 한국 정부입니다. 고려리아 행정부나 강 회장도 어쩔 수가 없는 상대란 말입니다."

"……."

"차라리 난장판을 만들어놓고 떠나버리시는 것이 나을 것도 같습니다만 형님이 새생활을 시작할 수 있도록 말입니다."

"장인규를 가볍게 보면 안 돼요, 우 선생. 그 여자는 이금철이도 함부로 하지 못합니다."

경비본부장 소명일이 앞에 앉은 우재환에게 말했다. 눈발이 거칠게 흩날리는 흐린 오후였다. 그러나 경비본부장실에 찾아온 우재환은 여유 있는 표정이었다.

"글쎄, 대단한 여자라고 들었습니다만 꽤 미인이기도 하더군요."

"충분히 김상철의 대리인 역할을 할 수 있는 여자요. 통솔력도 있고."

소명일이 우재환을 찬찬히 바라보았다. 우재환은 미국 태생의 재미동포로 미국에서 자랐다는 것 외에는 알려진 것이 없는 사내였다. 그에 대해서 알고 있는 사람은 운영위원장 전창남과 그의 심복인 기획실장 박찬홍 쯤이 될 것이다.

"이제 나흘이 지났으니 내일쯤 그 여자한테 사람을 보내 협상하도록 설득해 봅시다."

소명일이 말하자 우재환이 머리를 끄덕였다.

"일단은 본부장께서 주관하시는 일이니까 그렇게 하시지요. 그런데 협상 조건은 어떻게 하실 작정 입니까?"

"처음 이야기했던 대로 고춘식과 조성욱이 투자했던 5개 사업장을 되찾는 것으로 합시다. 나머지는 영업 정지를 풀고."

"……."

"그래도 장인규의 조직이 고려리아에서 가장 우파 성향을 띠고 있어요. 내 생각이지만 이용가치가 있어요."

"제 생각은 다릅니다."

우재환이 정색을 했다.

"그 조직이 가장 위험한 조직이오. 차라리 이금철처럼 붉다면 구분하기가 쉬운데 이것은 카멜레온처럼 파랬다 붉었다 한단 말입니다. 제일 마음을 놓을 수 없는 조직입니다."

"우 선생, 일에는 순서가 있는 법이오."

소명일이 그의 말을 잘랐다. 예비역 장군 출신답게 그는 다부진 얼굴로 우재환을 바라보았다.

"흑백 논리로 판단하면 안 됩니다. 우선 나는 5개 사업장을 양도받아 우 선생의 기반을 만들어주는 것으로 이번 사건을 마무리 짓겠소."

그와 시선이 마주친 우재환이 이윽고 얼굴에 천천히 웃음을 띠었다.

"알겠습니다, 그렇게 하지요."

경비본부장실을 나온 우재환이 타운에 돌아왔을 때는 저녁 무렵이었다. 오후 5시였지만 주위는 짙은 어둠이 내려앉아 있어서 벌써 타운의 유흥가는 불야성을 이루고 있었다. 그가 서울 호텔 3층에 있는 사무실에 들어서자 대기실에 앉아 있던 박기동이 반색을 하며 일어섰다.

"이제 오십니까?"

"내가 조금 늦었습니다."

그들은 안쪽에 있는 우재환의 방으로 들어섰다.

"타운의 분위기가 뒤숭숭합니다. 모두 긴장하고 있어서 요즘 며칠 동안은 손님들도 많이 줄었습니다."

박기동의 목소리는 조심스러웠다. 그는 거의 매일 우재환과 만나고 있었다. 우재환이 보드카 병을 들고 와서는 앞에 앉은 박기동의 잔에 술을 따랐다.

"자, 박 사장, 한잔 하시오."

"고맙습니다."

"아마 내일 중으로 협상을 할 것 같은데, 경비본부측에서 나서서 말이오."

보드카를 한 모금 삼킨 우재환이 이맛살을 찌푸렸다.

"첫잔 마실 때가 까다롭단 말이야, 이놈은."

"협상은 어떤 내용입니까?"

"5개를 되찾는 것."

"그렇군요."

"나머지는 영업 정지를 풀고."

"이금철 씨도 그렇게 예상하고 있었습니다."

박기동은 잔을 들어 입술만 축였다. 그는 자유롭게 이금철과 왕래할 수 있는 유일한 사람이었다. 그를 통해서 우재환과 이금철은 상대방의 입장을 알 수 있었고 우재환으로서는 북한측이 장인규를 건들지 못하도록 경고를 보내는 데도 적극 이었던 것이다.

"하지만 장인규가 예민해서, 제 생각입니다만 내일 협상이 받아들여질지 알 수가 없습니다."

술잔을 내려놓은 박기동이 말을 이었다.

"부하들한테 모두 정리하고 블라디보스토크로 돌아가겠다고 한다니까요."

"그것 잘되었군."

"그런데 그냥 돌아가겠습니까? 겪어보지 않으셔서 그년 성격을 모르십니다."

"……."

"게다가 김상철이의 조종을 받고 있어서 김상철이의 허락이 있어야 받아들일 겁니다. 그 여자 독단으로 결정할 일도 아닙니다."

"김상철이는 받아들일 거요."

잔에 술을 채운 우재환이 입가에 비웃음을 물었다.

"이제 이야기하지만 그놈은 전쟁을 일으킬 뱃심은 없는 놈이오."

"……."

"위험한 놈이기는 하지만 우리가 이곳의 모든 사업장을 몰수한다고 해도 그자는 움직이지 못해요. 나는 이미 그자에 대해서 완전히 파악했습니다."

술을 조금씩 삼키던 우재환이 이제는 제대로 술맛이 나는지 입맛을 다셨다.

다음날 오후, 인투리스트 호텔 근처에 있는 2층 저택으로 송길수가 찾아왔을 때 김상철은 응접실에 혼자 앉아 있었다.

"형님, 한이는 심부름 보내셨습니까?"

슈바를 벗어 옷걸이에 건 송길수가 그의 앞자리에 앉으며 물었다.

"아니, 어디 잠깐 바람 쐬러 갔겠지."

김상철이 수염이 덥수룩한 얼굴을 손바닥으로 쓸었다.

"그래, 가져온 소식을 듣자."

"경비본부에서 협상을 해왔습니다. 다섯 곳을 넘겨주면 나머지는 풀어주겠다고."

"……."

"장 사장은 승낙했습니다."

"······."

"그런데 이것은 조금 뜻밖입니다만 야쿠자 이나카와회의 나카무라라는 자가 찾아와 장 사장한데 나머지 사업장을 넘길 의향이 없느냐고 물었답니다."

고개를 든 김상철의 시선을 받은 송길수가 말을 이었다.

"우리가 부르는 가격대로 원하는 장소에서 현찰로 주겠답니다."

"······."

"형님, 장 사장은 형님 결정을 기다리고 있습니다."

"이나카와회라고?"

"예, 형님. 그들은 이미 고려시에······."

"알고 있어."

"형님, 이 기회에 넘겨 버리시는 것이······ 어차피 나머지 사업장도 오래 못 갈 것이 뻔한 마당에."

김상철이 손을 뻗어 탁자 위에 놓인 보드카 병을 쥐었다. 그가 벌컥거리며 병째로 술을 마시는 동안 이맛살을 찌푸린 송길수는 어두워지기 시작하는 창밖을 바라보았다. 그가 보기에도 안타까울 정도로 김상철은 무기력해져 있었던 것이다. 고려타운이 황량한 벌판 위에 몇 채의 목조 클럽으로 시작했을 때부터 함께 일해 왔지만 이렇게 약한 모습의 김상철은 처음이었다. 그에게는 더 이상 고려리아와의 인연이 없는 것처럼 보였다. 방법이 있다면 그곳을 떠나 새 인생을 사는 것뿐이었다. 술병을 내려놓은 김상철이 손등으로 입가에 묻은 술방울을 훔쳤다.

"너, 타냐 클럽에 함께 가지 않을 테냐?"

밤 12시가 넘었으므로 저택의 불은 대부분 꺼졌지만 2층 응접실은 환하게 켜져 있었다. 페치카에서는 마른 장작이 기세 좋게 타오르면서 가끔씩 불꽃이 탁탁 튀어 올랐다. 이한은 보드카를 들이켜고는 길게 숨을 내쉬었다. 아침에 블라디보스토크를 출발하여 하바롭스크, 고려리아의 테르시를 거쳐 타운에 도착하는데, 여객기와 헬기를 번갈아 타고 기다리는 시간까지 합해 15시간이 걸린 강행군이었던 것이다. 그를 바라보고 앉은 장인규는 아직 흥분이 가시지 않은 생생한 얼굴이었다. 깊은 밤에 단신으로 숨어 들어온 이한과 만났으니 그것은 당연한 반응이다. 이한은 경비대에게 발각되면 당장에 끌려갈 처지였다. 그가 다시 보드카 한 잔을 다 마시기도 전에 참다못한 장인규가 입을 열었다.

"웬일이야? 김 사장님은 어디에 계시고? 무슨 일이야?"

술잔을 내려놓은 이한이 더운 숨을 몰아쉬었다.

"형님은 블라디보스토크에 계시오."

말을 계속 하라는 듯 장인규가 그를 바라보았다.

"난 형님 모르게 아침에 떠났수다."

"……."

"누님, 난 내일 아침 경비대에 자수할 생각이오. 경비대 새끼들은 모두 내가 쏘아죽였거든. 형님은 총 한 방 쏘지 않았소."

"……."

"내가 자수를 하면 형님은 이곳으로 돌아오실 수 있을 거요. 그렇게 되면 누님 사정도 괜찮아질 것이고, 그리고……."

"……."

"몇 번이나 말씀드렸지만 형님은 소용없는 짓이라고 하셨소. 하지만 난 이대로 있을 수가 없었소. 형님을 그대로 둘 수가 도저히……."

"……."

장인규가 자신의 잔에 천천히 술을 따르더니 한 모금 삼켰다.

"네 말을 믿어줄까?"

"그때 헬리콥터에서 살아난 놈이 증인이오. 그놈은 형님 덕분에 내 손에 안 죽었으니까."

장인규가 머리를 저었다.

"그놈은 이곳에 없다. 그리고 그놈은 김 사장이 살해했다고 증언을 했어."

"말도 안 되는 소리, 내가 죽였는데 왜?"

그의 빈 잔에 술을 채워준 장인규가 자리에서 일어섰다.

"김 사장님이 걱정하실 테니 내가 송길수한테 연락은 해야겠다."

"난 안 돌아갑니다."

따라 일어선 이한이 장인규를 노려보았다.

"되건 안 되건, 믿건 안 믿건 간에 난 내일 아침에 경비대로 갈 거요. 누님은 날 말리지 못합니다. 아시겠소?"

"알아. 그러니까 아래층으로 내려가 쉬어."

눈을 치켜뜬 장인규가 매섭게 말했다.

"여기 일은 나한테 맡기고."

아래층의 침실로 들어선 이한이 미처 상의를 벗기도 전에 방문이 열리더니 황윤이 들어섰다. 그녀는 장인규와 함께 저택에서 살고 있었던 것이다. 잠자코 양복 상의를 받아든 그녀는 이한이 침대에 걸터앉자 신발을 벗겼다.

"연락을 안 한다고 내가 잊을 줄 알아요?"

목덜미만 보인 채 그녀는 중국어로 말했다.

"당신이 죽었다는 소식이 들리면 나도 따라 죽으려고 했어요."

이한이 발을 휘둘러 그녀의 손을 떼어내었다. 놀란 황윤이 그대로 그를 올려다보았다.

"이 망할 중국 년 같으니."

한국말이었지만 황윤은 알아듣는다. 금방 눈에 가득 눈물이 고인 그녀가 그를 노려 본 채로 어금니를 물었다.

"네년이 뭔데 날 붙잡는 거야?"

"난 당신의 아내예요."

"갈보년이."

황윤이 일어나면서 손등으로 눈물을 닦았다. 그러더니 어깨를 두어 번 들썩이다가 다시 이를 악물고 그를 바라보았다.

"식사했어요?"

"……"

"완탕을 가져올게요."

"그만둬."

이한이 소리쳤으나 몸을 돌린 황윤은 방을 나갔다. 침대에 멍한 얼굴로 앉아 있던 이한이 갑자기 딸꾹질을 하듯이 두어 번 숨을 들이마시고는 목구멍으로 앓는 소리를 뱉어냈다.

이한이 눈을 떴을 때는 아침 6시였다. 고려리아를 떠나기 전과 똑같은 분위기에다 자신의 가슴에 얼굴을 묻고 있는 황윤도 그대로여서 그는 한동안 움직이지 않았다. 황윤의 따뜻한 숨결이 여느 때처럼 가슴을 간질이고 있었다. 이곳까지 숨어들어 오는 동안에도 계속해서 황윤의 얼굴이 머릿속에 떠올랐고 그때마다 기를 쓰고 그것을 지워왔다. 황윤을 만나려고 온 것은 절대 아니라고 장담할 수 있었지만 지금은 조금이라도 더 이대로 있고 싶은 욕심에 그는 숨소리도 죽였다. 그러나 복도를 오가는 발자국 소리에 황윤이 눈을 떴다. 이한이 급히 눈을 감았지만 그녀는 그가 잠이 깬 것을 알아차린 모양이었다.

"벌써 깼어요?"

몸을 더욱 바짝 붙여 오면서 그녀가 물었다.

"아직 6신데 30분쯤 시간이 있어."

그녀가 다시 얼굴을 가슴에 묻자 이한은 결심을 했다. 30분 동안 그냥 황윤을 이대로 안고 있다가 떠나기로 한 것이다.

그가 2층의 응접실에 들어섰을 때는 7시 30분이다. 화장기가 없는 얼굴이어서 더욱 야위어 보이는 장인규가 머리를 끄덕이며 그를 맞이했다.

"김 사장님은 널 당장 보내라고 하셨어. 화가 단단히 나신 모양이다."

그녀가 가볍게 한숨을 쉬었다.

"나로서도 어떻게 해야 될지 모르겠다. 네가 나선다고 해서 금방 김 사장님의 혐의가 풀어 질 것도 아니고."

"글쎄, 내가 가서 이야기부터 하는 것이 순서 아뇨? 이렇게 시간 버릴 것 없습니다."

이한이 그때까지도 허리춤에 찔러 넣고 있던 콜트를 탁자 위에 내려 놓았다.

"그, 염 과장인가 하는 놈이 증인이오. 그놈은 벌벌 떨면서 내가 하는 짓을 모두 보았소."

장인규가 벽시계를 올려다보았다.

"서둘 것 없다. 내가 이대각 부위원장을 만나자고 했으니 곧 헬기로 날아올 거야. 그분과 상의한 다음에 결정하기로 하자."

이대각이라면 하는 얼굴로 이한이 잠자코 있었으므로 장인규도 마음을 놓는 눈치였다. 문이 열리면서 밝은 얼굴로 황윤이 들어왔으므로 방 안의 분위기는 더욱 가라앉았고 찻잔이 놓이는 소리가 유난히 크게 들렸다.

"그것이 밝혀진다면 김 사장에게 도움이 될 거야. 하지만……."

상체를 숙인 이대각이 이한을 빤히 바라보았다.

"염태식은 유일한 증인이야. 그놈은 김 사장이 쏘았다고 이미 증언을 했어. 그리고 자넨 현장에 있었지만 김 사장의 심복 부하이고."

이대각이 천천히 머리를 저었다.

"김 사장을 옭아 넣으려는 그들의 공작이었다. 그들은 자네 자백을 무시해 버릴 것이다. 따라서 지금 자네가 자수한다고 해도 전혀 도움이 안 돼."

식전에 헬기로 날아온 이대각은 꺼칠한 얼굴이었다. 그는 머리를 돌려 옆에 앉은 장인규를 바라보았다.

"내가 요란하게 이쪽으로 날아왔으니 경비대가 신경을 곤두세우고 있을 거야. 이 친구가 꼬리를 잡힐지도 몰라."

"제가 잘 처리 하겠습니다."

장인규의 말이 끝나기도 전에 이한이 번쩍 머리를 들었다.

"저는 이대로 돌아갈 수가 없습니다. 어떻게 되든 저는 자수를 하겠습니다."

"그 정도의 각오를 하고 있다면 적절한 시기에 나서게 해줄 테니까……."

부드러운 표정으로 이대각이 말을 이었다.

"우선 자네의 증언을 녹음해서 가져가기로 하지. 그것을 본국의 수사기관과 국정원에 보내어서 염태식에게 확인시키도록 하잔 말이야."

"……."

"정확하게 현장에서 있었던 일을 말해주게. 총을 쏜 위치와 그때 상황을 말이야. 한국 수사기관도 바보가 아니니까 우선 그들에게 자네 자백을 보내자고."

"……."

"그래서 기회가 됐다고 생각하면 그때 자수를 하게. 그래야 김 사장을 실질적으로 돕게 될 거야. 지금 나서는 것은 무리야. 오히려 자네만 희생당하고 말아."

이한이 잠자코 있었으므로 장인규가 입을 열었다.

"그럼 오늘 중으로 녹음을 하겠습니다. 폐를 끼쳐서 죄송합니다."

"우리가 미안하게 생각하고 있어. 도와주지도 못하고. 이번에 협상에 응해준 것도 고맙게 생각하네."

이대각이 식어버린 녹차를 들어 조금씩 마셨다.

"우리 입장을 생각해서 참아주고 있다는 것도 알고 있어."

"이나카와회에서 나머지 사업장을 인수하겠다고 제의해 왔습니다."

장인규의 말에 이대각이 눈을 껌벅이며 그녀를 바라보았다.

"이나카와회가?"

"네. 우리가 부르는 가격대로, 원하는 장소에서 지불하겠다고."

"김 사장은 뭐라고 하던가?"

"아직 대답을 받지 못했습니다."

"저어……."

입을 연 것은 이한이다. 그는 조심스러운 시선으로 이대각을 바라보았다.

"형님께서는 요즘 술만 마십니다."

이대각과 장인규의 시선을 받은 그의 얼굴이 긴장으로 굳어졌다.

"거의 식사도 안 하시고, 말도……."

"……."

"이대로 가다가는 도저히……."

이대각이 커다란 소리를 내며 한숨을 쏟아냈다.

"이곳 소식을 들으면 오장이 뒤집히겠지."

그는 장인규에게로 머리를 돌렸다.
"이나카와회에 대해서는 당분간 보류시켜 놓는 것이 나을 것 같은데."
"저도 그럴 생각입니다."
"이런 상황에서 일본이 파고들어 온다는 것이 심상치가 않단 말이야."
어깨를 추켜올린 그가 다시 녹차 잔을 들었다.
"정말 이대로 내버려 둘 수는 없어."
그러나 그 대상이 무엇인지 이대각은 말하지 않았다.

시바다는 오리엔트 호텔의 특실에 앉아 아침식사를 하고 있었다. 창밖으로 흰 눈에 덮인 고려시와 끝없는 대평원이 바라보이는 20층의 스위트 룸 안이다.
"현재로서는 하루 100명 정도지만 내년에는 매일 500명을 기준으로 잡아 약 20만의 관광객을 유치 할 수 있습니다."
소파에 앉은 가와베가 서류를 펼치며 말을 이었다.
"우리 일본이 20만, 미국과 유럽, 기타 아시아 국가를 합하면 내년에 고려리아를 방문할 관광객이 50만 명은 되리라고 예상합니다."
"한국인은 얼마나 되리라고 예상하나?"
우유잔을 든 시바다가 묻자 가와베가 서류로 시선을 주었다.
"정부의 규제가 언제 풀릴지가 문제지만 지금 수준으로 보면 약 2만 명 정도입니다."
아직도 한국 정부는 고려리아를 북한 다음으로 위험한 적성국가 취급을 하고 있었는데 이것은 다분히 정치적인 압력이었다. 비록 운영위원회와 경비대 등으로 고려리아의 대외관계 및 행정 부분을 장악하고는 있지만 내부경제 부분에 대해서는 간여할 수도 없으려니와 공과를 따질 위치도 아니었다. 고려리아에 북한계 주민이 많은데다 그들의 사업장까지 있다는 것이 운영위원회의 한국 관광객 규제 이유였는데 만일 그 규제를 푼다면 내년 한 해 동안만 50만 명 유치는 문제도 아니었다.

우유 잔을 내려놓은 시바다가 얼굴 가득 웃음을 띠었다.

"조센징들이란 어쩔 수가 없어. 앞을 내다보는 정치인이 없다. 만일 이 고려리아를 일본 상사가 운용한다면 아마 정부의 대폭적인 지원을 받았을 것이다."

"강 회장의 운용방법이 정부의 눈 밖에 났기 때문이지요."

"한국 정부가 아니야. 미국과 우리 일본 정부의 눈 밖에 난 것이다. 그대로 내버려 두었다가는 일본과 미국은 지근거리에 또 하나의 한국을 두게 되어 있었거든. 첨단시설과 문화, 거기에다 무력까지 갖추게 된다면 대단히 위험한 존재가 된단 말이다."

"그렇군요. 러시아와 중국의 조선족이 지금 모두 몰려들고 있습니다."

"그것뿐만 아니다. 남북한의 조선족이 대거 이주해 오면 몇 천만 인구는 금방이야."

"……"

"이곳에 오기 전에 정보국의 아베 국장을 만났다. 우리에게 자금뿐만 아니라 다른 모든 지원을 하겠다고 했어."

"기운이 납니다, 보스."

"일본 관광단은 모두 우리가 소화해야 할 것이다. 다른 놈들에게 빼앗기면 안 돼."

"물론입니다, 보스."

관광객 일인당 500달러씩만 계산해도 20만 명이면, 여행경비만 해도 1억 달러가 떨어지는 것이다. 식탁에서 일어선 시바다가 가와베의 앞자리에 앉았다.

"장인규가 나머지 사업장을 넘기면 우리의 기반은 일시에 굳어진다.

본국에 있는 조센징 회원만 해도 1000명이야, 우리는 금방 고려리아에 적응할 수 있게 돼."

"나카무라는 며칠 안에 결정이 날 것 같다고 했습니다."

"북한이나 삼합회, 마피아는 감히 손을 내밀 엄두도 못 낼 테니까."

담배를 꺼내 문 시바다가 소파에 등을 기댔다. 가와베가 재빠르게 라이터를 갖다 댔다. 장인규가 북한과 마피아에게 5개 사업장에 대한 제의를 했다는 것을 알고 있었다. 삼합회는 아예 대상에 들어 있지도 않았다. 운영위원회와의 마찰을 꺼린 그들이 그것마저 거절한 마당에 나머지 사업장에 대한 욕심을 낼 리가 없다.

"보스, 어젯밤에 아오모리에서 센가주마루가 떠났습니다."

가와베가 말하자 시바다는 잠자코 머리를 끄덕였다. 센가쿠마루가 실린 컨테이너는 블라디보스토크의 고려 부두에 내려질 것이고 그곳에서 곧장 철도를 이용해 하바롭스크로 보내진다. 전에는 하바롭스크에서 고려 운송의 트럭이 고려리아로 운반하는 데 걸리는 시간은 모두 합해 일주일이었다. 그러나 고려리아와 하바롭스크 간의 철도가 완공된 후에는 그것이 하루로 단축되었다.

"현금은 모두 얼마야?"

"현금은 엔화로 15억 엔, 달러가 250만입니다."

"부피가 꽤 크겠다."

"소액환도 있어서 컨테이너 하나에 넣었습니다."

시바다는 담배 연기를 길게 내뿜었다. 이제 돈 세탁할 염려가 없어진 것이다. 돈은 현금 그대로 일본만 빠져나오면 된다. 고려리아 당국은 전혀 제한하지 않았으므로 돈이 실린 컨테이너를 고려시의 거래 은행에 넣으면 그 순간부터 돈은 새롭게 태어난다. 세계 각국에 퍼져 있는 은행 지점에서 얼마든지 찾을 수가 있는 것이다.

밤 9시가 되자 타운은 여느 때와 다름없이 활기를 띠기 시작했다. 낮보다 통행인이 곱절이나 많아지면서 휘황한 네온사인이 번쩍였고 상점에서 울려나오는 음악 소리로 타운은 열기에 휩싸이는 것이다. 고려시나 타운 근처에 형성된 근로자 숙소, 집단 거주지 등에서 몰려나온 사람들 외에도 이제는 관광객들도 상당수를 차지하고 있다. 대부분이 일본과 미주, 또는 유럽 등에서 온 사람들로 그들을 위한 갖가지의 향락 시설이 준비되어 있었다. 박기동이 나파스 클럽에 들어서자 무대에서는 요즘 인기 있는 러시아 댄서의 누드쇼가 막 시작되고 있었다. 거침없이 들어서는 그를 향해 종업원이 허리를 굽히며 다가왔다.

"이쪽으로 오십시오. 기다리고 계십니다."

어깨를 펴고 으쓱거리며 걷는 박기동의 뒤로 세 명의 사내가 따르고 있었는데 그의 경호원들이다. 안쪽 깊숙이 자리한 밀실로 다가간 그는 경호원들을 남겨두고 안으로 들어섰다. 방 안에 앉아 있다가 자리에서 일어서는 사내는 나카무라였다.

"이거 기다리게 했습니다, 나카무라 씨."

"아니 천만에요. 저도 방금 왔습니다."

형식적인 인사를 나눈 그들은 자리에 앉았다. 처음 만나는 사이도 아니었으므로 그들은 미리 준비해 둔 술과 안주를 집었다.

"아직 반응이 없습니까?"

박기동이 묻자 나카무라가 머리를 저었다.

"없습니다. 하지만 곧 연락이 오겠지요."

장인규의 나머지 업체에 관한 이야기였다. 그들이 앉아 있는 나파스 클럽도 그 중의 하나인 것이다.

"오래 버티지 못할 겁니다. 여러 가지 형태로 압박을 가할 테니까요. 종업원들의 사기도 떨어져 있어서 이젠 껍데기만 남아 있는 상태지요."

술잔을 든 박기동이 의자에 등을 기대었다. 얼마 전까지만 해도 그는 나파스 클럽 주위에는 얼씬거릴 수도 없었다. 그러나 이제 장인규는 어딘가에서 움츠리고 있는지 나타나지도 않는데다 눈에 띄게 분위기가 위축되어 있다.

"우 사장은 고려시에는 어떻게 진출할 예정 입니까?"

"글쎄요."

박기동은 얼굴에 애매한 웃음을 띠었다. 우재환은 운영위원회의 도움으로 고려 타운에 서서히 기반을 굳히게 되었지만 고려시에는 진출할 기회를 잡지 못했던 것이다. 사방 4킬로미터에 이르는 거대한 상가지구에 이미 마피아와 삼합회, 야쿠자와 북한까지 자금을 투자하여 제각기 호텔과 카지노 등 온갖 유흥업체를 건설하는 중이었고 일부는 이미 개업을 했다. 그러나 한국측의 대표주자라고 볼 수 있는 우재환은 아직 한 평의 가게도 소유하고 있지 못한 것이다. 고려측은 노른자위 땅에 직영 호텔과 카지노 등 다섯 곳을 건설해 놓았지만 그것은 운영위원회가 상관할 수 없는 부분이었고 우재환은 더욱 그랬다. 고려타운에는 이제 기반이 생겼지만 고려시의 경우에 있어서 우재환은 아직도 떠돌이 신세인 것이다.

"자, 한잔 합시다."

오늘은 나카무라가 마련한 자리였다. 박기동의 잔에 술을 채운 그가 짙은 눈썹 아래로 날카로운 시선을 들었다.

"우리야 우 사장과 손잡고 있는 상황이라 조금 걱정을 한 겁니다. 타운만 가지고는 어렵소. 고려시는 라스베이거스보다 몇 배 더 성장해 나갈 도시 아닙니까?"

"글쎄, 그거야 나는 알 수 없는 일이오. 난 단지 양쪽의 연락 정도나 맡고 있어서……."

"양쪽이 아니라 세 곳 아닙니까?"

웃음 띤 얼굴로 나카무라가 묻자 박기동도 따라 웃었다.

"그거야 그쪽은 전부터 안면이 있던 사람들이라······."

"어쨌든 박 사장은 뛰어난 분이십니다. 모두가 필요로 하는 것을 보면 말이오."

"그런 말씀 마시오. 나도 죽을 고비를 여러 번 겪었습니다. 내가 이렇게 되고 싶어서 된 것이 아니오."

술기운에 눈가가 불그스레해진 박기동이 쓴웃음을 지었다.

"어쩌다 보니 이렇게 되었을 뿐이오. 내가 뛰어난 것이 있다면 생명력이지요. 빌어먹을, 어느 곳에서도 살아남을 수 있는······ 그 외에는 없소."

한동안 그를 바라보던 나카무라가 천천히 머리를 끄덕였다.

"한국인은 개개인으로 보면 세계 제일이오. 난 그것을 잘 압니다."

"아니, 한국인보다도······."

"나는 오늘 박 사장님과 사업 이야기를 하려고 만나자고 한 겁니다."

정색 한 얼굴로 나카무라가 말을 이었다.

"내년에 고려리아를 찾을 일본 관광객은 약 20만 정도요. 고려리아 행정부에서도 그렇게 예상하고 있지요. 내년의 전체 관광객 예상 수는 50만으로 관광 수입만 2억 5천만 달러가 될 겁니다."

어느덧 박기동의 얼굴에서 술기운이 가셨다.

"나도 압니다. 관광 수입은 고려리아의 중요한 재원이 될 거요."

"그렇지요. 3년 후의 관광 수입은 15억 달러를 예상하고 있더군요."

그것까지는 알고 있지 못했는지 박기동이 잠자코 그를 바라보았다.

"그 15억 달러는 외형으로 나타난 돈이고 다른 부분에 떨어질 돈은 그 이상이 될 거요. 알고 계시지요?"

"알고 있어요."

카지노나 갖가지의 도박, 그리고 마약 등이다. 나카무라가 그를 똑바로 바라보았다.

"우리는 이미 일본 굴지의 10여 개 여행사의 대리인 자격을 갖고 있어요. 고려리아에 들어오는 일본 관광객의 대부분은 우리가 관리한다는 말입니다. 다른 여행사가 보낸 관광객들은 고려리아에서 큰 고생을 하게 되겠지요."

"……"

"그런데 한국은 고려리아의 여행 규제로 올해에 상용 출장자까지 포함해서 2만 명 수준이었고 내년도 비슷할 것 같더군요. 그래서 말인데……."

나카무라가 뜸을 들이듯이 잔에 술을 채우더니 한 모금 마셨다.

"한국 관광객이 일본을 거쳐 고려리아에 오게 되면 문제가 없습니다. 우리 여행사를 통하면 여권에 도장도 찍지 않고 고려리아에서 지내다가 일본을 통해 귀국하면 됩니다."

"……"

"홍콩은 이제 끝났고 마카오보다도 더 자유롭게 카지노와 도박을 즐길 수 있는 곳이오, 이곳은. 어떻습니까?"

"그렇다면 나더러……."

"전에 한국 여행사의 대리인 역할을 하셨다고 들었는데."

"그렇지만 상황이 험악해져서 연락이……."

"연락해 봐요. 그곳이 아니더라도 달려올 여행사가 많을 겁니다. 그들이 이곳의 잠재력을 모르고 있을 리가 없어요. 길을 찾지 못하고 있을 뿐이지."

"……"

"막대한 수입을 올릴 수가 있을 거요. 박 사장님은 물론이고 그 여행사도."

셈속으로 따지면 누구 못지않은 박기동이다. 그는 술잔을 쥔 채 한동안 나카무라를 바라보았다. 그 자신이 손해 볼 일은 하나도 없는 것이다. 이유미에게 연락하여 관광객을 모집하면 처리는 이나카와회가 맡는다. 그리고 자신은 다시 이유미 회사의 현지 대리인이 되어 이익금을 분배받으면 되는 일이었다.

프로펠러가 일으키는 눈보라 속으로 뛰어 들어간 이한은 헬기에 재빠르게 올랐다. 헬기는 고려리아 건설단 소속의 OH-6형으로 4인승의 경량급이었지만 빠른데다 전천후 운행이 가능한 최신형이다. 문을 닫고 이한이 안전벨트를 매자 헬기는 가볍게 동체를 들어 올리면서 비스듬히 상승했다. 깊은 밤이었다. 오른쪽으로 불야성을 이룬 타운이 잠깐 보이는가 싶더니 헬기는 곧장 짙은 어둠 속으로 돌진해 들어갔다. 이한의 옆자리에 앉은 이대각은 굳게 입을 다물고는 창밖을 바라보고 있었다. 간간이 평원 위에 반짝이는 불빛이 보였는데 자동차의 전조등이다.

헬기는 기수를 남으로 잡고는 1000피트의 고도를 유지한 채 빠르게 날아가고 있었다. 시속이 300킬로미터인 OH-6는 하바롭스크까지 가는 동안 중간에서 급유를 받아야 했는데 비행시간만 5시간이다. 하바롭스크에서는 민간 헬기로 갈아타고 블라디보스토크로 날아갈 계획이었다. 이대각이 한밤중에 주그주르 산맥 아래쪽의 아연 광산 시찰을 핑계 삼아 헬기를 띄운 것은 이한을 안전하게 돌려보내려는 의도도 있었지만 김상철을 만나려는 것이다. 유장석의 허락은 받았으나 이것은 모험이다. 도처에 깔려 있는 운영위원회의 정보원이나 각 조직의 감시자들, 거기에다 경비대의 경계망도 피해야 하는 것이다 얼마쯤 시간이 지나자 앞쪽에 앉은 조종사가 위에 걸린 무전기를 떼어 냈다.

"여긴 KC-01호, 좌표는 237, 143이다. 난기류가 심해서 고도를 500피트로 낮춘다."

무전기를 끈 조종사는 헬기를 급강하시켰다. 고려 건설 때부터 같이 일해 온 조종사여서 이대각의 심복이나 다름없는 사내였다.

헬기를 다시 수평으로 유지한 조종사는 오른쪽으로 방향을 틀었다. 지금부터 경비대의 레이더에 헬기는 나타나지 않을 것이다. 요란한 굉음을 내면서 동그란 동체의 OH-6는 짙은 어둠 속을 쏜살같이 날아가고 있었다.

깊은 밤이어서 집안은 발자국 소리 하나 들리지 않았다. 짙은 색 커튼이 내려진 응접실 안은 불을 환하게 밝히고 있었지만 분위기는 어두웠다. 장인규가 입을 열었다.

"언니, 아무래도 타운의 사업장을 정리하고 떠나야 될 것 같아."

앞자리에 앉은 이인숙은 예상하고 있었다는 듯 잠자코 시선만 주었다.

"마침 인수하겠다는 사람도 나섰고, 아마 가격도 꽤 받을 수 있을 거야."

"김 사장님은 뭐라고 하셔?"

"아무 말도."

머리를 돌린 장인규가 그녀의 시선을 피했다.

"나로서는 더 이상 버티지 못하겠어. 벌써 식구들이 3분의 1 이상 빠져나간 데다 앞으로도 희망이 보이지 않아."

"……."

"분하지만 어쩔 수가 없어."

장인규가 상체를 세우더니 이인숙을 바라보았다.

"언니, 경희 아빠가 어떻게 해서 돌아가신지 알고 있지?"

"새삼스럽게 그 얘기는 왜?

"그 일은 나하고도 관계가 있었어. 나도 그 계획을 만든 사람 중의 하나였으니까."

이맛살을 찌푸린 이인숙이 가볍게 머리를 저었다.

"다 끝난 이야기야. 그리고 지금 내가 의지하고 믿고 있는 사람은 김상철 씨와 너밖에 없어."

"……"

"내 남편이나 너나 열심히 살려다가 일어난 일이야. 난 이미 잊었어."

"언니, 나하고 같이 블라디보스토크로 가자. 그곳에서는 얼마든지 다시 시작할 수가 있어."

이대각이 이한과 함께 김상철에게로 떠난 것도 어떤 계획이 있어서가 아니었고 무기력해진 그가 걱정이 되었기 때문이다. 결국 김상철의 동향을 듣고 난 장인규는 마음을 정하게 되었다. 고려리아에 대한 김상철의 집착을 모르는 바는 아니었지만 시간이 흐를수록 상황이 악화될 뿐이다. 자신이 결정을 내리는 것이 그를 돕는 일이라고 생각하게 된 것이다. 이인숙이 천천히 머리를 끄덕였다.

"그래. 네가 알아서 결정해. 난 따라갈 테니까."

그녀의 목소리는 가라앉아 있었다.

밤에 떠난 수송열차

방에 들어선 이대각이 다가오는 김상철을 보고는 얼굴 가득 웃음을 띠었다.
"오랜만이구나."
"그동안 안녕하셨습니까?"
김상철은 셔츠 위에 스웨터를 걸친 가벼운 차림이었다. 그는 이대각의 슈바를 받아 걸었다. 이한과 함께 이대각을 안내해 온 송길수는 옆방에 있는지 들어오지 않았다. 늦은 오후였다. 하바롭스크에서 전세낸 헬리콥터가 도중에서 세 시간쯤 엔진을 고쳤기 때문이다. 그들은 가죽 소파에 마주보고 앉았다. 집안은 깨끗하게 청소되어 있었다. 가구도 흐트러지지 않았고 난방장치가 잘 되어 있어서 훈훈했다. 이대각은 김상철의 얼굴에서 시선을 떼었다. 반년 만에 보는 그의 얼굴은 상당히 여위어 있었다. 면도를 한지 얼마 되지 않은 모양으로 코밑과 턱은 매끈했지만 광대뼈의 윤곽이 드러났고 물기를 머금은 두 눈은 충혈된 상태였다. 술기운에 젖어 있는 것이다.

"이한한테서 이야기를 들었다."

이대각이 불쑥 말했다. 큰 머리를 뒤로 젖히듯이 세워든 그는 마치 성난 것처럼 보였다.

"그놈은 널 위해 목숨을 내놓을 작정이더군."

"그런다고 해서 사정이 나아질 리 없습니다."

자리에서 일어선 김상철이 벽에 붙은 장식장으로 다가가 술병과 잔을 들고 왔다.

"먼 곳으로 가서 고려리아를 잊으려고도 생각해 보았지만 그래도 지켜봐야 할 것 같아서."

술을 채운 그는 이대각의 앞에 술잔을 내려놓았다.

"어머니의 임종이나 지키는 무능한 자식처럼 말입니다."

"넌 아직도 갈 길이 먼 놈이야. 넌 지금 가다가 말고 주저앉아 있다."

"제가 갈 곳은 한 곳뿐입니다. 그런데 그 길이 막혀 있지요."

술잔을 들어 단숨에 술을 삼킨 김상철이 다시 잔을 채웠다.

"염려하실 것 없습니다. 보아하니 이제 얼마 남지 않은 것 같으니까요."

"……"

"조금 전에 장 사장한테서 나머지를 이나카와회에게 넘기겠다는 연락이 왔습니다. 모두 매각하고 이곳으로 오겠다고."

"……"

"마침 잘됐습니다. 앞으로 만나 뵐 기회도 없을 텐데 오늘은 저하고 한잔 하시지요. 여자들이 괜찮은 곳이 있습니다."

이대각이 술을 입 안에 털어넣더니 소리나게 잔을 내려놓았다.

녹음테이프를 한국의 수사기관과 국정원에 보내 정황을 설명한다. 해도 가능성이 희박한 싸움이다. 염태식이 증언을 번복할 리가 없는 것이다. 이미 음모는 단단하게 짜여 있어서 수렁에 빠진 김상철이 헤치고 나올 가능성은 없다. 그들은 거의 동시에 잔을 들었다.

"그렇다면 러시아에 정착할 생각이냐?"

낮은 목소리로 이대각이 묻자 김상철이 시선을 들었다. 눈의 핏발이 더욱 붉어져 있었다.

"아직은 모릅니다. 우선 식구들이 이곳으로 모여야 할 테니까요. 그런 다음 결정해도 늦지 않습니다."

"……."

"끝까지 미련을 버리지 못한 저 대신 장 사장이 결정을 했지요. 막상 이렇게 되고 보니 후련합니다."

만감이 교차하는 표정으로 이대각은 술잔을 들었다. 이제 김상철의 앞에서 울분을 터뜨리는 것도 우스운 모양이 될 것이고 그렇다고 한탄을 할 수도 없다.

"언젠가는 꼭 기회가 올 것이다."

입가에 묻은 술을 손등으로 쓱 닦으면서 이대각이 말했다.

"그때까지 내가 버티고 있을 테다. 온갖 수모를 겪더라도 내가 기다리고 있을 테니 너도……."

말끝이 흐려진 것은 자신도 장담할 수 없는 일이었기 때문이다. 시간이 흐를수록 운영위원회의 권한은 강화되는 중이었고 행정위원회의 업무는 제한을 받는 상황이다. 그는 김상철이 채워준 잔을 들고는 큰 머리를 젖히며 술을 삼켰다. 거기에다 서울의 강 회장은 근래에 들어 건강이 좋지 않았다. 한 달이 넘도록 강 회장은 공식 회의는 물론 외출도 하지 않고 있었는데 중병이라는 소문이었다. 술잔을 내려놓은 이대각이 길게 한숨을 몰아쉬었다. 강 회장은 김상철의 마지막 보루였던 것이다.

덕수궁 돌담길을 따라 올라가다가 오른쪽으로 꺾어지면 도심에도 이렇게 한적한 길이 있나 싶도록 깨끗한 샛길이 나온다. 승용차 한 대가 길가에 서있는 전경들을 스치고 지나 샛길 옆쪽의 공터에 멈춘 것은 오후 5시. 11월 하순이어서 다소 쌀쌀한 날씨의 늦은 오후였다.

차에서 내린 박정규가 앞쪽에 난 조그만 창문으로 다가가자 곧 안에서 문이 열렸다.

"어서 오십시오."

짙은 색 양복 차림의 사내가 그를 향해 머리를 숙였다. 그들은 노랗게 말라버린 잔디밭 위를 지나 한옥 안으로 들어섰다. 이곳은 해방 이후로 미 대사관의 파티장으로 사용되어 온 덕수궁 별채였다. 응접실에는 주한 미국대사 제임스 터너가 그를 기다리고 있었다.

장신으로 회색 머리칼을 단정히 빗어 넘긴 그는 웃음 띤 얼굴로 박정규의 손을 잡았다.

"난 네바다 출신이라 아직도 한국의 가을, 겨울엔 익숙지가 않아요."

그들이 자리 잡고 앉았을 때 남자 직원이 들어와 커피 잔을 내려놓고 나갔다.

"날씨가 추워지면 관절이 쑤신단 말이야."

"신경통이오, 제임스. 한국의 온천욕을 하면 나을 거요."

"글쎄, 난 대중탕에 가려면 멋쩍어서."

인사말은 이쯤 해두자는 듯이 박정규가 정색을 했다.

"김상철의 나머지 사업장이 곧 이나카와회에 넘어갈 겁니다. 오늘 아침에 연락이 온 모양이오."

"나도 들었습니다. 이제 균형이 잡혔으니 일본측에서도 마음을 놓을 거요."

커피 잔을 든 제임스가 맛있게 한 모금을 삼켰다.

"일본의 정보국장 아베가 이만저만 신경을 쓰는 게 아니어서……."

박정규가 머리를 끄덕였다. 일본 정부는 고려리아가 미국에 의해 좌지우지 되는 것도 바라지 않는 것이다. 일본의 지근거리(至近距離)에 있는 고려리아가 미국의 조정을 받는 위성 지역이 된다면 그것은 커다란 위협이다. 소파에 등을 기댄 제임스가 두 다리를 길게 뻗었다.

"이제 고려리아는 미국과 일본이 공동 조정하는 제2의 한국이 되었소. 어떻소? 내 표현이 맞습니까?"

"글쎄, 그건 제임스, 당신들 입장이고."

박정규가 잠시 생각하는 얼굴을 지었다가 말을 이었다.

"우리로서는 한국 경제의 10%를 투자한 땅이 적화될 뻔 했던 참이어서 당신들처럼 공을 내세울 형편이 아니오."

"그렇겠군. 강 회장은 한국 속담처럼 죽 쑤어서 개 먹이로 줄 뻔했지."

미국과 일본은 고려리아가 적화가 되건 독자적으로 발전하건 간에 위험한 세력으로 보았고 박정규는 적화될 것이라고 믿었던 것이다. 박정규가 쓴웃음을 지었다.

"어쨌든 기업가는 위험한 부류요. 그들은 국가의 이익이나 안보보다는 자신과 기업의 이익부터 챙긴다니까."

"위험한 발상이었소. 강 회장은 그곳에 강 씨 제국을 건설하려고 했던 모양인데……"

"정치를 모르는 사람이오. 북한계를 들여와 순화시키면 될 것이라는 순진한 발상만 갖고 있었소."

이야기를 나누는 그들의 분위기는 가벼웠다. 목에 걸린 가시처럼 여겨졌던 김상철의 세력이 고려리아를 떠나면 남은 삼합회나 마피아, 북한계는 한국과 미국 정부의 대리인인 우재환과 일본의 지원을 받는 이나카와회의 양대 세력으로 충분히 견제할 수 있는 것이다. 이것이야말로 동북아의 평화와 안정을 위한 일임과 동시에 고려리아의 주민과 고려 그룹을 위한 일이라고 그들은 믿고 있었다.

"고려리아가 많이 발전했더군요."
한민수는 익숙하게 바닷가재의 껍질을 벗기더니 포크로 살점을 찍어 입에 넣었다. 서초동의 바닷가재 요리 전문점 안이다. 맛으로 소문난 집이어서 식당 안은 빈 테이블이 하나도 보이지 않는다.
"동양의 라스베이거스, 사막과는 정반대인 눈에 덮인 대평원 한복판의 라스베이거스."
한민수가 강미현을 바라보았다.
"기막힌 대조 아닙니까? 도박꾼의 호기심이 일어날만합니다"
식당의 분위기는 밝았다. 곳곳에서 웃음소리와 가벼운 말소리가 들려왔고 조명과 장식도 밝다. 포크를 내려놓은 강미현은 물 잔을 들었다.
"고려리아는 이제 한국 정부가 관리해요. 고려는 운영권이 없어요."
"알고 있습니다."
부드러운 표정으로 그가 머리를 끄덕였다.
"관리들의 단견이 나라를 망친다고 아버님도 늘 말씀하십니다. 내 생각도 그렇습니다."
"……."
"하지만 시간은 우리 편이죠. 관리나 정치인의 수명은 그리 길지 못하니까요."
강미현은 잠자코 머리를 끄덕였다. 지난달 한민수에게 불쑥 연락을 하자 그는 놀라면서도 반겨주었다. 김상철과의 관계를 모를 리가 없는 그였으나 전혀 내색하지 않았고 이제 일주일에 두 번 정도로 자리를 같이 하고 있었다.
"이건 내 생각인데."

한민수가 강미현을 똑바로 바라보았다.

"아직 우리나라 대기업 중에서 고려리아에 투자 진출을 한 회사는 없어요. 그래서 우리 대동그룹이 하면 어떨까 하고."

"……."

"물론 아버님의 허락을 받을 자신이 있어서 하는 소립니다. 유망한 사업에 투자하는 데야 반대하실 리가 없지요."

이제까지 고려리아에는 소규모 중소기업 몇 개가 진출해 있을 뿐으로 대기업은커녕 중견기업도 엄두를 내지 못하는 형편이었다. 첫째로 고려리아는 고려그룹의 영역이라는 의식이 있는데다 실제로 고려리아 쪽에서도 그것을 고려하고 있지 않았기 때문이다. 둘째는 정부의 규제였다. 정부는 고려 그룹의 투자마저도 제한해 왔던 것이다. 한민수가 말을 이었다.

"분위기로는 곧 고려리아에 대한 규제가 풀리게 될 것 같은데요. 정부에서는 고려리아가 저희들 손아귀에 들어 왔다고 생각하고 있을 테니까 말입니다."

"어떤 사업에 투자하실 건데요?"

"관광사업과 유흥업이 나을 것 같은데…… 호텔도 몇 개 짓고."

"……."

"고려시에 이미 호텔이 여러 게 생겼지만 아마 절대적으로 부족할 겁니다. 내년부터는 관광객이 몰려들 테니까."

강미현을 바라본 그가 냅킨을 식탁 위로 올려놓았다.

"밖으로 나가실까요? 가재 냄새가 몸에 밸 것 같군요."

한민수의 벤츠는 중부고속도로를 미끄러지듯 달려가는 중이었다. 깊은 밤이어서 가끔 상행차의 불빛이 그들을 스치고 지날 뿐 주위는 짙은 어둠에 덮여 있었다.

"정부는 고려리아를 미국과 일본 손에 넘겨주려고 합니다."

한민수의 말이 차 안의 정적을 깨뜨렸다.

"정부가 고려에 강력하게 제재를 내했던 것은 미국과 일본의 압력을 받기 때문이지요. 물론 그들의 주장이 국민들에게 설득력이 있었기도 했고."

강미현이 힐끗 그의 옆모습에 시선을 주었다. 미국과 일본이 고려리아에 개입할 것이라는 이야기는 소문으로만 떠돌다가 가라앉았을 뿐이었다.

"내가 알기로는 일본은 이미 상당히 기반을 굳히고 있더군요. 야쿠자 세력을 앞세워서 말입니다."

"……"

"김상철 씨의 기반은 당연히 운영위원회의 어용조직이 인수하겠지요. 그렇지 않습니까?"

"잘 아시네요."

"저도 조사를 조금 했습니다. 우재환이라고 하던가요? 그자는 한미 양국정부의 지원을 받는 모양입니다."

"……"

"하지만 그들은 고려시에 대해서는 투자할 자금도, 명분도 없습니다. 정부에서 호텔이나 유흥업체를 만들 수가 없으니까."

차는 속력을 늦추더니 길가의 휴게소로 꺾어 들어갔다. 한민수는 어두운 휴게소의 주차장에 차를 세웠다.

"아마 일본의 야쿠자는 자체 자금으로 고려시에 진출했지만 일본 정부가 뒤에서 지원하는 형식 입니다. 그러나 우재환은 지원해 줄 스폰서가 없습니다. 한국이나 미국 정부가 호텔을 지어 그자에게 맡기겠습니까? 어림없는 수작이지요."

몸을 돌린 한민수가 그녀를 바라보았다.

"그렇다면 결론이 나옵니다. 한미 양국정부는 적당한 대기업을 스폰서로 잡아 고려에 진출시키고 그 관리를 우재환에게 맡기는 것이지요. 그 기업은 정부의 보호를 받는데다 관리까지 맡아 주고 막대한 이득을 올릴 테니 이런 제의를 반대할 리가 없습니다."

"우리가 거부하면 진출할 수 없어요."

강미현이 딱딱한 목소리로 말했다.

"아직까지는 우리에게 그럴 힘은 있어요."

한민수가 커다랗게 머리를 끄덕였다.

"그땐 다시 길고 어려운 싸움이 시작되겠지요. 정부는 갖가지 규제를 하고 고려는 반발하고 소모전이지만 결국 피해를 입는 것은 고려가 됩니다."

"……."

"우리 대동 그룹이 나선다면 우선 고려와의 친분 관계를 체크할 겁니다. 나와 미현 씨의 사이는 아직 알려지지 않았습니다. 알려졌다고 해도 내가 차인 사이라는 것밖에."

그는 어둠 속에서 흰 이를 드러내며 웃었다.

"우리가 진출하면 우재환은 개입하지 못할 것이고 머지않아 도태될 겁니다. 왜냐하면 대동 그룹과 고려 그룹이 연합해서 그자를 몰아낼 테니까. 나아가서 정부의 간섭도 배제시킬 수도 있을 겁니다."

그는 손을 뻗어 강미현의 어깨를 감싸 안았다.

"이건 추측이 섞인 예상 계획이지요. 하지만 가능성은 미현 씨 자신이 계산하실 수 있을 것이고 신뢰성도 미현 씨한테 달려 있다고 봅니다만."

그가 팔을 가볍게 당겼으므로 강미현의 머리가 그의 어깨에 닿았다.

"고려시에 기반을 굳히고 나서 우리는 결혼을 하는 겁니다. 그만하면 신뢰할 수 있지 않겠습니까?"

다음날은 일요일이어서 강미현은 늦은 아침을 먹고 2층의 응접실로 들어섰다. 신문을 읽고 있던 강용식이 머리를 들고 그녀를 바라보았다.
"안 나갔었니?"
"네, 말씀드릴 것이 있어서요."
강미현은 앞쪽 의자에 앉았다. 요즘 들어 강용식은 몹시 지쳐보였는데 그것은 강 회장 때문이었다. 강 회장은 한 달이 넘도록 계속 칩거하고 있었던 것이다. 강 회장은 일절 외부 출입을 삼가하고 이틀에 한 번꼴로 찾아오는 이남호를 만나는 것이 유일한 외부 접촉이었다. 따라서 고려 그룹 전체에 대한 책임감이 강용식을 누르고 있는 것이다.
"말씀드릴 것이 있어요."
강미현이 입을 열었다. 그녀가 한민수의 제의를 전하는 동안 차츰 강용식의 표정이 긴장되어 갔다. 그녀가 말을 마치자 방 안은 잠시 정적이 흘렀다. 강용식은 강 회장과는 달리 격한 성격이 아니다. 강 회장은 우선 내딛고 보는 성격인데 반하여 강용식은 손을 뻗기 전에 치밀한 연구를 한다.
"대동 그룹이 그런 생각을 하고 있는데 다른 곳은 쉬고 있을 것 같니? 대영이나 한일이나 또는 국제그룹 같은 곳이 말이다."
"……"
"하지만 내 딸은 하나뿐이니까 대동의 제의는 그 중 신빙성이 있어 보이는군."
"그렇다면 아버지, 다른 곳에서도 그런 제의가 있다는 말씀이세요?"
강용식이 천천히 머리를 끄덕였다.

"직접은 아니야. 간접적으로 여러 경로를 통해서."

"……."

"하지만 우재환을 도태시키고 한국 정부를 고려리아에서 몰아내자는 제의는 대동이 처음이다."

얼굴에 웃음을 띠운 그가 강미현을 바라보았다.

"네가 그 사람을 어떻게 생각하고 있는가를 우선 들어야겠다."

"믿을 만하다고 생각해요."

"어떤 면에서?"

"계산이 분명하고 경영 능력도 있어 보였어요."

"……."

"제 생각이지만 다른 기업보다는 대동과 손을 잡는 것이 유리할 것 같은데요."

"아마 그 사람은 너와의 결혼을 생각하고 있는 것 같은데…… 그렇지 않니?"

강미현이 아버지를 바라보았다. 한민수의 제의를 전하면서 그녀는 마지막 부분을 말하지 않았던 것이다. 강용식이 말을 이었다.

"그런 전제 없이 이런 식의 이야기를 할 리가 없을 텐데. 사돈기업끼리 손을 잡는 것은 자연스러운 일일 테니까."

"그랬어요."

"네 생각은 어떠냐니까?"

"고려리아를 위해서라면 하겠어요."

쓴웃음을 지은 강용식이 의자에 등을 기댔다.

"우리가 너무 삭막하게 살아오긴 했다. 집안일보다 회사일이 우선이었어, 사생활이나 감정은 자주 무시를 했지."

"……."

"이 상황에서 그에 대한 네 감정을 묻는 내가 난데없어 보일지도 모르겠다."

"편안해요. 신뢰감도 있고."

"잘 견디어내는 네가 자랑스럽다."

"……."

"아마 할아버지도 그렇게 생각하고 계실 거다."

몸을 세운 강용식이 자리에서 일어났다. 강 회장에게 갈 모양이었다.

"일본 돈으로 계산하면 5억 2000만 엔이오."

서류에서 시선을 뗀 나카무라가 서규환을 바라보았다. 거침없는 표정이었다.

"말씀하신 대로 전액 현금으로 지불해 드리지요."

나파스 클럽 뒤채의 사무실 안이다. 서규환이 들고 있던 서류를 탁자 위에 내려놓았다.

"돈은 언제까지 준비될 수 있습니까?"

"내일 당장이라도."

나카무라가 얼굴을 펴고 웃었다.

"돈은 이미 준비해 두고 있었습니다. 그러면 이제 돈을 지불하고 명의 이전을 하는 일만 남은 셈이군요."

그가 잠자코 있자 나카무라는 탁자 위에 놓인 술잔을 집었다.

"생각했던 것보다는 협상이 간단치가 않았는데 이제 겨우 술 맛이 나겠습니다."

나머지 사업장을 팔기로 결정을 하고 나서 오늘이 열흘째였다. 그동안 서규환과 나카무라는 매일 머리를 맞대고 가격 절충을 해 온 것이다. 장인규가 장악하고 있던 타운의 나머지 11개 사업장을 인수해 갈 업체는 일본의 대국통상이었다. 이나카와회가 고려리아 진출을 위해 만든 프런트(FRONT) 기업이다.

술을 한 모금에 삼킨 나카무라가 시선을 들었다.

"현금 5억 2000만 엔이면 큰 분량이오. 트렁크 서너 개에 넣어야 하는데 괜찮겠지요?"

"상관없어요. 우리가 알아서 할 테니까."

"블라디보스토크로 돌아가실 계획 입니까?"

나카무라는 내내 부드러운 표정이었지만 서규환은 딱딱한 얼굴로 대답하지 않았다. 술잔을 내려놓은 나카무라가 서류를 챙겨 들었다.

"그럼 시간을 정합시다. 언제가 좋겠소?"

"내일 오후 3시, 장소는 행정청 사무실에서."

머리를 끄덕인 나카무라는 자리에서 일어나 방을 나갔다. 이것으로 계약은 끝난 것이다. 사무실을 나온 서규환은 눈보라가 치기 시작하는 거리를 달려 저택으로 들어섰다. 저택 안은 수선거리는 분위기였는데 이곳저곳에 쌓아놓은 짐들로 어수선했다. 이삿짐을 꾸리는 것이다. 모두 바쁘게들 움직이고는 있었으나 어깨를 늘어뜨린 활기 잃은 모습이다. 그가 응접실로 들어서자 창가에 서 있던 장인규가 몸을 돌렸다.

"내일 오후 3시에 현금을 받기로 했습니다."

"수고했어."

창틀에 등을 기대고 선 그녀가 팔짱을 끼었다.

"지금 남아 있는 인원이 몇 명이나 되지?"

"정금희가 어제 이금철한테 돌아갔으니 남은 여자는 이 여사님과 따님, 그리고 황윤과 현채옥뿐입니다."

장인규가 머리를 끄덕였다. 현채옥은 송길수의 시중을 들던 북한계 종업원이다. 여자들이 북한 인민군에서 차출되어 고려리아에 보내졌다는 것은 이미 알려진 사실이었고 이번에 장인규가 사업장을 정리한다는 것이 알려지자 이금철은 그녀들을 빠짐없이 불러들였다. 그러나 현채옥과 그녀의 친구인 정금희는 끝까지 따라가겠다고 고집을 피우다가 결국 현채옥만이 남게 된 것이다.

잠시 그를 바라보던 장인규가 가늘게 한숨을 쉬었다.

"할 수 없지. 그럼 남자는?"

"저까지 포함해서 일곱 명입니다."

장인규를 따라 고려리아를 떠날 인원이었다. 처음에는 남자들만 50여 명이 되었는데 장인규가 그들을 설득해서 갖고 있던 현금을 모두 나눠주고는 제 갈 길을 찾아가게 했다. 그들에게는 거금이었으므로 일부는 이미 고려리아를 떠난 사람도 있다. 종업원까지 포함하여 사업장을 매각한 것이어서 종업원 걱정은 안 해도 되었다.

"출발은 내일 저녁이야."

장인규가 머리를 돌려 눈보라가 휘몰아치는 창밖을 바라보았다. 거친 눈보라였다.

"폭설이 내릴 모양인데."

창밖을 내다보던 우재환이 혼잣말처럼 말했다.

"지독한 눈이로군, 이런 날씨라면 비행장이 폐쇄되겠다."

"그렇지 않아도 오늘 저녁 비행 스케줄은 취소되었습니다."

옆자리에 앉은 이종남이 말했다. 지프는 행정청에서 오리엔트 호텔로 향하는 대로를 달려가는 중이었지만 속력을 잔뜩 낮추고 있었다. 고려리아에서 처음 겨울을 맞는 우재환인지라 굵은 눈발에 기가 질린 모양이었다. 저녁 무렵이어서 진회색 하늘에 흰 눈송이는 더욱 뚜렷하게 드러나고 있었다.

"내일 오후에 양도가 끝납니다."

이종남이 말했다.

"현금으로 지불하기로 했다는군요."

"이나카와회는 본격적으로 고려리아에서 돈세탁을 하고 있어. 그 정도의 현금을 내놓는 것은 문제가 아니야."

창에서 머리를 돌린 우재환이 이종남을 바라보았다.

"장인규가 부하들한테 돈을 나눠주었다면서?"

"예, 50명 가까운 놈들에게 일인당 2만 달러씩을 나눠준 모양 입니다."

"……."

"김상철의 전별금이라고 했다는군요."

이종남은 우재환의 행동대장격으로 전직이 청와대 경호원이었다는 사내였다. 다부진 체격에다 출신 성분과 어울리게 예의도 바른데다 통솔력이 있었다. 그가 말을 이었다.

"나머지 인원은 남녀 합해서 10여 명 정도인데 블라디보스토크로 간다고 합니다."

"김상철 그놈, 치부를 했군. 2년 동안에 50억 가까운 돈을 모으다니. 블라디보스토크에는 마피아와 손을 잡은 그놈 부하들이 있을 테니 그곳에서 다시 기반을 굳힐 것이다."

지프는 겨우 오리엔트 호텔의 현관 앞에 멈춰섰다. 차에서 내린 우재환은 곧장 로비를 가로질러 엘리베이터로 다가갔다. 그들이 멈춰선 곳은 20층의 스위트룸 앞이었다. 부하들의 안내를 받아 방으로 들어서자 시바다와 가와베가 자리에서 일어섰다. 여러 번 만난 사이였으므로 그들은 간단한 인사를 마치고는 서로 마주보고 앉았다.

"축하합니다, 시바다 씨. 좋은 가격에 결정되었다고 들었습니다."

우재환이 일본어로 말하자 시바다가 눈을 가늘게 뜨며 웃었다.

"꽤 시간이 걸렸지만 어쨌든 인수해서 다행입니다. 이제 김상철의 사업장은 양분이 된 셈이군요."

"우리보다 당신네가 2배나 더 많지요. 우린 5개 사업장 밖에 안 됩니다."

"하지만 당신들은 돈 한 푼 들지 않았으니 더 이익이지요. 그렇지 않습니까?"

우재환이 쓴웃음을 짓자 시바다가 술잔을 내밀었다. 어색한 분위기를 바꾸려는 행동이다.

"자, 한잔. 일한 양국의 우의를 위해서."

오늘은 시바다가 양국의 우의를 다지자는 이유로 우재환을 초청한 것이다. 그들은 제각기 보드카 잔을 들고는 건배했다.

행정청 3층에 있는 환경국 사무실 옆에는 민원인의 대기실이 있다. 오후 3시, 대기실의 테이블 위에는 트렁크 세 개가 열려 있었고 주위에는 대여섯 명의 사내들이 몰려서 트렁크에 가득 든 엔화 뭉치를 세는 중이었다. 이윽고 셈이 끝났는지 사내 하나가 서규환을 바라보았다.

"맞습니다."

서규환이 머리를 끄덕이더니 테이블 건너편에 서 있는 나카무라에게 서류 봉투를 넘겨주었다. 서류를 훑어본 나카무라가 문을 열고 밖으로 나가자 그의 부하들이 뒤를 따랐다. 서규환은 손을 뻗어 엔화 뭉치 하나를 집어들었다. 1만 엔권으로 100만 엔 다발이었는데 모서리가 칼끝처럼 날카로웠고 지폐 특유의 잉크 냄새가 풍겼다. 돈을 던진 그는 부하들을 남겨두고는 방을 나와 옆쪽의 사무실로 들어섰다. 서류는 넘겨주었으니 환경국에 신고할 일만 남은 것이다.

서규환이 부하들과 함께 저택에 돌아온 것은 오후 5시경으로 사방이

어두워졌을 때였다. 눈보라는 사흘째 계속되고 있어서 공항은 어제 저녁부터 비행이 통제된 상황이다. 장인규는 어제처럼 응접실의 창가에 서서 어두운 창밖을 바라보고 있었다.

"끝내고 왔습니다."

그가 말하자 장인규가 머리를 끄덕였다.

"이부위원장이 철도국에 이야기해서 수송열차에 객차 한 대를 연결시켜주기로 했어. 10시발 수송열차야."

고려시에서 하바로프크까지 철도가 개설되어 있는 것이다. 눈이 심할 때는 비행기는 물론이고 도로도 끊겨 수송 트럭의 운행도 중지되었지만 제설차를 앞에 매단 열차는 눈을 뚫고 달릴 수 있었다.

"10시발이면 시간이 있군요. 그럼 나머지 짐을 철도국으로 날라야겠습니다."

짐이라야 이제 가방 몇 개뿐이다. 이미 아침의 수송열차편으로 남아 있던 짐은 블라디보스토크로 보냈다. 그러나 서규환은 바쁜 척 서두르며 응접실을 나갔다.

한동안 창가에 서 있던 장인규는 탁자 위에 놓인 전화기를 들었다. 다이얼을 누르자 곧 신호음이 떨어지더니 사내의 응답 소리가 들렸다. 이한이다. 얼마 전까지만 해도 김상철에게 연락을 할 때는 송길수를 거쳤지만 요즘은 직접 전화를 한다. 경비대가 그쪽 전화를 추적할 가능성도 있지만 블라디보스토크에 있는 김상철을 어쩌지는 못할 것이기 때문이다.

"누님, 그쪽 눈이 심하다는데."

이한이 걱정부터 했다.

"비행기는 뜨는 거요?"

"우린 열차로 간다. 오늘밤 10시 출발이니까 하바롭스크에는 내일 오후에야 도착할 거야."

"그레고리한테 연락을 해두겠소. 비행기 편을 알아보라고 해야겠군요."

"김 사장님은 계시냐?"

"잠깐 나가셨소."

이한이 서두르듯 말머리를 돌렸다.

"먼저 도착한 짐은 교외의 집으로 옮겨놓았소. 방이 20개나 되는데다가 경관도 좋소. 누님이 오시면 우리도 그곳으로 옮길 작정이오."

장인규가 잠자코 있자 이한의 목소리가 높아졌다.

"누님, 듣고 있소?"

"듣고 있어. 전화는 이것이 마지막이야. 하바롭스크에서 다시 연락하겠어."

수화기를 내려놓은 장인규는 다시 창밖으로 시선을 주었다. 그러나 이미 어두워진 창밖은 아무것도 보이지 않았다.

박기동은 오리엔트 호텔 2층에 있는 바에 들어서자 곧장 안쪽의 테이블로 다가갔다. 허리 높이의 칸막이를 세워 마치 방처럼 꾸며놓은 곳이었다. 그가 테이블로 다가가자 자리에 앉아 있던 안인석이 일어섰다.

"눈보라가 심해서 좀 늦었습니다."

저녁 7시가 조금 넘은 시간이다. 바 안은 미주나 유럽 쪽에서 온 듯한 손님이 두 명 있을 뿐 조용했다. 먼저 마시고 있던 참이라 안인석은 보드카 병을 들어 박기동의 잔에 채워주었다. 그는 종합기획실의 박찬홍 실장을 언제라도 만날 수 있는 몇 명 안 되는 민간인 중의 하나인 것이다. 한잔씩 같이 마시고 나자 박기동이 여유있는 표정으로 입을 열었다.

"이거, 갑자기 만나자고 해서 조금 놀라신 것 같은데…… 그렇지 않습니까?"

"아니, 그런 것 없습니다. 더구나 박 실장님도 아시고 있는 일이니까요."

"그렇군요. 하긴 박 실장님이야 종합적인 일을 통괄하는 분이니까요. 일은 실무자한테 맡기는 게 정상이지요."

그는 안인석이 따라놓은 술잔을 다시 들었다.

"그렇다면 본론으로 들어갑시다. 박 실장님은 나와 같이 일할 사람으로 안 형을 추천하셨습니다. 하지만 같이 일하고 안하고는 안 형이 결정할 문젭니다. 그래서 만나자고 한 것인데."

박기동이 어깨를 펴고는 곧은 시선으로 안인석을 바라보았다. 당당한 태도였다.

"내년부터 고려리아에서는 본격적으로 관광사업이 시작된다고 봐도 될 거요. 일본과 유럽, 미주 관광객이 50만 정도 되리라는 것은 알고 계시지요?"

안인석이 머리를 끄덕이자 그가 말을 이었다.

"그리고 한국 관광객도, 우리 예상은 5만 명 정도가 될 것 같소. 올해보다는 두 배 이상 늘어난 숫자지요."

"그러면 정부에서 규제를 푼단 말입니까?"

"규제를 푼다면 아마 50만은 될 거요. 세계에서 이곳만큼 카지노와 도박, 유흥이 자유로운 지역이 없으니까."

박기동이 얼굴에 웃음을 띠었다.

"우리는 한국 관광객을 일본을 통해 받을 겁니다. 선정된 여행사를 통해서 말이오. 그들은 일본을 거쳐 고려리아에 오게 되는 거지요."

"……"

"나갈 때도 마찬가집니다. 여권에는 아무런 흔적도 남지 않아요."

"……"

"물론 박 실장님이나 운영위원장님이 정부를 움직여 규제를 풀면 되겠지만 이건 조금 복잡한 정치적인 문제요. 그래서 이런 편법을 쓰는 겁니다."

"행정위원회에는 비밀로 말입니까?"

"행정위는 알아도 그만 몰라도 그만이오. 고려리아에 해를 끼치는 일도 아니니까. 하지만 실무를 우리가 장악하고 있는 것이 여러 모로 유리하지요. 그래서……."

박기동이 잠시 뜸을 들인 후 다시 말을 이었다.

"믿을 만한 사람으로 안 형이 추천되었소."

"……."

"안 형이 승낙한다면 내년 1월 1일자로 안 형은 환경국의 관광과장이 될 겁니다. 고려리아의 관광을 장악하는 실무책임자가 되는 것이지요."

"……."

"물론 나하고 손발을 맞춰야 할 겁니다. 이런 말은 지금 하기에는 멋쩍지만 아마 엄청난 이권과 함께 운영위원장님의 신뢰를 받을 수가 있을 거요. 미래가 열리는 거지."

그가 안인석을 똑바로 바라보았다.

"어때요? 대충 윤곽이 잡힙니까?"

안인석이 머리를 끄덕이자 그가 다그치듯 다시 물었다.

"해보겠소?"

"해보지요."

어차피 빠져 나갈 길도 없는데다 바라고 있던 기회이다. 박기동이 빈 잔을 내밀었다.

"그러리라고 믿고 있었어, 자, 내 잔을 받으시오."

잔에 술을 채워준 그가 웃음 띤 얼굴로 안인석을 바라보았다.

"안 형에 대해서는 대충 들었어. 그러고 보면 내가 당신들과 전생에 무슨 인연이 있었던 모양이야. 그 김상철이까지 포함해서 말이야."

이제 그는 자연스럽게 반말투로 얘기하고 있었다.

술잔을 쥔 김상철은 흐린 눈으로 주위를 둘러보았다. 안에 털을 댄 가죽 재킷을 입었지만 셔츠의 단추는 풀어졌고 헝클어진 머리칼이 이마를 덮은 모습이었다. 타냐 클럽 1층에 위치한 바 안에는 10여 명의 손님에 그 숫자만큼의 여자들로 시끄러웠다. 호화로운 장식에 가구도 최고급이었고 드레스를 입은 여자들은 하나같이 눈이 번쩍 뜨일 만한 미인들이다. 술기운이 번진 남자들의 호탕한 웃음과 여자들의 교태 섞인 목소리가 곁들여져서 바 안의 분위기는 한껏 달아올라 있었다. 김상철은 술병을 들고는 잔에 술을 채웠다. 그러나 병 끝에 걸린 잔이 넘어지는 바람에 탁자 위로 술이 흘렀다. 다시 여자들의 간드러진 웃음소리가 났고 사내들의 거친 웃음소리가 뒤를 이었다. 머리를 든 김상철은 그쪽으로 시선을 주었다. 남녀 네 쌍이 모여 앉은 뒤쪽의 테이블이었는데 저희들끼리 웃음을 주고받느라 김상철에게 시선을 보내는 사람은 없었다. 이윽고 김상철은 끝 쪽에 앉아 있는 카트린을 알아보았다. 머리를 뒤를 젖히고는 흰 이를 드러내며 웃던 그녀는 그의 시선과 마주쳤으나 매끄럽게 눈동자를 옆으로 돌렸다. 남자들은 모두 체격이 육중한 러시아인들로 세련된 차림새들이었다.

넘어진 잔을 세운 김상철은 눈의 초점부터 맞추고는 술을 채웠다. 잔을 들어 한 모금에 술을 삼킨 그는 자리에서 일어섰다. 다리가 흔들렸으므로 잠시 서서 균형을 잡은 그는 뒤쪽의 카트린에게로 다가갔다. 남녀의 말소리가 뚝 그치더니 8명의 시선이 일제히 그에게로 모아졌다. 그는 카트린의 어깨 위에 손을 얹었다.

"카트린, 2층으로 가자."

얼굴을 굳힌 카트린이 어깨를 틀어 피했으므로 중심을 잃은 그는 비틀거렸다. 카트린의 옆에 앉은 거한이 자리에서 일어섰다. 짙은 콧수염을 기른 그가 눈을 부릅뜨고 김상철을 노려보았다.

"이봐, 당신. 꺼지지 못해!"

낮으나 굵은 목소리에 바 안은 찬물을 끼얹은 듯 조용해졌다. 종업원들이 벽 쪽에 서 있었지만 움직이지 않았다. 김상철은 이제 카트린의 어깨를 움켜쥐었다.

"카트린, 오늘은 뒷구멍으로 할 순서야."

그 순간 사내의 주먹이 날아와 김상철의 관자놀이를 쳤다. 의자와 함께 바닥으로 넘어진 김상철이 비틀거리며 일어섰다.

"이봐, 이 갈보는 오늘 내 차례라고."

그때 주먹이 또 한 번 김상철의 배를 쳤고 허리를 꺾은 그의 옆구리를 찬 것은 다른 사내였다. 바닥에 꿇어앉은 김상철은 위에 가득 차 있던 액체를 입으로 토해내었다. 다시 구둣발에 얼굴을 차인 그는 옆으로 쓰러졌다. 그러자 종업원들이 다가와 김상철과 사내들을 떼어 놓았다.

마담의 날카롭게 외치는 소리가 들려왔고 그녀에게 해명하는 여자들의 시끄러운 말소리가 겹쳐졌다. 김상철은 종업원들의 부축을 받으며 일어섰다. 입과 코에서 흘러나온 피가 얼굴뿐만이 아니라 셔츠까지 흠뻑 적시고 있다. 마담이 다가왔다. 그녀의 얼굴은 짜증스러움으로 잔뜩 찌푸려져 있었다.

"괜찮아요?"

송길수가 온 적도 있었으므로 눈치 빠른 그녀는 김상철이 마피아의 일원이라고 생각하는지도 모른다. 김상철은 머리를 돌려 사내들을 바라보았다. 그들은 자리에 다시 앉아 있었는데 마담에게서 무슨 말을 들었는지 온몸을 굳히고 있다. 김상철은 피범벅이 된 입을 벌리며 웃었다. 처음에는 소리 없이 입술만 일그러뜨렸다가 곧 소리를 내어 웃었다. 그러고는 갑자기 웃음을 그치더니 똑바른 걸음으로 빠르게 걸어 나갔다.

옷에 피칠을 하고 얼굴이 부어터진 김상철이 돌아왔을 때 이한은 눈을 치켜뜨고는 입을 딱 벌렸다. 그러나 김상철이 잠자코 그를 스쳐 지나가자 겨우 정신을 수습하고는 뒤를 따랐다. 그는 계단을 따라 오르면서 무엇부터 물을 것인가로 정신이 혼란했다.

"형님."

우선 그렇게 불러놓고 나자 봇물 터지듯이 질문이 쏟아졌다.

"무슨 일입니까? 어디에서 그렇게 되셨는데요? 길수한테 연락을 할까요?"

"술 먹고 다쳤다."

방으로 들어서면서 그가 짧게 말하자 이한은 숨을 몰아쉬었다. 옷을 갈아입은 김상철이 방으로 돌아왔을 때는 새벽 2시가 되어 있었다. 그가 침대에 눕자마자 방문이 열리더니 약상자를 든 이한이 들어섰다. 그는 침대가의 의자에 앉아 김상철의 얼굴을 소독제로 닦아냈다.

"형님, 장 누님한테서 전화가 왔었습니다. 눈 때문에 열차로 출발한다고. 밤 10시 출발이라고 했습니다."

"……"

"알아봤더니 하바롭스크에는 내일 오후 6시에 도착합니다. 그곳에서 짐은 그대로 열차로 보내고 사람들은 비행기로 올 예정입니다. 밤 9시에 도착하는 비행깁니다."

"한아."

김상철이 눈을 뜨고는 이한을 바라보았다.

"나는 다시 시작할 테다."

"그러실 줄 알고 있었습니다, 형님."

"나는 이제 고려리아를 버렸다."

"당연하지요, 뭐."

"빚진 것도 없어."

"빚지다니요? 손해가 얼마라고."

"이제 후련하다."

"주무십시오, 형님."

약상자의 뚜껑을 닫은 이한이 시트를 끌어당겨 주었다. 김상철은 눈을 감았고 이한은 아까보다는 힘있는 발소리를 내면서 방을 나갔다.

수송열차는 단조롭고 규칙적인 진동과 함께 어둠에 잠긴 평원을 달려가고 있었다. 아직 눈보라가 그치지 않아 제설차를 앞에 매단 채 달리고 있어 속도는 느리다. 새벽 3시였다. 밖은 영하 30여 도의 추위였지만 객차 안은 두 개의 기름난로가 벌겋게 달아올라 있어서 따뜻했다. 뿐만 아니라 한쪽 구석에는 음료수와 여행자용 도시락, 과일 등이 쌓여 있었는데 모두 이대각이 마련해 준 것이다. 객차는 일등칸으로 의자를 침대로 개조할 수 있도록 만들어져 일행 대부분은 의자를 젖히고는 누워 있었다. 겉으로만 본다면 호화로운 여행이지만 분위기는 무겁다. 의자에 누워 바퀴가 레일의 이음부분을 지나는 단조롭고도 규칙적인 마찰 소리를 듣던 장인규는 팔을 들어 시계를 보았다. 덜컹이는 소리가 차츰 느려지는 것이 수송열차의 정류장인 불칸에 다가온 모양이었다. 불칸은 국경에서 50킬로미터밖에 떨어지지 않은 고려리아의 마지막 역이다. 그녀의 예상대로 열차는 높고도 긴 경적을 울렸다. 발자국 소리와 함께 서규환이 앞에 와 섰으므로 장인규는 일어나 앉았다.

"눈이 그쳤습니다."

그는 꺼칠해진 얼굴로 장인규를 내려다보았다.

"불칸에서 30분을 쉽니다."

"잊고 온 것이 있어."

장인규의 말에 그의 이맛살이 찌푸려졌다.

"뭘 말입니까?"

"정금희한테 돈을 준다는 것을 잊었어."

서규환이 머리를 끄덕였다. 고용인들은 빠짐없이 2만 달러씩의 전별금을 주었지만 정금희는 마지막까지 고집을 피우며 남는 바람에 그도 잊었던 것이다.

"불칸 역에 도착하면 그곳 사람들한테 부탁할 수 없을까? 마음에 걸려서 그래."

"할 수 있을 겁니다. 곧 올라가는 열차도 있을 데니까 고려 직원한테 부탁하지요."

"달러가 없으니까 엔화로 줘야겠어. 300만 엔쯤 주면 되겠지?"

"알겠습니다. 제가 그럼 가방에서……."

열차가 다시 길고 높은 경적을 울리기 시작하면서 속력이 더욱 느려졌다. 불칸에 도착하려는 모양이었다.

불칸 역은 수송열차 전용역으로 하바롭스크를 떠나 시베리아를 북행해 온 수송열차가 고려리아의 국경을 넘고 나서 재정비, 급유, 편성 되는 거점이었다. 마찬가지로 남하하는 열차는 국경 근처의 불칸 역에서 러시아로 들어설 준비를 한다. 따라서 거대한 차량 수리소와 창고가 세워져 있었고 근무자도 100여 명이 넘었다.

열차가 도착하자 찬바람만 매섭게 몰아치던 플랫폼에 드문드문 역무원이 나타났다. 아직도 주위는 칠흑 같은 어둠에 덮여 있었고 기온은 영하 30도가 넘는다. 다섯 시간이 넘도록 객차 안에만 있었던지라 대부분의 사람들이 일어나 수선거리기 시작했다. 새벽 3시 30분이었다.

서규환이 밖으로 나가자 맑은 공기를 마시려는 듯 대여섯 명의 남녀가 따라나섰다. 장인규에게로 황윤이 다가오더니 옆자리에 앉았다.

"고려리아에 처음 올 적에는 트럭을 타고 왔었어요. 일주일도 넘게 걸렸는데……."

제법 익숙한 한국어로 그녀가 말했다.

"김 사장님과 이한 씨도 같이 있었어요."

자신이 고려리아에 들어올 때의 이야기를 하는 것이다. 막상 고려리아를 떠난다고 생각하자 지난 일이 생각나는 모양이었다. 황윤은 붙임성도 있는데다 당돌한 성격이다. 장인규는 자신을 따르는 그녀가 싫지 않았다.

"블라디보스토크에 가면 이한과 결혼하도록 해라. 내가 주선해 줄 테니까."

그러자 황윤이 이를 드러내며 웃었다. 덧난 송곳니가 유난히 드러나 보이는 밝은 웃음이다.

"언니도 김 사장님과 결혼하시는 게 어때요?"

장인규가 정색을 했지만 황윤은 상관하지 않았다.

"난 그렇게 됐으면 좋겠다고 생각하고 있었어요."

"그만해."

마침 객차의 옆쪽으로 서규환이 들어섰으므로 그들은 그에게로 시선을 주었다. 코끝이 빨개진 서규환이 다가와 섰다.

"보냈습니다, 사장님. 오늘 아침 9시에 도착한다는 열차편으로 올려 보내준답니다."

머리를 끄덕인 장인규는 객차 안으로 들어서는 서너 명의 사내들에게로 시선을 돌렸다. 모두 동양인으로 두꺼운 슈바 차림이었다. 그 순간 장인규는 퍼뜩 눈을 치켜떴다.

"습격이다!"

그녀의 외침과 동시에 서규환이 앞으로 휘청거리며 쓰러졌다. 연속적인 총성과 함께 수십 발의 총탄이 주변에 쏟아졌고 객차 안은 금방 총성과 비명으로 수라장이 되었다. 의자 밑으로 몸을 구겨 넣은 장인규는 손을 뻗어 가방을 집었다. 가방에서 리볼버를 꺼내든 그녀가 상체를 세웠을 때 황윤의 몸이 어깨 위로 넘어져왔다. 눈을 크게 뜬 황윤의 입에서 핏줄기가 흘러내리고 있었다. 총탄은 아직도 빗발처럼 쏟아지고 있었으나 이젠 간간이 신음소리만 들릴 뿐이다. 이를 악문 장인규는 번쩍 상반신을 일으켰다. 창문을 등에 대고 선 상태였으므로 좌우에 벌려선 사내들이 시선 끝에 들어왔다.

"탕, 탕, 탕!"

장인규는 좌측의 사내들을 향해 방아쇠를 당겼다. 좌측의 사내 두 명이 벌떡 넘어지는 것을 확인하는 순간 장인규는 가슴에 뜨거운 충격을 받고 비틀거렸다.

"드르르륵, 드르르륵."

다시 소음기를 장착한 기관총의 발사음이 객차 안을 가득 채웠고 장인규는 의자의 팔걸이에 머리를 부딪치며 옆으로 쓰러졌다.

"드르륵, 드르륵."

객차의 이곳저곳에서 간간이 총성이 울리고 있었다. 확인 사살을 하는 것이다. 장인규는 객차의 바닥을 내려다보면서 의자 위에 엎드려 있었다. 아직도 손에는 권총을 쥐고 있었지만 총구는 바닥에 닿아 있었고 이미 그것을 들어 올릴 기력은 남아 있지 않았다. 그녀는 문득 총성이 그쳐 있는 것을 깨달았다. 그리고 습격해 온 사내들이 한마디도 입을 열지 않았다는 것을 깨달았다. 장인규는 눈을 감았다. 그러자 곧 아무것도 보이지도 들리지도 않게 되었다.

사건을 제일 먼저 보고받은 사람은 고려시의 수송사업본부에서 당직을 맡고 있던 정일구 대리였다. 시간은 새벽 4시 45분, 그는 불칸 역장의 횡설수설에 정신이 번쩍 들어 정확한 사건 정황을 캐묻고 확인하는 데 시간을 꽤 소비했다. 대략 상황을 정리한 다음 그는 전화기를 손에 쥐고는 재빨리 다이얼을 눌렀다. 비상시에 연락해야 할 곳은 경비본부와 행정위원회였지만 그는 고려건설 출신이다. 그가 누른 것은 이대각의 숙소 전화번호였다. 전화벨이 다섯 번이나 울린 다음에야 이대각의 목소리가 들리자 그는 벽시계를 올려다보았다. 당직자의 버릇이다.

"부위원장님, 불칸에서 사고가 났습니다."

그는 소리치듯 말했다.

"어젯밤 10시에 출발했던 제28수송열차에서 사고가…… 객차에 탔던 사람들이 모두 죽었습니다."

"뭐라고?"

이대각이 버럭 소리치듯 되묻자 정일구는 당황하여 침을 삼켰다.

"예, 객차의 승객이 모두 총에 맞은 시체로 발견되었습니다. 남자 일곱에 여자는 넷으로 아이까지 있습니다."

그가 외치는 소리를 들으며 이대각은 온몸을 떨었다.

"그렇다면 총격전이 있었단 말이냐?"

"아닙니다. 총성도 듣지 못했답니다. 불칸의 역무원이 출발 전에 객차 점검을 하러갔다가 발견했습니다."

"……"

"그때는 이미 모두 죽어 있었답니다."

"남자 일곱, 여자 넷이라고 했나?"

"예, 부위원장님."

"내가 알기로는 여자가 다섯이었다. 모두 열두 명이었어."

"하지만 현장주위에는 더 이상……."

"도대체 어느 놈이."

"경비본부에 연락을 할까요?"

"당장 하도록 해."

전화기를 내려놓은 이대각은 잠시 현기증으로 비틀거렸다. 그는 서둘러 바지를 입고 양말을 신으면서도 줄곧 멍한 얼굴을 하고 있었다.

눈보라를 무릅쓰고 헬기를 띄운 그가 불칸에 도착한 것은 아침 7시였다. 이곳은 바람도 그친 맑은 날씨였지만 역의 분위기는 흉흉했다. 수송열차는 이미 출발했으므로 그는 곧장 철길 위에 버려진 듯 세워진 객차로 다가갔다. 동행한 경비본부장 소명일도 굳은 표정이었다. 시체들은 흰 천에 덮여 철길 가에 나란히 누워 있었는데 이미 근무자에 의해서 신원이 확인되어 있었다. 장인규의 시체가 맨 처음이었다. 두 눈을 감고 입을 꾹 다문 채 누운 그녀의 입가에는 피가 말라붙어 있다. 시선을 옮긴 이대각이 이인숙과 황윤, 그리고 사내들과 끝 쪽에 있는 아이의 시체까지 차례로 훑어보고는 몸을 돌렸다. 옆에 선 소명일이 입맛을 다시더니 가볍게 한숨을 내리쉬었다.

"본부장, 각오하고 있어야 할 거요."

이대각의 목소리가 무거운 정적을 깼다.

"이런 짓을 한 놈은 물론이고 그 일당, 그리고 비호세력 까지도 앙갚음을 당할 테니까."

소명일이 힐끗 시선을 주었으나 입을 열지는 않았다. 아침 햇살이 동

녘에서 떠오르는 중이었다. 영하 30도의 날씨였지만 하늘은 맑았다. 소명일에게로 경비대 간부 한 명이 다가오자 시체 주위에 둘러선 사람들이 모두 그에게로 시선을 주었다.

"본부장님, 실종된 여자는 신원이 확인되었습니다. 북한계로 현채옥이라는 여잡니다."

그의 말소리가 무거운 정적을 깨었다.

"고려시에서 출발할 때 분명히 같이 탑승했던 것으로 확인되었습니다."

"찾아라."

소명일의 목소리가 활기를 띠고 있었다.

"고려리아를 샅샅이 뒤져서라도 찾아내."

그는 이대각에게로 몸을 돌렸다.

"국경을 봉쇄해서라도 찾아낼 테요, 부위원장님."

블라디보스토크의 김상철은 아침 8시경에야 이대각의 연락을 받고 사건을 알게 되었다. 송길수가 찾아온 것은 8시 30분, 그들은 응접실에 마주 앉았다. 이한은 눈을 잔뜩 치켜뜨고 있었지만 입을 열지는 않았다. 사건을 전해들은 송길수도 아연실색한 얼굴이었다.

"돈을 강탈할 목적이었던 것 같습니다."

송길수가 방 안의 정적을 깨었다. 가라앉다 못해 쉬어버린 목소리였다.

"조금 전에 북한의 이금철이 자신들과는 무관한 일이라고 페로프에게 연락을 해왔다고 합니다만."

현채옥의 실종은 경비대의 의욕을 부추길 수 있는 유일한 실마리였다. 그들이 대대적인 수색작업을 펼치기 시작하자 그녀와 연관이 있는 이금철이 나선 것이다.

"불칸에서 동쪽으로 120킬로미터 떨어진 러시아 영토에 북한의 벌목 사업소가 있습니다."

송길수의 목소리가 다시 방 안의 정적을 깨뜨렸다.

"불칸 서쪽으로 20킬로미터 거리에는 중국의 개척마을도 있습니다. 장 사장이 5억 엔이 넘는 돈을 갖고 출발한다는 것을 모르는 사람이 없었을 테니."

김상철이 머리를 들었다.

"시체는 내일 이곳으로 도착하기로 되어 있다. 장례식 준비부터 해야겠다."

김상철은 어젯밤의 사건으로 인해 입술은 부르튼데다가 관자놀이에 반창고까지 붙인 흉한 모습이다. 그러자 이한이 머리를 돌린 채로 자리에서 일어나 방을 나갔다.

"현채옥이 사건과 관계가 있다고는 믿을 수가 없습니다, 형님."

탁자 위로 시선을 내린 송길수가 말했다. 그는 이한 앞에서는 차마 그 말을 입 밖으로 낼 수 없었던 것이다. 황윤뿐만 아니라 이한이 누님처럼 따르던 장인규까지 살해당한 상황이다.

"물론 관계가 있다면 내 손으로 죽이지요. 저는 그년이 따라오는지도 몰랐습니다."

그저 허탈감과 알 수 없는 분노로 갈피를 잡지 못하고 있던 김상철이다. 사업장을 모두 처분하고 장인규가 고려리아를 떠나는 시점에서 그는 모든 미련을 버리기로 작정했던 것이다.

"잔인한 놈들이다."

김상철이 낮은 목소리로 말했지만 송길수는 알아들었다.

"모든 것을 내놓고 물러가는 우리가 다시는 일어나지 못하리라고 믿었겠지. 그래서 그런 짓을 했을 것이다."

잔인한 세계였다. 약육강식의 법칙이 철저히 지켜지며 약점을 보인다는 것은 곧 상대방에게 절호의 기회를 제공해 준다는 의미 밖에 없다. 그런 점에서 보면 이쪽은 약점투성이의 조직이었던 셈이다. 어깨를 늘어뜨리고 앉은 김상철은 한동안 움직이지 않았다. 비현실적인 고려에 대한 미련이 결국 그들을 허무한 죽음으로 몰고 갔던 것이다.

행정위원장 유장석은 자리에서 일어선 채로 전화를 받고 있었다. 몸을 똑바로 세우고 표정도 딱딱하게 굳어 있다. 그의 앞에 엉거주춤 서 있는 사내는 방금 불칸에서 돌아온 이대각이다.

"예, 회장님. 지금 경비대가 대대적인 수사를 하고 있습니다."

유장석이 소리치듯 말했다. 전화 상대는 서울의 강 회장이었고 사건을 보고받은 그는 거의 두 달 만에 처음으로 전화를 해온 것이다.

"도저히 용납될 수 없는 일이다. 어린애까지 살해하다니 잔인무도한 놈들이야."

강 회장은 병석에 누워 있다는 사람 같지 않게 쩌렁쩌렁한 목소리였다.

"더구나 고려리아를 떠나는 사람들한테 말이다. 피눈물을 흘리면서 떠나고 있었을 것 아닌가?"

"예, 회장님."

"그놈들은 내막을 잘 아는 놈들이다. 북한 놈들이 아닐 수도 있단 말이다."

"예, 회장님."

"이놈아, 맹꽁이처럼 대답만 하지 말아! 주관을 가지고 해결하란 말이다!"

마른침을 꿀꺽 삼킨 유장석이 앞에 선 이대각을 바라보았다. 얼굴이 점점 벌겋게 되어가는 중이다.

"알겠습니다, 회장님."

"김상철이가 어떻게 나올 것 같으냐?"

"저, 그것은, 이대각이……."

전화는 이곳의 경비대에서 뿐만 아니라 서울에서도 감청을 하고 있을 것이다. 이대각이 김상철에게 연락을 했다고 한다면 문제가 된다. 강 회장도 눈치를 챘는지 말을 바꾸었다.

"천인공노할 짓이다. 도저히 용납될 수 없는 짓이야."

"……."

"상황을 수시로 보고하도록. 집으로 말이다. 알아들었느냐?"

"예, 회장님."

전화가 끊기는 소리에 놀란 듯 유장석이 찔끔 수화기를 귀에서 떼었다.

"뭐라고 하십디까?"

이대각이 묻자 그는 어깨를 늘어뜨리며 길게 숨을 내리쉬었다. 늘어진 동작으로 소파에 마주앉자 유장석이 이대각을 바라보았다.

"용납할 수 없는 짓이라고, 천인공노할 놈들이고, 김상철이가 어떻게 나올 것인가를 물으셨어. 댁으로 전화를 하라는데……."

집으로 전화를 하라는 것은 예전처럼 암호전화를 하라는 뜻이다.

이대각이 잠자코 머리를 끄덕였다. 이대각의 전화를 받은 김상철은 잠자코 듣고만 있었지만 그가 어떤 감정 상태에 빠져 있으리라는 것은 충분히 예상할 수가 있었다.

"용납할 수 없는 짓이라고 하셨단 말이지요?"

이대각이 되묻자 유장석이 힐끗 시선을 주었다.

"격분하고 계셨어."

"타운의 각 조직들이 긴장하고 있습니다. 혹시 불똥이 튀지나 않을까 하고."

"……."

"물론 김상철이 고려리아에 풍파를 일으킬 행동은 하지 못할 것이라는 것도 알고 있지요. 그래서 그의 식구들을 몰살시켰겠지만 말입니다."

머리를 돌린 유장석이 입맛을 다셨다. 자신들과 마찬가지로 김상철은 고려리아를 세웠다는 자부심과 사명감을 품었던 사내였다. 그러나 고려리아는 그에게 너무 많은 희생만을 요구해 왔던 것이다.

다음날 저녁, 이금철이 저녁 식사를 마쳤을 때, 최태호가 들어섰다. 코즈모프 바 뒤채의 사무실 안이다.

"위원장님, 정금희 앞으로 물건이 왔는데요."

최태호는 찌푸린 얼굴로 이금철 앞에 앉더니 두툼한 봉투 하나를 탁자 위에 내려놓았다.

"어제 새벽 불칸에서 보내진 것입니다. 발신인은 장인규로 되어 있는 봉투인데, 돈이 300만 엔이나 들어 있습니다."

놀란 이금철이 얼른 봉투를 바라보았다.

"300만 엔? 그 돈이 왜?"

장인규는 5억 엔이 넘는 현금을 강탈당하고 죽은 것이다.

"그건 정금희한테 물어보지 않아서 아직 모릅니다. 불칸 역무원이 수송본부로 보낸 것을 우리가 대신 찾아왔기 때문에, 그들도 안에 현금이 들어있는 줄 몰랐던 모양입니다."

최태호가 봉투 안에 든 세 뭉치의 돈을 꺼내 놓았다.

"위원장님, 이것 어떻게 할까요?"

"이런 빌어먹을."

이금철이 최태호를 쏘아보았다.

"이건 함정인지 모른다."

"함정이라니요?"

"우리가 이 돈을 갖고 있게 된다면 말이야."

"그럴 리가 있습니까? 이 돈은 불칸 역무원을 통해서 엄연히 공식적으로 전달된 것인데."

"장인규가 보냈다는 증거가 있어?"

"……."

"사건이 일어나기 전에 보냈는지 후에 보냈는지 확인했느냔 말이야."

"……."

"그것은 아직……."

"후에 보냈다면 어떻게 설명할 것이냐?"

"그럴 리가요."

"처박아 둬라. 봉투째 그대로. 정금희에게 준다면 금방 소문이 나버릴 것이고, 태워버린다면 나중에 탄로 났을 때 빠져나갈 길도 없어진다."

그제야 알아들었는지 얼굴을 굳힌 최태호가 봉투에 돈을 다시 담았다.

"그 망할 장인규 년이 죽어서도 우리를 잡고 늘어지는군요. 독한 년입니다."

"장인규가 남긴 마지막 돈이야, 그 돈은."

봉투를 챙긴 최태호가 서둘러 사무실을 나가자 이금철은 길게 숨을 내쉬었다.

겨울 날씨답지 않게 하늘은 파랗게 개어 있는데다 바람도 없는 화창한 날이었다. 블라디보스토크 교외의 작은 능선 앞에는 30, 40명의 사람들이 모여 있었다. 날씨는 맑았지만 영하 20도에 가까운 추위여서 모두 슈바나 파카 차림으로 모여서서 장례식을 치르는 중이다. 나란히 파인 11개의 구덩이 옆에는 제각기 관이 놓여 있었는데 그 중 유난히 작은 관이 사람들의 시선을 끌었다. 이인숙의 딸 명희의 관이었는데 이제 그녀는 어머니와 함께 나란히 묻히게 되었다. 장인규는 종교를 믿지 않았지만 이한이 고집을 부려 시내에서 목사 한사람을 데려왔기 때문에 장례식은 기독교식으로 진행이 되었다. 기도가 끝나고 하관이 시작될 때는 한낮의 태양이 조금 기울어질 무렵이었다. 장례식에는 송길수와 함께 지난번 마피아와의 전쟁 때 고려부두로 파견되었다가 이제는 마피아의 일원이 된 사내들과 하바롭스크에서 날아온 그레고리와 그의 부하들이 참석하고 있었다. 죽은 사람들은 대부분 가족이 없거나 있다고 해도 찾기 어려운 상황이어서 참석한 유가족은 서너 명밖에 되지 않았다. 쓸쓸한 장례식이었다. 장례식을 마친 김상철이 저택에 돌아왔을 때는 늦은 오후였다.

현관으로 들어서자 그레고리의 부하가 말했다.

"하바롭스크의 주코프한테서 전화가 왔습니다. 급한 일이라고, 돌아오시는 대로 연락을 해달라고 합니다."

김상철의 뒤를 따라 들어서던 그레고리가 곧장 전화기로 다가갔다. 주코프는 그레고리의 부관으로 하바롭스크에 남아 있었던 것이다.

김상철이 응접실에 앉은 지 얼마 되지 않았을 때 그레고리가 들어섰다. 긴장한 표정이었으므로 방 안에 있던 송길수와 이한의 시선이 그에게로 모아졌다.

"보스, 현채옥을 주코프가 보호하고 있습니다. 반쯤 얼어붙어 있어서 지금 병원에 데려다 놓았답니다."

그가 서두르듯 말을 이었다.

"한 시간쯤 전에 현채옥이 찾아왔다는 겁니다. 수송열차의 화물칸에 숨어 시베리아를 횡단했다는군요."

"그렇다면 습격자들을 피해서……."

긴장한 김상철이 묻자 그레고리가 머리를 끄덕였다.

"그렇습니다. 플랫폼의 화장실에 다녀오는 사이에 객차가 습격을 받았다고 합니다. 숨어서 습격자 10여 명을 보았지만 얼굴은 보지 못했다는 겁니다."

"……."

"화물칸에 숨어서 국경을 통과했는데 주코프가 연락을 받고 갔을 때는 거의 의식을 잃고 있었다는군요."

그레고리는 힐끗 송길수에게로 시선을 주었다.

"송길수를 자꾸 찾다가 지금은 잠이 들었다고 합니다."

헛기침을 한 송길수가 그의 시선을 피하자 이한은 눈썹을 치켜올렸다. 김상철이 그들을 둘러보았다.

"현채옥이 관계된 것 같지는 않군."

"그렇습니다, 보스. 경비대는 현채옥과 북한측에 혐의를 두고 있습니다만."

그레고리가 말하자 이한이 김상철을 향해 돌아앉았다.

"형님."

그의 시선을 받은 김상철이 꺼칠한 얼굴을 들었다.

"난 고려리아로 간다. 우선 이한과 둘이서."

이한은 당연한 말이라는 듯 머리를 뒤로 젖히고 있었으나 그레고리와 송길수는 긴장한 표정이다.

"이젠 나에게 고려리아는 인연 내세울 것도, 기반도 없는 땅이야. 나는 다시 홀가분하게 들어가 가차 없이 일을 할 것이다. 미련이 없으니 목숨

아까울 것도 부담 느낄 것도 없어."
 더 이상 말할 것도 없다는 듯이 김상철이 자리에서 일어섰으므로 그들은 방을 나가는 그를 향해 입을 열지도 못했다.

대가를 받는다

    자카르타를 떠난 DC-10은 발리의 덴파사 공항에 가까워지자 주날개의 보조익을 움직이면서 하강하기 시작했다. 그저 푸른 땅처럼 보였던 바다가 차츰 살아 움직이는 생명체처럼 느껴지면서 잠시 짜릿한 현기증이 일었다가 사라졌다. 바다는 끝없이 긴 주름을 만들며 움직이고 있었다. 가끔 주름 끝의 파도가 흰 거품을 일으켰고 이제 소형 어선도 시야에 들어왔다. 비행기가 한없이 내려가는 느낌이 들었으므로 강미현은 위쪽의 하늘로 시선을 돌렸다. 바다색보다 연하고 더 맑은 하늘이었다. 서울은 지금 영하의 기온에 구름이 잔뜩 낀 날씨였다. 진눈깨비가 올 듯 말 듯 한 상태가 사흘이나 이어지고 있었던 것이다. 이틀 후면 크리스마스였고 일주일 후면 신년이다. 경고등이 켜지면서 착륙을 알리는 기장의 안내방송이 흘러나오고 있었다.
    공항의 대합실로 들어선 강미현은 금방 이쪽으로 다가오는 한민수를 알아보았다. 화려한 무늬의 남방셔츠에 흰 바지를 입은 그는 선글라스를 벗으면서 활짝 웃었다. 그의 밝은 웃음을 보자 강미현의 가슴도 활짝 개었다. 그는 싱가포르의 일을 마치고 미리 와서 기다리고 있었던 것이다. 한민수의 팔짱을 낀 강미현은 공항을 나왔다.

발리는 여러 번 와보았지만 남자와 단둘이서는 처음이다.

"가까운 쿠타에도 좋은 곳이 꽤 있지만 메템 근처에 리조트 한 채를 빌려 놓았습니다."

렌터카인 무개 지프에 오르면서 한민수가 말했다.

"혼자 준비하려니까 서툴러서 잘 안 되더군요. 내가 너무 나태해진 모양입니다."

대동그룹의 차남이자 유력한 후계자인 그로서는 호텔을 직접 예약할 기회도 없었을 것이다. 그의 솔직한 표현이 마음에 들었으므로 강미현은 밝게 웃었다. 지프는 곧 바람을 가르며 달려가기 시작했다. 한민수가 뒷좌석에서 밀짚모자를 집더니 건네주었다.

"호텔에서 샀습니다. 햇볕이 따가울 것 같아서."

강미현은 바람에 날리는 머리카락 위에 밀짚모자를 눌러쓰고는 끈을 맸다. 핸드백에서 선글라스를 꺼내 쓰자 가슴이 확 트이는 것 같았다. 강회장의 승인을 받아 대동그룹은 내년 1월부터 고려리아에 진출하게 되었다. 고려시에 3개의 호텔과 카지노를 건설하고 고려시 서쪽의 구릉 지역 800만 평에 거대한 리조트시티를 건설한다는 계획이 빠르게 진행되고 있는 것이다. 대동은 처음부터 국내의 자본을 고려리아로 옮기는 식의 투자 방법은 생각하지 않고 있었다. 한국 정부와 운영위원회의 제재나 간섭을 받지 않으려는 것이다. 그들은 해외의 현지 법인이 대리인을 내세우는 방법으로 고려리아에 투자할 계획이었다. 그렇게 되면 제3국 기업이 되고 한국 정부나 운영위원회의 영향력은 반감될 것이었다.

지프가 바닷가의 리조트에 도착하자 강미현은 저도 모르게 탄성을 질렀다. 연회색 모래사장 끝에 세워진 외딴 방갈로는 풀장과 야외 바, 식당까지 붙어 있는 그들 둘만을 위한 공간이었다. 베란다로 나와 드넓은 모래사장과 바다를 바라보는 강미현의 옆으로 한민수가 다가와 섰다. 그가 잠자코 팔을 뻗어 어깨를 안자 강미현은 그에게로 상반신을 기대었다. 바닷바람이 부드럽게 그들을 스치고는 침실의 커튼 자락을 흔들어놓고 사라졌다.

신정 연휴가 끝난 다음날 고려리아의 고려 공항에 서울발 아에로플로트가 착륙하자 두툼한 코트 차림의 탑승객들이 몰려나왔다. 입국 수속과 세관 검사는 세계 어느 공항보다도 빠르고 친절하다는 소문답게 탑승객들은 에스컬레이터를 통해 곧장 대합실로 내려섰다. 대합실 안은 사람들로 북적이고 있었다. 옷가방 한 개만 지닌 간편한 차림의 이유미가 막 대합실에 발을 딛었을 때 사람들을 헤치고 박기동이 다가왔.

"어서 오십시오, 이 사장님."

이유미는 그가 다른 사람처럼 느껴졌다. 전에는 곁눈질을 자주 하는 구부정한 모습이었는데 지금은 옷차림은 물론이고 세련된 인상까지 주고 있었다. 그의 부하 직원으로 보이는 사내 한 명이 이유미의 가방을 받아들었고 다른 남자는 앞장을 서서 길을 안내했다. 공항 밖에는 검정색 벤츠가 대기 하고 있었으므로 이유미는 힐끗 박기동을 바라보았다.

하늘은 맑았으나 바람은 셌다. 고속도로 양편의 눈 덮인 평원 위에는 눈가루가 어지럽게 소용돌이치고 있었다.

"우선 일본 여행사의 대리인을 만나보셔야지요. 그 사람이 일본 여행사와의 관계를 설명해 드릴 겁니다."

뒷좌석에 느긋한 자세로 앉아 있던 박기동이 말했다. 벤츠는 고려리아가 자랑하는 상하행선 넓이가 200미터 인 고속도로를 무제한 속도로 마음 놓고 달려가는 중이다.

"이곳은 노다지가 나오는 땅이지요. 라스베이거스보다 몇십 배 성장할 겁니다, 두고 보십시오."

"숙박 시설은 충분할까요?"

"지금도 공사를 하고 있습니다. 시멘트 양생이 안 되기 때문에 미리 여름에 판을 짜서 시멘트 골조를 산더미처럼 만들어놓았지요. 지금은 붙이기만 하면 됩니다."

박기동이 어깨를 으쓱거리며 말했다.

"건설 시장이 개방되었지만 대부분의 공사는 고려가 맡아 하지요. 이 추위에 고려의 공법을 따라갈 회사는 없으니까요. 고려는 자신들의 땅에서도 공사판을 벌려 공사를 따냅니다."

이유미는 잠자코 머리를 끄덕였다. 박기동으로부터 받은 제의는 가뜩이나 매출 감소에다 적자에 허덕이던 그녀에게 복음처럼 들렸던 것이다. 그러나 사실 불안하기도 했다. 정부와 고려사이에 알력이 생긴 후부터 고려리아 방문은 통제가 심해졌다. 그래서 경찰청에 여권을 맡기면 사흘쯤 후에야 국정원의 확인을 거쳐 허가가 나오는 상황이었다. 정부는 아직도 고려리아를 적성국 취급을 하고 있는 것이다.

"내년쯤이면 한국 정부도 고려리아의 여행 규제를 풀 것입니다."

그녀의 불안한 기분을 알아챘는지 박기동이 부드럽게 말했다.

"물론 그때는 운영위원회가 완전히 고려리아를 장악하고 있겠지요. 물론 지금도 그러고는 있지만 말입니다."

고속도로가 끝나자 벤츠는 곧장 고려시로 들어섰다. 길가에 고층건물이 즐비한 고려시는 불과 몇 달 사이에 다른 도시처럼 변모되어 있었다. 박기동의 말대로 노다지가 나오는 정도가 아니라 하루가 다르게 변하는 도시였다.

나카무라는 표정 없는 얼굴로 이유미를 바라보았다.

"우리가 마카오나 라스베이거스, 또는 모나코, 너스 등에서 돈 꽤나 뿌렸던 한국인의 명단을 드리지요. 대략 5000명 정도인데 우선 그들을 일차 고객으로 확보해야 할 거요."

오리엔트 호텔의 라운지 안이다. 이유미는 객실에 가방을 내려놓고 바로 올라온 참이었다. 나카무라가 말을 이었다.

"그들이 고려리아가 도박의 천국이 되어가고 있다는 것을 모를 리가 없어요. 다만 입국하는 데 불편하고 뒤탈이 불안해서 오지 못하고 있을 뿐이지."

"그렇다고 신문광고도 낼 수 없지 않겠어요? 당장에 문제가 될 텐데."

"물론 그건 그렇지."

표정 없는 그의 얼굴에 쓴웃음이 번졌다.

"하지만 안내서는 보낼 수가 있을 거요. 일본 여행사의 이름으로…… 그리고 밑에 당신네 여행사가 대리점이라는 문구를 넣고."

"……"

"안내서도 직접 일본에서 보내겠소. 만일 문제가 된다면 당신은 모르는 일이라고 잡아떼든지 약을 먹이든지 그건 알아서 하셔야지."

"……"

"한국 관광객은 일본으로 와서 곧장 고려리아로 갑니다. 비자도 필요 없고 여권에 도장도 찍히지 않아요. 고려리아에서 실컷 놀고 일본을 거쳐서 돌아가면 되는 거요."

"물론 일본측의 호텔과 카지노 등 시설을 이용해야 되겠지요?"

"당연하지요. 우리 시설의 수준은 최고요."

"……"

"그들이 이곳에서 사용한 총경비의 5%를 드리지요. 아마 대단한 금액이 될 거요."

그는 잠자코 앉아 있는 박기동을 힐끗 바라보았다.

"여기 계신 박 사장이 당신 대신 계산을 할 테니까 믿을만 하지 않겠소?"

관광객이 고려리아의 카지노에서 1만 달러를 잃었다면 500달러가 자기 몫으로 돌아온다. 룸서비스까지 포함한 호텔 경비가 3000달러였다면 150달러가 다시 이쪽 몫이다. 이유미가 머리를 저었다.

"위험 부담을 안는 마당에 5%는 너무 적어요. 10%를 주세요."

나카무라가 그녀를 똑바로 쳐다보았다.

"7%, 이것이 한계요."

"좋아요."

시원스럽게 대답한 이유미를 향해 나카무라가 일본어로 또박또박 말했다.

"한국이 고려리아를 개방하게 되면 당신은 이런 수익을 올리지 못할 거요. 규제가 심해지기 전에 당신이 고려리아에 들어와 박 사장을 만났다는 이야기를 들었습니다. 어쨌든 당신은 남보다 한 발쯤 앞서 가는 사업가인 셈입니다."

경비본부 보안 과장 오세영은 전임 장동택과는 대조적인 인물이었다. 그도 국정원에서 파견된 사내였지만 부드러운 인상에 성격도 온화해서 부하나 윗사람 모두에게서 호감을 받고 있었다. 그러나 보안 과장의 업무는 표현 그대로 고려리아의 보안에 관한 모든 업무를 장악하는 것이다. 고려리아의 모든 정보는 일단 그에게로 모아졌고 보안에 관한 정책의 실무 집행 책임자는 그였다. 오세영이 고려시 상가에 있는 나타샤 레스토랑에 도착했을 때는 저녁 7시 30분이었다. 현관에서 기다리던 사내의 안내를 받은 그는 곧장 안쪽의 밀실로 다가갔다. 나타샤 레스토랑은 이나카와회가 투자한 사업장의 하나로 500석 규모의 대형 음식점 겸 유흥업체이다. 그가 밀실로 들어서자 기다리고 있던 사내들이 자리에서 일어섰다.

"어서 오십시오, 오 과장님."

주인격인 시바다가 그를 맞이했고 그의 옆쪽에 선 우재환도 아는 체를 했다. 테이블 위에는 이미 술과 안주가 준비되어 있었다. 일주일에 한 번씩 만나는 자리로 오늘은 시바다가 초대한 것이다. 날씨와 사업 이야기를 나누는 그들의 분위기는 밝았다. 이제는 서로 익숙해져 있었으므로 지난번에 타운에서 즐긴 여자 이야기도 거리낌 없이 털어놓았다. 술을 한 잔씩 마시고 났을 때 오세영이 입을 열었다. 시바다를 의식해서 일본어를 썼다.

"블라디보스토크의 김상철이 한 달 가깝게 보이지 않아요. 장인규의 장례식 이후로 한 번도 노출되지 않았습니다."

그가 약간은 경직된 목소리로 말을 이었다.

"송길수나 하바롭스크의 그레고리는 여전히 활발한 활동을 하고 있는데 그자는 매일 출근하다시피 하던 갈보집에도 발을 뚝 끊었단 말입니다."

"집안에만 있단 말입니까? 아니면 잠적을 했다는 거요?"

시바다가 묻자 그는 머리를 저었다.

"아직은 알 수가 없소. 하지만 마음이 놓이지가 않아서……."

불칸 역의 참사가 일어난 지 한 달이 지났지만 경비대는 아직 단서 하나 잡지 못하고 있는 상태였다. 오세영이 다시 입을 열었다.

"근래에 들어와 북한과 삼합회, 마피아의 관계가 밀착되어 가고 있어요. 그자들은 당신들에 대한 공동 대응 전선을 만들어가는 것 같소."

"글쎄, 그거야 어쩔 수 없지요. 우리도 예상하고 있었던 일이니까."

술잔을 든 우재환이 말했다.

"그러니까 현실적인 이해관계에 부딪치면 다시 조각조각 찢어질 거요. 고금의 역사를 봐도 그런 일이 비일비재하지요."

"만일 김상철이 그들 세 조직의 비호를 받을 가능성에 대해서는 어떻게 생각하시오?"

불쑥 오세영이 묻자 우재환과 시바다는 제각기 긴장했다. 먼저 입을 연 것은 시바다였다.

그는 얼굴에 쓴웃음을 짓고 있었다.

"장인규를 습격한 것이 그들 세 조직의 짓이 아니라는 확신이 섰을 때 그럴 수도 있겠지요. 하지만 마피아의 짓은 확실히 아니라고 해도 북한과 삼합회에 대해서도 그럴까요?"

오세영이 잠자코 있었으므로 그가 말을 이었다.

"그리고 세 조직 모두 막대한 자금을 고려시의 유흥업체 건설에 투자해 놓고 있는 상황이오. 그들이 김상철이라는 불덩어리를 안고 있으리라고는 생각되지 않아요. 그럴 모험을 할 만한 가치가 없단 말이오."

"시바다 씨, 당신은 꽤 현실적이십니다."

"그렇습니다, 오 과장님, 내가 일본에서 정치인들과 오랫동안 교제를 해온 덕분이지요. 어차피 이곳도 다섯 나라의 대리전 형식으로 대치하고 있는 상황이니까요. 그들이 김상철을 받아들일 명분도, 의리도 없을 뿐더러 현실적으로도 가능성이 없는 일입니다."

술잔을 든 오세영이 술을 한 모금 삼키고는 우재환을 바라보았다.

"우 사장님 생각은 어떠십니까?"

"시바다 씨와 동감이오. 이건 너무 비약적인 것 같지만 김상철과 손을 잡은 조직이 하나쯤 있었으면 해요. 오 과장님 생각은 어떻습니까? 이쯤

해서 어느 조직 하나의 세력을 반감시킬 필요성이 있지 않을까요? 김상철과 싸잡아서 말입니다."

오세영이 잠자코 술잔을 들었다. 그들의 배후 세력은 각각 CIA와 일본 정보국이었다. 한국 정부는 고려리아 운영에 대하여 그들과 협력 관계에 있었고 정보도 공유하고 있는 것이다.

"자, 우리 술이나 듭시다."

시바다의 제의에 셋은 술잔을 들었다. 한·일·미 3국의 건배였다.

고려타운은 인구 10만의 도시가 되어 있었는데 밀입국자까지 포함한다면 실제 인구는 15만 명이 넘었다. 조선족과 중국계, 러시아계로 대별한다면 그 비율은 거의 비슷해서 각각 3분의 1 비율이었다. 그들은 제각기 동족으로 형성된 주거지역에 모여 살았고 그것이 차이나타운과 러시아타운으로 불리고 있었다. 그러나 조선족과 고려인은 아무도 자신들의 주거지역을 코리아타운이라고 부르지 않았다. 타운 전체는 물론 고려리아가 그들 땅이라는 의식이 자리 잡고 있었기 때문이다. 이제 타운에는 학교와 병원 등 각종 공공기관이 고루 갖춰졌고 위성중계로 러시아와 일본, 한국의 TV까지 시청할 수 있게 되었다. 고려시에 고급 유흥가가 생겨났지만 타운의 유흥지역은 지금도 번성하고 있었다. 끊임없이 인구와 소비가 증가하기 때문이다.

타운 서쪽의 엘로즈 클럽 안이다. 전에는 나파스 클럽이었으나 주인이 바뀌고 나서 이름도 그렇게 바뀌었다. 밤 12시가 넘었으므로 출입구로 한두 명씩 취객들이 빠져나오고는 있었지만 여전히 클럽 안의 분위기는 뜨거웠다. 보통 새벽 4시까지 영업을 하는 것이다. 취객들은 클럽을 나오자마자 영하 40도에 정신이 번쩍 든 듯이 재빠르게 옆쪽의 버스정류장으로 다가가 버스를 탄다.

박기동의 부하인 양동구가 클럽을 나온 것은 12시 30분이었다. 그는 카자흐스탄 태생의 고려인으로 타운 호텔에서 객실 당번을 하던 사내였다. 그러나 지금은 박기동의 경호원이 되어 있었는데 호텔의 장기 투숙객이었던 그에게 잘 보였기 때문이다. 오늘은 모처럼 예전의 호텔 동료들과 만나 호기를 부리며 마신 참이라 얼큰하게 취기가 올라 있었다. 그는 동료 두 명과 함께 버스 정류장 앞에 섰다. 모두가 단단한 방한복 차림이다. 버스는 새벽 2시까지 20분 간격으로 정류장에 도착하는데 정류장에는 버스 도착 시간이 5분 남았다는 전광표시가 반짝이고 있었다.

"이봐, 나, 소변 좀 보고."

동료 하나가 정류장 앞쪽의 화장실로 다가가자 양동구도 뒤를 따랐다. 큰 체격에 두툼한 파카를 걸친 그의 상체는 드럼통만 했다. 그들은 난방장치가 되어 있는 화장실로 들어갔다. 모두 고려인인 그들에게 고려는 꿈의 땅이었다. 그 증거 중 하나가 이제 막 꿈을 잡게 된 양동구였는데 그는 동료들보다 세 배의 월급을 받고 있는데다가 가끔씩 금일봉을 받는다는 것이다. 양동구는 돈을 모으면 엘로즈 클럽 같은 사업장을 하나 짓겠다고 했다. 흑인까지 데려와 나체쇼를 벌이겠다는 그의 말이 동료들에게는 빈말로 들리지 않았다.

"이거, 버스 오겠는데. 이 친구 길구먼."

화장실에서 먼저 나온 동료가 전광판과 화장실 쪽을 번갈아 바라보며 말했다. 1분 전이었다.

"내가 불러 오지."

동료 하나가 서두르며 화장실로 다가갔다.

"이봐, 버스 오겠어."

대답이 없었으므로 그는 화장실 안으로 들어섰다. 양동구는 소변기 앞에 반듯이 누워 있었다. 두 눈을 크게 뜨고 있었는데 뒷머리가 깨진 모양으로 머리 뒤쪽에 질편하게 피가 고여 있었다.

테이블로 안인석이 다가오자 이유미는 자리에서 일어섰다. 안인석의 얼굴에는 희미하게 웃음기가 돌았다.

"또 만나게 되는군."

앞자리에 털썩 앉으며 그가 던지듯이 말했다. 그가 고려리아의 관광과장이 되어있으리라고는 생각지도 못했던 이유미였다.

"오랜만이야. 그리고 반가워, 다시 만나게 되어서."

이유미가 밝은 표정으로 말했다.

"그리고 축하도 해야겠네. 영전된 것."

"네가 온다는 이야기는 들었어."

행정청 근처의 커피숍 안이었다. 유리창 밖으로 눈발이 휘날리는 넓은 도로 위를 차량들이 질주하고 있는 것이 보였다. 아직 점심시간 전이어서 커피숍 안에는 손님들이 드물었다. 종업원에게 커피를 시킨 이유미가 안인석을 바라보았다.

"난 여기 와서 들었는데…… 인석 씨는 내가 온다는 것을 알고 어떤 생각이 들었어?"

"올 것이 온다는 생각이었지."

정색한 얼굴로 안인석이 이유미의 시선을 받았다.

"내가 관광과장이 된 것은 너와의 이런 우연을 위해서가 아니야. 내가 적임자로 선택되었기 때문이야."

"글쎄, 누가 뭐래?"

이유미가 이를 드러내며 웃었다.

"그렇게 말하려고 준비해 두었어?"

"너는 하나도 변하지 않았구나."

커피 잔을 든 안인석이 쓴웃음을 지었다.

이유미는 여전히 아름다웠고 자신에 차 있었다. 그러나 위험한 여자였다. 안인석인 목소리를 낮추었다.

"난 별로 문제가 없지만 넌 조심해야 될 거야. 한국에서는 아직도 고려리아 입국을 제한하고 있으니까."

"……."

"네 기분을 깨려고 하는 소리가 아냐. 넌 상당히 위험한 일에 끼어들었다는 충고를 해주려는 거다."

"충고, 고마워."

"내가 너하고 직접 연결될 일은 없어. 난 일본을 통해 들어오는 한국 관광객을 받아들이면 되니까."

"알고 있어."

이유미가 의자에 등을 기대고는 차분해진 얼굴로 그를 바라보았다.

"박미정 씨 소식 들었어?"

"……."

"궁금해 할 것 같아서 묻는 거야."

"궁금하지 않아."

"서울에서 회사에 다녀. 프리랜서로 일하고 있다고 들었어."

"그런가? 잘됐네."

"김상철은 어떻게 되었어?"

"너도 들었을 텐데. 그 박기동 씨한테서. 그 사람은 나보다 잘 알 거야."

"이제는 완전히 이곳을 떠났다며?"

그러자 안인석이 시계를 내려다보는 시늉을 했다.

"난 사무실로 들어가 봐야 돼. 일하다가 나와서."

"내가 아직도 미워?"

"쓸데없는 소리."

"내가 사랑했던 남자는 인석 씨뿐이었어."

"……."

"인석 씨도 알고 있을 거야."

"난 정말 들어가 봐야 돼."

"그럼 저녁에 다시 만나."

"저녁에는 직원들과 약속이 있어."

자리에서 일어선 안인석이 그녀를 내려다보았다.

"정말이야, 약속이."

그날 저녁 나카무라가 찾아왔을 때 이유미는 외출복 차림이었다.

"약속이 있습니까?"

방 안에 들어선 그가 묻자 이유미는 머리를 저었다.

"아녜요. 식사나 하러 가려고."

"잘되었습니다. 우리 보스이신 시바다 선생께서 저녁 초대를 하셨습니다."

처음 듣는 이름이었으므로 이유미가 눈을 둥그렇게 떴다.

"시바다 선생이라니요?"

"고려리아의 총책임자이신 분입니다. 이 사장도 그분을 알아두시는 것이 좋을 거요."

나카무라는 선 채로 계속 말을 이었다.

"위층에서 기다리고 계십니다. 준비되실 때까지 제가 밖에서 기다리지요."

그와 함께 이유미가 20층에 있는 시바다의 방 앞에 섰을 때는 30분쯤 후였다.

스위트룸의 넓고 호화로운 응접실에 앉아 있던 시바다가 들어서는 그녀를 보더니 자리에서 일어섰다. 놀람과 찬탄으로 눈을 둥그렇게 뜨고 있었다.

"어서 오시오, 이 사장."

시바다는 정장 차림이었다. 올백 머리에 웃음을 머금은 그의 태도는 부드러웠다.

"초대해 주셔서 감사합니다."

밝은 표정으로 그녀가 말하자 시바다는 정중하게 머리를 숙였다.

"내가 영광이오. 이런 미인을 모시게 되다니."

나카무라는 어느 틈엔지 사라졌고 그들은 테이블에 마주앉았다. 종업원이 다가와 그들 앞에 잔을 놓고 물러갔다.

"호텔 식당에 캄차카 타바라를 주문했는데 괜찮겠지요?"

게다리 요리는 먹어본 적이 있는데다가 사양할 상황도 아니어서 이유미는 머리를 끄덕였다. 고려리아의 일본 사업장과 관광사업에 야쿠자가 관련되어 있다는 것은 짐작하고 있었다. 그리고 자신은 지금 야쿠자의 최고 실력자와 만나고 있는 것이다. 시바다는 분위기를 부드럽게 이끌어 갔다. 그는 한국통이기도 해서 한국의 경제와 사회 상황에도 말이 막히지 않았다.

"어려운 일이 있으면 이야기해요. 고려리아나 한국 내의 일이라도 내가 도와주겠소."

포도주를 한 모금 삼키고 난 그가 말을 이었다.

"한국이 고려리아 관광을 개방하게 되었을 경우에는 숙박난이 벌어질 거요. 그땐 이곳에 기반을 가진 이 사장이 절대로 유리한 사업을 할 수 있을 겁니다. 이 사장이 보낸 관광객은 방을 잡을 수 있을 테니까."

그가 테이블 위로 상반신을 굽히고는 이유미를 바라보았다.

"이 사장, 행정청의 안인석 과장과도 친분이 있지요?"

"네, 대학 다닐 때 친구였어요."

"여러 가지로 조건이 좋군요."

요리 접시를 밀어놓으면서 그가 의미심장하게 웃었다.

"우리가 이곳에서 무슨 일을 하고 있는지 압니까?"

"네, 관광과 도박, 유흥사업을…… 맞나요?"

포도주를 서너 잔 마신 이유미가 조금 달아오른 얼굴로 되묻자 그는 머리를 끄덕였다.

"대충은 맞소. 그리고 우리가 야쿠자의 이나카와회라는 것도 알지요?"

"네, 그것도 대충."

"우리는 올해 안에 5개의 호텔과 4개의 유흥사업장을 더 지을 거요, 이곳만큼 안전하고 확실하게 사업성을 보이는 지역이 없습니다."

"……."

"자, 한잔 하실까? 우리의 미래를 위해서."

시바다가 잔을 들었다.

"그리고 미인과의 이 즐거운 시간을 위해서."

이유미는 그의 시선이 뜨거워지는 것을 보았다. 그리고 그것이 무엇을 표현하고 있는지도 눈치 챘다. 술잔을 든 이유미가 눈을 가늘게 뜨며 그의 시선을 받자 예상했던 대로 시바다의 눈빛은 더욱 뜨거워졌다.

시바다도 능숙했지만 그것을 받아들이는 이유미의 몸짓도 자연스러웠다. 테이블에서 일어난 그들은 소파에 앉아 가벼운 이야기를 나누면서 서로의 손을 잡거나 어깨를 안고 부드럽게 입술을 대었다. 시바다는 서두르지 않았다. 잘 익은 과일을 아끼며 맛보는 것처럼 그는 이유미의 옷을 조심스럽게 벗겨내더니 안아들고 침실로 들어섰다. 침대 위에 눕혀진 이유미 앞에 서서 거리낌 없는 태도로 나체가 된 그의 상반신은 온통 문신으로 덮여 있었다.

"정말 황홀한 여자야, 당신은."

이미 거대해진 남성을 보이고 선 채 그는 이유미의 알몸을 내려다보았다.

"난 당신 같은 여자는 본 적이 없어."

침대에 반듯이 누운 이유미는 그의 시선을 받으면서도 몸을 가리려는 아무런 몸짓도 하지 않았다. 이것이 거래라는 것을 서로가 잘 알았으므로 가식이 필요 없는 것이다. 그렇다고 그저 주고받는다는 무미한 감정으로 상대할 만큼 그들은 단순하지도 않다.

이유미는 시바다의 뜨거운 남성이 진입해 오자 금방 무아지경에 빠졌다. 그녀는 자신의 본능이 강하다는 것을 경험으로 알고 있어서 구태여 필요 없는 몸짓도 하지 않았다. 시바다는 갖가지로 체위를 바꾸면서 그녀를 이끌었는데 그도 절제력이 대단한 사내였다. 이유미를 몇 번이나 절정으로 끌어갔다가도 자신의 절정의 순간에는 숨을 멈추었다가 다시 시작할 정도였다. 이유미는 땀에 젖은 온몸을 환희로 떨었다. 그리고 언제나 그랬듯이 이 순간이 영원히 이어지기를 바라며 매달렸다.

"고려리아는 일본과 미국의 식민지나 다름없어. 한국 정부는 우리의 대리인이나 마찬가지일 뿐이오."

행위를 마친 다음 기진해서 엎드려 있는 이유미를 시바다가 끌어당겨 안았다.

그의 가슴에 얼굴을 묻은 이유미가 눈을 떴다.

"그럼 고려그룹은 뭐가 되지요?"

"고려그룹 이전에 그들은 한국 국민이지. 땅을 빌리고 개척을 했다고 해서 한국 정부의 손아귀를 벗어날 수는 없어요."

시바다가 이유미의 젖가슴을 손바닥으로 움켜쥐었다.
"한국 정부만이라면 강 회장이 한판 승부를 벌일 만도 했지. 하지만 배후의 일본과 미국까지 당해낼 수는 없소."
"……"
"공산화는 물론이고 독자 세력으로 번성한다는 것도 큰 위협이 될 테니까."
이유미의 젖꼭지에 입술을 가져다댄 그가 얼굴을 들고 웃었다.
"이만하면 내 배후에는 무엇이 있는지를 아시겠지? 유미."
머리를 끄덕인 이유미가 손을 뻗어 그의 팽창되어가는 남성을 쥐었다.
"나는 이것 하나만으로도 만족해요, 시바다."

이곳은 엘로즈 클럽 뒤채의 사무실 안이다. 소파에 앉아 있던 이종남이 사무실로 들어서는 박기동을 맞이하며 입을 열었다.
"그래, 경비대는 다녀왔소?"
청와대 경호원 출신인 그는 이제 엘로즈 클럽의 사장이다. 박기동은 슈바를 옷걸이에 걸고는 그의 앞자리에 앉았다.
"경비대에서는 술 먹고 자빠졌다고 합니다. 시멘트 바닥에 뒷머리가 깨졌다고."
"그 친구, 재수 더럽군. 하필이면 화장실에서."
"화장실에서 자빠지면 죽는다고 경비대 어떤 놈이 그러더군요."
그는 죽은 양동구의 고용주였으므로 오후에 경비대에 다녀왔던 것이다. 양동구의 사인은 과음한 상태에서 미끄러져 뒷머리가 깨진 것으로 처리가 되었다.
"어쨌든 안 되었수다. 박 사장이 아끼는 부하였는데."
"그 자식, 분수 모르고 술 퍼먹고 다니다가 잘되었지, 뭐. 그런 놈이야

타운에 얼마든지 깔려 있습니다."

그러나 말과는 다르게 그의 얼굴은 찌푸려져 있었다. 이종남이 탁자 위에 놓인 보드카 병을 들어 잔을 건네자 그는 주저 없이 받는다.

"사장님은 어디 가셨습니까?"

"고려시에. 오늘은 운영위원장님과 저녁 약속이 있으셔서."

단숨에 술을 삼킨 박기동이 그를 바라보았다.

"미국 기업이 들어온다면서요?"

이종남이 움직임을 멈추었다.

"그게 무슨 말이오?"

"왜 이러십니까? 다른 조직들은 모두 눈 가리고 귀 막은 줄 아십니까? 그들의 정보는 국가 차원의 정보란 말입니다."

"글쎄, 나는 모르는 일인데."

술잔을 든 이종남이 이맛살을 찌푸렸다.

"박 사장한테 정보를 흘린 게 북한 아니면 일본이겠군. 그래서 그것을 확인해 오라고 합디까?"

"확인은 무슨……."

이번에는 박기동이 얼굴을 찌푸렸다.

"다 알고 있습니다. 미국의 자본이 투입되는데 관리는 우 사장님이 맡으실 거라고. 운영위원회에서 적극적으로 후원하고 말이오. 이건 애초부터 예상되었던 일 아닙니까?"

이종남이 굳게 입을 다물고 있었으므로 박기동이 대신 말을 이었다.

"그동안의 관계를 보아서라도 이 박기동이한테 일거리나 조금 떼어 달라고 말씀드리려는 거요. 내가 미국 자본이건 멕시코 자금이건 상관할 사람입니까?"

"일본 여행사의 일이 있을 텐데. 한국 관광객을 우회 입국시키는 일

말이오. 더구나 한국 여행사의 여사장까지 지금 데려다 놓은 상황 아니오?"

"그 일은 서류나 챙기는 일밖에 안 됩니다."

이종남이 반쯤 시인했다고 믿은 박기동이 바짝 다가앉았다. 조금 전의 늘어진 태도와는 전혀 딴판인 모습이다.

"다른 건설회사가 모두 자빠졌으니 미국 기업의 공사는 고려가 하겠지만 장식이나 비품 구입은 나한테 맡겨주십시오."

"말도 안 되는 소리."

"구입비의 총액으로 계산해서 5% 드리지요."

"그게 무슨 소리요?"

눈을 치켜뜬 이종남이 목소리를 높였다.

"여보, 당신 날 매수하려는 거요?"

"어차피 우리 돈도 아니지 않습니까? 그렇다고 불량 비품을 들여오는 건 아닙니다. 솔직히 이럴 때 한몫을 잡아야지요."

"나아, 참."

"이 사장님이 밀어만 주시면 됩니다. 미국 기업은 물주 노릇만 할 테니까요."

불쾌한 표정으로 이종남이 술잔을 쥐었는데 애써 참는 것처럼 보였다.

"톰프슨 그룹의 자금은 대영그룹에서 나오는 거야. 결국 대영그룹이 미국 기업의 실체다."

전창남이 낮은 목소리로 말하자 우재환이 머리를 끄덕였다.

"대영이 안전한 배경을 갖게 되었군요. 대영그룹답습니다."

"올해에 3억 달러를 투자하여 호텔과 리조트를 건설할 예정이다. 행정위원회에서도 투자는 적극 환영하는 입장이니까 문제는 없다. 적합한 장소는 아직도 많이 남아 있고."

"3억 달러면 대단하군요."

"고려 직영의 사업장보다 뒤떨어지지 않아."

고려시 외곽의 해산물 요리점에서 저녁을 마친 그들은 후식을 먹는 중이었다. 전창남이 버릇처럼 주위를 둘러보았지만 밀실 안이어서 넓은 방 안에는 그들 두 사람뿐이다.

"물론 고용인들은 미국의 톰프슨 그룹에서 오겠지만 핵심 간부 몇 명은 대영그룹 직원이겠지. 하지만 자네의 직책은 톰프슨 그룹의 고려리아 대리인이야. 경영은 그자들이 하겠지만 전체 관리는 자네 책임이란 말이다."

말을 그친 전창남이 식후의 포만감을 느낀 듯이 의자에 비스듬히 앉았다.

"이나카와회가 자금을 집중 투입하고 있지만 기업 경영이나 자금면으로 대영을 당해내지 못해. 결국 일본세는 미국에 밀리게 된다."

북한은 말할 것도 없고 중국계의 삼합회나 러시아의 마피아는 기세를 잃어가고 있는 상황이다. 우재환이 머리를 들었다. 재미동포로만 알려진 그는 현직 CIA요원이었다. 미합중국 국민과 대통령을 위해 충성을 바치기로 이미 10여 년 전에 선서를 한 고참 요원이다.

"시바다가 한국 관광객 유치에 신경을 쓰고 있습니다. 한국의 여행사 사장을 불러 왔는데 계약을 끝냈다고 합니다."

쓴웃음을 지은 전창남이 머리를 끄덕였다.

"올해에 열심히 선전해 놓으라고 해. 내년에 개방이 될 때까지 말이야."

"올해 수입만 해도 막대할 텐데요."

"어차피 올해는 일본을 거쳐야 고려리아에 올 수 있어. 그리고 일본측과는 당분간 협조 체제로 나가라는 지시야."

"그래서 관광과장을 일본측과 연결시켜 주었습니다."

전창남이 의자에서 등을 떼고는 고쳐 앉았다.

"강 회장, 그 영감탱이와 김상철의 동향이 걸리는군. 두 놈 모두 어느 구멍인지 틀어박혀서 똑같이 한 달이 넘도록 자취를 보이지 않으니 말이야."

"강 회장은 가끔씩 유장석에게 연락을 하고 있지 않습니까?"

"암호를 써. 아주 유치한 방법이라 컴퓨터가 손을 든다니까."

이야기를 마친 그들은 자리에서 일어났다. 남의 눈을 의식한 듯 전창남이 먼저 나갔고 5분쯤 후에 우재환은 경호원과 함께 뒷문으로 나왔다. 검정색 벤츠가 시동을 켠 채로 앞쪽에서 대기하고 있었다. 음식점에서 흘러나온 빛이 주위를 비치고 있을 뿐 뒤쪽 길은 짙은 어둠에 싸여 있었고 인적도 없다. 앞장 선 경호원이 승용차의 뒷좌석의 문을 열었다.

"아!"

경호원과 함께 차에 오르려던 우재환의 입이 동시에 벌어졌고 저도 모르게 한 걸음씩 물러섰다. 경호원 한 명이 뒷좌석에 앉아 있었던 것이다. 그는 머리를 의자에 기댄 모습으로 편하게 앉아 있었는데 관자놀이에 총알 자국이 선명했다. 시체였다.

경호원과 우재환은 일제히 권총을 뽑아들고는 승용차를 방패로 삼아 몸을 숙였다. 그때 우재환은 운전석에 앉아 있는 부하의 얼굴이 피투성이가 되어 있는 것을 보았다. 우재환은 고려리아에 발을 디딘 후 처음으로 온몸을 훑고 지나는 서늘한 공포감을 느끼고 있었다.

"회의 끝내고 곧 그쪽으로 가겠습니다."

그렇게 말한 것은 나카무라이다. 새벽 2시. 투돌레프 클럽의 2층 사무실에서 나카무라는 지금 오리엔트 호텔의 시바다와 통화중이었다.

그의 주위에 둘러선 사이토, 이와구치 등 부하들은 긴장한 채 숨을 죽이고 있다.

"예, 보스, 이쪽은 이상이 없습니다. 세 시간쯤 전부터 경비대의 순찰이 강화된 것 이외에는 타운은 정상입니다."

"알았다. 그럼 호텔에서 보자."

시바다가 전화를 끊자 수화기를 내려놓은 나카무라가 부하들을 둘러보았다.

"우재환이 부하들에게 비상을 걸었으니 조심해라. 그놈들, 겁나는 김에 아무에게나 총질을 해댈지도 모르니까."

부하들 사이에 낮은 웃음소리가 났고 누군가가 말했다.

"그쪽 사업장에는 가까이 안 가는 것이 낫겠군요, 당분간은."

"경비대나 우재환은 김상철의 짓일지도 모른다고 생각하는 모양이다. 웃어넘길 일이 아니야."

나카무라가 꾸짖듯 말하자 사내들은 다시 조용해졌다.

"이틀 전에 박기동의 부하가 화장실에서 죽은 것도 마음에 걸린다. 사고사로 처리되었지만 타살일 가능성도 있어."

부하의 대부분이 요 근래 반년 사이에 고려리아에 들어온데다가 풍파 없는 세월을 보낸 때문인지 조금씩 풀린 분위기였다. 그러나 모두가 일본의 암흑세계에서 처절한 사투를 숱하게 겪어온 사무라이급 사내들이다.

"보스, 그렇다면 김상철이 우재환을 상대한다는 것입니까?"

유도선수 출신인 이와구치가 묻자 나카무라는 한쪽으로 머리를 기울였다.

"그건 모른다. 아마 그쪽에 대한 원한이 제일 깊을지도 모르지, 사업장을 거의 빼앗겼으니까."

"보스, 북한측에서 습격했다는 소문도 있습니다만."

그렇게 말한 것은 사이토였다. 20대 후반으로 영화배우 못지않은 미남이다.

"오카다가 북한측 사업장 주변에서 듣고 온 소문입니다."

"어쨌든 지금부터 2명 이상씩 조를 지어 행동한다. 개별행동은 금지다."

나카무라가 자리에서 일어섰다.

"사이토, 각 간부들에게 조를 만들라고 일러라. 개별행동을 하는 자는 처벌한다."

"예, 보스."

"이와구치, 너는 나하고 오리엔트로 간다. 차를 준비하도록."

"예, 보스."

사내들이 뿔뿔이 방을 나가자 나카무라는 소파의 끝쪽에 잠자코 앉아 있는 가와베를 바라보았다.

"가와베 씨, 그것이 만일 김상철의 짓이라면 왜 부하들만 건드렸을까요? 그곳 위치나 조건으로 보면 우재환을 처치하기는 간단했습니다."

가와베가 머리를 끄덕였다.

"나도 그 생각을 했어. 그래서 우선 거꾸로 생각을 해보았는데, 우재환을 쏘아죽인 경우로 말이야."

그는 앞에 앉은 나카무라를 찬찬히 바라보았다.

"그런데 그게 별의미가 없더란 말이야. 우재환이 죽었다고 해도 달라지는 것이 조금도 없을 테니까. 보다 강하고 질긴 다른 놈이 올 것이고, 경비대가 더욱 강화될 테니까 말이야."

가와베는 이나카와회의 건설 책임자인 동시에 시바다의 고문이다. 사려 깊은 사내여서 나카무라는 그를 존경하고 있었다. 나카무라가 쓴웃음을 지었다.

"하긴 그렇군요. 꼭두각시일 뿐이니까."

"어쨌든 보스한테 가자. 아마 지금쯤 여자는 돌려보냈을 테니까."

가와베가 자리에서 일어섰을 때 아래쪽에서 엄청난 폭발음이 났다. 액자가 떨어지고 바닥이 흔들릴 정도의 진동이다. 곧 사내의 외치는 소리와 여자들의 비명이 들려왔는데 클럽의 옆쪽이다.

무의식중에 허리에 찬 권총에 손을 대었던 나카무라가 가와베를 바라보았다. 시선이 마주치자 가와베가 찌푸린 얼굴로 짧게 입맛을 다셨다.

"이번에는 우리 차롄가?"

곧 복도를 달려오는 어지러운 발소리가 났고 문이 열리면서 부하들이 쏟아져 들어왔다.

"보스."

얼굴이 하얗게 된 사이토가 소리치듯 말했다.

"이와구치가 당했습니다."

"……"

"차에 타고 있다가 어느 놈이 수류탄을 던져서, 운전사와 함께……."

"……"

나카무라와 가와베가 다시 얼굴을 마주보았으나 양쪽 모두 입은 열지 않았다.

커다란 플라스틱 그릇에 밥과 찬을 섞어들고 젓가락으로만 떠먹으려니 밥알을 흘리기도 했지만 입 주위에도 들러붙었다. 김상철은 이한과 마주앉아 아침식사를 하고 있었다. 아침 8시가 조금 지난 시각이다. 창밖의 흐린 하늘에서는 금방이라도 눈이 쏟아져 내릴 것같이 보였다. 집안은 조용했다. 차이나타운의 깊숙한 곳에 위치한 단층 벽돌집안이다. 집주인은 차이나운의 상가에서 구두 가게를 하는 동씨라는 노인으로 조금 전에 가게로 나갔으니 집안에는 그의 부인과 딸이 남아 있을 것이다. 이한이 그릇을 내려놓고 입가에 붙은 밥알을 뗐다. 거칠게 수염이 자란 얼굴에 중국식 겹옷 차림이었다.

"아마 오늘부터 몇 걸음마다 한 번씩 검문을 하겠지요. 러시아 타운은 가택 수색을 할지도 모릅니다."

이한이 말을 이었다.

"요즘은 사복 경비원과 정보원들이 많아서 예전하고 다릅니다."

밥그릇을 내려놓은 김상철이 벽에 등을 기대었다. 그도 이한과 비슷한 모습이어서 흡사 중국에서 넘어온 지 얼마 안 되는 노동자 같다.

"오늘밤은 경비소를 친다."

김상철이 말하자 이한이 잠자코 그를 바라보았다.

"고려시의 상가 경비소를 치는 것이 적당하겠다. 로켓포 두어 발이면 되겠지."

"꽤 죽을 겁니다."

"그런 놈들이야 얼마든지 충원될 데니까."

그릇들을 대충 주워 담은 이한이 방을 나가자 김상철은 두 다리를 길게 뻗었다. 고려리아는 이미 거대한 조직으로 짜여 있었고 각 조직들도 기반을 단단히 굳힌 상태여서 비집고 들어설 생각은 애초부터 하지 않았다. 이곳에 온 목적이 있다면 오직 하나, 이 땅에서 죽는 것뿐이다. 우선 철저하게 짓밟힌 장인규와 그의 식구들, 장국진의 아내와 딸의 빚을 갚아야 한다. 그는 담배를 꺼내 입에 물었다. 이제는 고려리아가 부담이 되지도 않는다. 개척단의 일원으로 시작하여 인생 전부를 걸었던 고려리아는 이미 주인이 바뀌어 있는 것이다.

문이 열리더니 동 씨의 딸이 들어섰다. 스무 살쯤 되어 보이는 갸름한 얼굴에 몸매도 가는 여자였다. 그녀는 방바닥에 찻주전자와 찻잔이 담긴 쟁반을 내려놓고는 눈을 내리깐 채 소리 없이 방을 나갔다.

동 씨는 삼합회의 홍기천이 소개해준 사람이었다. 고려리아에 잠입한 김상철이 은신처를 부탁하자 홍기천이 놀라면서도 선뜻 마련해 준 곳이 동 씨의 집이었다. 김상철은 북한과 마피아 쪽에는 연락도 하지 않았으므로 그의 은신처를 알고 있는 것은 삼합회의 홍기천과 양필성 두 사람 뿐이다.

점심 무렵이 되어서 눈발이 흩날리기 시작했을 때 양필성이 집안으로 들어서는 것이 보였다. 그는 동 씨 부인과 시끄럽게 이야기를 주고받더니 곧 김상철의 방으로 들어섰다.

"불편하신 점은 없으십니까?"

그는 언제나 깍듯하게 예의를 갖춘다.

"없습니다, 폐를 오래 끼치고 있어서……."

"아니, 무슨 말씀을. 대형께서도 걱정을 많이 하고 계십니다."

그들은 책상다리를 하고 마주앉았다.

"시내에 경비대가 쫙 깔려 있습니다. 러시아타운은 경비대로 봉쇄해 놓고 지금 일일이 가택 수색을 하고 있지요."

양필성이 부드럽게 말했다.

"저희한테 오신 것은 잘 생각하신 겁니다. 마파척과의 사건 때문에 저희와 김 대형 사이는 아주 고약한 것으로 믿고 있지요."

"저 때문에 고생들이 많겠군요."

"무슨 말씀을, 마피아나 북한측도 김 대형의 입장을 이해하고 있습니다. 어제 폭탄 사건이 나자 북한측 사람들은 건배를 했다고 들었습니다."

김상철이 쓴웃음을 지었다.

"불칸 역 사건에 대한 정보는 없습니까?"

"그것은 아직……."

입맛을 다신 양필성이 얼굴을 찌푸렸다.

"그 살아남은 여자가 보았다는 10여 명의 동양 남자라는 말만 가지고는 도무지……."

경비대는 이미 사건을 포기한 지 오래였고 누구 하나 그것에 대해 이의를 제기하지도 않았다. 그렇게 할 연고자가 없었기 때문이다.

밤 12시였으나 고려시의 상가도 타운과 마찬가지로 불야성을 이룬 채 흥청거리고 있었다. 호텔과 대형 클럽의 네온사인이 휘황하게 반짝이는 거리에는 추위도 아랑곳하지 않는 취객들의 발길이 끊이지 않았다. 저녁 무렵부터 눈이 그친 대신 바람이 강해졌지만 추위와 눈, 바람에는 이골이 난 고려리아인들이다. 오히려 기후가 나쁠수록 술 매상이 오르고 색싯집을 찾는 빈도가 높은 것이다.

붉은색 번호판을 단 볼가 승용차가 상가로 진입하는 대로에 들어선 때는 12시 10분이었다. 붉은색 번호판은 행정청의 관용차라는 표시였고 앞쪽 번호는 소속국을 나타냈는데 볼가의 앞 번호는 13이다. 경비본부의 보안과 전용차인 것이다. 한 방향 10차선의 대로에는 아직도 질주하는 차량들이 많았다. 볼가는 인도 쪽으로 다가가면서 속력을 줄이더니 곧 차도에 주차되어 있는 다른 승용차 뒤쪽에 멈춰섰다.

"사람이 꽤 있는데요, 형님."

볼가의 운전석에 앉은 이한이 조심스럽게 말했으나 김상철은 잠자코 RPG-7D의 후부를 끼웠다. RPG-7D는 러시아 공수부대용으로 개발되어서 후부를 분리하면 가방에 넣고 다닐 수도 있는 대전차척탄발사관이다. 발사관을 조작하고 난 그는 PG7 HEAT탄의 탄두와 부스터를 꺼내 나사로 결합을 했다. 그들이 정지해 있는 곳에서 대각선으로 50미터쯤 앞쪽에 불을 환하게 밝힌 2층 건물이 경비소인 것이다. 유리창 안으로 경비대원 대여섯 명의 모습이 보였고 순찰차에서 내린 두 명이 경비소로 들어서고 있었다. 김상철은 다른 한 개의 탄두와 부스터도 결합시키고 나서 이한에게 건네주었다.

"가자."

그들은 찬바람이 휘몰아치는 바깥으로 나와 볼가의 뒤쪽에 웅크리고 섰다. 그들의 뒤쪽으로 차량들이 스치고 지나갔고 인도에도 바쁜 걸음을 옮기는 서너 명의 행인이 있다. 김상철은 탄두를 발사통에 장진하고는 곧 탄두 끝의 안전 캡을 벗기고 안전핀을 빼냈다. 이한이 탄두 한 개를 든 채 초조하게 그와 주위를 살피면서 웅크리고 있다.

김상철은 볼가의 트렁크에 상반신을 엎드리고는 어깨에 발사통을 맸다. 오른손으로 피스톨그립을 잡은 그는 경비소 아래층의 불빛이 환한 유리창을 겨누었다. 조준구 안에 유리창 안의 경비대원들이 모두 들어왔다. 그는 숨을 멈추고는 방아쇠를 당겼다. 요란한 소리와 함께 날개가 펴진 탄두가 날아갔다.

탄두가 날아가 박힌 곳은 불이 꺼진 2층이다. 밤하늘을 울리는 폭음과 함께 경비소의 2층은 불덩이를 뿜으며 산산조각 났다.

"자."

김상철이 소리치자 이한이 탄두를 넘겨주었다. 다시 장전을 하고 안전 캡과 핀을 빼 던진 김상철은 앞쪽의 순찰차를 겨누어 쏘았다. HEAT탄에 중심부분이 명중된 순찰차는 공중으로 솟아올랐다가 떨어지면서 불길에 휩싸였다. 이한이 운전석에 뛰어올랐고 김상철은 발사관을 든 채 뒷좌석에 들어섰다. 볼가는 곧 요란한 마찰음을 내면서 차도로 들어서더니 어둠 속을 달려 나갔다.

"김상철이 틀림없어요."

행정청으로 향하는 차 안이다. 그렇게 말하는 이대각의 얼굴이 활기를 띠고 있는 것처럼 보였으므로 유장석은 입맛을 다셨다.

"상철이가 차례로 저지른 일입니다. 박기동이 부하, 우재환이 부하, 시바다의 부하에다가 어젯밤은 경비소요."

아침 7시가 조금 넘은 시각이었다. 오늘은 이대각이 유장석의 숙소로 찾아와 같이 출근하는 길이었는데 둘만의 이야기를 하고 싶을 때에는 가끔 이 방법을 썼다.

"난 시바다 부하가 폭사했을 때까지도 설마 했어요. 그런데 어젯밤 사건을 듣고 확신했습니다."

이대각이 목소리를 낮추었다.

"경비소에 두 발의 로켓탄을 쏘았지만 죽은 놈은 한 놈도 없습니다. 두 놈이 파편을 맞아 다쳤을 뿐이오. 50미터도 안 되는 거리에서 말이오. 사람 없는 곳만 골라서 쏘았단 말입니다."

"……."

"김상철이오. 김상철이는 경비대가 미웠지만 쏘아죽일 수는 없었던 겁니다. 그렇게 할 놈은 상철이 밖에 없습니다."

"김상철이가 했다면 그것은 우리한테도 도전한 거야, 이 사람아."

찌푸린 얼굴의 유장석이 그를 흘겨보았다.

"운영위 놈들은 우리한테 책임을 뒤집어씌울 거란 말이야. 그런데도 그놈이 했기를 바라나?"

이대각이 눈빛을 번쩍이며 머리를 치켜들었다.

"그렇습니다. 바랍니다."

"허어 참."

"행정청만 빼고 다 부숴 버렸으면 좋겠습니다."

"이런 사람이 부위원장이라니."

"제가 무슨 부위원장…… 예전의 고려건설 시절만도 못한 꼭두각시 신세인데."

혼잣말처럼 앞쪽을 바라보고 말했지만 들으라고 한 소리다. 그러나 유장석은 못 들은 척 한동안 입을 열지 않았다. 승용차는 도로를 맹렬한 속도로 달려가고 있었다. 오늘은 바람도 없는 맑은 날씨였지만 바깥 기온은 영하 30도였다.

이윽고 유장석이 입을 열었다.

"오늘 새벽에 회장님께 연락을 했어. 어젯밤 사건까지 보고를 했는데……."

"……."

"처음에는 아무 말도 안하시더군. 그러더니만 그놈이 자포자기한 것 같다고 하셨어. 이젠 고려리아에 미련이 없는 모양이라고."

"그거야 당연하지요."

"어쩔 수 없다고 하셨어. 김상철을 잡는 데 협력하는 수밖에 없다고 하시더군."

"……."

"그것이 김상철을 위하는 길이라고 하셨어. 잡고 나면 최선을 다하시겠다는 거야. 극형은 책임지고 면하게 하겠다고."

이대각이 머리를 흔들었다.

"한 30년쯤 교도소에 들어가 있겠군요. 아무리 약을 써도 그 이하로는 내려가지 않을 테니까."

"……."

"30년이면 요즘 세상이 3년에 한 번씩 변하는 판이니 강산이 열 번은 변한 다음이군."

"이봐, 부위원장."
"그럴 요량으로 강미현을 대동그룹의 둘째 새끼한테 붙여주었군."
"이봐, 이대각이."
"김상철이가 잡힐 것 같습니까?"
"……."
"잡히기 전에 죽을 거요. 아마 형님이나 내가 저를 잡으려는 줄 안다면 피눈물을 흘리고 죽을 겁니다."
"……."
"나, 이 지랄 같은 꼭두각시 생활은 그만두겠소, 사표 내겠단 말이오."
이대각이 큰 머리를 뒤로 젖히고는 어깨를 폈다.
"상철이가 내 눈앞에서 죽는 꼴은 안 보겠수다. 그전에 이 염병을 할 땅을 떠나겠단 말이오."

리모컨으로 TV의 스위치를 끈 이유미는 한동안 빈 화면을 바라보았다. 아침 뉴스에 김상철의 얼굴이 비쳤고 그가 어젯밤 경비소 폭파 사건의 용의자라는 것이다. 그는 또한 세 건의 살인혐의를 받고 있었는데 모두 5명을 살해한데다가 지난번에 경비요원을 사살한 것까지 포함하면 10명을 살해한 희대의 살인범이었다.
러시아 땅 어딘가에 숨어 있을 줄로만 알았던 김상철이다. 자리에서 일어선 이유미는 창가로 다가가 섰다. 어젯밤의 쾌락이 남긴 여운이 아직도 온몸에 남아 있어서 걸음을 옮길 때마다 짜릿한 자극이 왔다. 하늘은 구름 한 점 없이 맑았다. 그것은 마치 자신의 사업에 대한 축복처럼 보였다. 야쿠자의 실력자인 시바다는 이제 자신의 보증인이 된 것이다. 전화벨이 울렸으므로 그녀는 탁자로 다가가 수화기를 들었다.
"여보세요."

"나야."

안인석의 목소리를 듣자 이유미는 어깨를 늘어뜨렸다.

"응, 웬일이야?"

"어젯밤에 어떻게 된 거야?"

"전화했었어?"

"……."

"갑자기 일이 생겨서 늦게 들어왔어. 일본 사람들과 계약서를 다시 조정하느라고."

"……."

"그런데 참, 금방 뉴스를 봤는데, 인석 씨도 보았지? 김상철이 사건."

"나하고는 상관없는 일이야."

"그래도 경비소까지 폭파했는데 괜찮을까?"

"도대체 무슨 말이 하고 싶은 거야?"

안인석의 목소리가 높아졌다.

"그 자식이 뭘 어떻게 하겠다고? 경비대가 총동원되었으니 며칠 내로 잡혀."

"……."

"사업장을 빼앗긴 분풀이를 하는 것뿐이야. 이놈 저놈한테 닥치는 대로."

"그래도 하필이면 내가 와 있을 때 이런 일이 일어나는지 모르겠어, 정말."

"그 자식은 이곳에 숨어든 지 꽤 오래된 모양이야. 경비대에서 들었어."

"그렇다면 내가 여기에 와 있는 줄도 알겠네."

그러자 송화기를 통해 안인석이 가볍게 헛웃음 소리를 내었다.

"우리한테까지 신경을 쓸 정도로 그 자식은 한가하지 않아."

"……."
"그럼 오늘 저녁에는 시간 있는 거냐? 내가 네 방으로 가도 돼?"
"오늘 저녁에도 약속이 있어, 어제 계약 건이 덜 끝났거든."
"……."
"생각했던 것보다 일본 사람들이 까다로워서. 하지만 숙소 전화번호를 알려줘. 끝나는 대로 내가 연락을 할 테니까."
이유미가 앉은 채로 두 다리를 길게 뻗고는 발가락을 안쪽으로 굽혔다. 하체의 깊은 곳에서 다시 어젯밤의 여운이 전해져 왔으므로 그녀는 만족한 듯 가늘게 숨을 뱉었다.

그날 밤, 경비대가 거리의 곳곳에 깔려 있었지만 고려타운의 분위기는 달라지지 않았다. 거리에는 여전히 행인이 들끓었고 사업장은 여전히 호황을 누리고 있다. 북한측의 사업장인 코즈모프 바도 예외가 아니어서 초저녁부터 몰려든 손님들로 테이블은 거의 빈 곳이 없었다. 2주일쯤 전부터 북한이 자랑하는 곡예단이 홀에서 공연을 하고 있었기 때문에 가족과 함께 온 손님도 꽤 있었다. 조직 간의 전쟁을 수없이 겪어온 주민들이다. 그들에게 김상철 사건은 잠시 흥미를 유발시켰을 뿐 자신들과는 관계없는 일인 것이다.
밤 10시가 되자 무대 위의 곡예는 절정을 이루고 있었다. 몸을 공처럼 둥글게 만든 소녀들이 무대 위를 굴러가기 시작했으므로 관객들은 탄성을 지르며 열띤 박수를 쳤다. 쟁반 위에 빈 술병을 얹어놓고 테이블 사이를 빠져나가던 정금희는 이맛살을 찌푸리고는 걸음을 멈추었다. 누군가가 허리를 찔렀기 때문이다. 눈을 치켜뜬 정금희가 사내를 쏘아보았다. 혼자 앉아 있던 사내였는데 주위의 손님들은 무대에 정신이 팔려 있어서 그들에겐 신경을 쓰지 않는다. 사내가 잠깐 뿔테 안경을 내리자 정금희는 숨을 멈추었다. 이한이었던 것이다.

"조용히 이야기할 것이 있는데."

이한이 낮게 말하자 정금희가 머리를 끄덕였다.

"한 시간 후에 서울 극장 옆쪽 골목에서. 골목 안에 순댓국집이 있어요."

그녀는 재빠르게 주위를 둘러보았다.

"대동강집이라고. 그 집 아주머니가 고향 사람이에요."

주위에서 다시 탄성과 박수가 터졌다. 정금희가 돌아서가자 이한은 잔에 남은 술을 입 안으로 털어 넣고는 자리에서 일어섰다.

정금희가 골목 안으로 들어선 것은 그로부터 한 시간이 조금 지난 밤 1시 경이었다.

폭이 2미터도 안 되어서 사람만 겨우 다닐 수 있게 만든 어두운 골목길을 걷던 그녀는 문득 걸음을 멈추었다. 극장의 담장에서 사람 하나가 떨어져 나왔던 것이다.

"이한 씨인가요?"

정금희도 현채옥과 마찬가지로 북한군 출신이다. 놀란 기색도 없이 그렇게 묻자 사내가 바짝 다가와 섰다.

"한이는 골목 앞에 있어. 망을 보느라고."

정금희가 눈을 둥그렇게 떴다. 김상철이었다. 그가 말을 이었다.

"이야기는 많이 들었어. 장 사장을 따라가려고 애를 썼다는 이야기도."

"……"

"안 따라간 게 다행이었어. 현채옥 한 명만 살아남았으니까."

"살아있나요?"

놀란 표정으로 그녀가 묻자 김상철이 머리를 끄덕였다.

"그래, 살아있어. 그런데 내가 부탁할 일이 있어서 만나자고 했는데…….."

"말씀하세요. 돕겠어요."

정금희가 바짝 그에게로 다가섰다. 장인규를 따라가겠다고 고집을 피운 대가로 그녀는 조직으로부터 철저히 배척당하고 있는 중이었다. 자체 감사가 끝나면 사상 불순자에 포함되어 곧 평양으로 소환당할 것이라는 소문도 있다.

"이금철의 자금 사정이 갑자기 좋아졌어. 고려시에 호텔을 두 곳이나 짓고…… 그 자금이 어디에서 나왔는지 알아야겠는데."

골목 입구에서 인기척이 나면서 떠들썩한 한국말이 들려왔다. 서너 명의 사내가 골목 안으로 들어서더니 벽 쪽으로 비켜선 그들을 힐끗거리면서 순댓국집으로 다가갔다.

"전 장 사장님을 따라가겠다고 한 이후로 감시를 받고 있어요. 간부급과는 접촉하는 기회도 드물어서……."

정금희가 난처한 얼굴을 했다.

"제가 듣기로는, 이건 소문이지만 일본의 조총련에서 돈을 보내온다고 하던데요."

"조총련 돈은 아냐. 나도 알아보았어."

김상철이 가볍게 숨을 내쉬었다.

"불칸 역에서 없어진 돈이 5억 엔이 넘어. 그 돈이면 호텔 한 개를 지을 수 있단 말이다. 모두 현찰이야."

"……."

"정금희 씨도 받아보았지? 만 엔권으로 빳빳한 현찰이었다는 거야. 현채옥이 말해주었어."

"저는 받지 않았어요."

정금희가 머리를 저었다.

"다른 사람들한테는 장 사장님이 골고루 나눠주셨지만 저는 마지막까지 남아 있었기 때문에……저는 돈을 바라지도 않았습니다. 그저 채옥이와 같이……."

"불칸에서 사고 나기 직전에 서규환이 역무원에게 부탁했다는데…… 300만 엔을 정금희 씨에게 보냈다는 거야. 현채옥도 제 눈으로 보았다는데."

정금희를 내려다본 김상철은 머리를 끄덕였다.

"역무원에게 확인하면 되겠지. 그 돈에 대해서는 모른 척하고 있어."

"그럴 수밖에 없는걸요, 뭘."

"내가 부탁한 북한 쪽 자금 말인데, 힘닿는 데까지 알아봐주고."

"노력하겠습니다."

정금희의 동그란 눈이 흐린 별빛을 받아 조그맣게 반짝였다.

"저는 이미 공화국 사람이 아닙니다. 일을 끝내고 절 이곳에서 벗어나게만 해주세요. 곧 평양으로 소환 당하게 될 것 같으니까요."

머리를 끄덕인 김상철이 그녀의 어깨를 가볍게 두드렸다.

"그것은 내가 해줄 수 있어. 걱정 말고."

"걱정할 것 없습니다. 곧 잡힐 테니까."

오세영이 사내들을 둘러보았다.

"놈은 타운에 있어요. 다른 곳은 숨을 데가 마땅치 않아요."

테이블 좌우에 앉은 사람은 시바다와 우재환이다. 그들은 오리엔트 호텔의 스위트룸에 모여앉아 있었는데 주로 입을 여는 쪽은 오세영이다.

"내일은 한인 거주지를 수색할 작정이오. 3개 중대를 투입할 예정이니 있다면 잡힙니다."

"내 생각엔 그놈을 누가 지원해 주는 것 같은데."

입을 연 것은 우재환이었다.

"그놈이 부하들을 끌어 모을 가능성이 있어요. 타운에 남아 있는 그놈 부하만 해도 100명이 넘는단 말입니다."

"모두 이금철과 페로프의 수하로 들어갔고 일부는 빈둥거리고 있지만 모두 우리가 장악하고 있어요. 현재까지 그들과 접촉한 기미는 없습니다."

오세영이 허리를 세우고는 얼굴에 쓴웃음을 지었다.

"오늘 행정위원장이 불러서 갔는데, 그도 잡는 데 협력하겠다고 합니다. 고려리아에서 난동을 부리는 건 결국 고려를 배신한 것이라고."

잠자코 있던 시바다가 머리를 들었다.

"협조를 하겠다고? 어떻게 말이오?"

믿지 못하겠다는 표정이다.

"괜한 말입니다. 그자는 속으로 지금 상황을 즐기고 있을 것이 뻔한데."

"천만에, 고려도 본격적으로 사업장 건설에 나설 작정이라서 김상철이 방해가 되는 거요."

시바다가 힐끗 우재환에게로 시선을 주고는 다시 물었다.

"고려 직할 사업장 말이오?"

"고려와 대동그룹의 합작 사업이오."

시바다는 일본 정보국에서 정보를 받지만 아무래도 고려 내부와 한국 사정에 대해서는 경비대와 우재환 등보다 정보력이 약한 것이 사실이다. 오세영이 말을 이었다.

"대동은 영국 계열사를 간판으로 내세우고 고려리아에 들어옵니다. 다음주 중에 영국 계열사 간부들과 대동그룹의 차남이 고려리아에 입국할 예정이오. 이미 투자 승인이 났습니다."

시바다가 다시 우재환을 바라보았다.

"우 사장은 알고 있었소?"

"조금은. 하지만 확실한 내막은 몰랐습니다."

헛기침을 한 시바다가 찌푸린 얼굴로 머리를 끄덕였다.

"어쨌든 좋소. 그렇다면 고려와 대동이 연합한 모양이군. 대동은 영국 간판을 내세워 한국 정부의 간섭을 피할 계획이고."

"그런 상황이니 김상철이 방해가 될 수밖에 없지 않겠습니까?"

오세영이 테이블 위에 놓인 술잔을 들고는 의자에 등을 기대었다.

"유장석 씨는 자신의 숙소는 물론이고 이대각의 사무실과 숙소에까지 도청장치를 설치하라고까지 말해주었소. 전화가 걸려올지도 모른다고."

"……."

"그만하면 믿을 만하지 않습니까?"

"하긴."

우재환이 쓴웃음을 지었다.

"그럴 만합니다. 김상철의 효용가치는 이미 오래전에 없어져 있는데다 지금은 방해만 될 테니까 말이오."

열강의 지배

서재로 들어선 강미현이 소파로 다가가자 강 회장이 머리를 들었다.

"거기 앉아라."

읽고 있던 신문을 내려놓은 강 회장이 턱으로 앞을 가리켰다. 근래에 들어 그가 부쩍 늙어 보이는 것은 자주 만날 기회가 없어서인지도 모른다. 아침 식탁에서 강 회장을 만나는 것도 일주일에 한 번 정도인 것이다. 1월도 벌써 중순에 접어드는 일요일 아침 이었다.

"너, 고려리아 소식 들었냐?"

강 회장이 똑바로 시선을 주자 강미현이 머리를 끄덕였다.

"예, 할아버지."

"김상철이, 그놈. 어젯밤에는 운영위원장 전창남이의 숙소에 로켓포를 쏘아서 현관이 가루가 되었다."

찌푸린 얼굴로 그가 말을 이었다.

"전창남이는 놀라서 지금 경비본부 안에 들어가 앉아 있다는 거다. 못 난 놈이지."

예전 같으면 꽤 흥이 날 법한 일인데도 그의 말소리는 무겁게 가라앉아 있었다. 물론 그 이유를 강미현이 모르는 것이 아니다. 김상철은 며칠 동안 잠잠해 있다가 어젯밤 다시 일을 벌인 모양이었다. 자포자기한 상태인 것이다. 그는 닥치는 대로 부수고 죽이다가 결국은 비참한 종말을 맞을 수밖에 없다. 이제 그에 대해서는 그 길밖에 남아 있지 않는 것이다.

"경비대가 전 병력을 투입해서 뒤지고 다니지만 도무지 그놈을 찾을 수가 없단 말이다."

"그래도 한민수 씨는 다음 주에 고려리아로 떠날 모양이던데요."

"알고 있다."

그는 길게 숨을 내쉬었다.

"그렇다고 계획을 연기할 수는 없지. 그래, 한사장도 물론 고려리아의 사정을 알고 있겠지?"

"제가 이야기해주기도 했지만 이미 알고 있던 것 같았어요."

"김상철이에 대해서는 뭐라고 하더냐?"

강미현이 힐끗 강 회장을 바라보았다.

"용기있는 사람이라고 했습니다."

어깨를 잠깐 들썩인 강 회장이 머리를 돌렸으나 강미현은 말을 이었다.

"한번 만나보고 싶다고도 하더군요. 방법을 같이 연구할 수도 있지 않겠느냐고."

"방법이 있다면 벌써 내가 했지."

"……"

"쓸데없는 짓은 말라고 일러줘야겠군. 그 애가 아무래도 너를 의식하고 그딴 소리를 하는 모양인데."

"저도 그랬어요."

"그랬더니?"

"걱정하지 말라고 하던데요, 자기는 모험을 좋아하는 사람은 아니라고."

강 회장이 그녀를 찬찬히 바라보았다.

"어때? 이제 어울리는 상대를 만난 것 같으냐?"

시선을 내린 강미현을 바라보며 강 회장이 얼굴에 웃음을 띠었다.

"감정은 바람이다. 바람 지나고 먼지 걷히면 물건이 제대로 보이는 법이지."

박미정이 근무하는 회사는 한강이 내려다보이는 여의도 끝 쪽의 15층 빌딩에 있었다. 12층의 사무실 안에는 여직원 한 명과 박미정, 2명밖에 없었는데 사무실 직원이래야 사장이자 박미정의 선배인 조경숙까지 합해 3명이다. 오늘은 조경숙이 출장을 갔으므로 둘만 남은 것이다.

"언니, 금화실업이 자료는 내일까지 보내달라는데요."

미스 안의 목소리에 박미정은 머리를 들었다. 고가품의 외국 의류를 들여와 판매하려는 회사가 소비자의 반응과 취향 등을 조사해 달라고 의뢰 한 일이었다.

"오늘밤이면 끝나. 시간 맞출 수 있을 거야."

컴퓨터로 돌아앉은 박미정이 말했다. 비상근 직원인 100여 명의 프리랜서들에게 이미 의뢰해 놓았으니 그들이 모은 자료를 입력시키기만 하면 되는 것이다. 1월 중순으로 밖은 영하의 날씨였지만 창문으로 환한 햇살이 들어와 사무실 안은 따뜻했다. 20평 규모의 조그만 사무실이었으나 여자 셋이 근무하기에는 적당한 공간이었다. 11시가 되어갈 쯤에 전화벨이 울렸고 전화를 받은 미스 안이 박미정을 바라보았다.

"언니, 전화요."

박미정이 앞에 놓인 수화기를 들었다.

"박미정 입니다."

"나, 이대각이오. 고려리아의."

머리를 잠깐 기울였던 박미정의 표정이 다음 순간에 굳어졌다.

"그럼, 부위원장님."

"염병할 부위원장은 무슨."

그래 놓고서 이대각이 숨 돌릴 사이 없이 말을 이었다.

"나, 아래층 피자집에 있소. 잠깐 내려오실 수 없겠소?"

"갈게요."

그가 자신을 찾아오리라고는 단 한 번도 생각한 적이 없었으므로 박미정은 허둥댔다. 화장실에 들렀다가 나와서 잠깐 서성대는 박미정을 미스 안이 의아한 시선으로 바라보았다.

"언니, 누구?"

"그냥 아는 사람."

사무실을 나온 박미정이 피자집에 들어서자 구석자리에 앉아있던 이대각이 엉거주춤 일어섰다. 아직 점심 전이어서 손님은 그들 둘뿐이었다. 이대각은 단정한 양복차림이었지만 넥타이 색깔도 옷과 맞지 않는데다 어딘지 딱딱한 표정이었다.

"그동안 안녕하셨어요?"

박미정의 공손한 인사를 받은 이대각이 건성으로 머리를 끄덕였다.

"예, 나는 그저, 그냥."

자리에 앉은 그들은 종업원이 다가오자 콜라만 두 잔 시켰다. 그의 분위기가 불편했으므로 박미정은 잠자코 테이블 위로 시선을 주었다. 이대각의 전화를 받는 순간부터 김상철이 연상되었던 것이다. 테이블 위로 한동안 무거운 정적이 흘렀고 그것을 이대각이 깨었다.

"나, 어젯밤에 고려리아에서 날아왔소. 그래서 아직 회사에도 들리지 않은 상황이야."

그는 경어와 반말을 번갈아 썼다.

"박미정 씨는 지금 고려리아가 어떻게 돌아가는지를 모르지?"

"네, 저는······."

"개판이야. 우리는 꼭두각시이고. 그건 들었지요?"

"네, 대충."

"김상철이 세력이 모두 고려리아에서 쫓겨난 건 알겠구먼, 신문에도 났으니."

"······."

"불칸 역에서 상철이 부하들이 몰사한 것은 모르고 있겠지. 그건 우리가 언론 통제를 했으니."

시선을 든 박미정을 향해 이대각이 저 혼자 머리를 끄덕였다.

"그리고 상철이가 요즘 고려리아에 들어와 사람을 죽이고 다니는 것도. 엊그제는 운영위원장의 숙소를 로켓포로 박살을 냈어. 아주 신나는 일이었지."

"저어, 왜 그분이 그렇게······."

박미정이 조그맣게 묻자 이대각은 들이마셨던 숨을 코로 세게 뿜어냈다.

"복수여, 나는 그렇게 생각했는데 위원장님은 자포자기해서 그런다고 하더구먼, 하지만 죽으려고 작정하고 있다는 점에는 생각이 같소."

"······."

"희망이 없다는 것을 안 것이지. 한국과 일본, 거기에다 미국 정부의 연합세력이니 말이야. 이미 고려리아도, 자신의 인생도 끝났다고 생각하는 모양이오."

"그, 강미현 씨는요? 어떻게."

"용빼는 재주라도 있나? 그 여자가."

대뜸 그렇게 말했던 이대각이 서너 번 입맛을 다시고 나서 말을 이었다.

"상철이는 모르고 있지만 그 여자, 대동그룹의 차남하고 밀접한 관계인 모양이오. 그래서 대동이 고려리아로 진출합니다. 고려와 대동이 연합하게 되는 거지."

"……."

"이건 회장 가족과 이 실장 정도만 아는 비밀이야. 고려리아에서는 나하고 위원장님만 알고, 다 그렇고 그런 거지. 강미현이도 할 만큼 했으니 그 여자 이야기 할 건 없어요."

"……."

"난 하도 답답해서 뛰쳐나왔어. 위원장님한데 말도 안하고 나왔으니 지금쯤 난리가 났을 거요."

이대각이 테이블 위에 두 팔을 올려놓고는 눈을 껌벅이며 박미정을 바라보았다. 무슨 말을 기다리는 것 같기도 하고 할 것 같기도 한 애매한 표정이었다. 박미정이 입을 열었다.

"제가 도와드릴 일이 있나요?"

"그놈을 고려리아에서 끌어내었으면 해서. 고려리아 밖으로."

이대각이 박미정을 쏘아보았다.

"내 생각에는 박미정 씨가 그놈의 유일한 인연이야. 아버님 빼고."

"저는 그럴 자격이 없어요, 그리고 우린 홍콩에서 이미 헤어졌습니다."

"헤어지면 또 만나는 거야."

"부위원장님은 모르세요."

"이런 제기랄."

이대각이 세차게 혀를 찼다.

"목숨을 걸고 박미정 씨를 구했다는 걸 알면 되었지, 뭘 또?"

"……"

"난 그놈이 내 눈앞에서 죽어 자빠지는 꼴은 못 보겠어. 그렇다고 내가 할 일도, 내 말을 들을 리도 없고, 그래서."

이대각이 주머니에서 더럽고 구겨진 손수건을 꺼내더니 얼굴을 닦고 나서 코까지 풀고는 다시 집어넣었다.

타운 북쪽의 조선족 거주지에는 주로 북한측 조직원이 모여 살고 있었는데 최태호의 숙소도 그곳이었다. 그의 숙소는 붉은 벽돌로 지은 2층 집으로 그 근처에서 붉은 벽돌집이라고 하면 모르는 사람이 없었다. 새벽 5시 30분. 그 시각이면 보통 사람들은 깊은 잠에 빠져 있거나 부지런한 사람 같으면 막 침대에서 일어날 시각이다. 그러나 최태호는 그 시간에 잠자리에 들어갔다. 새벽 4시경에 사업장이 끝나면 대충 결산을 하고 집에 돌아오기 때문이다. 방이 5개에 응접실과 두 개의 화장실이 딸린 그의 숙소는 북한 수준으로 본다면 부부장급 정도였다. 최태호는 2층의 침실에서 그의 정부인 배옥화와 나란히 누워 있었다. 20대 후반으로 북한에서 무용수로 있다가 고려리아로 파견된 그녀는 잘 빠진 몸매의 미인이었다.

"아무래도 나는 고려시 일만 해야 할 것 같다. 타운 일은 조덕산에게 맡기고."

팔베개를 한 채 최태호가 말하자 배옥화가 몸을 돌려 그를 바라보았다.

"올해 안에 2개가 더 완공되면 매출액은 타운의 사업장과는 비교도 되지 않아."

북한은 이미 고려시에 두 개의 나이트클럽을 지어 운영하고 있었는데 그쪽의 수입이 타운에 있는 사업장 12개의 절반에 육박한 상태였다. 최태호가 팔을 돌려 배옥화의 엉덩이를 쓸었다.

"위원장 동지가 유정선한테 푹 빠진 것 같더구먼."

"그런 모양이에요. 유정선이 어제는 금목걸이를 하고 나왔어요."

최태호가 쓴웃음을 지었다. 그나 이금철이나 북한에 처자식이 있었지만 고려리아 생활 3년에 평양을 다녀온 것은 두 번 정도밖에 되지 않는다. 따라서 그는 2년 전부터 배옥화를 틈틈이 집으로 불러들여 회포를 풀었다가 지난 가을부터는 아예 집안에 들어앉힌 것이었다. 그러다보니 이금철을 보기가 거북할 수밖에 없었다. 여자에 대해서 비교적 담백한 이금철이어서 가끔 무용수나 평양에서 공연차 온 가무단원과 놀기는 했지만 단골이 없었던 것이다. 그래서 최태호가 상납한 여자가 유정선이다. 작년 말에 가무단의 일원으로 고려리아에 왔던 그녀는 빼어난 미인이었고 결국 이금철의 정부가 되어 가끔 선물까지 받게 되었다.

"유정선이 팔자 고쳤지요."

배옥화가 제 주제는 생각하지 않고 그렇게 말했을 때 전화벨이 울렸다. 새벽 5시 40분이다. 이맛살을 찌푸린 최태호는 누운 채로 수화기를 귀에 대었다.

"여보시오."

"최태호 씨?"

낯선 목소리에 최태호는 퍼뜩 눈을 치켜떴다.

"누구요? 당신?"

"나, 김상철이오."

"아."

최태호가 벌떡 침대에서 몸을 일으키자 배옥화도 엉거주춤 일어나 앉았다.

"김 사장님, 이것, 정말 오랜만……."

"잔소리 말고."

김상철이 그의 말을 매섭게 끊었다.

"정금희한테 서규환이 300만 엔을 보냈는데, 불칸 역에서 사고 나기 전에 말이오."

낮으나 또렷한 목소리로 그가 말을 이었다.

"철도본부에서는 그 돈을 분명히 당신한테 전달했더군. 당신 부하로 김택상이라는 자가 서명을 했소."

"……."

"정금희한테 돈을 전해주지 않은 이유는 뭔가? 5억 엔을 갖고도 모자라서인가?"

"이것 보시오, 김 사장."

이제 침대에서 내려선 최태호가 목청을 높였다.

"그게 무슨 말이오? 5억 엔을 갖고도 모자라다니?"

"정금희가 엔화를 갖고 있으면 당신들이 갖고 있는 거금과 연관되리라고 생각했겠지, 그렇지 않소?"

"무슨 쓸데없는, 이봐요, 우린 그런……."

"오해받을 일을 했어."

"오해 받지 않으려고 한 일이야. 그것뿐이오."

얼굴을 굳힌 최태호의 목소리가 방 안에 울렸다.

코즈모프 바의 사무실 안이다. 아직 이른 아침이어서 히터를 켠 지 얼마 되지 않은 사무실은 썰렁했다. 한숨도 자지 못해 두 눈이 충혈된 최태호가 입을 열었다.

"정금희는 숙소에 없습니다. 아마 그년이 김상철과 내통한 모양입

니다."

정금희는 일을 마친 다음 숙소로 돌아오지 않은 것이다. 이금철이 찌푸린 얼굴로 그를 바라보았다.

"정금희를 찾을 상황이 아냐, 지금은."

"예, 하긴 그렇습니다."

"김상철이 그렇게 오해할 만도 하단 말이야, 내 말은."

"아니, 도대체."

최태호가 말을 이으려다가 이금철의 표정을 보고는 입을 닫았다. 경비대에서 서규환이 정금희에게 보낸 물건이 있다는 것을 알아낸 것은 금방이었다. 그들이 물건을 찾아간 김택상을 찾아왔을 때 그는 봉투 안에 들어 있었다면서 책 두 권을 보여주었던 것이다.

불칸 역의 역무원이나 철도본부의 사무원 등 아무도 봉투 안에 300만 엔이 들어 있다는 것을 모른다. 그것을 알고 있던 사람은 모두 죽었다고 믿었던 것이다.

"사실대로 이야기를 해주는 수밖에 없다. 현채옥이가 증인으로 나섰으니 안 받았다고 고집한다면 꼼짝없이 우리가 뒤집어쓴다."

"김상철이는 믿으려고 하지 않았습니다."

입맛을 다신 이금철이 담배를 꺼내 입에 물었다.

"눈이 뒤집혀 있어, 그놈은. 보이는 게 없는 놈이란 말이야."

"……"

"김상철이가 언제 연락을 한다고 했지?"

"다시 한다고 했습니다만 시간은……."

"내가 만나겠다. 자초지종을 설명하겠어. 그 방법 밖에 없다."

이금철이 길게 담배연기를 뿜어냈다.

"이거, 장인규의 귀신이 우릴 잡고 있는 것 같아서 꺼림칙하군."

김상철의 전화가 걸려온 것은 점심시간이 될 무렵이었다. 일을 하면서도 신경을 곤두세우고 있었던 이금철은 전화기를 움켜쥐었다.

"김 사장, 할 이야기가 있소."

그는 대뜸 말했다.

"이 나라는 도청방지법이고 뭐고 없어서 아마 이 전화도 도청되고 있을 거요."

그것을 김상철이 모를 리가 없다. 이금철이 말을 이었다.

"나에게 서신 연락을 주시오. 하자는 대로 할 테니까."

"알았소."

짤막하게 대답한 그가 전화를 끊자 이금철이 최태호에게로 머리를 돌렸다.

"경비대는 곧 비상이 걸릴 것이다. 나한테 오는 모든 사람들을 감시할 거야."

"당연하지요. 오늘 새벽에 저한테 걸려온 전화도 들었을 데니까 신경을 곤두세우고 있을 겁니다."

"기다려보자."

이금철이 의자에 등을 기대었다.

"경비대뿐만 아니다. 시바다와 우재환, 어쩌면 홍기천도 이미 이 사실을 알고 있을지도 모른다. 허, 긴박감이 있군 그래."

보안 과장 오세영은 벽에 걸린 지도의 한 부분을 손가락 끝으로 가리켰다.

"두 번 다 한인 거주지의 공중전화 박스에서 했습니다만 같은 장소는 아닙니다."

그는 경비본부장 소명일과 운영위원장 전창남을 번갈아 바라보았다.

"곧 김상철은 이금철에게 서신 연락을 할 겁니다. 전화는 모두 감청하고 있다는 것을 그들은 잘 알고 있으니까요."

전창남이 입을 열었다.

"그렇다면 새벽에 최태호한테 했던 이야기는 우리가 들어도 상관없다는 뜻인가?"

"그렇습니다. 감춰둘 필요도 없는 일이지요. 저희가 확인했을 때 그자들은 책 두 권을 보여주었습니다."

"쓸데없는 오해를 일으키지 않으려고 돈을 감췄다고?"

"예, 그렇게 말하더군요. 굉장히 당황하고 있었습니다."

"결국 그 사건을 저지른 것은 북한 놈들이군, 그렇지 않소?"

전창남이 소명일을 바라보았다.

"실마리가 잡힌 것은 북한 놈들뿐이야. 김상철도 그렇게 생각하는 모양이고."

"글쎄요."

소명일의 대답에 그가 이맛살을 찌푸렸다.

"글쎄요라니?"

"그것이 증거가 될 수는 없습니다. 그래서 김상철이 전화를 했을 겁니다."

"그것이 증거가 되었다면 김상철이 전화 따위나 하면서 시간을 끌 리가 있겠습니까? 대뜸 로켓포를 쏘거나 죽이거나 했겠지요."

입맛을 다신 전창남이 다시 오세영에게로 머리를 돌렸다.

"이금철이를 감시하면 김상철이를 잡을 수도 있겠군, 그렇지?"

"예, 하지만."

"하지만이라니, 그 한 놈 때문에 고려리아 주민이 얼마나 불안에 떨고 있는지 알 것 아닌가? 기회가 왔으니 잡아."

"알겠습니다, 위원장님."

전창남의 방을 나온 그들은 한동안 말없이 행정청의 복도를 걸었다.

"김상철과 이금철이 만나는 현장을 덮친다면 이금철도 체포할 수가 있습니다."

문득 오세영이 말하자 소명일이 머리를 끄덕였다.

"북한측의 기를 꺾을 기회가 될 수도 있겠지. 하지만 아직 그런 상황은 아냐. 북한과 중국, 러시아의 조직을 완전히 소탕할 수는 없는 상황이니까. 지금의 세력 균형이 적당해."

고려리아는 북한과 중국, 러시아계를 합한 주민이 90% 이상을 차지하고 있는 상황이다. 그러나 김상철의 세력이 기반을 잃고 난 지금 득세하고 있는 것은 우재환과 시바다의 미국, 일본인 것이다.

그들은 운영위와 경비본부의 전폭적인 지원하에 고려리아의 지배세력이 되어가고 있었다.

고려타운에서 길도 없는 대평원을 동북쪽으로 150킬로미터쯤 달려 올라가면 완만한 경사를 이룬 구릉지가 나타난다. 원시림에 덮인 타이가 지역으로 가끔씩 이리떼가 출몰할 뿐 사람의 흔적을 찾아볼 수 없는 무인지대였다. 새벽녘, 초저녁부터 눈발이 흩날리더니 아직도 그치지 않았다. 가끔씩 나무 위에 쌓인 눈이 떨어지는 소리만 들렸던 골짜기에 발자국 소리가 났다. 슈바에 방한모를 눌러쓴 두 사내가 빠른 걸음으로 골짜기를 들어서고 있었다. 이윽고 그들은 눈에 덮여 겨우 문짝만 드러나 있는 막사로 들어섰다. 컨테이너를 개조해 만든 것으로 고려의 석유 시추단이 버리고 간 막사였다. 제각기 들고 온 짐들을 내려놓은 것은 김상철과 이한이다.

"어제 동 씨의 집도 수색을 당했다는데요, 그곳에 있었다면 위험할 뻔했습니다."

석유스토브에 불을 붙이면서 이한이 말했다. 동 씨 집을 떠나 이곳으로 옮긴지 닷새째였다.

"경비대가 북한측 사업장을 감시하고 있는 바람에 영업에 지장이 많다고 합니다."

스토브가 금방 달아오르자 그들은 슈바를 벗었다. 이금철은 연락을 기다리고 있을 것이지만 위험을 무릅쓰고 만날 필요는 없었던 것이다. 그들이 정금희에게 돈을 주지 않았다는 사실이 장인규의 사건과 관계가 있다고는 애초부터 생각하지 않았다. 아직도 확실한 증거는 없다.

이한이 짐 가방을 열고 식료품 꾸러미와 술병 들을 꺼냈다. 그는 눈이 내리자 지프를 몰고 타운에 다녀온 것이다. 지금도 내리는 눈은 곧 지프의 타이어 자국을 덮어줄 것이다.

"오리엔트 호텔에 톰프슨 회사인가 뭔가 하는 미국 사람들이 와 있답니다. 고려시에 투자를 한다는데요."

이한이 보드카의 병마개를 따고는 그에게로 건네주었다.

"양필성은 그들이 우재환의 배후세력이라고 했습니다."

"그럴 것이다."

김상철이 머리를 끄덕였다.

"우재환이는 CIA의 조종을 받고 있을 것이다. 운영위원장 전창남이도."

"그리고 고려 호텔에 영국의 투자단이 도착했다고 합니다."

술병을 기울여 서너 모금을 삼킨 김상철이 이한에게 병을 건네주었다.

"오리엔트 호텔에 있던 서울 여자는 떠났다더냐?"

"예, 형님. 시바다가 공항까지 배웅해 주었답니다. 그놈의 정부가 된 것 같다고 하던데요."

벽에 등을 기대면서 김상철이 쓴웃음을 지었다. 그는 안인석이 이유미의 방을 찾아왔다가 만나지도 못하고 돌아간 것도 알고 있었던 것이다.

밖에서 무엇인가가 떨어지는 소리가 쿵 하고 났으므로 이한이 둥기듯 일어섰다. 벽에 세워놓은 AK 소총을 움켜쥔 그가 밖으로 뛰쳐나갔다가 한참 만에 눈을 뒤집어쓰고 돌아왔다.

"나무에서 눈이 떨어진 모양입니다."

"이곳까지 오려면 걸어서는 안 돼. 엔진 소리부터 들리는 게 순서야."

술병을 들어 몇 모금을 삼킨 이한이 입을 벌리고 더운 숨을 뱉었다.

"형님, 이제 어떻게 합니까?"

김상철의 시선을 받은 이한이 머리를 숙였다.

"저야 상관없지만 형님이 고생하시고 계셔서."

"시바다와 우재환을 없앨 거야."

다시 벽에 기대면서 김상철이 말했다.

"가능하다면 그의 부하들까지, 거기에다 운영위원회 놈들도 포함해서."

"……"

"내 생각엔 시바다와 우재환 둘 중의 하나다. 장 사장을 습격한 것은."

"……"

"그러고 나서 죽는다."

그는 막사 안을 둘러보았다.

"아무데서나 죽어도 상관없다. 일만 마친다면."

"죽는 건 겁나지 않습니다."

술기운에 얼굴이 달아오른 이한이 그를 마라보았다.

"저도 이제 이 세상에 아무런 미련이 없습니다, 형님."

그들은 침낭을 펴고 스토브 양쪽에 나란히 누웠다.

"정금희는 지금쯤 블라디보스토크에 도착했겠군."

팔베개를 하고 누운 김상철이 혼잣소리처럼 말했다.

"참, 잊었습니다."

이한이 그에게로 머리를 돌렸다.

"어제 최태호의 부하가 양필성의 부하에게 300만 엔을 돌려주었답니다. 돈은 지금 양필성이 갖고 있습니다."

"300만 엔이다."

양필성이 탁자 위를 턱으로 가리켰다.

"사연이 많은 돈이다. 그 돈이. 시바다 겐지의 손을 떠나 장인규, 이금철이를 거쳐 이곳까지 왔다."

눈보라가 휘몰아치고 있어서 아침 시간이었지만 창밖은 어둑했다. 삼합회가 타운에 세운 북경 클럽의 사무실 안이다.

앞자리에 앉아 있던 비연이 돈뭉치를 집어 들었다. 그는 양필성의 심복으로 마약방의 회계를 맡은 40대의 사내였다.

"그렇다면 이 돈이 다시 블라디보스토크로 보내져야 한단 말씀이지요?"

"그렇다. 장인규가 죽기 직전에 제가 데리고 있던 계집한테 전별금으로 내린 돈이다. 그런데 그것을 이금철이가 떼어먹으려다가 이번에 앗 뜨거, 하고 토해놓은 것이다."

"장인규가 손이 크군요."

"그렇지. 죽은 사람한테는 덕담을 하는 법이다."

"블라디보스토크의 송길수한테 보내면 되겠지요? 정금희 앞으로."

양필성이 머리를 끄덕이자 돈뭉치를 든 비연이 일어섰다.

"블라디보스토크의 소전한테 연락을 하겠습니다. 아마 오늘 오후에는 그 여자가 돈을 받을 수가 있을 겁니다."

"될 수 있는 한 엔화로 주라고 해라. 실감이 나도록. 그것이 장인규에 대한 최소한의 예의다."

비연이 방을 나가자 양필성은 시계를 올려다보았다. 아침 10시였다. 비연이 블라디보스토크의 회원인 소전에게 전화를 하면 소전이 돈을 들고 송길수를 찾아갈 것이다. 자리에서 일어선 그는 사무실을 나와 2층의 홍기천의 방으로 들어섰다. 홍기천은 소파에 앉아 차를 마시는 중이었다.

"대형, 블라디보스토크의 소전한테 갖다 주라고 했습니다."

앞자리에 앉으며 그가 말하자 홍기천이 혀를 찼다.

"그, 평양 사람들. 왜 그리 망신스런 짓을 하는가 말이야."

"글쎄 말입니다."

"어젯밤에 김상철의 부하를 만났다며?"

"예, 식량을 싸주었습니다."

"그냥 숨어 있겠다는 거야?"

"그건 말하지 않았습니다만 오래 숨어 있지는 않을 것 같던데요."

홍기천이 천천히 머리를 끄덕였다. 그는 연륜이 있는데다 처신이 공평해서 부하들이 잘 따랐고 양필성과도 손발이 맞는다.

"행정위원회에서도 난감한 모양이야. 이번에 투자단들이 한꺼번에 몰려온 상황이라서 사건이 일어나면 안 되거든."

"당연하지요. 그들도 이젠 어쩔 수가 없을 겁니다. 김상철이 어서 잡히기를 기다리는 수밖에요."

"김상철이 다음에 어떻게 나올 것인가가 궁금하군."

홍기천이 쓴웃음을 지었다.

"사람은 간사한 거야. 자신에게 해가 안 된다고 생각하면 이렇게 너그러워 질수도 있다니까."

갑자기 문이 열렸으므로 그들은 머리를 돌렸다. 비연이 서둘러 들어섰고 그의 뒤를 부하 한명이 따르고 있다.

"대형, 양형."

눈을 치켜뜬 그가 손에 들고 있던 세 뭉치의 돈을 탁자 위에 소리나게 내려놓았다.

"이 돈, 위폐올시다. 위조지폐란 말씀입니다."

당황한 그들의 시선을 받자 비연이 지폐 한 장을 뽑아들었다.

"돈을 세던 보성이 발견했습니다. 아주 정교하게 제작되어서 전문가가 아니면 알아낼 수도 없습니다."

그는 주머니에서 지폐 한 장을 꺼내더니 새 지폐와 나란히 탁자 위에 내려놓았다.

"자, 보성이 설명해 드릴 겁니다. 형님들도 아시다시피 보성이 위폐감식 전문가 아닙니까?"

그날 밤, 눈은 그쳤지만 칼끝 같은 바람이 휘몰아치고 있어서 밤거리의 기온은 영하 45도였다. 아무리 방한 장비를 갖춰 입었다 하더라도 한자리에 3분 이상 서 있으면 온몸이 얼어붙을 위험이 있는 것이다.

고려리아 북쪽의 한인 거주지로 검정색 승용차가 진입했을 때는 바람 끝이 더욱 날카로워져 있었다. 폭풍 같은 바람으로 상점의 간판이 어지럽게 흔들렸고 길가에 쌓여 있던 눈더미가 거리를 휩쓸고 지나간다. 승용차는 천천히 보도로 다가가더니 이윽고 조그만 음식점 앞에서 멈춰섰다. 썰렁한 거리였다. 행인도 드물었고 가끔씩 한두 대의 차가 달려갈 뿐이었다. 이곳은 주택가로 지정된 곳이어서 유흥업소가 들어설 수 없다.

차에서 내린 두 사내가 어깨를 잔뜩 움츠리고는 뛰듯이 음식점 안으로 들어서자 차 안에 남은 두 사내가 주위를 살펴보았다. 거리는 바람 소리만 가득할 뿐이었다. 방으로 안내된 양필성과 비연은 최태호와 조덕산의 앞자리에 앉았다. 최태호는 갑작스런 면담 요청에 짜증이 났는지 찌푸린 얼굴이었다. 대충 인사가 끝나자 최태호가 중국어로 물었다.

"무슨 일입니까? 갑자기."

양필성이 잠시 그의 얼굴을 들여다보았다.

"최 선생, 도대체 우리를 뭘로 보는 거요?"

말소리는 낮았지만 최태호를 쏘아보는 시선은 날카로웠다.

"뭘로 보다니? 아니, 무슨 말을."

"이것보시오, 얻다 대고 하는 수작이란 말이오."

그는 주머니에서 한 뭉치의 엔화를 꺼내어 탁자 위에 소리나게 내려놓았다.

"당신이 준 이 돈은 모두 위폐요."

"뭐라고?"

얼굴이 금방 하얗게 굳어진 최태호가 돈을 바라보았다. 옆에 앉은 조덕산도 비슷한 표정이다. 양필성이 비연에게로 머리를 돌렸다.

"비연, 네가 이분들에게 우리가 위폐를 구분한 경위를 설명해 드려라. 물론 이분들은 알고 계시겠지만."

커다랗게 헛기침을 한 비연이 주머니에서 만 엔권 한 장을 꺼내더니 탁자 위에 내려놓았다. 그가 볼펜 끝으로 양쪽 지폐를 가리키면서 조목조목 설명해가는 동안 최태호와 조덕산은 숨도 크게 쉬지 못하는 것 같았다. 이윽고 말을 마친 비연이 허리를 펴자 최태호도 머리를 들었다. 이제 얼굴이 붉게 달아올라 있었다.

"우리는 이 돈을 건드리지도 않았소. 철도본부에서 받은 그대로 금고에 넣어두었단 말이오."

양필성은 턱을 치켜든 자세였고 비연은 머리를 돌린 채 대답하지 않았다.

"그리고 우리는 엔화 위폐를 사용한 적도 없소, 이것은 모략이오."

양필성이 퍼뜩 눈썹을 세웠다.

"그렇다면 우리가 당신들한테 장난을 친 것이란 말이오?"

"아니오, 우리는 위폐를 받은 겁니다. 서규환이 정금희에게 보낸 돈이 위폐였단 말이오."

"말도 안 되는 소리, 장인규가 제 부하에게 위폐를 주었단 말이오?"

"장인규가 위폐를 받았을 수도 있지 않소?"

양필성이 다시 비연을 돌아보았으나 대답을 기다리는 것 같지는 않았다.

"이건 심각한 일이오."

눈을 부릅뜬 최태호가 목소리를 낮췄다.

"시바다와 관계된 일인 것 같습니다."

"……"

"시바다는 사업장 매각 대금으로 장인규에게 위폐를 주었을 가능성이 있소."

"당신이 그러지 않았다면."

의자에 등을 기댄 양필성이 팔짱을 끼었다.

"그랬을 가능성도 있지요."

"김상철에게 그런 수모를 당한 우리가 다시 위폐를 보낸단 말이오? 우리는 쓸데없는 오해를 피하려고만 했을 뿐이었소. 그러다가 보관하고 있던 이 돈을 조사하지도 않고 그대로 돌려준 거요."

최태호의 얼굴을 바라보던 양필성이 가늘게 숨을 내리쉬었다.

"예상하고는 있었지만 당신 말이 정말이라면 이건 심각한 문제요."

"심각하다마다. 시바다가 장인규에게 위폐를 주었을 것이 틀림없소."

그러다가 최태호가 말을 뚝 그치고는 입을 벌린 채 양필성을 바라보았다.

"아니, 그렇다면."

양필성이 천천히 머리를 끄덕였다.

"위폐를 감추려고 장인규와 일행들을 몰사시켰을지도 모르지. 불칸 역에서 5억 몇 천만 엔이 증발해 버린 것이 그때문인지도."

방 안에 한동안 숨 막힐 듯한 정적이 흘렀고 그것을 다시 양필성이 깼다.

"미진하긴 하지만 당신 해명을 대형한테 전하겠소. 그리고 김상철 씨한테도."

"좋습니다, 나도 위원장께 보고하겠소. 김상철 씨한테 우리와 위폐와는 전혀 관계가 없다고 전해주시오."

산전수전을 모두 겪은 그들이었지만 얼굴 표정은 하나같이 어두웠다. 싸움터에 많이 나가본 전마는 전쟁터가 가까워지면 본능적으로 몸을 떨고 코를 벌름거린다. 그들은 모두 그런 느낌이었다.

유장석은 한민수가 마음에 들었다. 재벌 2세쯤 되면 아무리 겸손한 시늉을 하더라도 티가 나는 법인데 그는 열심히 설명을 듣고 모르는 것을 아는 척 넘어가지 않았다. 그리고 깍듯이 예의를 차리는 행동 또한 마음에 들었다. 그들은 고려호텔 25층의 스카이라운지에 앉아 보드카를 마시는 중이었다. 밤 11시가 되어가고 있었다. 평원 위에 펼쳐진 고려시의 야경을 내려다보던 한민수가 입을 열었다.

"운영위원회하고는 요즘 어떠세요? 일하시는 데 지장은 없습니까?"

"지장이야, 뭘."

유장석이 쓴웃음을 지었다. 뻔한 일을 묻는 것이다.

"국가를 위해서는 그쪽도 필요한 조직이니까요."

"고려리아를 위해서도 그럴까요?"

그러자 유장석이 주위를 둘러보았다. 라운지에는 대여섯 팀의 손님들이 있었지만 이쪽에 신경을 쓰고 있는 사람은 없다.

"난 될 수 있는 한 그쪽 이야기는 안하는 입장입니다."

유장석이 술잔을 들었다. 대동그룹과의 협상은 그야말로 순풍에 돛을 단 듯 진행되고 있었다. 대동이 내세운 영국의 월슨 사는 이름만 빌렸을 뿐으로 실제 투자는 고려와 대동이었고 지분은 50대 50이다.

"저쪽, 미국의 톰프슨 그룹은 3억 달러를 계획하고 있다면서요?"

한민수가 물었다. 오리엔트 호텔에 진을 치고 있는 톰프슨 그룹의 투자단은 지금쯤 운영위원장 전창남과 자리를 같이 하고 있을 것이다. 겉으로 보면 행정, 운영위원장이 투자단을 나눠 효율적으로 상대하고 있는 것 같지만 실제로는 극명한 편가르기 현상이 나타난 것이다.

유장석은 물론 한민수도 톰프슨 그룹의 배후에 미국 정부가 있다는 것을 알고 있었다. 잔에 다시 술을 채운 유장석이 술잔을 들어올렸다.

"경쟁 상대가 있어야 발전합니다. 이것은 회장님이 가르쳐주신 교훈이지요."

"물론입니다."

건배를 하듯 따라서 술잔을 든 한민수가 얼굴에 웃음을 띠었다.

"목표를 세우고 기다리라는 것은 제 아버님의 교훈입니다, 위원장님."

유장석은 그의 웃음을 보자 갑자기 가슴이 뻐근해지는 느낌이 왔다. 대동그룹과 손을 잡았다는 현실감이 다가온 것이다. 그것은 한민수와 강미현의 결합으로 더욱 확고해진다. 한민수가 입을 열었다.

"김상철 씨 이야기는 대충 들었습니다만, 괴로우시겠어요."

"……"

"어른께서는 저더러 나서지 말라고 주의를 주셨습니다만 모른척하기가 어렵군요."

어른이라면 강 회장이다. 술잔을 내려놓은 유장석이 굳어진 얼굴로 입을 열었다.

"어른 말씀대로 나서지 마십시오. 저희들이 알아서 처리할 테니까요."

"예의가 아닙니다. 그 사람을 보아서라도."

그 사람이 누구를 지칭하는지 알 수 없었으므로 유장석이 잠자코 시선만 건네자 그가 말을 이었다.

"그 사람 대신으로라도 도와야겠다고 마음먹고 있었습니다."

강미현이다. 유장석은 어깨를 늘어뜨리며 조그맣게 중얼거렸다.

"고맙습니다. 하지만 상황이 어렵습니다, 이젠 도저히."

"모험을 하자는 건 아니지요."

다시 술잔을 든 한민수가 부드럽게 웃었다.

"최선을 다해서 방법을 찾아야지요. 그리고 그쪽에도 알린다면 양쪽 모두 어느 정도는 위로받을 수 있지 않을까요? 최소한 자기 자신에 대해서라도 말입니다."

아직 이른 시간이어서 커피숍에는 손님이 서너 명밖에 없었으나 박기동은 몇 번이나 주위를 둘러본 다음 구석자리에 앉았다. 오리엔트 호텔의 커피숍이었다. 요즘 들어 잔뜩 위축된 그는 거의 사무실에만 틀어박혀 지냈다. 그를 따라온 세 명의 경호원이 커피숍 입구에서 서성거리고 있는 것이 보였다. 커피를 시켜놓고 초조한 듯 자주 손목시계와 입구를 번갈아 바라보던 그가 자리에서 일어섰다. 입구로 이종남이 사내 한 명과 함께 들어서고 있었다. 그들은 곧장 박기동에게로 다가왔다.

"조금 늦었소."

이종남이 던지듯 말하고는 옆에 선 사내를 소개했다.

"이분은 톰프슨 그룹의 행정고문이신 이재환 씨요, 박 사장 인사하시오."

"아이구, 저, 박기동이올시다."

박기동이 반색을 하며 그보다 대여섯 살쯤 손아래로 보이는 이재환에게 악수를 청했다. 자리에 앉자 이종남이 서두르듯 말했다.

"톰프슨 그룹에서는 자체 조달본부를 운영할 생각이지만 주방기구와 화장실용품은 박 사장에게 맡기기로 했습니다. 이건 운영위원장께서 특별히 박 사장을 위해 부탁하신 덕분이오."

"아아, 예."

박기동이 커다랗게 머리를 끄덕였다.

"고맙습니다, 여러 가지로."

시계를 내려다본 이종남이 자리에서 일어섰다.

"그럼, 두 분은 말씀을 나누시지요. 저는 약속이 있어서 이만."

이종남이 커피숍을 나가자 이재환이 입을 열었다.

"말씀 많이 들었습니다. 고려리아의 토박이나 다름없으시다고 하더군요."

"예, 오래되었지요. 아마 한국인 기업가로는 제가 처음 왔을 겁니다."

박기동이 어깨를 폈다.

"솔직히 고려리아에서 저를 모르는 사람은 별로 없을 겁니다."

"일본과 북한의 조직들과도 상당히 긴밀한 관계라고 들었습니다만."

"아아, 예."

퍼뜩 시선을 올린 박기동은 그가 이종남으로부터 들었을 것이라고 생각했다. 이것은 약점이 아니다.

"오래 있다 보니까 그렇게 되었습니다."

"그래서 우리한테도 필요하신 분이라고 생각했지요. 주방기구나 화장실용품 구입 건을 떼어 드린 것도 그런 이유 때문입니다."

"……."

"일본과 관련된 여행사 대리점 업무도 맡으셨지요?"

"아아, 예."

얼굴을 굳힌 박기동을 향해 이재환이 빙그레 웃었다.

"그 전에는 김상철과 북한 조직의 일로 북한 사람들을 들여오는 일을 맡으셨고."

"그렇습니다."

"뛰어난 분이십니다, 박 사장님은."

웃음 띤 그의 얼굴에 시선을 주던 박기동이 이윽고 따라 웃었다.

"다 알고 계시니 일하기가 수월해지겠습니다."

"공사가 꽤 큽니다. 우리가 산출한 예상 견적으로 보더라도 박 사장님은 1500만 달러의 오더를 가져가시게 되지요."

"……."

"10% 마진만 계산해도 150만 달러가 됩니다. 한마디로 한몫 잡게 되는 거죠."

"저는 그런……."

말을 이으려는 박기동에게 이재환이 손을 들어 보였다.

"아까도 말씀드렸다시피 우리는 박 사장님의 능력을 필요로 하는 겁니다. 무슨 말인지 아시겠습니까?"

"그거야 이해를 합니다만 저는."

"대가에 상응하는 노력만 해주시면 됩니다. 우리는 먼저 대가를 제공하는 호의를 보여드렸으니까요. 아시겠지요?"

어깨를 늘어뜨린 박기동이 머리를 끄덕였다. 그러나 절대로 나쁜 기분은 아니다. 장사꾼은 이런 대화가 성미에 맞는 것이다.

"물론이오, 대가는 충분히 받으실 수 있을 겁니다. 나는 장사꾼 체질이오. 주고받는 것이 몸에 밴 사람이란 말입니다."

박기동과 헤어진 이재환이 행정청에 들어선 것은 점심시간이 되기 조금 전이다. 그는 에스컬레이터를 타고 곧장 행정청 3층으로 올라가서는 복도 양쪽의 팻말을 살펴보았다. 관광과 사무실은 오른쪽에서 두 번째였고 사람들이 제일 들끓고 있는 곳이었다. 이재환은 사무실로 들어서서 주위를 둘러보았다. 체류허가를 갱신하려는 관광객들이 대기실에 가득 차 있는 것은 곧 그만큼 고려리아의 관광사업이 활기를 띠고 있다는 증거였다. 이윽고 그는 사무실의 맨 뒤쪽 자리에 앉아 있는 안인석을 찾아냈다. 그는 이제 수십 명의 직원을 거느린 고려리아 환경국 관광과장이었다. 직원들의 테이블 사이를 지나 이재환이 다가가자 안인석이 머리를 들었다. 시선이 마주치자 이재환은 얼굴에 웃음을 띠었으나 안인석의 반응은 조금 늦었다. 낯선 사람을 본 듯 한동안 표정이 없던 안인석이 이윽고 눈을 크게 뜨면서 입을 열었다.

"아니, 댁은."

"잠깐 시간을 내주시겠습니까? 과장님."

자리에서 일어난 안인석이 굳어진 얼굴로 앞장을 섰다. 그들은 따로 마련된 회의실로 들어갔다. 테이블을 사이에 두고 마주앉자 이재환이 다시 얼굴에 웃음을 띠었다.

"꽤 놀라시는군요, 과장님."

"어떻게 오셨습니까?"

안인석이 딱딱한 말투로 물었다. 이곳은 고려리아이고 고려그룹의 모체인 행정청이다. 대영그룹의 비서실 직원인 이재환이 활보할 곳이 아닌 것이다.

"사업 관계로 왔어요. 잘 알고 계실 텐데. 미국의 톰프슨 그룹 사람들과 같이 왔으니까."

이재환이 담배를 꺼내어 물고는 주위를 둘러보는 시늉을 했다.

"출세하셨군요. 말씀 많이 들었습니다."

"그렇다면 톰프슨 그룹으로."

"그래요, 우리는 곧 고려리아에 대규모 투자를 합니다."

"……."

"나도 실은 안 형이 관광과장으로 계시다는 이야기를 듣고 놀랐습니다."

담배 연기를 허공으로 내뿜은 그가 말을 이었다.

"우리가 운영위원회의 전폭적인 지원을 받고 있다는 건 알고 계시지요? 그리고 우재환 씨가 우리의 관리인이 된다는 것도."

"압니다."

안인석이 가볍게 잔기침을 하고는 그를 똑바로 바라보았다.

"그러면 이 과장께서는 대영을 그만두고 톰프슨 그룹으로 옮기신 것인가요?"

"아닙니다."

"……."

"톰프슨 그룹은 대영의 간판기업이지요. 곧 대영은 톰프슨의 이름을 빌어 고려리아에 진출한 것이란 말이오."

"……."

"이건 정부 고위층과 운영위원장, 그리고 우재환 씨 등 극히 제한된 소수의 사람만이 알고 있는 일입니다. 하지만 나는 안 형한테까지 비밀로 해둘 필요는 없다고 생각해서, 그렇지 않습니까?"

안인석이 의자에 등을 기대었다. 새로운 일은 아닌 것이다. 운영위나 우재환 등은 행정위의 유장석 등과 대립하는 입장이었고 그들과 대영이 연합했다고 해서 놀랄 만한 일도 아니다. 그리고 자신의 상황도 변할 것이 없다.

"어쨌든 반갑습니다, 이과장님. 고려리아에서 다시 만나게 되다니 말입니다."

"앞으로도 잘 부탁합니다. 그 말씀을 드리려고 찾아뵌 거요."

"알겠습니다."

"나도 힘껏 밀어 드리지요. 우리는 지난번처럼 잘할 수 있을 겁니다."

자리에서 일어선 이재환이 밝은 얼굴로 방을 나갔다. 변한 것이 없다. 자리에 돌아와 앉은 안인석은 다시 그렇게 생각했다. 오히려 든든한 배경이 하나 더 늘었다고 할 수도 있는 것이다.

나타샤 레스토랑에 들어선 나카무라는 곧장 안쪽으로 다가갔다.

오후 4시여서 레스토랑은 아직 저녁 영업을 시작하지 않고 있었다. 종업원들이 바쁘게 움직이며 저녁 준비를 하고 있는 사이를 지나 주방 옆쪽의 방문을 열고 들어섰다. 테이블에 두 손을 얹고 앉아 있던 이종남이 그를 보자 자리에서 일어섰다.

"오래 기다리셨습니까?"

앞에 앉으며 묻자 이종남이 머리만 끄덕였다. 딱딱한 표정이다.

"요즘 바쁘시겠습니다. 미국 손님들도 와 계시고 해서."

이종남이 그의 눈을 똑바로 바라보았다.

"나카무라 씨, 김상철이 최태호와 통화를 했다고 합니다. 이건 경비대에서 나온 정보요."

잠자코 시선을 든 나카무라를 향해 그가 말을 이었다.

"장인규가 죽기 전에 북한측으로 돌아간 어떤 여자한테 전별금을 주었다는데, 최태호가 그 돈을 가로챘던 모양이오."

"……."

"김상철은 북한측이 습격한 것이 틀림없다고 했다는 거요. 돈을 가로챈 것은 의심을 받지 않으려는 방법이었다고."

"그래, 최태호는 뭐라고 했답디까?"

표정없는 얼굴로 나카무라가 묻자 이종남이 쓴웃음을 지었다.

"당연히 펄쩍 뛰었다더군. 오해를 받지 않으려고 했을 뿐이라고."

"……."

"그 후로 김상철은 두 번 다시 최태호나 이금철에게 연락하지 않았습니다. 다시 잠적해 버린 것이지요."

"그래서 그 돈은, 최태호가 가로챘다는 돈 말인데, 돌려주었답니까?"

"그건 모릅니다."

"……."

이종남이 자리에서 일어섰다.

"아무래도 한바탕 소란이 일어날 것 같소. 그래서 미리 알려드리는 거요."

"고맙소, 이 선생."

따라 일어선 나카무라가 그의 손을 잡았다.

"신세 잊지 않겠소."

그날 밤, 최태호는 코즈모프 바의 사무실을 나와 대기하고 있던 검정색 벤츠에 올랐다. 자정이 가까운 시간이었지만 그에게는 한창 바쁜 시간으로 지금은 고려시의 나이트클럽에 가려는 것이다. 고려시에는 이미 2개의 대형 나이트클럽이 영업 중이었고 호텔 2개는 올해 상반기에 문을 연다. 차가 고려시로 향하는 고속도로에 접어들자 그는 옆자리의 부하에게 머리를 돌렸다.

"김상철이 한동안 나타나지 않으니까 분위기가 더 고약하군. 가끔씩 사건을 일으킬 때보다 더 긴장이 되는 모양이다."

남의 이야기를 하는 것 같았지만 그도 마찬가지였다. 아마 제일 느긋한 쪽은 김상철과 연락이 닿고 있는 삼합회와 마피아일 것이다. 옆자리에 앉은 사내는 그의 심복인 강성룡으로 인민군 특수부대 장교 출신이다. 그가 입을 열었다.

"시바다와 우재환은 거의 외출을 하지 않습니다. 더구나 같은 시기에 외국 투자가들이 와 있기 때문에 철저하게 경비를 하고 있지요."

최태호가 코웃음을 쳤다.

"그런다고 죽을 놈이 살아날까? 아무리 둘러쌓아도 로켓포 한 방이면 끝장이다."

2대의 승용차는 짙은 어둠에 덮인 고속도로를 맹렬한 속도로 달려 나갔다. 김상철은 삼합회를 통해 위폐 사건을 전해 들었을 것임에도 아직 반응이 없는 것이다. 앞장서서 달리던 경호용 볼가가 속력을 뚝 떨어드렸으므로 벤츠를 몰던 부하가 혀를 찼다. 낡은 볼가는 고속으로 달리다가 가끔씩 저럴 때가 있는 것이다.

"앞장서라, 뒤에서 따라오도록 놔둬."

최태호가 말하자 벤츠는 쭉 튀어 나가 볼가 앞에 섰다.

"시마다가 위폐를 감추기 위해서 장인규를 친 것이다."

의자에 등을 기댄 최태호가 찌푸린 얼굴로 말했다.

"답답해. 경비대에 신고할 입장도 안 되고 그렇다고 나서서 해결할 수도 없으니."

"김상철은 알고 있을 겁니다. 머리가 나쁜 놈은 아니니까요."

밤이어서 고속도로를 지나는 차량은 많지 않았다. 뒤쪽에서 불빛이 다가왔으므로 강성룡은 머리를 돌렸다. 라이트가 비추고 있어서 뒤쪽 차는 몸체도 보이지 않았다.

"이봐, 뒤차에 연락해 봐, 따라오는가."

강성룡이 말하자 조수석에 앉은 사내가 무전기를 들었다.

"2호차, 지금 어디야?"

"뒤를 따르고 있어."

휴대용 무전기지만 사내의 말소리가 차 안에 가득 울렸다.

"이 똥차가 이젠 제대로 달려."

그 순간이다. 갑자기 주위가 환해지는 섬광이 번쩍이더니 귀가 먹먹할 정도의 폭음이 났다. 그러자 운전사가 무의식중에 브레이크를 밟았고 그 반동으로 최태호는 머리를 앞좌석의 등받이에 부딪치면서 뒤를 돌아보았다. 볼가는 불길에 싸여 길가로 미끄러지는 중이었다.

"달려! 달리란 말이다!"

상체를 세운 최태호가 악을 썼다.

"전속력으로 달리란 말이다! 이 새끼야!"

벤츠는 타이어가 찢겨나갈 것 같은 마찰음을 내면서 속력을 냈다. 불덩이와의 거리가 100미터, 150미터가 되었을 때 고속도로 가의 어둠 속에서 플래시가 터지는 것처럼 번쩍 불빛이 났다.

"달려!"

최태호가 다시 악을 썼고 액셀러레이터가 바닥까지 밟힌 벤츠는 최고 속력을 내었다. 불덩이가 다가오고 있었다. 그 거리는 100미터가 되었다가 금방 50미터로 가까워졌는데 최태호와 강성룡이 로켓탄의 탄두를 구별할 수 있을 정도였다.

"달려!"

강성룡이 고함을 쳤고 벤츠는 총알처럼 어둠 속을 달려 나갔다. 탄두의 힘이 떨어지면서 벤츠와의 거리가 멀어지기 시작했다. 이윽고 탄두가 도로의 중앙 분리대 근처에 떨어지면서 폭발했을 때 그들과의 거리는 80미터 정도가 되어 있었다.

   한인 거주지 안의 음식점으로 양필성이 들어섰을 때는 새벽 3시였다. 오늘은 단신이었지만 안쪽의 방에서 그를 맞이하는 것은 지난번처럼 최태호와 조덕산이다. 최태호는 술을 몇 잔 마신 듯 눈가가 달아올라 있었다.
   "그놈이 그렇게 나온다면 우리도 가만있을 수는 없소, 당신들도 책임을 져야 할 것이고."
   양필성이 자리에 앉기도 전에 최태호가 대뜸 말했다.
   "이젠 해명을 할 필요도 없소. 오늘 죽은 내 부하 4명의 목숨 값을 받아내야겠으니까."
   "글쎄, 나도 뜻밖이라."
   양필성이 찌푸린 얼굴로 입맛을 다셨다.
   "나도 요즘 며칠간은 김상철과 연락이 닿지 않아서 말이오."
   "그렇다면 더욱 잘되었소. 김상철의 일에 당신들은 나서지 마시오. 우리와 그놈과의 일이니까."
   최태호가 양필성에게로 바짝 다가앉았다.
   "당신을 보자고 한 것도 그것 때문이오. 더 이상 그놈을 감싸지 말아주시오. 우리와의 관계가 악화될 테니까."
   "우리는 모르는 일이오, 최 선생."
   양필성이 길게 한숨을 쉬었다.
   "김상철이 우리와 연락을 끊은 이유를 알 것 같은데, 우리는 빠질 테니 당신들이 알아서 해결하시오."
   며칠 간 잠잠했던 고려리아가 다시 술렁이고 있었다.

경비대 병력이 타운과 고려시의 곳곳에서 검문을 강화했고 호텔 앞에는 무장병력이 진을 치고 있었다. 최태호가 입을 열었다.

"개 같은 놈, 앞뒤 분간도 못하는 놈이니 이번에 아예 숨을 끊어 놓겠어. 그놈을 죽이기 위해서는 일본 놈이나 미국 놈과도 손을 잡을 생각이오."

"알아서 하시도록, 우리와는 상관없는 일이니까."

양필성이 자리에서 일어섰을 때 방문이 열리더니 사내 한 명이 들어섰다. 그는 곧장 최태호에게로 다가가더니 그의 귀에 입을 가져다 대었다. 몸을 돌린 양필성이 막 문의 손잡이를 잡았을 때였다.

"양 선생."

최태호의 소리에 멈춰선 양필성은 머리만 돌렸다.

"잠깐만."

자리에서 일어선 최태호는 눈을 치켜뜨고 몸을 뻣뻣하게 굳힌 모습이었다.

"김상철이 이번에는 시바다 부하들의 숙소를 쳤소. 기관총을 난사하여 6명을 죽이고 10여 명이 부상당했다는 거요."

그는 양필성의 앞으로 다가와 섰다.

"그리고 우리 위원장께 직접 전화를 해왔다는군요. 시바다의 숙소는 자신이 쳤지만 고속도로사건은 그가 한 일이 아니라고."

한동안 그를 바라보던 양필성이 입을 열었다.

"나는 김상철이 거짓말을 할 이유가 없다고 생각하는데, 그는 당신들과 적이 되는 것쯤은 전혀 신경 쓰지 않는 상황이거든."

"……."

"당신을 고속도로에서 공격한 것은 김상철이 아니오. 나는 그의 말을 믿소."

"시바다를 없애야 한다."

빠른 걸음으로 골목길을 걸으면서 김상철이 말했다. 두터운 슈바 차림에 털모자를 눌러썼고 눈만 내놓는 방한 두건을 썼으므로 말소리는 웅얼거리는 것처럼 들렸다. 이한은 반걸음쯤 뒤에서 김상철을 따르고 있다.

"부하들은 소모품일 뿐이야. 얼마든지 충원이 된다."

새벽 4시여서 아직 주위는 어둠에 휩싸여 있었다. 그들은 한인 거주지의 미로같이 얽힌 골목 안을 익숙하게 걸어갔다. 곧 날이 밝아올 것이므로 타운 외곽에 숨겨둔 지프를 타고 구릉지의 막사로 갈 수는 없다. 은폐물도 없는 평원 위를 달리다가는 경비대의 헬기에 금방 발견될 것이었다.

이윽고 성 씨의 집 앞에 도착한 그들은 잠시 주위를 둘러보다가 조심스럽게 대문을 밀치고 들어섰다. 성 씨의 집에 묵게 된 것은 나흘 전부터였다. 양필성으로부터 위폐 이야기를 듣고 난 다음날 타운으로 들어온 것이다. 성 씨는 50대 중반으로 타운 중심부에서 세탁소를 운영하는 사내였다. 절도죄로 형을 살고 나와 오갈 데 없던 그는 고려리아로 밀입국한 다음 공사장의 잡부로 일했었다. 그러다가 동향 사람인 송길수의 도움으로 세탁소를 차리게 되었고 지금은 5명의 가족을 모두 데려와 산다. 집은 벽돌을 쌓아 만든 러시아식 단층 구조였다. 안으로 들어선 그들이 응접실 겸 식당을 지나는데 조심스런 헛기침 소리가 들리더니 인기척이 났다. 집주인인 성 씨였다. 그는 자지 않고 어두운 응접실에 앉아 그들을 기다리고 있었던 모양이었다.

"이제 돌아오십니까?"

흰머리가 반쯤은 섞였지만 다부진 얼굴에 체격도 컸다. 그가 구부정하게 어깨를 굽히고는 김상철을 바라보았다.

"걱정이 되어서 기다리고 있었습니다."

"우리가 폐를 끼치고 있습니다. 오늘밤에는 떠나도록 하지요."

"아니, 그러실 필요는."

성 씨가 당황한 듯 손을 저었다. 고속도로의 사건을 알려준 사람도 그들에게 정보를 수집해 주던 성 씨였던 것이다. 그들은 안쪽 끝의 방으로 들어섰다. 김상철과 이한이 슈바를 벗고 어깨에 걸치고 있던 자동소총을 벗어 탄띠를 끄르는 동안 성씨는 불안한 시선으로 두리번거렸다. 김상철이 부드럽게 말했다.

"우리는 지금 시바다 부하들의 숙소를 습격하고 오는 길이오."

그들은 따뜻한 온돌바닥에 마주보고 앉았다.

"일을 끝내고 곧장 타운을 빠져나가려다가 시간이 너무 늦어서 돌아온 겁니다."

"이곳은 안전합니다. 지난번의 가택수색 때도 경비대는 집안에 들어오지도 않았습니다. 그저 밖에만 있다가."

김상철이 가볍게 머리를 저었다.

"우리 때문에 위험을 무릅쓸 필요는 없어요. 며칠 동안 도와주신 것만 해도 고마운데."

며칠 동안 시바다를 노렸으나 그는 좀처럼 오리엔트 호텔을 벗어나지 않았다. 고려시의 상가에 자리 잡은 오리엔트 호텔은 그야말로 철벽의 요새였다. 수십 명의 경호원이 몇 겹의 방어벽을 치고 있어서 호텔을 송두리째 폭파해 버리지 않는 한 침투해서 처치하기란 거의 불가능한 일이었다. 성 씨가 방을 나가자 김상철이 이한을 돌아보았다.

"잠을 자 두거라. 날이 밝으면 타운이 시끄러워져서 잘 수도 없을 것이다."

아침이 되자 타운으로 몰려온 경비대 병력은 20개 중대도 넘어보였다.

3000명이 넘는 경비대가 타운에 깔린 것이다. 검문과 가택 수색에 이골이 난 경비대원들이어서 그들은 타운의 통로부터 빠짐없이 차단하고는 곧 지역을 나눠 수색에 들어갔다. 이번에는 수색 위주의 작전이었다. 아침에 세탁소로 나갔던 성 씨가 허둥대며 집으로 돌아온 것은 한 시간 만인 아침 10시경이었다.

그는 응접실에 나와 있던 이한과 함께 방으로 들어섰다.

"거리 입구에서부터 샅샅이 가택 수색을 하고 있습니다. 이거, 전에 하던 것과는 다릅니다."

그의 얼굴은 노랗게 질려 있었다.

"주택가를 빙 둘러싸고 있어서 마치 그물 안의 고기를 잡는 것 같습니다."

김상철이 머리를 끄덕였다.

"여기까지 오려면 시간이 얼마나 걸리겠습니까?"

"오면서 보았는데 이쪽 골목은 입구만 막고 있었지만 건너편이 언제 끝나느냐에 달렸지요. 이쪽을 시작하면 여기까지 오는 데는 얼마 걸리지 않습니다."

김상철이 이한에게로 고개를 돌렸다.

"준비해라, 나가자."

"지금 말씀입니까?"

자리에서 일어선 김상철이 잠자코 탄띠를 집어 드는 것을 본 이한도 더 이상 입을 열지 않았다. 성 씨가 서두르며 방을 나가더니 소리쳐 부인을 불렀다. 며칠 묵는 동안 정성을 다해 시중을 들어주던 여자였다. 모피 슈바는 활동하기에 무겁고 불편했으므로 파카로 갈아입은 후 안에는 접이식 개머리판의 AKMS카빈총을 걸고 주머니에 수류탄 대여섯 개를 넣어 준비를 마쳤다. 이한도 비슷한 차림이었다. 성 씨와 둥근 얼굴의 부인이 방으로 들어섰다. 성 씨는 손에 한 다발의 지폐를 쥐고 있었다.

"이것, 보태 쓰시라고……. 저희들은 조금 모아둔 돈이 있으니 걱정 마시고."

김상철이 돈을 바라보았다. 달러에 루불, 한국 원화에 모서리가 다 닳은 엔화까지 뒤섞여 있었다.

"아무래도 나가시면 돈이 필요하실 것 같아서."

김상철이 방바닥에 벗어놓은 슈바를 가리켰다.

"저 옷을 옷장에 걸어놓으시지요."

"예, 그거야 제가 잘 보관했다가."

성씨가 그렇게 말하자 부인은 허리를 굽혀 슈바를 집어 들었다.

"성 선생님이 입으세요."

"아니, 저는."

"슈바 호주머니에 제가 쓰고 남은 돈이 3만 달러쯤 있습니다. 그 돈은 생활에 보태 쓰시고."

김상철은 방문으로 다가가 손잡이를 잡았다.

"고맙습니다, 성 선생. 그리고 부인도."

성 씨의 집을 나온 그들은 골목의 입구와는 반대쪽으로 서둘러 걸어 나갔다. 그러나 그쪽도 경비대가 지키고 있을 것이다. 골목 양쪽의 주택은 조용했고 가끔 아이들의 울음소리와 여자의 목소리가 들려 올 뿐이다.

흐린 하늘에서는 곧 눈이 쏟아져 내릴 것처럼 보였다. 기온은 영하 30도 정도였지만 바람은 없다. 앞장서 가던 김상철이 이한을 돌아보았다.

"한아, 내가 어떻게 되더라도 너는 곧장 가거라."

"예, 형님."

이한이 선뜻 대답했으므로 김상철이 이맛살을 찌푸렸다.

"내 옆에서 어물거렸다가는 쏘아 죽일 테다."

"예, 형님."

갑자기 앞쪽으로 여자 2명이 다가왔으므로 그들은 긴장했다. 한인 여자들로 모두 중년이었다. 손에 보따리를 든 그녀들이 스치고 지나가자 곧 두 갈래로 갈라진 골목길이 나왔다. 그리고 차도를 달리는 차량과 거리의 소음이 함께 들려왔다. 입구가 가까워진 것이다. 그들은 걸음을 멈추고는 골목의 양쪽 벽에 등을 붙이고 섰다. 아직 오전이었다.

이한이 머리를 들더니 하늘을 올려다보았다.

"눈이 내릴 것 같은데요, 형님."

오는 자와 가는 자

    보안 과장 오세영이 총성을 들은 것은 그가 길가에 세워둔 지휘 차에서 간부들과 함께 지도를 보고 있을 때였다. 총성은 거리 아래쪽에서 울렸는데 한두 정의 발사음이 아니었다. 주위에서는 행인들이 제각기 건물 안으로 뛰어들거나 무작정 이리저리 내닫는 소동이 일어났고 차도에서는 차가 연쇄 충돌하면서 멈춰섰다. 순식간에 일어난 혼란이었다. 그의 주위에 서 있던 간부들 중 하나는 소리쳐서 근처의 경비대원을 모았고 다른 하나는 무전기를 들고 악을 썼으며 평소에 신중한 사람으로 알려졌던 한 사람은 권총을 빼들더니 얼굴을 굳힌 채 오세영만 바라보았다. 오세영이 근처의 부하들을 인솔하고 현장으로 달려간 것은 그로부터 5분쯤 후였다. 한인 거주지의 뒤쪽으로 주택가가 끝나는 지점이었는데 그곳은 이미 개 한 마리 다니지 않는 텅 빈 거리가 되어 있었다. 차도에는 어지럽게 차량들이 뒤엉켜 있었고 경비대원 세 명이 보도에 쓰러져 있다. 나머지 경비대원들은 모두 벽에 몸을 붙이고 서서 앞쪽의 빌딩을 노려보는 중이었다. 1개 중대가 넘는 200명 가량의 부하들을 이끌고 온 오세영을 보자 경비대원 하나가 서둘러 다가왔다. 총알이 스쳤는지 한쪽 뺨이 피투성이가 되어 있었다.

"두 놈이 저 빌딩 안으로 들어가 있습니다, 과장님."

"김상철이냐?"

그가 다그치듯 묻자 사내는 당혹한 표정이 되었다.

"얼굴은 자세히 보지 못했습니다. 그놈들은 저쪽 골목의 입구를 지키고 있던 대원들을 향해 무조건 쏘아 대면서 튀어 나왔다니까요."

오세영은 빌딩으로 시선을 돌렸다. 6층 건물로 1층은 슈퍼였고 2층은 직업소개소, 3층부터는 여러 간판이 어지럽게 붙어 있다.

간부 한 명이 서둘러 다가왔다.

"건물은 완전히 포위 되었습니다, 과장님."

김상철과 그 부하로 추정되는 두 명의 사내가 숨어들었다는 건물의 길 건너편에 오세영은 순찰차를 방패삼아 진을 쳤다. 건물의 현관으로 진입하려던 경비대원들이 안쪽으로부터 총격을 받아 세 명이 부상당한 후부터 양쪽은 이제 대치상태에 들어갔다.

"건물 안에는 도대체 몇 명이나 있는 거야?"

오세영이 묻자 옆에 선 부하가 머리를 한쪽으로 기울였다.

"그건 아직, 아래층 슈퍼에선 사람들이 모두 빠져 나왔습니다만 2층부터는."

2층부터 6층까지 모두 사무실이었으니 어림잡아 100명은 될 것이다. 그들은 모두 무장한 두 괴한에게 볼모로 잡힌 듯 아직 한 사람도 밖으로 나오지 않는 것이다.

"이런 빌어먹을."

혀를 찬 오세영이 부하들에게 지시 했다.

"저 건물에 들어 있는 회사에 모두 전화를 걸어. 혹시 전화를 받는 사람이 있을지도 모른다. 두 명이 건물 전체를 장악하기는 힘들 테니까."

그는 부하가 들고 있는 마이크를 건네받아 입에 대었다.

"들어라, 난 경비대 보안 과장이다. 안에 있는 두 사람은 들어라."

조용한 거리에 오세영의 목소리가 쩌렁쩌렁 울려 퍼졌다. 거리의 구석마다 순찰차나 엄폐물을 의지한 경비대원들의 총구가 건물로 겨누어져 있었다. 행인들은 모두 근처의 건물 안으로 대피한 상태여서 가끔 창으로 얼굴을 내밀었다가 경비대원의 주의를 받고 다시 들어간다. 오세영이 말을 이었다.

"무기를 버리고 투항하라, 목숨은 보장하겠다."

그 순간 건물의 6층 창문에서 섬광이 번쩍이더니 요란한 총성이 울렸다. 마이크를 쥔 채 오세영이 순찰차의 문짝을 방패삼아 엎드리자 날아온 총탄이 순찰차의 유리창과 경고등을 산산조각 내었다.

6층은 60, 70평쯤 되는 층 전체를 수입상 사무실이 차지하고 있었다. 사무실 한쪽에 갖가지의 통조림이 쌓여 있는 것을 보면 식품 수입상이다. 방 안에는 100명 가까운 남녀가 모여 있었는데 대부분이 한인들이었다. 그리고 그들은 모두 김상철을 알고 있었다.

그 중에는 김상철과 시선이 마주치자 눈인사를 하는 사내도 있었다. 이한은 2층의 계단 입구를 지키고 있었으므로 김상철은 혼자서 1백여 명의 인질을 잡고 있는 셈이었다. 아래쪽 거리로 자동소총을 쏘아대던 김상철은 벽에 등을 기대고는 그들을 바라보았다. 제각기 앉거나 서서 김상철을 바라보고 있던 인질들이다. 100명 가까운 사람들이 모인 방 안에는 잠시 숨소리도 들리지 않았다.

"고생을 시켜드려서 미안합니다."

김상철의 목소리가 정적을 깨었다.

"여러분을 해치지는 않습니다. 고생이 되시겠지만 조금 참아주십시오."
그러나 안쪽에서 사내 하나가 나섰다. 40대쯤으로 보이는 양복 차림의 사내였다.

"김 사장님. 저, 아시지요? 유리 수입상인 황덕규올시다. 이 건물 4층에 사무실이 있지요."

김상철이 머리를 끄덕였다. 블라디보스토크 출신 조선족으로 1년쯤 전에 고려리아에 들어온 사내였다. 러시아에 있을 때부터 유리사업을 했던 그는 고려리아에 들어와 크게 사업을 늘렸는데 장인규가 밀어준 때문이다.

"제가 도와드릴 일이 있으면 말씀하십시오, 제가 성의껏."

"몸이 아프거나 나이 드신 분, 또는 어린아이를 한쪽으로 모아주시오, 황 사장."

총을 세워든 김상철이 그들을 둘러보았다.

"여러분을 해치지 않겠다고 약속드릴 수 있지만 내 눈을 속인다면 용서하지 않겠소. 자, 황 사장. 꼭 내보낼 사람을 골라보시오."

몸을 돌린 김상철은 유리창 밖을 내려다보았다. 경비대는 더욱 증강되어 있었고 이제는 순찰차 대신으로 철판이 두꺼운 호송버스가 세 대나 가로로 놓여 있어서 그 너머는 보이지도 않았다. 그의 얼굴이 어른거리기를 기다렸다는 듯이 마이크가 다시 울렸다.

"김상철, 들어라. 넌 포위되었다. 인질을 풀어주고 자수해라."

순간 아래층에서 폭음이 울리면서 현관의 문짝이 차도까지 날아갔고 유리파편과 나무 조각들이 어지럽게 흩어졌다. 이한이 수류탄을 던진 모양이었다. 김상철이 방을 가로질러 문을 열고는 복도를 향해 소리쳤다.

"한아? 무슨 일이냐!"

엘리베이터가 없는 건물이어서 복도 아래쪽은 계단이다.

"별일 아닙니다! 누가 현관 앞을 어른거려서."

이한의 목소리가 복도를 울리며 올라왔다. 몸을 돌린 김상철의 앞으로 황덕규가 다가와 섰다.

"김 사장님. 다섯 명을 골랐습니다. 환자가 둘, 노인이 둘, 집에 급한 일이 있다는 사람이 하납니다."

유리의 품질검사를 하듯 깐깐하게 추려낸 모양이었다.

타운 외곽의 헬기장에 헬기가 착륙하자마자 유장석과 이대각은 얼른 안전벨트를 풀었다. 두 사람 모두 굳어진 얼굴이어서 수행해 온 보좌관은 입도 열지 못하고 있다. 대기하고 있던 승용차에 오르자 유장석이 문득 머리를 돌려 옆자리의 이대각을 바라보았다.

"쓸데없는 짓을 했어, 당신은. 경솔했단 말이야."

이대각이 턱을 든 채 대꾸하지 않았으므로 유장석의 얼굴이 더욱 찌푸려졌다.

"당신이 책임지고 다시 돌려보내. 그 여자를 끌어들이지 말란 말이야."

이대각이 창 쪽으로 머리를 돌렸다. 며칠 전부터 박미정은 하바롭스크에 머물고 있었다. 그는 하바롭스크에 있는 그레고리를 통하여 김상철에게 박미정이 와 있다는 연락을 하려고 했던 것이다.

그러나 그레고리로부터도 아무런 연락이 없었고 김상철도 마찬가지였다. 그러다가 이 사건이 터진 것이다. 찌푸린 얼굴의 유장석이 다시 말을 이었다.

"파리에서 인질로 잡혀 홍콩까지 끌려갔다가 나온 여자야. 김상철이 겨우 구해냈지만 죽을 고생을 했을 거다. 그런데 또 그런 짓을 하게 하다니. 당신은 지독한 사람이야."

"아니 내가 어쨌다고 그러십니까?"

이대각이 턱을 치켜들었다. 두 눈은 똑바로 유장석을 향해 있다.

"난 부탁을 했단 말입니다. 하바롭스크로 상철이를 데려와야 한다는데 그 여자도 동의를 했단 말이오."

"이번에도 인질 노릇이란 말인가?"

"뭐가 인질입니까? 자원한 일인데."

그러자 유장석이 어금니를 물고는 눈을 부라렸다.

"그렇다고 김상철이가 졸졸 따라 나올 것 같았단 말이냐?"

"가만히 앉아 있는 것보단 낫지 않습니까? 되든 안 되든 행동으로 옮겨봐야 할 것 아니오?"

이대각도 지지 않는다.

"말로만 생색내는 것보다 100번 낫습니다."

"그 여자가 노출된다면 얼마나 위험한지 알아? 이 멍청아."

"그레고리가 철통같이 지키고 있소."

"이제 끝났어. 상철이를 남자답게 죽게 두는 것이 최선이다."

상대를 하지 않겠다는 듯이 유장석이 등받이에 몸을 기대자 이대각이 머리를 저었다.

"난 끝까지 해볼 거요, 무슨 수단을 쓰더라도."

"넌 제정신이 아니다. 회사를 망칠 놈이야."

이대각이 눈을 치켜뜨고 그를 노려보았다.

"조금 전에 회장님께 보고하니까 그냥 쏴 죽이도록 놔두라고 합디까?"

유장석은 이제 입을 다물고는 머리까지 돌렸다.

우재환은 이종남과 함께 모처럼 타운에 나와 있었다. 그들은 한인 거주지가 비스듬히 내려다보이는 서울 호텔의 1층 객실 안에서 상황을 주시하고 있었다. 직선거리는 200미터도 되지 않았으므로 김상철이 들어가 있는 건물과 그 주변이 환히 보였는데도 그는 손에 망원경까지 쥐고 있었다.

"꽤 길어질 것 같은데요. 조금 전에 100명분의 침구가 올라갔습니다."

전화기를 내려놓은 이종남이 말했다. 그는 현장 근처에 있는 부하로부터 수시로 보고를 받고 있는 것이다. 우재환이 쓴웃음을 지었다. 1시간 전에는 100명분의 저녁식사가 올라갔던 것이다. 김상철이 인질을 잡은 지 8시간째로 오후 7시가 되어가고 있었다.

"하긴 급할 것 없지. 여유 있게 저놈이 지칠 때를 기다리는 거야. 서두르다가는 인질이 다친다."

망원경을 내려놓은 우재환은 창틀에 내려놓은 보드카 병을 집어 들었다.

"100명이나 되는 인질을 두 놈이 감시하기에는 벅찰 것이다. 아마 오늘밤 아니면 늦어도 내일이면 상황이 끝날 거야."

이미 밖은 짙은 어둠에 덮여있었지만 건물은 사방에서 비추는 서치라이트로 그림자도 생기지 않는 상황이다. 이종남이 입을 열었다.

"유장석과 이대각이 지금도 경비대와 같이 있습니다. 아마 김상철이를 설득하려고 그러는 것 같은데요."

머리를 끄덕인 우재환이 술병을 이종남에게 건네주었다.

"김상철이가 순순히 손들고 나올 것 같았으면 아예 이런 일을 저지르지도 않았어."

"어젯밤 북한의 최태호를 습격한 것은 시바다의 부하라는 소문이 있습니다."

"알고 있어."

다리를 창틀에 걸쳐놓은 우재환이 팔짱을 꼈다.

"소문이 아니라 사실이야. 시바다는 그 일을 김상철에게 뒤집어씌우려고 했어."

"……."

"나도 김상철이 그렇게 빨리 반응할 줄은 몰랐다. 곧바로 시바다 부하들의 숙소를 습격하는 바람에 북한이 냉정을 찾은 거야."

우재환이 술병을 건네받고는 이제 병째로 두어 모금을 삼켰다.

"바로 저것이 배경 없는 약자의 말로야, 자네도 잘 기억해 둬."

턱으로 앞쪽의 건물을 가리킨 우재환이 말을 이었다.

"저 건물 안의 인간 김상철이 제거되는 순간부터 고려리아는 열강의 구획 정리가 정착되어 갈 것이다. 저놈은 현대판 돈키호테였어. 아니, 강 회장이 그 원조이고 저놈은 산초이지."

그는 얼굴에 웃음을 띠었다.

"강 회장은 고려리아를 임차할 때 오호츠크 해협만 건너면 일본이고 캄차카 반도 건너편이 미국이라는 것을 신중히 고려했어야 돼. 지근거리에 첨단산업이 발달된 단일민족의 거대한 지역이 생성 된다는 것은 그들에게 대단한 위협이란 말이야."

이종남이 머리를 끄덕였다.

우재환은 미국 태생으로 미국 시민권을 가진 CIA요원이다. 그가 미국 입장으로 고려리아의 상황을 이해하는 것은 어쩌면 너무나 당연한 일이었다. 그러나 러시아와 중국은 미국과는 대조적인 입장이다. 그들은 동북아에 일본과 미국을 가로막는 러시아령 견제지역이 생긴다는 것에 호의적일 것이다. 우재환이 망원경을 다시 눈에 대었다.

"가만, 근처에 시바다나 일본측 무리들이 있을 텐데 말이야."

그는 이제 같은 입장의 구경꾼이 되어 있을 시바다 일행을 찾고 있었다.

밤 10시가 넘자 대치하고 있던 양쪽의 분위기는 소강상태가 되어 있었다.

인질들은 대부분 사무실 바닥에 침낭을 깔고 누워 있었고 방안은 조용했다. 사무실의 문을 활짝 열어놓고 문 옆의 복도에 기대앉은 김상철은 피우고 있던 담배를 복도 바닥에 비벼 껐다.

복도의 옆쪽은 벽이었고 세 개의 유리창이 나란히 있었는데 아래층도 모두 같은 구조였다. 경비대가 뒤쪽으로 기어올 수도 있는 것이다. 김상철은 무릎 위에 올려놓은 AKS-74U 자동소총을 쥐고는 안쪽의 사무실을 둘러보았다. 깨어 있는 사람들은 모두 그와 시선을 맞추고 있다. 처음보다는 불안감이 가신 얼굴들이었다. 잠시 후 안쪽에서 수군거리는 소리가 들리더니 황덕규가 대여섯 명의 남녀를 인솔하고 다가왔다.

"김 사장님, 화장실에 가는 사람들입니다."

김상철이 머리를 끄덕이자 그들은 복도 끝의 화장실로 우르르 몰려갔다.

"한아, 화장실 가는 사람들이다."

아래층에 있는 이한에게 그가 소리쳤다. 이한은 지금 그와는 반대편인 현관 쪽을 감시하고 있을 것이다. 다행히 건물은 좌우가 막힌 구조여서 둘이서 전후를 나누어 맡고 있었지만 허점이 많다. 황덕규가 주춤거리더니 바닥에 앉았다. 그와 이야기를 하려고 나온 모양이었다.

"김 사장님, 제가 이런 말씀 드리는 건 외람됩니다만 무슨 방법을 쓰셔야."

말을 멈춘 그가 조심스럽게 김상철의 눈치를 살폈다.

"사람들은 지금 김 사장님보다 경비대를 더 무서워하고 있습니다. 무작정 쳐들어온 그들이 마구잡이로 총을 쏘아대는 것이 두려운 것이지요."

"……."

"그래서 김 사장님이 무슨 방법을 내시면 아마 적극적으로 협조할 텐데요."

한동안 그를 바라보던 김상철이 천천히 머리를 끄덕였다.

"나도 이곳에서 개죽음 당하지는 않을 거요."

그렇다면 하는 얼굴로 황덕규가 시선을 주었으나 김상철은 다시 입을 다물었다.

그 시간에 도로 건너편의 상황차에서 경비본부장 소명일과 오세영이 머리를 맞대고 있었다.

"김상철도 이대로 버티고 있을 수도 없다고 생각할 겁니다. 아마 곧 움직일 가능성이 많습니다."

오세영이 손바닥만한 차창을 통해 건물을 바라보며 말했다.

"놈이 아직 어떤 요구조건도 내놓지 않는 것이 그 증거지요. 놈은 지금 계획을 세워놓고 있는 것 같습니다."

"어떻게 말인가?"

"첫째로 인질들을 한꺼번에 내몰고 섞여 뛰어나오는 방법이지요. 밤인데다 겁을 먹은 인질들이 무작정 달려 나오면 쉽게 제지하지를 못합니다."

"……."

"그것에 대비해서 모든 길에 차단막을 쳤고 세 겹의 경비망을 만들어 놓았지요. 인질들이 쏟아져 나오면 엎드리라고 할 겁니다. 김상철이 위협을 하겠지만 곧 엎드리게 되는 것이 보통이지요."

"……."

"몇 사람의 희생은 감수해야 할 겁니다."

"다른 방법은?"

"보통 하는 방법으로 차량편이나 항공기를 요구하고 인질들과 함께 탈출하는 방법이 있지요."

그러자 소명일이 머리를 저었다.

"그것은 들어줄 수가 없어."

"놈도 우리 입장을 알고 있는 모양입니다. 그러니까 그런 요구가 없지요."

소명일이 머리를 돌려 건물을 바라보았다. 건물에 진입하려고 세 번 시도를 했다가 다시 경비대원 한 명이 죽고 일곱 명의 부상자를 냈던 것이다. 소명일이 시계를 내려다보았다.

"본국으로부터도 지시를 받았어. 사건을 끝내라고. 방법은 나에게 일임을 했다."

"……"

"오늘밤은 기다렸다가 내일 날이 밝으면 공격하기로 한다. 인질 희생도 각오하고 말이야."

차의 뒤쪽 문을 두드리는 소리가 들렸으므로 그들은 머리를 돌렸다. 차의 문이 열리면서 행정위원회 부위원장 이대각이 안으로 들어섰다.

"본부장, 내가 김상철이를 만나겠소."

그가 대뜸 말하자 소명일이 이맛살을 찌푸렸다. 이 작자는 까다로운 사내인 것이다.

"안 됩니다, 위험해요."

"방송이나 해주시오. 이대각이가 들어간다고, 나 혼자 말이오."

그가 흘겨보는 바람에 오세영은 벌렸던 입을 다시 닫았다.

"본부장, 당신이 직접 방송을 해주시오. 내가 들어가서 설득할 테니."

그로부터 10분 후, 소명일의 목소리가 밤하늘에 울려 퍼지자 건물을 포위하고 있던 수백 명의 경비대는 일제히 긴장을 했다. 다시 한 번 행정위 부위원장 이대각이 단독으로 건물로 들어갈 것이라는 말이 끝나자 이대각이 선뜻 거리로 나섰다. 서치라이트가 대낮같이 비치는 거리에 선 그는 힐끗 건물을 올려다보고는 휘적이며 현관으로 다가갔다. 그가 20미터도 안 되는 거리를 걷는 동안 모두가 움직임을 멈추고는 숨을 죽였다. 이대각은 수백 명의 시선을 온몸으로 받으며 망설이는 기색도 없이 정문으로 들어섰다. 건물 안으로 들어선 이대각이 처음 만난 사람은 2층의 계단에서 기다리던 이한이다. 자동소총을 겨눈 채 다가온 이한은 무표정한 얼굴이었다.

"6층으로 올라가세요."

그가 턱으로 위쪽을 가리켰다.

"기다리고 계실 겁니다."

잠시 후에 이대각은 6층의 복도에서 김상철을 만났다. 인사를 나눌 상황이 아니었으므로 그들의 표정은 딱딱했다.

"투항해라. 개죽음당할 필요가 없지 않나?"

이대각이 머리 하나 정도가 큰 김상철을 올려다보았다.

"우선 살고 보자, 응? 저런 개자식들 손에 죽느니 참고 살아야지. 안 그러냐?"

"어떻게든 빠져나갈 겁니다."

힐끗 사무실 안쪽에 시선을 주었던 김상철이 소리 죽여 말했다.

"앉아서 죽지는 않을 겁니다."

"글쎄, 내 말은 그것이 위험하단 말이여. 저놈들도 허수아비가 아니란 말이다."

이대각이 혀를 찼다.

"골목에는 트럭이나 차단막을 쳐서 빠져나갈 길을 막았고 건물마다 경비대가 들어있어. 너희 둘이서는 도저히 도망쳐 나갈 수가 없다."

"투항하지는 않습니다, 부위원장님."

이대각이 주머니에서 담배를 꺼내어 입에 물었다가 생각난 듯 그에게도 권했다. 그들은 제각기 한숨처럼 연기를 뱉어내었다.

"저, 그, 박미정 씨 말인데."

이대각이 힐끗 김상철을 바라보았다.

"내가 서울 가서 만났거든, 사정 이야기를 하고 도와달라고. 그랬더니 널 찾아서 지금 하바롭스크에 와있어."

"……."

"그레고리가 지금 보호하고 있어. 이야기를 들었을 텐데."

"요즘 아무한테도 연락하지 않습니다."

"내가 부탁한 거야. 어떻게든 이곳에서 끌어내려고. 뭐, 박미정 씨도 도움이 되겠다면 오겠다고 해서."

"그럴 필요는 없다고 전해주십시오."

낮은 목소리로 김상철이 말했다.

"그 여자는 어쩔 수 없이 따라왔을 겁니다. 내일이라도 돌려보내세요. 그곳도 마음을 놓을 수가 없는 곳이니까."

"글쎄, 그거야."

이대각이 길게 한숨을 내리쉬었다.

"네 코가 석자인데 지금 누구 걱정하게 되었어? 어때? 날 따라 나가지 않을 거냐?"

"안 나갑니다."

"내가 도와줄 일은 없어? 그레고리나 송길수한데 연락이라도 할까?"

"내버려 두십시오. 이미 알고 있을 테니까요."

"제기랄 놈의 인생."

담배를 복도 바닥에 내던진 이대각이 구둣발로 비벼 끄더니 손을 내밀었다.

"악수나 한번 하자."

김상철의 손을 움켜쥔 이대각이 무슨 말인가를 하려다가 침만 삼키고는 손을 떼었다.

"나, 간다. 다른 걱정 말고."

어깨를 늘어뜨린 이대각이 복도의 끝 쪽으로 다가가자 김상철은 몸을 돌렸다.

김상철의 설득에 실패한 이대각은 건물을 나오는 길로 경비대의 간부들에게 둘러싸였다. 그러나 그들은 금방이라도 물어뜯을 것 같은 이대각의 표정에서 아무런 도움을 얻을 수가 없다는 것을 곧 깨달았다. 이대각은 그때까지 차 안에 앉아 기다리고 있던 유장석에게로 가더니 잠시 후에 그들이 탄 승용차는 현장을 떠났다. 다시 긴장 속의 대치상태가 이어지기 시작했다. 그러나 거리에는 찬바람만 휘몰고 지나갈 뿐 깊은 정적에 묻혀 있었다. 수은주는 영하 40도를 가리키고 있었지만 칼날 같은 바람으로 인한 체감온도는 아마 10도쯤 더 아래일 것이다. 밤 12시가 가까워지고 있었다. 사방으로부터 조명을 받고 있는 6층 건물을 조용했고 그 주위를 둘러싼 수십 대의 차량들도 움직이지 않았다. 그러나 자세히 보면 순찰차마다 경비대원이 들어차 있었고 건너편 건물의 창문 안에도 사람들의 머리가 보인다. 순찰차 24호는 6층 건물의 현관과 정면으로 세워져 있었는데 이것은 우연이었다. 현장에 늦게 도착한 24호는 배열하는 과정에서 정문과 정면이 된 것이다. 차창에서 도로만 건너면 정문이었고 직선거리는 35미터 정도이다. 이문재는 M-16의 총신을 바꿔 쥐고는 손등으로 이마의 땀을 닦았다. 차는 가로로 세워져 있어서 조수석에 앉아 정문을 바라보고 있는 박기주와 나란히 있는 셈이었다.

"어이, 히터를 조금 줄여."

이문재가 말했으나 박기주는 들은 척도 하지 않았다.

"야, 숨이 막힌단 말이야."

다시 그가 소리치듯 말하자 박기주가 힐끗 시선을 주었다.

"난 다리가 시리단 말이다."

그 순간이다. 이문재는 문짝이 떨어져나간 건물의 현관으로 사람들이 쏟아져 나오는 것을 보았다. 탈출이다. 예상했던 일이었으나 그는 벌떡 몸을 세우다가 머리로 차의 지붕을 박았다.

"비상! 비상?"

오세영이 마이크에 대고 고함을 쳤을 때는 인질들이 이미 도로로 쏟아져 나오고 있었다. 밤거리에 쩌렁쩌렁한 마이크 소리가 다시 울렸다.

"엎드려! 모두 길에 엎드려!"

그리고는 곧 공포탄이 발사되었다. 순찰차에서, 주위의 건물에서 쏟아져 나온 경비대원들이 모두 그들을 겨누고 있다.

"엎드려라! 엎드리지 않으면 사살한다!"

오세영이 악을 썼고 이제는 십여 정의 총구가 불을 품었다. 그러나 이제 100명 가까운 인질들은 한 무리가 되어 곧장 도로를 달려가기 시작했다. 그들의 뒷모습에 총을 겨누고 있던 이문재는 다시 총구를 하늘에 대고는 방아쇠를 당겼다. 요란한 총성이 귀를 때렸고 그 순간 그는 인질 서너 명이 길 위로 쓰러지는 것을 보았다. 눈을 치켜뜬 이문재는 총구를 하늘로 치켜들었다. 오발을 한 것이다. 그러나 그 다음 순간 인질들이 비명을 지르면서 사방으로 흩어졌고 일부는 땅바닥에 주저앉았다.

"됐다!"

그것을 본 오세영이 소리쳤다. 인질들이 흩어진 장소는 아직도 포위망 한복판이었던 것이다. 서치라이트를 거리를 대낮같이 밝히고 있었다.

"움직이지 마라! 움직이면 사살한다!"

오세영이 악을 쓰듯 소리치자 산산이 흩어졌던 인질들의 일부가 포위망 바로 앞까지 다가갔지만 움직임을 멈추었다. 오세영은 다시 마이크를 입에 대었다. 그때 어디선가 폭음이 났다. 소리가 난 쪽으로 머리를 돌렸던 그는 눈앞의 순찰차 한 대가 밤하늘을 진동시키면서 폭발하는 것을 보았다. 무의식중에 순찰차를 방패삼아 엎드린 그는 다시 연속적으로 들려오는 폭음과 고함 소리, 비명을 들었다.

폭음이 들려오자 창밖을 내다보고 있던 김상철이 번쩍 머리를 들었다. 그들은 아직 건물의 2층에 남아 있었던 것이다. 애초부터 인질들 틈에 끼어서 거리로 뛰쳐나갈 생각은 없었던 김상철이다.

그러나 인질들은 그가 자신들 사이에 끼어 있는지 안다. 그 인질들은 김상철이 협박한 대로 한 무리가 되어서 도로를 곧장 돌파하려고 했다.

"가자!"

김상철이 소리치며 계단을 뛰어내리자 이한도 뒤를 따랐다. 거리는 폭음과 총성으로 아수라장이 되어 있었다. 아직도 순찰차나 경비대를 향해 수류탄이 던져지고 있었는데 뒤쪽의 어둠 속이다. 그리고 한두 곳이 아닌 여러 군데에서 경비대를 공격하고 있는 것이다. 앞쪽만 경비하고 있었던 경비대가 극도의 혼란상태가 된 것은 당연했다. 엎드려 있거나 멈춰섰던 인질들이 아우성을 치며 흩어지고 있었다.

김상철은 단숨에 거리를 가로질러 불타는 순찰차의 잔해를 뛰어넘었다. 그 뒤쪽의 골목을 가로막은 트럭 한 대도 화염을 품고 있었다. 그들이 트럭의 뒷부분을 돌았을 때 가까운 곳에서 총성이 울렸다. 거리는 폭음과 총성으로 떠나갈 듯했으므로 내처 골목 안으로 뛰어든 이한은 앞장서

가던 김상철이 휘청이는 것을 보았다.

"형님!"

소리치며 다가온 이한이 팔을 쥐었으나 김상철은 다시 발을 떼었다.

"나는 괜찮다."

그 순간 앞쪽에서 인기척이 났으므로 이한이 총을 겨누었다. 그가 미처 방아쇠를 당기기도 전에 다급한 러시아어가 들렸다.

"쏘지 마시오, 우리요!"

그리고는 사내 세 명이 불쑥 앞으로 다가왔다. 낯익은 얼굴들이었다. 하바롭스크에 있던 그레고리의 부하들이었다. 사내 한 명이 주머니에서 신호탄을 꺼내들더니 밤하늘을 향해 쏘았다. 둔탁한 소리와 함께 발사된 신호탄이 거리의 상공으로 솟아오르자 그 순간 폭음이 뚝 그쳤다.

그레고리가 부하들을 이끌고 타운에 도착한 때는 밤 9시였다. 하바롭스크에서 김상철의 소식을 들은 것이 12시 30분경이어서 그가 점심을 시작할 때였다. 김상철이 인질을 잡고 농성을 하고 있다는 페로프의 연락은 충격이었다. 마피아의 고려리아 책임자인 페로프는 김상철을 도와줄 만한 입장은 아니다. 그러나 마르첸코의 파트너가 되어 있는 그레고리에게 수시로 김상철의 동향을 알려주고 있었던 것이다. 연락을 받자마자 그레고리는 서둘렀다. 육로로 가는 사이에 상황이 끝날지도 몰랐고 국경의 검문소를 지나야 한다. 그가 12명의 부하와 함께 러시아 극동군 소속의 헬기에 오른 것은 오후 3시 30분이었다. 헬기가 출발하자 고려리아 경비대는 러시아 극동군 소속 헬기 두 대가 고려리아 상공을 지나 오호츠크 해 연안의 민스크로 간다는 전문을 극동군사령부로부터 받았던 것이다. 이것은 사령부의 참모 볼코프 소장이 협조해 준 일이었다. 타운을 빠져나온 세 대의 지프는 맹렬한 속도로 평원 위를 달려가고 있었다. 길도 제대로 나 있지 않는 곳이어서 차체가 덜컹이며 튀어 올랐고 때로는 좌우로 요동을 쳤다.

"속력을 줄여라!"

그레고리가 고함을 쳤으므로 지프는 속력을 뚝 떨어뜨렸다. 그러자 뒤쪽의 지프가 미처 깨닫지 못하고는 이쪽의 뒷부분을 가볍게 들이받았다. 타운을 빠져나온 지 아직 10여 분밖에 되지 않았다.

"형님, 괜찮으십니까?"

옆에 앉은 이한이 김상철의 어깨를 감싸 안았다. 그러나 머리를 숙인 김상철은 대답하지 않았다. 차 안은 불빛이 없어 어두웠고 밖은 칠흑 같은 어둠이다.

헬기에서 내린 그레고리가 타운에 들어온 것은 11시가 되어갈 무렵이었다. 미리 연락을 받은 페로프가 차량을 대기시켜 두고 있었고 경비대는 김상철에게만 온 신경을 쏟고 있어 잠입하기가 수월했다.

그러나 막상 포위된 상황을 보자 그레고리는 난감해졌다. 이쪽의 인원으로 경비대를 친다는 것은 어림도 없는 짓이었고 그렇다고 뚫고 들어갈 방법도 없다. 만일의 경우를 생각하여 고려리아에 기반을 둔 페로프는 돌려보낸 처지였던 것이다. 결국 그레고리가 생각해 낸 방법이 경비대의 뒤쪽을 공격하여 혼란에 빠뜨린다는 것이었다. 김상철과 연락을 할 수도 없는 형편이었고 시간이 흘러 날이 밝아오면 상황이 더 악화될 것이 분명했기 때문이다. 그러나 그가 공격을 시작하기도 전에 건물에서 인질들이 쏟아져 나왔다.

예상 밖의 일이라 잠시 당황했던 그레고리는 인질들이 멈춰 서자 공격을 했던 것이다. 이한이 다급하게 장갑의 내피를 뽑아내더니 김상철의 아랫배에 가져다 대었다. 이맛살을 찡그린 채 이를 악물고 있던 김상철이 그레고리에게로 머리를 돌렸다.

"고맙다, 그레고리."

반대쪽에 앉은 그레고리가 주머니에서 라이터를 꺼내더니 불을 켰다.

"형님."

이한이 김상철의 얼굴을 들어올렸다. 차가 아직도 진동을 하고 있었으므로 그의 얼굴도 따라 흔들리기는 했지만 두 눈은 감겼고 입가에 피가 흘렀다.

"이거, 야단났다."

아래쪽으로 라이터를 가져다 댄 그레고리가 낮게 외쳤다. 아랫배를 누르고 있는 김상철의 한쪽 손은 피에 흠뻑 젖어 있었던 것이다.

"형님."

이한이 다시 다급하게 부르자 김상철이 눈을 떴다. 아랫배에 총을 맞은 것이다.

골목을 빠져나와 세 구역을 달려 차에 오를 때까지 김상철은 전혀 내색하지 않았다.

"괜찮아, 참을 만해."

"헬리콥터에 응급장비가 있을 겁니다."

그레고리가 소리치듯 말하고는 운전사의 어깨를 쳤다.

"달려라! 시간이 없다."

김상철을 부축한 그들은 초조한 듯 앞쪽을 바라보았다. 지프는 짙은 어둠에 덮인 평원 위를 요동을 치며 달려가는 중이었다.

거리는 폐허가 되어 있었다. 6층 건물을 중심으로 반원을 그리며 건물은 물론 자동차, 도로까지 파괴되었고 아직도 검은 연기를 내뿜고 있는 건물도 있다. 마치 전쟁을 치르고 난 것처럼 보였는데 그곳에서 몇 걸음만 비켜나면 멀쩡한 거리가 나타난다. 차도에는 자동차 대열이 줄을 이었고 인도의 행인들은 제각기 바쁜 듯한 모습이어서 한민수는 잠시 양쪽을 번갈아 보며 서 있었다. 맑은 햇살이 비치는 아침 9시 30분경이었다.

"피해가 대단하군요."

한민수가 말하자 유장석이 딸려 보낸 행정청 간부가 한걸음 나섰다.

"이쯤은 일주일이면 복구됩니다."

고려건설에 근무했다는 40대 초반의 사내였다.

"작년 폭동 때는 이보다 더 했지요. 그때도 열흘 안에 복구했습니다."

"어젯밤 인명 피해는 얼마나 됩니까?"

"예, 그것이."

사내가 망설이듯 여러 번 눈을 깜박였다. 아침 뉴스에는 다수의 사상자가 발생하였다고만 보도되었던 것이다. 언론도 장악하고 있는 운영위원회의 규제였다.

"경비대원이 10여 명 죽고 그 이상으로 부상당한 모양입니다. 그리고 뒤에서 공격해 온 김상철의 부하들은 세 명이 죽었습니다."

사내가 조심스럽게 말했다.

"거기에다 인질로 잡혔던 사람들도 두 명이 죽고 세 명이 부상을 당했습니다."

한민수가 눈을 크게 떴다.

"희생자가 엄청난데요."

햇살은 맑았지만 아직 영하 20도에 가까운 기온이다. 사건 현장은 경비대원에 의해서 철저히 통제되고 있었으므로 그들은 바깥쪽만 돌다가 차에 올랐다. 차 안은 따뜻했으므로 한민수는 어깨를 폈다.

"김상철의 행방은 찾지 못했습니까?"

"예, 못 찾았습니다."

"또 이런 일이 일어날지도 모르겠는데."

한민수가 혼잣소리처럼 말하자 사내는 정색을 했다.

"김상철의 상대는 우리가 아닙니다, 사장님. 그러니 걱정하실 것 없습니다."

"상대가 누구란 말입니까?"

"다른 조직들이지요."

"그렇다고 해도 이런 전쟁판이 계속되면 경기에 영향이 있지 않겠습니까?"

"예, 하지만."

사내가 말을 멈추고는 헛기침을 했다. 고려와 대동이 고려리아 개발에 동업관계가 되었다고 해도 그는 아직 경계심을 풀지 않는 눈치였다. 그의 분위기를 느낄 수 있었으므로 한민수도 더 이상 묻지 않았다. 고려리아의 관리들은 대부분 김상철에 대해서 호의를 품고 있는 것이다. 차가 고려시의 행정청에 도착한 것은 11시가 조금 넘었을 때였다. 미리 약속이 되어 있었으므로 사내와 헤어진 한민수는 곧장 유장석의 방으로 들어섰다. 유장석은 이대각과 함께 있었다.

"사건을 여러 번 겪은 탓인지 타운은 놀랍도록 정상적입니다. 감탄했습니다."

자리에 앉은 한민수가 말하자 그들은 금방 얼굴에 웃음을 띠었다. 긍정적으로 받아들이는 한민수에 대한 호의가 웃음으로 나타난 것이다.

"닷새면 복구될 거요. 지난번 폭동 때는 그보다 몇 배나 더 심했지만 일주일 만에 복구했지요."

한민수가 머리를 끄덕였다.

"오늘 서울에 돌아가면 곧 손을 써보도록 하겠습니다. 이대로 내버려 둘 수는 없다고 생각합니다."

그러자 그들의 얼굴이 동시에 굳어졌다. 성급한 이대각이 입을 열었다가는 겨우 참고 닫는다. 한민수가 말을 이었다.

"김상철의 구명이 불가능하다면 제3국에서라도 마음 놓고 살 수 있도록 지원을 해주는 방법도 있을 것이고."

"……."

"김상철이 북한과 밀접한 관계라는 것이 본래 사건의 시발이었지만 이제는 살인혐의뿐이지 않습니까? 그가 희생자라는 증거지요."

한민수가 부드러운 표정으로 그들을 바라보았다.

"이왕 고려와 대동이 동업관계가 된 상황이니 저도 최선을 다해보겠습니다. 하지만 제가 전면에 나서지는 않겠습니다. 조금 미묘한 관계가 있어나서 틀림없는 오해가 생길수도 있으니까요."

"고맙습니다."

마침내 참다못한 이대각의 입이 열렸다.

"말씀만이라도 고맙습니다. 그동안의 사연을 말하자면 책 몇 권을 쓸 정도인데. 그, 김상철이는 본래가."

유장석이 헛기침을 했으나 말을 그칠 이대각이 아니다.

"그놈한테 우리는 빚을 졌지요. 그리고 솔직히 처음 살인혐의를 받은 것도 김상철이가 한 것이 아니라 이한이라는 부하가 저지른 짓이오. 우리는 자백까지 받아놓았습니다."

다시 유장석이 입맛을 다셨지만 이대각은 이미 달아올라 있었다.

"하지만 이제는 일이 벌어질 대로 벌어져서 그놈도 자포자기를 한 모양이오. 그래서 내가 그놈을 끌어내리려고 서울에 있는 옛날 애인까지 하바롭스크에 데려다 놓았습니다. 그런데 제길, 상황이 이렇게 되는 바람에."

러시아 극동군 사령관 로스토프 대장이 오호츠크 해안의 해군 기지인 마가단 기지 사령부에 전화를 건 것은 오후 2시였다. 기지 사령관 보로진 대령이 전화를 받았다.

"어때?"

로스토프가 대뜸 묻자 보로진의 목소리가 송화기를 타고 커다랗게 울려나왔다. 잔뜩 긴장하고 있는 것이다.

"지금 수술중입니다. 사령관 각하."

"아직도 끝나지 않았단 말인가?"

"예, 각하. 너무 위험한 상태라서."

"상황을 계속 보고하도록, 알았나?"

"예, 각하."

전화기를 내려놓은 로스토프가 의자를 돌려 볼코프를 바라보았다.

"미국이 아마 내 통화를 들었겠지?"

"일본 정보국도 들었을 것입니다, 각하."

"그렇다면 고려리아 경비대도 들었을 가능성이 있군."

점심을 먹으면서 보드카를 서너 잔 마신 참이라 로스토프는 적당히 기분 좋은 상태였다.

"그들이 아직 눈치채지는 않았겠지만 앞으로는 암호 전문을 쓴다. 기지에 연락을 하도록."

"알겠습니다, 각하."

볼코프가 옆에 놓인 전화기를 들더니 짧게 지시하고는 내려놓았다. 고려리아가 위쪽에 자리 잡은 후부터 미국과 일본의 정보 위성이 좌표를 수정해 시베리아 상공을 돌고 있었고 고려리아를 중심으로 오가는 비밀 통신량이 부쩍 늘어나 있었다.

"상태가 나아지면 하바롭스크로 이송해 오도록 해. 그놈은 우리에게 중요한 인물이다."

215

로스토프가 붉은 얼굴에 웃음을 띠었다.

"물론 그놈은 선택할 여지가 없지만 말이야."

그레고리가 김상철을 싣고 날아간 곳은 오호츠크 해안의 마가단 기지였다. 그곳이 병원이 있는 제일 가까운 곳이었지만 고려타운에서는 동쪽으로 700킬로미터의 거리였다. 마가단 해군 기지는 블라디보스토크 같은 부동항이 아니라 일 년 중 8개월이 얼음에 덮이는 곳이어서 미사일 부대와 해안 경비를 맡은 1개 부대만이 있는 전술기지였다. 그곳에 중상을 입은 김상철과 그레고리의 일행이 극동군 소속의 헬기로 나타나자 기지가 발칵 뒤집힌 것은 당연한 일이었다. 아직도 기지 사령관 보로진은 사령부가 김상철을 특별 취급하는 이유를 궁금해 하고 있을 것이다.

"코마노프가 고려리아 문제를 잘 처리하지 못하면 남은 2년 임기를 다 채우지도 못할 것이다."

의자에 등을 기댄 로스토프가 넓은 어깨를 됐다.

"다음 달 초에 열리는 중앙 회의에서 고려리아 문제가 결정이 된다."

고려리아 문제는 곧 극동군 사령관인 로스토프의 몫이었다. 이제까지 모스크바 정부에서 정책적인 방법으로만 고려리아를 운용해 온 결과가 이미 중앙위원회에 보고되어 있었고 그것을 증명할 자료는 모두 로스토프가 갖고 있는 것이다.

하바로스프스크의 인투리스트 호텔 안, 커피숍에 들어선 이대각은 곧 창가의 자리에 앉아 있는 박미정을 찾아냈다. 이대각이 다가가자 그녀가 자리에서 일어섰다. 스웨터에 바지 차림으로 화장기 가 없는 파리한 얼굴이었고 시선은 계속 흔들리고 있었다.

"길이 미끄러워서 조금 늦었습니다."

이대각의 목소리는 컸다. 공항에 내리자마자 그녀의 방에 전화를 했던 것이다. 자리에 앉은 그가 기다랗게 숨을 뱉어냈으므로 박미정은 몸을 굳혔다.

"고려리아 사건이 이곳 뉴스에 났다니, 대충은 알고 계시지요?"

박미정이 머리를 끄덕였다.

"네, 하지만 자세한 내용은."

"김상철이는 다시 종적을 감췄습니다."

"……."

"경비대는 아직 그의 행적을 모릅니다. 지금 타운과 고려시를 샅샅이 훑고 있지만 이미 고려리아를 떠났다는 소문도 있습니다."

그는 의자를 당겨 테이블에 다가앉았다.

"인질을 잡고 있는 그놈한테 내가 설득하러 갔었지요. 바보 같은 짓이었어요. 날 따라 나왔다면 큰일날 뻔했다니까."

"……."

"박미정 씨 이야기도 했습니다. 하바롭스크에서 기다린다고. 그랬더니 이곳은 위험하니 서울로 돌아가라고 합디다."

"……."

"그 상황에서도 그놈이 날 나무라더라니까. 박미정 씨가 억지로 끌려왔다는 거요. 그런데 가만히 생각해 보니 그 말도 맞는 것 같고."

"저는 아무렇지도 않아요."

머리를 든 박미정이 낮은 목소리로 말했다.

"처음부터 그 사람한테서 뭘 기대하고 온 것이 아니었어요."

"……."

"저를 어떻게 이용하시든 그 사람을 구해내는 데 도움이 된다면 상관하지 않을 생각이었는데."

"젊은 놈들 중에는 그런 놈이 간혹 있지."

불쑥 머리를 든 이대각이 말했다.

"감정 표현을 자제하는 것이 진짜 사나이라는 의식 말이야. 아직 덜 떨어진 놈일수록 증상이 심한데, 김상철이가 그런 놈이오."

"……."

"하지만 분명히 가슴 한구석이 든든할 거요. 박미정 씨가 찾아왔다는 것이 말이지. 그래서 난 그 이야기를 해준 것을 지금도 잘 했다고 생각하고 있습니다."

"부위원장님은 참 좋은 분이세요."

박미정의 얼굴에 희미하게 미소가 떠올랐다가 사라졌다.

"저한테는 신경 쓰시지 않아도 돼요. 그럼 저는 그만 서울로 돌아가겠어요. 그 사람 말대로."

"지난번 파리 사건도 있었기 때문에 걱정이 되는 모양입니다."

"……."

"난 솔직히 박미정 씨의 안위 걱정까지는 못했소. 그저 움직이고 보는 성격이어서."

박미정은 그의 말을 들으며 창밖으로 시선을 주었다. 흐린 날씨여서 아직 이른 오후였지만 거리는 그늘에 덮여있었고 인도를 지나는 사람들은 모두 두터운 방한복 차림으로 움츠린 모습들이었다. 머리를 돌린 박미정이 이대각을 바라보았다.

"저, 그에게 어떤 희망이 있을까요? 말하자면 저어."

"있어요."

이대각이 대뜸 말을 받았다.

"지금 추진 중이오. 한국은 솔직히 어렵고, 고려리아도 곤란한 입장이니 제3국을 검토하고 있습니다. 마침 발 벗고 나서준다는 든든한 배경도 생겼고."

그러나 그 주인공인 김상철의 행방도 아직 모르고 있는 상황이다. 그리고 그가 다시 일을 일으키지 않는다는 보장도 없다. 그의 말소리가 조금씩 낮아져 갔다.

"그놈이 해결해야 될 일이 조금 남아 있기는 하지만, 그 상대가 원체 덩치가 커놔서."

"시바다는 위조지폐를 회수할 목적으로 장인규를 친 것이다. 그리고 놈들은 그것을 우리에게 뒤집어 씌우려고 했어."

이금철이 앞에 앉은 최태호와 조덕산을 번갈아 바라보며 말했다.

"고속도로에서 우리를 습격한 것도 사건의 초점을 흐리게 하려는 목적이었을 것이다. 우리가 갖고 있던 위폐가 언제 탄로가 날지 불안했을 테니까."

그날 밤, 김상철이 최태호에게 300만 엔의 행방을 추궁했던 전화의 내용은 이미 경비대의 감청반을 통해 우재환의 조직과 시바다에게까지 전해졌을 터였다. 그래서 불안해진 시바다는 김상철의 북한에 대한 의혹을 계산에 넣고 최태호를 습격했던 것이라고 이제 그들은 추론하고 있었다. 신흥세력인 우재환과 시바다가 경비대의 지원과 막대한 자금으로 정보를 얻는다면 이쪽은 그들보다 몇 십 배나 많은 인력 자원이 있다. 고속도로 사건이 일어난 날 밤에 시바다의 부하 사이토가 부하들과 함께 움직인 정보도 그들은 확보하고 있었다. 최태호가 입을 열었다.

"시바다는 김상철이 다시 잠적한 후로 거의 외출하지도 않습니다. 일본에 갔다는 소문도 있습니다만."

인질 사건이 끝나자 고려리아는 평온한 모습으로 돌아갔지만 그것은 겉모습뿐이다. 이나카와회의 시바다나, 미국계의 우재환, 그리고 북한계의 세 조직은 제각기 상처를 입었고 서로 불신감이 더욱 깊어지게 되었다. 그러나 현재 상태에서 제일 피해를 받는 조직은 러시아의 마피아였다. 인질 사건 때 경비대를 배후에서 공격한 그레고리가 마피아의 간부가 되어 있다는 것은 이미 알려진 사실이었다. 그레고리의 부하들은 스무 명이 넘는 경비대원을 살상했으며 그들도 세 명의 시체를 현장에 남겨두고 도주했던 것이다. 엷은 막처럼 하늘을 덮은 회색 구름이 점점 밝아지는 아침이었다. 이런 날씨는 한낮에도 영하 30도를 오르내리는 추위가 온다. 사무실에 모여 앉은 세 사내는 잠시 입을 열지 않았다.

고려시의 사업장에 막대한 자금을 투자한 상황에서 고려리아를 주도하는 운영위원회나 경비대와의 마찰을 가능한 한 피해온 그들이었다. 우재환이나 시바다와의 관계도 마찬가지였다. 이제까지 잠자코 있던 조덕산이 입을 열었다.

"마피아의 사업장 5개가 아마 오늘 중으로 영업정지 처분을 받을 것 같습니다. 엊그제 고려시의 사업장까지 합하면 8개가 되는 셈이지요."

"러시아타운의 수색은 아직도 계속되고 있나?"

"물론입니다. 오늘로 일주일째 계속되는 겁니다."

"……"

"경비대가 이를 갈고 있습니다."

최태호가 그의 말을 받았다.

"이 기회에 본때를 보여주려는 것 같습니다."

마피아는 예전에 파벨이 제거된 후로 하바롭스크와 블라디보스토크의 양대 세력으로 나누어진 상황이다. 따라서 정부와 군과의 관계가 전처럼 밀착되지 못한데다가 고려리아 정부는 코마노프 대통령의 강력한 지지를 받고 있어서 마피아의 위상이 약해진 것은 당연한 일이었다. 정부의 지원을 받지 못하는 조직은 고려리아에서 도태되는 것이 정설이 되어가고 있었다. 김상철이 그 첫 번째였고 이번 사건에 말려든 마피아가 다음 순서가 될 가능성이 많은 것이다.

하바롭스크 공항에 도착한 페로프가 차를 달려 레닌 대로에 있는 10층 빌딩에 도착했을 때는 오후 5시가 막 지날 때였다. 40대 초반의 페로프는 마르첸코의 경호원 출신이었지만 마르첸코를 만나기 전에는 블라디보스토크에서 밀수를 생업으로 삼았던 사내였다. 충성심이 강한 성격에다 머리 회전이 빨랐으므로 마르첸코에 의해 고려리아의 책임자로 발탁되었던 것이다. 그는 곧장 5층에 있는 마르첸코의 방으로 들어섰다.
"보스, 그레고리는 지금 어디 있습니까?"
인사를 마치자마자 대뜸 페로프가 물었으므로 마르친코는 입맛을 다셨다.
"그건 나도 아직 모른다."
"아니, 보스가 모르시다니요? 그게 무슨 말입니까?"
페로프가 눈을 치켜떴다. 전화는 대부분 도청이 되는 관계로 고려리아에서 직접 날아온 참이다.
"그럼 이곳에 없단 말입니까?"
"그것도 모른다."
마르친코가 의자에 등을 기대고는 테이블 위에 놓인 보드카 병을 쥐었다.
"고려리아로 떠나기 전에 나한테 연락을 한 번 해준 것이 마지막이야."
"제가 그놈한테 차 세 대를 제공해 준 대가를 지금 어떻게 치르고 있는지 아십니까?"
"알고 있어."
"고려리아에서는 김상철의 조직 다음으로 우리가 제거될 것이라는 소문까지 퍼져 있습니다. 그리고 실제로 이대로 가다가는 그렇게 될지도 모릅니다."

"그렇게 되지는 않아, 페로프."

마르친코가 정색을 했다.

"러시아 땅에 둘러싸인 고려리아야. 러시아 이주민도 30만이나 된단 말이다. 우리를 내몰지는 못한다."

"하지만……."

페로프는 곧 입을 다물었다. 러시아 정부와 군과의 관계가 파벨 시대보다 매끄럽지 못하다는 이야기는 곧 마르첸코에 대한 모욕인 것이다.

"곧 괜찮아질 거야, 페로프. 너는 돌아가서 잠자코 기다리면 돼."

한동안 그의 얼굴을 바라보던 페로프가 말머리를 돌렸다.

"그럼 지금 그레고리는 김상철과 같이 있겠지요?"

"그렇겠지. 그리고 아마 극동군 사령부의 보호를 받고 있는 것 같다."

"……."

"극동군 소속 헬기 두 대를 빌려 타고 간 후에 종적이 사라졌어. 이번에는 철저히 보안 유지를 시켜서 알아낼 수가 없어."

"……."

"볼로프도 모른다면서 시치미를 떼었지만 아마 그자는 알고 있을 거야."

"그렇다면."

페로프가 눈을 깜박이며 시선을 주자 마르첸코가 천천히 머리를 끄덕였다.

"어쨌든 극동군은 우리에게 호의적이야. 그들은 아마 헬기를 빌려준 일 같은 건 모스크바 정부에 보고도 하지 않을 것이다."

소비에트 사회주의 연방 공화국(USSR) 시절에는 크렘린 궁전의 2층 소회의실에서 정치국 상임위원회가 열렸지만 러시아 공화국이 된 지금은 대통령이 주재하는 중앙회의가 열린다.

강추위가 계속되는 2월이지만 방 안은 따뜻했다. 천장의 호화스러운 샹들리에와 중후한 느낌을 주는 19세기의 가구가 조화를 이루었고 바닥에는 섬세한 무늬의 페르시아 양탄자가 덮인 방이다. 코마노프 대통령은 타원형 테이블의 위쪽에 앉아 있었는데 웃음 띤 얼굴이었다. 오늘의 회의는 일 년에 한 차례 열리는 중앙회의 전에 특별 사안을 먼저 다루는 특별회의였다. 따라서 해당 중앙위원만 참석해 있었으므로 방 안에 모인 사람은 대통령을 포함하여 5명이다. 코마노프가 앞에 놓인 잔을 들더니 투명한 액체를 단숨에 삼켰다. 그것을 본 로스토프가 보드카일지도 모른다고 생각했을 때였다.

"로스토프 대장."

코마노프가 그를 바라보았다. 아직도 웃음 띤 얼굴이다.

"극동지역의 안보에 관한 안건은 잘 읽어보았소. 미하일과도 상의를 했지."

그는 옆쪽에 앉은 국방 장관 미하일 체르넨코를 턱으로 가리켰다.

"일본의 해군력이 증강된 것과 베링 해에 미국 잠수함의 훈련이 많아진 것과는 무관한 일이라는 겁니다. 통신량 증가도 우려할 만한 일이 아니라는 정보국의 판단이 나왔소."

로스토프가 천천히 머리를 끄덕였다.

"저도 들었습니다. 대통령 각하. 하지만 본인이 말씀드리려는 내용은 고려리아에 관한 문제인데요."

"고려리아라, 그건 특별한 내용이 없는데. 경비대가 증강되고 마피아와 삼합회, 야쿠자에 북한과 미국 배경의 한인 조직, 이렇게 다섯 조직이 분할되어 있다는 것 외에는."

코마노프가 서류에서 시선을 들었다.

"투자 유치를 위해서 우리도 예상하고 있었던 일 아니오?"

"그렇습니다, 각하."

"그렇다면 무엇이 문제요?"

둘이서 말을 주고받는 동안에 나머지 세 명의 남자는 잠자코 있었는데 체르넨코 외의 두 사내는 정보국장인 모노소프 육군대장과 경찰총장 마슈크이다. 로스토프가 어깨를 펴고는 헛기침을 했다.

"고려리아 관리에 대한 우리 러시아 정부의 기본정책이 이미 깨져 있어서 말씀드리는 겁니다."

그러자 코마노프이 안색이 달라졌고 방 안의 분위기가 굳어졌다. 이것은 정부 정책에 대한 비판이다. 로스토프가 말을 이었다.

"고려리아에 여러 번 유혈사태가 있었고 지난번에는 마피아가 수송로를 차단하는 사태까지 벌어졌었는데 정부는 거의 방관만 하다가 마피아를 견제하여 수송로를 뚫어 주는 것으로 사건을 수습했지요."

"가만."

코마노프가 커다란 물 잔을 다시 들더니 한 모금을 삼켰다.

"그건 어쩔 수 없는 조치였소. 만일 그렇게 하지 않았다면 고려리아는 붕괴되었을 테니까. 그때 당신도 동의했었지 않소?"

"그 대신에 마피아의 세력이 약화되었지요. 그들은 고려리아에서의 위치마저도 흔들리고 있습니다, 각하."

"잠깐만, 로스토프 대장."

로스토프의 말을 가로챈 사람은 정보국장 모노소프였다.

"마피아의 세력이 약해진 것은 우리 때문이 아니오. 조세프 파벨의 우유부단에다 김상철의 습격과 마르첸코의 배반이 호흡을 맞추었기 때문이오."

로스토프가 어깨를 펴고 그를 쏘아보았다.

"모노소프 동지, 극동군 사령부에서는 세 번이나 고려리아 내의 CIA와 일본 정보국에 대한 동향을 중앙회의와 대통령 각하께 보고했었소, 알고 계시지요?"

"압니다. 로스토프 대장."

"현재 고려리아는 미국과 일본의 세력으로 완전히 장악되었소. 나는 그 근거를 가지고 있습니다."

코마토프가 가볍게 헛기침을 했으나 로스토프는 내처 말을 이었다.

"지금 이 시각에도 고려리아의 우리 러시아 동포는 탄압을 받고 있소. 러시아 계열의 사업장은 태반이 영업정지와 환경개선 명령을 받아 영업 활동이 중지된데다가 경비대는 러시아인 거주지를 수시로 수색하여 주민을 불안에 빠뜨리고 있단 말이오."

그는 코마노프에게로 머리를 돌렸다.

"결론적으로 우리 러시아 정부는 고려리아에 미국과 일본 세력이 기반을 굳히도록 방관했습니다. 그들은 고려리아가 독자적으로 성장하는 것을 방해했을 뿐만 아니라 시베리아에 친미, 친일의 위성 지역을 건설하게 된 거요."

"로스토프 대장."

코마노프가 그를 쏘아보았다.

"비약이 심하지 않소? 우리 러시아 정부는 대국적인 상황 판단을 하고 있어요, 고려리아 설립 이후로 극동 지역의 경제 성장은 3년간 연평균 23%로 세계 제일이오. 앞으로도 우리는 일본과 미국의 투자를 받아들여야 합니다."

"일본과 미국의 투자가 아닙니다. 모두 한국 자본입니다."

그렇게 말한 것은 체르넨코였다. 놀란 코마노프가 반쯤 입을 벌린 채 그를 바라보았고 다른 사람들도 마찬가지였다. 체르넨코가 주름진 얼굴을 치켜들었다.

"우리 정부는 미국과 일본의 유화전술에 넘어가 극동군 사령부의 우려를 무시했습니다. 고려리아는 현재 한국 정부의 조종을 받는 운영위원회에 의해서 운영이 되고 운영위원회 위원장과 그 하수인들은 모두 친미주의자에 CIA요원이오. 정보국장이 그것을 모를 리가 없습니다."

모노소프를 흘겨본 체르넨코가 다시 말을 이었다.

"미국 자본이라고 들어오는 것은 미국을 배경으로 하는 대영 그룹이고 일본 자금은 일본 정보국이 그 배경에 있습니다. 이것을 정보국장이 모르고 있었다면 직무태만이고 알고도 방관했다면 국가에 대한 중대한 범죄 행위를 한 것이오."

모노소프의 얼굴이 굳어졌다. 그는 50대 초반으로 코마노프의 경호실장 출신이었다.

"그것은 말도 안 되는 모략이오!"

주먹으로 테이블을 내리친 모노소프가 체르넨코를 쏘아보았다. 그는 군 서열이 2위로 체르넨코 다음이었지만 군의 정보, 감찰 업무를 통괄하고 있었으므로 제일의 실력자인 것이다.

"장관은 말에 책임을 져야 할 거요."

"나는 내일 중앙회의에서 이 문제를 제기하겠습니다."

로스토프가 모노소프의 말을 받았다.

"그리고 이 문제에 대한 책임 소재를 분명히 가려낼 거요."

"찬성이오."

한쪽에서 들리는 소리에 코마노프가 번쩍 머리를 들었다. 경찰총장인 마슈크였다. 그는 무표정한 얼굴로 코마노프의 시선을 받았다.

"각하, 각하께서는 내일 중앙회의 석상에서 탄핵을 받으실 우려가 있습니다. 각하께서 극동군 사령부와 체르넨코 동지의 보고를 무시한 것은 명백한 과오이고 정보국장은 책임을 피할 길이 없습니다."

마슈크는 KGB 최고간부 출신으로 코마노프가 직접 영입해 온 인물이다. 코마노프는 이제 뻣뻣하게 굳어진 얼굴로 입을 다물어 버렸고 모노소프는 하얗게 질려 있었다. 회의는 끝난 것이다.

3월 하순, 유리창 밖으로 보이는 바라크 지붕 위에는 아직도 눈이 남아 있었고 나뭇가지도 앙상했지만 햇살은 부드럽게 느껴졌다. 군용 비행장이 바로 옆에 있어서 이제는 비행기의 엔진소리만 들으면 기종을 알 수 있을 정도가 되었다. 지금 떠오른 것은 동체의 양쪽 옆 부분에 직사각형의 엔진을 붙인 전투기로 MIG-25였다.

간호장교한테서 들은 지식이다. 날카로운 피토판을 앞부분에 꽂고 삼각형의 주익과 뒤쪽에 두 개의 수직 안정판을 세운 요격 전투기였다. 베개를 고쳐 벤 김상철은 벽시계를 올려다보았다.

오후 2시 40분이었다. 마가단 해군 기지에서 하바롭스크 북방의 극동군 직할 병원인 이곳에 옮겨진 지 이제 두 달째가 되어간다. 두 번의 대수술을 마친 복부에는 아직 붕대가 감겨 있었지만 이제 하루에 두 시간씩 가벼운 산책을 할 수 있을 정도가 되었다.

문에서 노크 소리가 들리더니 이한과 함께 볼코프 소장이 병실 안으로 들어섰다. 그는 이제 찾아오는 회수가 이틀에 한 번으로 늘었다.

"김, 다음 주부터는 운동 시간을 하루에 네 시간으로 늘린다던데."

침대 옆으로 의자를 당겨 앉은 그가 얼굴에 웃음을 띠었다.

"그땐 각하가 한잔 하시자고 합디다."

"좋습니다. 언제든지."

김상철도 밝은 얼굴이다.

"술보다도 다른 것이 급합니다."

"간호장교가 반반하던데, 아직 그대로 두었단 말이오?"

볼코프는 40대 중반으로 체격은 보통이었지만 눈매가 또렷했고 각진 턱에 언제나 입술이 꾹 달혀 있어서 날카롭게 보이는 인상이다. 이한이 음료수 잔을 그들에게 나눠주고는 침대 끝 쪽에 앉았다. 음료수를 한 모금 마신 볼코프가 정색을 했다.

"이나카와회가 한국계 회원을 계속 충원시킨 데다가 고려리아 내에서도 준회원을 모집하고 있어요. 현재 그들의 조직원 수는 1000명 가깝게 되었소."

"……."

"우재환의 조직원 수는 1500명으로 고려리아 제일의 조직이오."

그는 의자에 등을 기대고는 팔짱을 끼었다.

"대영그룹은 지난주부터 공사를 시작했습니다. 총투자 금액은 3억 2000만 달러이고 이나카와회는 이미 5개의 호텔과 4개의 유흥장 공사를 진행 중이오."

"고려와 대동은 얼마나 됩니까?"

"그쪽도 벌써 공사를 시작했는데 규모가 제일 크지, 약 4억 달러의 공사요."

"……."

"한꺼번에 10억 달러가 넘는 공사가 시작되는 판이니 지금도 중국과 러시아의 이주민이 대량으로 쏟아져 들어갑니다. 현재만 해도 고려리아의 인구가 130만인데 올 상반기에는 200만이 될 거요."

"고려의 계획보다 6개월이 빠르군요."

"한국의 고려 직원 가족의 이주도 지난주부터 규제가 풀렸습니다. 정보에 의하면 고려 직원 가족만 해도 20만이 넘는다는 거요."

고려리아는 운영위원회에 의해서 완전히 장악되어 있었다. 1만 5000명에 달하는 경비내는 운영위원회와 함께 고려리아를 통치하는 양극이 되었고 행정청 대부분의 요직과 언론, 통신도 그들이 통제하고 있다. 더구나 미국과 일본의 세력이 기반을 굳힌 상황이다. 한국 정부는 마음 놓고 규제를 풀었을 것이다. 김상철이 침대에서 상반신을 일으켜 세웠다.

"고려는 고려리아를 포기한 모양이군요."

"그럴 수밖에."

볼코프가 쓴웃음을 지었다.

"대그룹이라지만 1개 기업이 국가를 상대할 수는 없지. 더구나 상대는 미국과 일본을 포함한 3국 연합이오."

"……."

"고려는 대동과 동업 관계가 되어서 자금이나 운영면에서 도움을 받을 계획인가 본데 우리 정보국의 의견으로는 거기에도 허점이 있어."

"허점이 뭡니까?"

"대동은 영국의 월슨이라는 간판 기업을 내세워 투자를 하는 데 대영이 미국의 톰프슨이라는 너절한 회사를 내세운 것과 같은 방법이지. 그런데 대영은 한국 정부의 허가를 받았지만 대동은 공식적인 허가가 없소. 그리고도 엄청난 돈을 들여온단 말이오."

"……."

"정보국의 의견은 대동도 한국 정부의 묵인이 있다는 거요. 한국 정부가 모르고 있을 리가 없다는 거지."

시계를 내려다본 볼코프가 자리에서 일어섰다.

"오늘 강의는 이만 해야겠군."

그는 손을 뻗어 김상철의 손을 쥐었다.

"앞으로는 강의 내용이 점점 치밀해질 거요. 김."

그는 호주머니에서 검정색 수첩 하나를 꺼내어 김상철에게로 내밀었다.

"여기 당신의 새 신분증이 있소, 러시아 여권이지."

김상철이 말없이 여권을 받자 그는 얼굴에 웃음을 띠었다.

"이름은 내가 지었소. 드미트리, 내 동생의 이름인데 부르기 좋은 이름이오."

문으로 다가간 그가 손잡이를 잡고는 그를 바라보았다.

"당신은 이제부터 러시아 시민이오. 따라서 러시아 정부의 보호를 받습니다."

드미트리 김

    고려 리조트시티는 800만 평의 대지 위에 세우고 있는 종합 동계 리조트 지역이다. 동계올림픽을 리조트시티 안에서 치러낼 수 있을 정도로 각종 시설물이 한창 만들어지는 중이었고 이미 완공된 스키타운의 면적만 해도 200만 평이 넘는다. 호텔과 빌라, 방갈로 등의 숙박시설이 한꺼번에 2만 명을 수용할 수 있도록 설계된 거대한 관광지였다. 그러나 아직 공사가 완공되지 않아서 스키타운과 일부 시설만 가동되었는데도 관광객이 몰려들고 있었다. 고려시에서 서쪽으로 50킬로미터 지점에 있는 고려리조트는 고려와 대동그룹의 합작품이다.
    고려리아의 10월은 두 달 간의 짧은 여름이 지나고 다시 겨울이 깊어가는 시기이다. 리조트시티의 스키타운은 완만한 구릉지역 전체에 형성되어 있었으므로 스키어들에게는 스키와 자연의 경관을 함께 즐길 수 있도록 해주는 곳이었다. 한낮의 태양이 밝게 빛나는 오후였다. 눈보라를 일으키며 구릉에서 질주해 내려온 강미현은 몸을 틀어 왼쪽의 골짜기로 들어섰다. 가속이 아직도 붙어 있었으므로 폴을 겨드랑이에 낀 채 미끄러져 내려갔다. 그녀는 문득 이쪽으로 달려오는 스키어를 보았다. 한낮이라 해도 영하 20도였으므로 그 사람도 다른 사람들처럼 털모자를 눌러쓰고 고글로 눈을 가린 차림이었다. 달려오는 속도가 빨랐으므로 강미현은 옆쪽으로 조금 비켜났다. 익숙한 솜씨의 사내였다. 그가 옆쪽을 한순간에 스치고 지나자 강미현은 부연 눈보라를 한바탕 뒤집어썼다가 벗어났다. 상쾌한 기분이었다. 눈보라를 맞는 그 순간에는 마치 그와 같은 속도감 대에 있는 것 같은 짜릿한 느낌이 왔던 것이다. 그대로 골짜기를 벗어나자 드문드문 스키어들이 보였다. 이제 흰 눈에 덮인 끝없는 대평원이었다. 그녀가 평원이 내려다보이는 구릉 위의 방갈로에 들어선 것은 그로부터 한 시간쯤 후였다.

스웨터 차림으로 전화를 걸고 있던 한민수가 전화기를 내려놓고는 그녀를 향해 웃었다.

"빠르군. A코스를 두 시간 만에 다녀오다니."

"가다가 돌아왔어요."

파카를 벗은 강미현이 스웨터 차림으로 소파에 앉았다. 응접실에 앉은 그들의 앞쪽으로 눈에 덮인 대평원이 흰 바다처럼 펼쳐져 있었고 푸른 하늘과 맞닿은 지평선은 더욱 선명하게 드러났다.

"유장석 씨가 저녁 초대를 했어. 갈 수 있겠지?"

"그럼요, 장소는 어딘데요?"

"7시에 고려호텔 라운지. 6시에 헬기가 도착할 거야."

그들은 지금 신혼여행 중이었다. 닷새 전에 서울에서 결혼식을 올리고 나서 신혼여행지로 고려리아를 택한 것이다. 강미현이 무언가 생각난 듯한 얼굴로 그를 바라보았다.

"이대각 씨도 참석하나요?"

"그 사람 이야기는 못 들었는데, 하지만 전창남 씨는 올 모양이야."

강미현이 머리를 끄덕였다. 결혼 축하를 위해 운영위원장이 참석해 준다는 것에 거부감을 느낄 필요는 없는 것이다. 고려리아는 이제 인구 200만의 자치지역이었고 고려시의 인구는 50만에 가까웠다. 고려시 남부의 거대한 공업지역은 이미 활발한 생산 활동이 본궤도에 올라 비록 완제품 생산이긴 하지만 올해 수출목표인 15억 달러를 충분히 달성할 것이다. 이것은 얼마든지 노동인력이 필요하다는 것을 의미한다. 더구나 고려리아의 전략사업 중의 하나인 관광사업이 급격히 성장하고 있다. 10월 현재까지 관광객 수는 이미 목표량인 50만을 넘었고 고려리아에 건설된 호텔의 수는 벌써 30여 개가 되어 있는 것이다. 강미현은 자리에서 일어섰다. 외출준비를 하려는 것이다.

25층 높이의 스카이라운지에서는 고려시의 야경이 한눈에 내려다보인다. 평원 위로 도시의 불빛이 지평선과 닿은 것처럼 펼쳐져 있었다. 라운지의 밀실에서 저녁을 마친 그들은 가볍게 술을 마시는 중이었다. 전창남은 결혼식에 축전을 보내주었고 어제는 사람을 시켜 선물까지 보냈던 것이다. 그로써는 대단한 호의였다. 창밖을 바라보던 강미현이 시선을 느끼고는 머리를 들었다.

전창남이 이쪽을 바라보고 있었다.

"할아버님께서는 건강하십니까?"

"네, 덕분에."

그랬다가 너무 의례적이라고 느낀 강미현이 말을 이었다.

"요즘은 산에 자주 가세요. 일주일에 한 번쯤."

"등산은 전신운동입니다. 온몸의 관절과 근육을 모두 움직이게 하지요."

그가 술잔을 들어 보였다.

"이 망할 놈의 술 하고는 반댑니다."

강 회장은 고려리아의 일에 거의 나서지 않고 있었다. 그렇다고 그가 관심을 잃은 것은 아니다. 이남호를 통해 끊임없이 고려리아와 연락을 취하는 모양이었지만 일 년 가깝게 한 번도 고려리아에 대한 공식 언급이 없었던 것이다. 시선을 돌린 강미현은 유장석과 이야기를 나누는 한민수를 바라보았다. 강 회장의 꿈은 어쩌면 자신과 한민수에게 이미 넘어와 있을지도 모른다. 특히 강 회장은 결혼 전에도 한민수를 자주 불러 밀담을 나누었던 것이다.

언젠가 강 회장은 한민수가 돌아간 후에 혼잣소리처럼 말했었다.

'대한민국의 강 씨 기반은 대한민국 국민의 도움으로 이뤄진 것이다. 5000만 국민이 이 땅에 남아 있는 이상 떠나지는 않을 것이다.'

그는 더 이상 말을 잇지 않았으나 그 말을 들은 아버지가 빙긋 웃는 것을 보면 둘 사이는 무언가 이야기가 있었던 모양이었다.

"러시아에서 이주해 온 고려인은 어쩔 수 없지만 중국의 조선족은 곤란합니다."

전창남이 유장석과 한민수의 이야기에 끼어들었으므로 강미현은 혼자만의 생각에서 깨어났다. 그가 말을 이었다.

"물론 행정위에서는 얼마든지 인력이 필요하다고 하겠지만 그 인력은 러시아나 중국계로 채우면 됩니다."

"그건 누구 생각이오?"

분위기를 깨지 않으려는 듯 유장석이 부드럽게 물었으나 표정은 밝지가 않다.

"그리고 어떤 근거로 조선족이 안 된다는 거요?"

"잘 아시면서 그러시오."

쓴웃음을 지은 전창남이 테이블을 둘러보았다.

"모두 고려리아를 이끌어 가시는 분들이니 알고들 계실 텐데. 그것은 미국과 일본의 압력 때문이지요."

전창남 스스로 이런 이야기를 꺼낼 줄은 몰랐는지 유장석이 멍한 표정이 되었다. 전창남이 말을 이었다.

"그들은 고려리아가 한민족이 주도하는 국가가 되는 것을 원하지 않아요. 그리고 그것은 아직도 남북한이 대치 상태에 있는 한국에도 이롭지 않습니다."

"그럼 미국과 일본이 주도하는 국가가 되어야 한단 말이오?"

"유 위원장은 꼭 흑백논리로 생각을 하신단 말이야."

전창남이 가늘게 눈을 뜨며 웃었다.

"이곳이 그들에게 전략적 가치가 있는 곳이라고 생각했다면 오산이오. 그들은 이곳을 동북 러시아의 발전된 지역으로 남아 있기 만을 바랄 뿐이오."

"미국과 일본이 그렇게만 바란다고 믿어줄까? 러시아가 말이오."

"물론 러시아는 현 상태의 고려리아 운영이 불쾌할 수도 있지요. 하지만 고려리아 덕분에 극동지역 경제성장이 연평균 25%가 되었어요. 러시아 경제에 미치는 파급효과도 큽니다. 코마노프의 제일 큰 업적이 되었지요. 그들은 당장 어쩌지는 못합니다."

잠자코 있던 한민수가 입을 열었다.

"자. 이제 술이나 한잔 드시지요. 이렇게 모처럼 고려리아의 최고 운영자 두 분이 자리를 같이 하셨는데."

그는 먼저 술잔을 들었다.

"우선 건배나 해주시겠습니까? 저와 제 아내의 결혼을 축하해주시는 의미로."

유장석과 전창남이 제각기 싱거운 웃음을 짓고는 술잔을 따라 들었다.

"당신도."

한민수가 강미현의 앞에 놓인 술잔을 눈으로 가리켰다.

강미현이 술잔을 들었고 그들은 일제히 잔을 들었다.

고려타운의 인구는 20만 명이 넘는데다가 명실공히 고려리아 제2의 도시가 되어 있었다. 고려시가 고층 빌딩과 호텔, 카지노 등 관광객과 고급 소비자를 위한 도시라면 고려타운은 서민들의 도시였다. 아직도 거리 뒤쪽의 골목에서는 주정뱅이와 마약 거래자들이 자주 보였고 강도와 폭행 등 사건이 끊이지 않았지만 고려리아 주민들은 여전히 이곳을 사랑했다. 3년 전만 해도 2000명이 안 되는 부랑자와 도망자, 낙오자들이 모여든 황량한 눈밭 위의 마을에서는 매일 수십 명씩 총에 맞거나 칼에 찔렸고, 아니면 얼어 죽어 나가던 곳으로 지구 최후의 마을이라고도 불렸던 곳이다. 그러나 이제는 잘 정비된 도로와 반듯한 건물이 늘어선 인구 20만의 도시였다. 도로는 차량으로 가득 메워졌으며 유흥가는 언제나 손님으로 만원이었다. 고려타운의 주민들은 고려시가 동양의 라스베이거스라면 고려타운은 동북아시아의 홍콩이라고 자칭했는데 결코 빈말이 아니었다. 타운에는 홍콩 이상으로 세계의 여러 인종이 모여들고 있는데다가 활발한 상거래가 이뤄지고 있는 것이다. 고려리아는 마약과 총기류를 제외한 모든 물품의 입출 제한이 없을 뿐만 아니라 관세도 부과하지 않았다. 또한 세계 어느 국가의 시민에게도 입국을 허용하고 있었으므로 조직 간의 전쟁이 일어나고 있을 때에도 타운의 경기는 위축되지 않았던 것이다.

타운의 민족 비율은 러시아와, 중국, 한민족이 각각 30% 정도였고 나머지 10%가 아시아와 아메리카, 아프리카 민족이었다. 그러나 마피아와 삼합회는 각각 동족인 러시아와 중국계 주민들을 기반으로 뿌리를 내린 상황이었으나 한민족은 아니었다. 중국과 러시아 등에서 이주해 온 조선족과 고려인들은 한국과 북한계로 나뉘어졌고 이나카와회의 시바다가 야쿠자의 조선인 부하들을 몰고 온 후로는 야쿠자계 조선인까지 포함하면 한민족은 세 조각으로 나뉜 셈이다. 미국계와 북한계, 그리고 야쿠자계의 세 조직이 생긴 것이다. 김상철의 친한 세력이 몰락한 후로 미국계 한인 조직이 우재환을 중심으로 급성장을 했고 시바다의 이나카와회가 그의 뒤를 이었는데 마피아와 삼합회, 북한계 조직은 두드러진 성장은 하지 못한 상황이었다.

깊은 밤. 고려타운의 중국인 거리는 활기에 차 있었다. 건물 사이의 네온사인이 휘황하게 번쩍이면서 낮과는 전혀 다른 모습이 되어 있는 것이다. 낮보다 부쩍 늘어난 행인들이 거리를 메웠고 소음으로 귀가 멍멍할 지경이었다. 김상철이 환전소 옆에 자리 잡은 구두 가게에 들어선 것은 밤 10시 30분이다. 진열대를 바라보고 섰던 동 씨가 돌아섰다.

"이제 오십니까? 안에서 기다리고 계십니다."

김상철이 뒤따라 들어선 이한을 힐끗 쳐다보고는 가게 안쪽의 문을 열고 들어섰다. 안쪽은 창고였지만 깨끗이 치워져 있었고 들어서는 그를 보며 자리에서 일어서는 사람은 삼합회의 홍기천과 양필성이다.

"이렇게 뵙자고 해서 죄송합니다."

이한에게서 배운 김상철의 중국어는 유창하지 않았지만 의사소통에 지장은 없다. 홍기천이 부드럽게 말했다.

"천만에요. 김 선생. 이렇게 만나 뵙게 되어서 영광입니다."

그들은 조그만 탁자를 사이에 놓고 둘러앉았다. 김상철은 양필성과는 여러 번 만났지만 홍기천은 초면이었다.

"그동안 전혀 소식을 듣지 못해서 걱정하고 있었습니다."

홍기천이 다시 말했다.

"고려리아에는 언제 오신 겁니까?"

"사흘 전입니다. 그동안 러시아에 있었지요."

10개월이 가까운 기간이었지만 고려리아의 10개월은 다른 곳의 몇 년의 세월보다 변화가 빠른 것이다.

"몰라보도록 변했군요. 저는 오후에 고려 리조트시티를 다녀오는 길입니다."

"아아."

홍기천이 힐끗 양필성을 바라보았다.

"훌륭한 리조트시티지요. 아마 완공되면 세계 제일이 될 겁니다."

"스키장이 좋았습니다. 관광객을 얼마든지 모을 수가 있겠더군요."

"……"

"어제는 페로프와 합의를 했지요. 내가 데려온 러시아인 부하 몇 명에게 은신처를 제공해 주기로 했습니다."

홍기천과 양필성이 얼굴이 차츰 굳어졌다. 무슨 일인가 예상이 되는 모양이었다.

"그렇다면 김 선생."

홍기천이 김상철을 똑바로 바라보았다.

"이곳에서 다시 세력을 일으킬 계획입니까?"

"그렇습니다."

"……"

"10개월 동안 절치부심하고 있었지요. 그리고 마침 기회가 왔습니다."

"어떤 기회 말이오?"

"내가 이 땅에 다시 자리 잡을 기회입니다."

그러자 이제까지 잠자코 있던 양필성이 김상철에게로 상체를 기울였다.

"김 선생. 우리가 도와드릴 일이 있습니까?"

삼합회의 입장에서 김상철은 적이 아니다. 김상철은 분명히 시바다와 우재환을 노릴 것이고 기반 없는 그가 홀가분하게 치고받았던 것에 가려운 곳을 긁어주는 것 같은 기분이 들었을 것이다.

"있습니다. 나를 포함한 조선족 부하들의 은신처를 구해주십시오. 오갈 데 없는 신세가 되어서 사흘 동안 페로프가 제공한 주택에서 합숙을 했습니다."

"해드리지요."

홍기천이 선뜻 대답했다.

"몇 명이나 됩니까?"

"모두 열다섯이오. 대부분이 알려진 얼굴들입니다."

"그 사람들에게 일자리가 필요합니까?"

"그렇게 오래 끌지는 않을 테니 은신처만 있으면 됩니다."

"좋습니다. 아주 안전한 곳이 있으니 염려 마시고."

홍기천과 헤어진 김상철은 이한과 함께 중국인 거주 지역으로 들어섰다. 낯익은 길이었으므로 그들은 거침없이 어두운 골목길을 빠져나가는 중이다. 깊은 밤이어서 주택가의 골목에는 인적이 드물었다. 바람 한 점 없는 날씨였지만 대기까지 얼어붙은 강추위여서 그들은 방한모를 깊숙이 눌러쓰고 있었다. 옆을 따라 걷던 이한이 문득 머리를 들었다.

"형님, 스키장에서 그분 만나셨습니까?"

입김이 마스크에서 금방 얼어붙었으므로 이한은 장갑 낀 손으로 마스크를 두드렸다. 김상철은 잠자코 앞장을 섰다. 이한은 스키장의 입구에서 기다리고 있었지만 한민수와 강미현 부부가 리조트시티의 스키장에 딸린 방갈로에 묵고 있다는 것은 안다.

"걱정했습니다, 형님. 그곳에 경호원이 일곱이나 있었습니다."

바짝 붙어선 이한이 말을 이었다.

"모두 기관총을 휴대하고 있었는데 그렇게 경호를 받고 있는 줄은 정말 몰랐습니다."

이한이 다시 마스크를 두드리자 김상철이 힐끗 시선을 주었다.

"작별한 것이다. 한아."

"……."

"그 여자를 스치고 지나면서 작별했다. 앞으로 볼 일이 없겠지만 그래도 얼굴만 한번 보고 싶었다."

그도 마스크를 두드려 얼음을 떼어내었다. 그들은 다시 골목길로 꺾어 들어섰다. 미로같이 엉킨 길이었지만 옆으로 빠져나온 굴뚝이나 낮은 유리창 등이 표적이 되어 길을 찾아내는 것이다.

김상철이 조금 걸음을 늦추었다.

"내가 괜한 짓을 했을까?"

"아닙니다. 형님."

"내가 마음이 약하다고 생각하는 거냐?"

"그게 무슨 상관입니까? 보고 싶으면 보는 거지요, 뭐."

"……."

"저는 형님이 그 여자를 죽이지나 않나 생각했던 겁니다. 그래서 경호원 걱정을 했었는데."

"죽이다니?"

"결혼까지 하려다가 말고 다른 남자 찾아간 여자 아닙니까? 그동안 한번도 형님을 찾으려고 하지도 않았지요."

"……."

"형님이 블라디보스토크에 계실 때 저는 몇 번이나 그 여자한테 연락을 하려다가 말았습니다."

그들은 거의 동시에 마스크를 두들겨 얼음을 털어내었다.

"그 여자는 부위원장님한테서라도 형님 계신 곳을 알아낼 수 있었을 겁니다."

"바보 같은 짓을 안 해서 다행이다."

"나중에는 저도 그렇게 생각했지요."

이한은 그림자처럼 같이 지내온 그의 분신이다. 그래서 김상철은 때로는 그의 표현으로 자신의 감정을 돌이켜볼 때가 있었다. 그리고 때로는 그에게 자신의 감춰진 부분을 드러내 보이기도 했던 것이다. 이윽고 그들은 벽돌집 앞에서 멈춰섰다. 구두 가게의 동씨 집으로, 지난번에도 피신했던 곳이었다.

이대각이 들어서자 소파에 앉아 있던 유장석이 머리를 들었다. 표정 없는 얼굴이었지만 그와는 10년이 넘게 한솥밥을 먹어온 처지였다. 그의 앞자리에 털썩 앉은 이대각이 물었다.

"또 무슨 일입니까? 나쁜 소식이라면 제가 기쁜 소식을 먼저 전해드리지. 김빼기 작전이오."

그는 소파에 엉덩이 끝만 걸치고는 다가앉았다.

"김 박사의 개발팀이 북쪽에서 유정 줄기를 찾았다는 거요. 오늘 아침부터 매장량을 측정한답니다."

"……."

"저 빌어먹을 놈들이 설치고 있지만 유정을 빼앗아갈 수는 없지 않습니까? 이건 그대로 러시아와 고려가 반분하게 되었으니까."

이대각이 눈을 깜박이며 그를 바라보았다.

"자. 어떻습니까? 당장에 서울로 전화를 해야 정상 아닙니까?"

입맛을 다신 유장석이 시선을 돌리자 이대각의 이마에 주름이 잡혔다.
"무슨 일입니까?"
이제 그의 목소리도 가라앉아 있었다.
"거, 왜 이러시는 거요? 도대체."
"인사 발령이 났어."
"……."
"너, 쿠웨이트의 현장소장으로 발령 났다."
이미 얼굴이 나무토막처럼 딱딱하게 굳어진 이대각은 유장석을 쏘아본 채 입을 열지 않았다. 유장석이 손바닥으로 이마를 닦았다.
"큰 공사야. 자네도 알지? 14억 달러짜리."
"……."
"아침에 이 실장한테 악을 썼어. 나도 이 꼭두각시 같은 위원장 그만두겠다고 하고 전화 끊었는데."
"……."
"회장님이 전화를 걸어왔어. 당신도 어쩔 수가 없었다고, 저쪽에서 강력히 나왔던 모양이야."
이대각은 억누르고 있던 숨을 길게 내쉬었다. 어깨를 늘어뜨린 그는 물끄러미 유장석을 바라보았다. 그만두겠다고 유장석에게 수백 번 투정을 부렸지만 진심이 아니었다. 그리고 그것을 유장석도 잘 알고 있는 것이다. 유장석과 마찬가지로 고려리아는 그의 미래였고 목숨을 걸고 일해온 땅이었으며 뼈를 묻을 곳이었다. 유장석의 시신이 돌아오지 않았으므로 그는 머리를 떨어뜨렸다. 그럴 만도 하다는 생각이 든 것이다. 운영위원회와 수시로 마찰을 일으켰으며 전창남이나 경비본부장 소명일을 원수 대하듯 하면서 사사건건 방해를 했다. 강 회장도 방패막이가 되기에는 역부족이었을지도 모른다. 그가 입을 열었다.

"쿠웨이트라, 영하 40도에서 영상 40도로 가는구나."

유장석이 문득 시선을 주었다가 다시 돌리자 그가 혼잣말처럼 말을 이었다.

"눈밭에서 사막으로, 개척자에서 월급쟁이로, 희망에서 절망으로."

"이봐, 이대각이."

참다못한 유장석이 입을 열자 이대각이 어깨를 폈다.

"내일은 내가 알아서 할 것이고. 그래, 내 대타는 누굽니까?"

"……"

"아직 미정이오?"

"한민수야."

"한민수라니?"

모르고 되물은 것이 아니라 엉겁결에 튀어나온 말이다.

"그자가 부위원장이 된단 말이오?"

"이제 고려 식구나 마찬가지니까. 회장의 손녀사위야."

"……"

"더구나 회장님이 고집을 부려서 한민수는 운영위원회의 부위원장을 겸하게 됐어. 정부쪽에 로비를 했던 모양이야."

"……"

"전창남도 어쩔 수 없이 받아들이는 모양이다."

"잘되었군."

"한민수가 조정역할을 하게 될 거야. 그래서 회장님도 기대를 걸고 있어. 앞으로는."

"알겠수다."

이대각이 자리에서 일어섰다.

"길게 늘어놓지 마시오. 내 신세만 불쌍해지니까."

"아니. 내 말은."

당황한 유장석이 따라 일어서자 이대각이 쓴웃음을 지었다.

"저한테 고려리아의 미래를 위해 이번 인사가 잘되었다는 말을 기대하는 건 아니겠지요?"

"이봐, 이대각이. 그것이 아니라."

"솔직히 배가 아픕니다. 구역질도 나고. 하지만 참아야지 별 수 있습니까?"

문으로 다가간 이대각이 손잡이를 잡고는 유장석을 돌아보았다.

"그 자식도 마음에 안 들고, 꼭 호모 같았어."

"어렵게 성사된 일이야."

강 회장은 이미 색이 바래 우중충해진 단풍나무 밑에 앉았다. 설악산 한 자락의 계곡 안이었다. 별장에서 200미터쯤 떨어진 곳으로 발아래에는 한 발자국밖에 안 되는 작은 개울이 흐르고 있었다.

"이남호가 박정규를 세 번이나 찾아가 만났다. 박정규도 결국 타협을 하게 된 것이지."

아래쪽의 바위 위에 앉은 강용식이 가볍게 허리를 끄덕였다. 11월 초순이지만 설악산은 이미 초겨울에 접어들고 있었다. 그는 준비해 온 파카를 걸치고 있었다.

"하지만 아버님, 한민수는 아직."

말을 멈춘 강용식이 강 회장의 눈치를 살폈다.

이미 끝난 일이었지만 모르는 척할 수도 없는 노릇이었다. 그리고 한민수는 자신의 사위인 것이다.

"아직 준비가 덜 되었단 말이렷다?"

등산복 차림의 강 회장이 팔짱을 끼고는 그를 내려다보았다.

"준비시킬 시간이 어디 있다고? 그리고 난 그놈을 틈틈이 가르쳤다. 결혼 전에 말이다."

"대동그룹과의 관계는 어떻게 하실 작정입니까?"

"어차피 민수가 시작한 일이니까 대동의 일도 맡아야지. 일에 지장은 없을 것이다."

"……."

"내가 바라는 것은 운영위원회와의 조정 역할이야. 대동 한회장의 인맥이 정계에 조금 있으니 그것도 도움이 될 것이고. 그리고 무엇보다도 민수의 친화력으로 운영위원회와의 관계를 개선시키는 것이 중요한단 말이야."

"유장석은 뭐라고 하던가요?"

"이남호한테 쌍소리까지 했다더군. 하지만 내가 알아듣게 이야기를 했더니 금방 받아들였어."

금방이라는 말은 지어낸 것 같았지만 유장석은 신중한 사람이다. 흥분은 했겠지만 결국 받아들였을 것이다. 강용식은 아버지의 옆얼굴을 올려다보았다. 검버섯이 피부의 이곳저곳에 검은 얼룩을 만들었고 굵고 깊은 주름살이 파인 노인의 얼굴이었다. 아버지는 서둘고 있는 것이다. 예전의 아버지는 이렇게 서두르지 않았다. 특히 가족에 대해서는 더욱 엄격해서 바닥부터 차근차근 기어오르게 만들었던 것이다. 한민수가 대동그룹의 사장 타이틀을 갖고 있다 하더라도 그것은 마찬가지였을 것이었다. 강용식은 어깨를 늘어뜨리면서 시선을 돌렸다. 이제까지 고려리아만큼 아버지가 열정을 쏟는 대상을 본 적이 없다. 고려리아는 그의 꿈이었고 마지막 과업이었다. 그리고 고려리아 문제만큼 아버지를 절망에 빠뜨리고 무기력하게 만든 일도 없었다. 강용식은 바위 위에서 몸을 일으켰다.

"가시지요. 아버님. 날씨가 꽤 쌀쌀합니다."

강용식은 앞장서 걷는 강 회장의 굽은 어깨를 보면서 소리죽여 한숨을 쉬었다. 이제 아버지가 한민수에게 마지막 기대를 걸고 있다는 것을 알 수 있었던 것이다. 이미 그에게 이대각은 잊혀진 사람이다. 그는 자신이 이대각의 이야기를 아직까지도 꺼내지 않았다는 것을 그제야 깨닫고 있었다.

이대각이 부위원장에서 물러나고 한민수가 그 자리에 앉았다는 소식은 그날로 고려리아에 알려져서 북쪽의 시추단부터 남쪽 국경검문소 직원까지 모르는 사람이 없었다. 더구나 이대각이 사흘 밤낮을 타운에 박혀서 북한의 모란봉 클럽부터 마피아가 경영하는 소냐 클럽, 삼합회의 상하이 클럽 등을 휘젓고 다니면서 송별주를 마셔댔던 것이다. 물론 그는 공짜로 술을 마셨다. 최태호나 페로프, 홍기천 등은 직접 나타나지 않았지만 부하들에게 그를 극진히 모시라는 지시를 내렸으므로 그는 밤을 같이 보낸 여자에게도 돈을 지불할 수 없었다. 그가 시바다나 우재환 조직의 유흥장에 가지 않았던 것은 일종의 시위였다. 시바다와 우재환이 떫은 얼굴을 했고 최태호 등이 호의를 보이는 것은 당연한 일이었다. 나흘째 되는 날 밤이었다. 내일이면 고려리아를 떠나야 했다. 수염을 깎지 않은 텁수룩한 몰골로 삼합회의 란구에이 클럽에 앉아 보드카 잔을 쥐고 있던 이대각은 머리를 들었다. 그는 VIP테이블에 앉아 있었는데 이미 보드카를 한 병쯤 마시고 난 후여서 눈의 초점이 잘 잡히지 않았다.

"뭐야?"

그는 서툰 중국어로 그렇게 물었다.

"넌 뭐냔 말이야?"

소리도 없이 테이블 앞에 다가온 여자에게 묻는 말이다. 겨우 초점을 잡은 이대각은 여자가 늘씬한 미인이라는 것을 깨닫고는 정신이 조금 들었다. 어젯밤 소냐 클럽에서처럼 사장이 보낸 선물인지도 모른다.

"이봐. 오늘밤 나하고 같이 잘까?"

여자가 테이블 옆으로 바짝 다가와 섰다.

"김상철 씨가 기다리고 계십니다."

한국말이었으므로 이대각은 번쩍 정신이 들었으나 분명하게 듣지는 못했다.

"뭐라고?"

"김상철 씨가 기다리고 계십니다."

여자는 이대각을 똑바로 바라보았다.

"10분 후에 뒷문으로 나오시면 제가 안내해 드리겠습니다."

"김상철이가 말이야?"

이제 이대각의 목소리는 또렷했고 상체는 똑바로 세우고 있었다. 여자가 머리를 끄덕였다.

"예. 지금 기다리고 계십니다."

돌아서 가는 여자를 멍한 시선으로 바라보던 이대각이 반쯤 엉덩이를 일으켰다가 다시 앉았다. 10분 후라는 말이 떠올랐던 것이다.

클럽 뒷문 앞에는 이미 검정색 한국산 차가 대기하고 있었는데 이대각이 나오자 안에서 문이 열렸다. 주춤거리며 다가간 이대각이 차 안을 들여다보았다. 운전사와 뒷좌석에 앉은 조금 전의 여자뿐이다.

"타세요."

여자가 말했으나 이대각이 선 채로 물었다.

"당신은 누구요?"

"김 사장님 심부름으로 온 사람입니다."

"뭘 하는 여자냐 말이야?"

"현채옥이라고 지난번 불칸역 사건 때 살아남은 사람입니다. 그래서 저는."

그녀가 말을 마치기도 전에 눈을 둥그렇게 뜬 이대각이 황급히 차에 올랐다. 승용차가 기다렸다는 듯이 튕기듯이 달려 나가자 이대각이 다시 물었다.

"당신이 그러면 그때 장 사장하고."

"네. 저만 살았습니다."

"그럼 김 사장은 지금."

"지금 가시는 중입니다."

승용차는 같은 길을 두 번쯤 돌기도 하고 멀리 돌아가는 것 같기도 하더니 이대각을 러시아 주거지역 깊숙한 곳에 내려놓았다. 그가 현채옥을 따라 다가간 곳은 표도르 클럽이었다. 이곳은 러시아인 전용 클럽으로 알려진 곳이다. 현채옥이 문을 두드리자 지름 5센티미터 정도의 구멍이 열리면서 누군가가 이쪽을 내다보는 눈치더니 곧 문이 열렸다.

"들어가시지요."

현채옥이 이대각을 바라보았다.

"안에 계십니다."

그녀는 따라오지 않을 모양이었다. 이대각이 안으로 들어서자 거구의 러시아인이 위아래를 훑어보더니 앞장을 섰다. 복도 끝 방으로 다가간 그가 방문을 열고는 이대각에게 들어가라는 턱짓을 했다. 방 안으로 들어선 이대각은 자리에서 일어나는 김상철을 보았다.

"부위원장님."

그의 말을 들은 이대각이 긴장을 풀고는 쓴웃음을 지었다.

"나. 부위원장 아녀. 이제."

카지노에서 돌아온 이유미는 핸드백을 소파 위에 던지고는 화장실로 들어섰다. 오늘은 블랙잭에서 5000달러 정도를 잃었지만 나쁜 기분은 아니다. 어제는 시바다와 함께 룰렛을 해서 2만 달러 넘게 땄던 것이다. 손을 씻고 있는데 전화벨이 울렸고 그녀는 화장실에 걸린 전화기를 들었다.

"여보세요."

"벌써 들어와 있었군, 난 슬롯머신에 간 줄만 알고."

시바다었다. 그의 목소리는 밝았다.

"이봐, 내 방으로 와. 나도 곧 올라갈 테니까."

갬블 테이블에 앉아 있는 그를 두고 먼저 올라왔던 것이다.

"당신도 잃었어요?"

그러자 시바다의 웃음소리가 들렸다.

"칩을 잃은 것뿐이지 돈을 잃은 건 아니야."

전화기를 내려놓은 이유미는 거울에 비친 자신의 모습을 바라보았다. 카지노에서 샴페인을 서너 잔 마셨지만 그쯤으로는 말짱한 체질이다. 거울에는 자신의 모습이 비춰져 있었다. 스스로 생각해도 화사한 모습이었다. 검고 또렷한 눈동자, 콧날은 곧았고 입술의 선은 매끈했다. 귀가 뒤쪽으로 약간 접힌 것이 제일 불만이었지만 언제나 머리카락에 가려져 있어 섹스할 때나 드러났다.

시바다의 방에는 마쓰노와 가와베가 함께 있었다. 마쓰노는 고려리아의 이나카와회가 증강되면서 파견된 간부로 제2인자였다.

"유미, 마쓰노가 할 이야기가 있다는데. 심각한 이야기야."

그러나 말과는 달리 그의 눈은 웃고 있었다.

"자, 마쓰노. 말해라."

마쓰노는 시바다와 비슷한 나이로 보였지만 목이 보이지 않을 정도로 비대한 사내였다. 그가 눈을 치켜뜨고 이유미를 바라보았다.

"이 사장, 며칠 전에 박기동한테서 얼마를 받았습니까?"

이유미가 힐끗 시바다에게 시선을 주었다가 자리를 고쳐 앉았다.

"300만 엔 정도. 그런데 그건 왜 묻죠?"

마쓰노가 입술을 부풀리며 웃었다.

"우리 회계 담당은 500만 엔이 넘는 돈을 지불했소. 그런데 박기동이 50만 엔을 주면서 서류를 고쳐달라고 했다는 거요."

"······."

"아마 이 사장이 받은 서류는 이중으로 만든 서류일 겁니다."

소파에 기대앉은 시바다가 낮은 웃음소리를 냈다. 가와베는 여전히 표정 없는 얼굴이다. 이유미가 입을 열었다.

"그렇다면 박기동이 돈을 횡령했단 말인가요?"

"그렇소, 그것도 매번."

"······."

"횡령 액수는 3000만 엔이 넘습니다. 다행히 우리 회계 담당자가 이중장부의 사본을 갖고 있었소."

고려리아 관광단 모집은 이유미의 그랜드 여행사를 기사회생시켜 주었다. 시간이 갈수록 관광객이 급증했고 지난 6월부터는 관광객으로부터 받는 수수료만으로도 회사는 적자를 벗어날 수 있었던 것이다. 이유미가 아직도 웃음을 머금고 있는 시바다를 바라보았다. 고려리아에서 받는 수수료는 이나카와회의 대리 회사인 센트럴 통상으로부터 계산이 된다. 이제까지 박기동을 통해 자신이 받은 수수료는 5000만 엔 정도였으니 박기동은 40%를 횡령한 것이다.

"그놈은 사기에 익숙한 놈이오. 내가 알기로는 톰프슨 그룹의 공사에서도 크게 한몫을 챙긴 것 같습니다."

마쓰노가 조금 목소리를 낮추었다.

"물론 거기에도 우리처럼 불쌍한 놈이 끼어 있을 것이고."

"사, 유미."

시바다가 자리를 고쳐 앉았다.

"조센징 출신의 우리 회계는 이제까지 박기동으로부터 500만 엔을 받았다고 자백을 했어. 우리 자체 감사에서 발각이 된 것이지. 그 사람은 우리 식구니까 우리가 처리를 한다."

"……."

"그러면 박기동은 어떻게 하지? 유미 생각은 어때?"

이유미는 시바다를 바라본 채 잠시 입을 열지 않았다.

박기동은 술잔을 들었다가 내려놓고는 물 컵을 들어 서너 모금을 마셨다. 술 마실 기분이 아닌 모양이었다.

"그렇다면 시바다나 마쓰노 등이 알고 있다는 건가?"

이종남이 물었다. 잔뜩 이맛살을 찌푸린 그가 의자에 등을 기대었다.

"당신, 돈에 미친 사람이야? 아니면 천성적인 사기꾼이야? 도대체 왜 이러는 거야?"

"솔직히 드릴 말씀 없습니다."

박기동이 머리를 숙이자 이종남이 술잔을 들었다.

"날 왜 찾아왔는지 모르겠지만 난 안 들은 것으로 하겠어. 내가 상관할 일도 아니고."

"사장님."

"마침 여행사 사장도 와 있다니까 당신이 직접 만나든지 해서 해결해."

"사장님, 여행사보다도."

"글쎄, 내가 시바다하고 무슨 연관이 있다는 거야?"

이종남이 버럭 소리를 했다. 그는 두 눈을 부릅뜨고 있었.

"당신을 봐달라고? 말도 안 되는 소리. 지금 날 어떻게 보고 하는 수작이야?"

"……."

"그자도 지금 머리끝까지 화가 나 있을 거란 말이야. 당신이 부하를 꼬여내었다고 생각할 것이고."

"……."

"더구나 시바다와 여행사 사장이 그렇고 그런 사이 아닌가? 당신이 몸으로 때우는 수밖에 없어."

박기동이 이제는 술잔을 들더니 단숨에 삼켰다가 기침을 두어 번 했다. 이종남이 혀를 찼다.

"도대체 얼마나 먹었어?"

"예, 한 1000만 엔 정도."

"많이도 처먹었군."

그리고는 이종남이 시계를 내려다보았다. 빠져나가려는 몸짓이다.

박기동이 센트럴 통상의 회계원 스노베가 실종된 사실을 안 것은 오늘 아침이다. 그는 숙소에도 없었고 회사에도 출근하지 않았는데 이런 일은 처음이었다. 박기동은 그가 어젯밤 집에 들어오지 않았다는 말을 듣고는 타운에 사는 애인에게 연락을 해보았다. 스노베가 댄 자금으로 조선족 애인은 옷가게를 경영하고 있었던 것이다. 그러나 그쪽도 전화를 받지 않았으므로 부쩍 의심이 간 박기동이 서둘러 부하를 보낸 것이 점심때가 지난 후였다. 저녁 무렵에 부하에게서 전화가 왔다. 스노베의 애인은 오후에 옷가게로 찾아온 사내 세 명과 함께 나갔다는 것이다. 그리고 그녀의 집은 엉망으로 흐트러져 있다고 했다. 결정적인 것은 다시 센트럴 통상에 전화를 했을 때였다. 전화를 받은 직원은 스노베가 오늘 아침에 일본으로 귀국했다고 했던 것이다. 그 말을 듣고 난 박기동은 온몸이 굳어져서 한동안 입이 열리지 않았다. 스노베의 여권은 체류기간 연장을 위해 관광과에 접수되어 있었던 것이다.

"나, 약속이 있어서 먼저 가겠어."

이종남이 다시 시계를 내려다보면서 자리에서 일어섰다. 그는 박기동과 시선을 마주치려고도 하지 않았다.

"미안하군. 도와주지 못해서."

엘로즈 클럽을 나온 박기동이 코즈모프 바에 들어선 것은 밤 12시가 되어가고 있을 때였다. 도중에 연락을 했기 때문에 최태호가 사무실에서 그를 기다리고 있었다.

"무슨 일이오?"

최태호가 날카로운 시선으로 그를 탐색했다. 반백의 머리를 단정하게 빗어 넘기고 밝은색 셔츠에 조끼를 걸친 그는 이제 서울의 일류호텔에 데려다 놓아도 손색이 없을 차림이다. 박기동은 우선 길게 한숨부터 내리쉬었다.

"일본 놈한테 당했습니다."

그는 궁금한 듯 눈은 깜박이는 최태호를 바라보았다.

"시바다의 센트럴 통상 회계원 놈이 돈을 횡령하고는 나한테 뒤집어 씌웠습니다."

우재환이나 이종남은 시바다와 자주 만나는 밀접한 관계지만 이쪽은 아니다. 박기동은 그들과 이쪽 사이를 오가는 통로 역할을 해왔는데 뒤집어 말하면 그들 모두가 박기동을 이용해 의사전달을 하고 반응을 알아왔던 것이다. 박기동은 간간이 한숨을 섞으면서 상황을 설명했다. 이유미와의 계약, 수수료의 배분, 그리고 센트럴 통상의 스노베가 돈을 횡령해서 정부에게 옷가게를 차려주고는 탄로가 나자 모두 자신에게 뒤집어 씌웠다는 대목에서는 얼굴을 붉히고는 언성을 높였다. 시바다와 이종남까지 그것을 믿는 모양이라고 탄식하면서 그가 말을 마치자 최태호가 천천히 머리를 끄덕였다.

"그렇다면 우리 공화국으로 가시겠소? 박 사장은 열렬한 환영을 받을 거요."

"아, 아니, 그것은."

"우리 공화국은 박 사장 같은 유능한 실업가가 절대적으로 필요합니다. 가신다면 내가 직접 평양까지 수행하지요."

박기동이 머리부터 저었다. 낭패한 표정이었다.

"아닙니다. 저는 아직 그럴 생각은 없습니다."

"영웅 칭호도 받으실 수 있을 거요."

"글쎄, 그것은."

다시 머리를 흔든 박기동이 손수건을 꺼내어 땀을 닦았다.

"도와주신다면 신세를 잊지 않겠습니다."

"글쎄, 그것이 제일 나은 방법 같은데 말이오, 시바다 하고는 직접 거래한 일도 없고. 그리고 내가 나설 일이 아닌 것 같소."

"제가 필요한 사람이라고 해주십시오."

박기동이 바짝 다가앉았다.

"일본과 북한의 관계를 위해서 말입니다. 그렇게만 해주신다면 제가 우재환 씨 조직은 물론 고려리아 내부에 관한 모든 정보를 드리지요."

"……"

"물론 일본 조직은 더 이상 절 믿지 않을 테니 그쪽 정보를 드리기는 힘들 테지만."

"한국 조직은 물론이고 고려리아 행정청 관리들의 약점을 나만큼 많이 쥐고 있는 사람은 없습니다. 이번에 저를 도와주신다면 제가 모두 털어놓지요. 아니, 그것은 물론이고 앞으로도 얼마든지 약점 잡힌 자들을 늘려갈 수가 있지요."

최태호가 손끝으로 탁자 위를 빠르게 두드리다가 멈췄다.

"도대체 얼마나 횡령한 거요?"

"아니, 그것은 모두 스노베라는 회계원이."

"얼마나 돼요?"

"그리고 그 돈은 시바다 몫이 아니라 한국 여행사에 지급할 돈인데."

"글쎄, 얼마나 빼내셨냐니까, 지금 이 상황에 나한테까지 숨기려는 거요?"

"5, 600만 엔 정도밖에 안 됩니다."

"그 정도인데 이런 소동이오?"

"스노베가 더 해먹었을 겁니다."

최태호가 말을 멈추었으므로 방 안에 정적이 깔렸다. 탁자 위에 보드카 병이 놓여 있었지만 아무도 손에 대려고 하지 않는다. 이윽고 최태호가 머리를 들었다.

"위원장과 의논을 해보겠소. 결정이 되면 우리가 시바다한테 사람을 보내도록 하지."

박기동이 가슴을 크게 부풀리며 안도의 한숨을 내쉬었다.

"고맙습니다, 최 사장님. 후회하지 않으실 겁니다."

"후회라니, 분명한 성과가 있어야 돼요. 그렇지 않으면 당신은 후회할 시간도 없게 될 거요."

"압니다."

최태호도 이종남처럼 팔을 들어 시계를 보았는데 분위기는 다르다.

"그럼 어떡하시겠소? 숙소로 가실 거요?"

"아니, 지금은."

쓴웃음을 지은 박기동이 그를 바라보았다.

"며칠간만 은신처를 구해주십시오. 이 일이 해결될 때까지만."

"만일 내가 거절했다면 어쩔 생각이었소?"

"다른 방법을 찾아야겠지요."

말은 그렇게 했으나 그때에는 고려리아를 떠날 요량으로 차 트렁크에 4개의 가방을 실어놓고 있었다. 부하 세 명은 지금 영문도 모른 채 밖에서 떨고 있었지만 이미 헬기가 예약되어 있는 것이다.

"자, 그럼 갑시다."

최태호가 자리에서 일어서며 말했다.

"적당한 곳이 있어요."

강미현과 한민수가 살고 있는 저택은 본래 강 회장이 살려던 곳으로 다분히 고려리아 통치자의 권위와 위엄을 과시하려는 목적이 포함되어 있었다. 대한민국 대통령 관저인 청와대도 의식한 모양이어서 저택 본관에서 5킬로미터나 떨어진 곳에 세워진 경비원과 사무요원의 숙소가 청와대 본관과 비슷한 모양이었다. 1000만 평의 대지 위에 세워진 통치자의 저택이다. 구릉과 평원이 포함되어 있는데다 얼어붙은 강줄기가 평원을 세로로 갈라놓으면서 저택 앞을 지나고 있었다. 그러나 웅대한 본관의 공사는 아직 끝나지 않았으므로 그들은 본관 옆의 부속실 건물에서 살고 있었는데 이곳도 방과 홀이 70여 개가 되는 대형 건물이었다.

그들 부부가 고려시에도 한참 떨어진 이곳에 오게 된 것은 강 회장이 고집을 부렸기 때문이다. 고려시에서 고속도로로 한 시간 거리였지만 한민수는 아침저녁으로 헬기를 이용하여 출퇴근을 했다. 운영위원회와 행정위원회의 부위원장으로 고려리아 임차주인 강 회장의 손녀사위이다. 그는 명실공히 고려리아의 최고 실력자의 위치에 앉아 있었다. 한민수가 행정청에서 돌아온 것은 저녁 7시.

오늘은 모임이 없는 날이어서 강미현은 식사 준비를 마쳐두고 있었다. 식탁에 앉은 한민수가 냅킨을 펴면서 웃었다.

"이대각 씨가 타운에 직업소개소를 차렸어. 어제부터 영업을 시작했다는군."

가정부와 함께 반찬그릇을 나르던 강미현이 움직임을 멈추었다.

"그래요? 잘되었네. 일을 한다니."

쿠웨이트 전출을 거부한 이대각이 회사에 사표를 낸 것은 일주일 전이다. 며칠 동안 밤낮으로 술을 퍼마시고 나서는 갑자기 짐가방을 다시 풀고 주저앉았으므로 모두 의아하게 생각했던 것이다.

"글쎄, 일이 잘될까? 직업소개소가 한둘이어야지."

그들은 식탁에 마주앉았다. 오랜만에 집에서 갖는 둘만의 식사였다. 짙은 어둠에 덮인 창밖에서는 건물에 부딪치는 바람 소리가 날카롭게 들려오고 있었다.

"어쨌든 그 사람은 회사뿐만 아니라 회장님의 지시를 어겼어."

한민수가 강미현을 바라보았다.

"고려리아에 대한 애착은 이해가 가지만 이건 도무지 내가 밀어낸 것 같은 기분이 들어서 말이야."

"민수 씨도 참."

강미현이 살짝 웃었다.

"이대각 씨는 그렇게 생각 안 해요. 그런 걱정 안하셔도 돼요."

"경비본부장한테 도와줄 일을 찾아보라고 했어."

"잘하셨어요."

"유전이 또 나왔으니 고려리아의 경제자립은 문제가 없어."

한민수가 밝은 얼굴로 포도주 잔을 들었다.

"할아버지는 선견지명이 있으셨던 모양이야. 고려리아의 자립에 대한."

"한민족의 자립이죠."

"그렇지, 한민족의."

식사를 마친 그들은 창가의 의자로 다가가 나란히 앉았다. 이쪽은 저택의 정문과 정면으로 위치하고 있었다. 4차선의 도로가에 설치된 두 줄기의 가로등이 창날처럼 어둠 속으로 뻗어나갔고 끝부분이 한 움큼의 불덩이로 맺어 있다. 그곳이 정문의 경비원 숙소였다. 강미현의 잔에 포도주를 따라준 한민수가 문득 물었다.

"참, 할아버지가 모스크바에 가신다던데, 무슨 일이지?"

"글쎄, 난 처음 듣는 말인데."

강미현이 머리를 조금 기울였다.

"누가 그래요?"

"유 위원장이. 그런데 그도 잘 모르는 모양이야."

"내가 알아볼까요?"

"아니, 그럴 필요 없어. 일이 있으면 할아버지께서 직접 알려주시겠지."

술잔을 내려놓은 그가 강미현의 어깨를 감싸 안았다. 그의 눈이 웃고 있었다.

"내 어렸을 때 꿈이 무엇이었는지 알아?"

"뭔데요? 대통령?"

"아니, 그런 것 말고, 직업이 아니라."

그는 질문을 단념한 듯 강미현의 귀에 입술을 대었다.

"운동장 한복판에서 섹스를 하고 싶었어. 아무도 없는 운동장에서."

가슴 속으로 파고들어온 그의 손을 그녀는 손바닥으로 눌렀다.

"한낮에?"

"그래, 밝은 대낮에."

"……."

"지금은 그것을 이룬 기분이야. 이 땅, 그리고 당신."

밥이 담긴 공기를 내려놓은 동연교가 이제는 닭튀김과 야채조림 접시를 식탁 위에 놓았다. 지난번과는 달리 오래 묵고 있었으므로 동연교의 부끄러움은 많이 가셔져 있었다. 밤 8시가 조금 지난 시간이었다. 동 씨는 구두 가게에서 아직 돌아오지 않았고 이한은 밖에 나가 있어서 집안에 남은 사람은 동 씨 모녀와 김상철 셋이었다. 동연교가 다가와 그의 앞에 찻잔을 내려놓았다. 긴장한 모양으로 움직임이 딱딱했는데 꽉 다문 입술은 붉었고 곧은 콧등 위에서 반짝이는 것은 조그만 땀방울들이었다. 그녀에게 김상철은 무서운 살인자에다 인질범인 것이다. 지난번 인질 사건은 물론 자신에 대한 과장된 이야기가 주민들 사이로 무수히 전해지고 있다는 것을 김상철은 알고 있었다.

"연교, 생수를 한잔 다오."

김상철이 말하자 연교는 놀란 듯 몸을 돌리더니 곧 물 잔을 앞에 내려놓았다. 밥그릇에 물을 부어 젓가락으로 후루룩 소리를 내며 먹던 김상철이 문득 머리를 들었다.

"시내에 내가 죽었다는 소문이 떠돈다면서?"

"네, 지난번 사건 때."

연교의 목소리는 가늘고 맑다. 그러나 이쪽 남자들 앞에서는 겨우 묻는 말에만 대답할 뿐 먼저 입을 여는 경우는 없었다. 벽 쪽에 붙어선 연교가 말을 이었다.

"경비대가 쏜 총에 맞았다고, 그래서."

"그래서?"

"사람들이 벌판에 눈을 파고 묻었다고."

김상철이 젓가락을 내려놓았다.

"그 소문뿐이야?"

"아니에요."

연교가 머리를 젓자 말꼬리처럼 묶어놓은 뒷머리가 출렁이며 흔들렸다.

"원수를 갚으려고 온다는 소문도 있었습니다."

"누구한테 말이야?"

이렇게 오래 이야기하기는 처음이었는데 연교가 선뜻선뜻 말을 받아주었기 때문이다. 연교가 밝은 목소리로 말을 이었다.

"일본 사람들, 한국 사람들."

"……"

"그리고 고려리아의 관리들도."

다음날 아침. 행정청에 출근한 한민수는 곧 운영위원장 전창남의 사무실로 들어섰다. 전창남은 방금 전화기를 내려놓는 참이었다.

"무슨 일 입니까?"

인사도 생략한 채 한민수가 묻자 전창남은 눈으로 앞쪽의 소파를 가리키며 말했다.

"일본 정보국에서 보낸 정보인데, 블라디보스토크에 있던 송길수가 10여 명의 부하와 함께 행방을 감추었다는 거요."

"송길수라면."

"김상철의 심복이오. 고향인 유지노사할린스크로 떠난다고 소문을 내었지만 고향에는 가지 않았고 아마 고려리아에 들어온 것 같다는 거요."

"이곳에 말입니까?"

"그렇소. 아마 마피아 간부급들은 알고 있을지도 모릅니다. 송길수도 마피아의 간부급 행세를 했으니까.”

한민수가 주머니에서 담배를 꺼내 물었다. 그러나 불을 붙이지는 않는다. 전창남이 말했다.

"우려되는 것은 김상철이오. 소문만 무성하고 일 년이 가깝도록 행적이 드러나지 않아요.”

"죽었다는 소문도 있고 고려리아에 와 있다고도 하더군요. 러시아인 거주 지역을 수색해 보는 것이 어떻습니까? 고려리아에 와 있다면 아마 그쪽일 텐데.”

"그럴 생각이오. 지난번처럼 떠들썩하면 실속이 없으니 은밀하고 기습적으로 해야지요.”

머리를 끄덕인 한민수가 입에서 빈 담배를 빼내어 재떨이에 넣었다.

"그, 이대각 씨 말인데. 어떤 수를 쓰더라도 내보내도록 하십시다. 안에서 구정물을 만들면 곤란해요.”

"그렇지 않아도 어젯밤 경비본부장과 상의했어요. 곧 나가게 될 겁니다. 이젠 고려직원도 아니니까 어려울 것 없어요.”

한민수가 머리를 끄덕이고는 아직 어두운 표정으로 입을 열었다.

"강 회장은 코마노프의 초청을 받았답니다. 양국관계를 개선한 공로로 훈장을 받는다는 거요. 어젯밤 와이프를 시켜 알아보았습니다.”

"그렇군. 그런데 그 망할 놈들은 박 수석의 비서관한테 그냥 모스크바에 쉬러 간다고만 하다니.”

"망할 놈들이라니요? 내 가족입니까? 아니면.”

"고려 놈들이오.”

그리고는 전창남이 빙긋 웃었다.

"가족이 앞에 계신데 내가 욕을 할 리가 있겠습니까?”

"어쨌든 훈장을 받을 정도니 강 회장과 러시아 관계는 밀접합니다. 쓸데없는 말씀은 안하셨으면 좋겠는데. 코마노프한테.”

"손녀사위가 고려리아에 있으니 과격한 발언은 못할 거요.”

그리자 한민수가 가볍게 숨을 내쉬었다.

"조금 죄책감이 듭니다. 고려리아에 대한 그분의 꿈을 귀에 못이 박히도록 들어놔서.”

"그것이 현실적이어야지, 만일 당신마저 없었다면 고려리아는 곧 정부의 공동관리가 될 거요. 강 회장은 오히려 감사해야 돼.”

"난 아내를 사랑하는 남편으로만 지내고 싶을 때가 많습니다. 고려리아 때문에 결혼한 것은 결코 아니오.”

"압니다.”

듣기 거북하다는 듯이 전창남이 쓴웃음을 지었다.

"강 회장의 꿈을 이어 받은 것은 손녀사위인 당신이오. 거기에다 당신은 한국은 물론 일본과 미국 정부의 지원을 받고 있으니 강 회장은 그것으로 만족해야 할 겁니다. 비록 그 엉뚱한 꿈이 모두 실현되지는 않더라도 말이오.”

코마노프는 소회의실의 상석에 앉아 있었는데 조금 피로한 얼굴이었다. 훈장 수여식은 5분도 걸리지 않았지만 사진기자들에게 포즈를 취해 주고 인사말을 하는 데 30분이 넘게 걸렸던 것이다.

코마노프와 마주보는 자리에 앉은 강 회장은 아직도 훈장을 가슴에 달고 있었다. 옆자리에 있는 이남호도 잠자코 있었고 강 회장 자신도 달고 있는 것이 예의라는 생각이 든 것이다. 코마노프가 가볍게 헛기침을 하고는 옆에 앉은 체르넨코를 바라보았다. 체르넨코는 그의 시선을 느꼈음에도 불구하고 똑바로 앞쪽만 바라보고 있다. 체르넨코 옆에는 처음 보는 대머리 사내가 있었는데 올 3월의 중앙회의가 개최되기 직전에 교

체된 새로운 정보국장 타시르 대장이다. 그리고 체르넨코의 반대쪽으로 극동군 사령관 로스토프가 앉아 있었으므로 처음 그들을 보는 순간부터 강 회장은 찜찜한 기분이었다. 코마노프가 다시 헛기침을 하고는 입을 열었다.

"강 회장, 극동의 미개척지인 고려리아를 개발해 주신 것에 대해서 러시아를 대표하여 감사드립니다."

훈장 수여식 때와 똑같은 말이었으므로 이남호가 빠르게 통역을 했다.

"극동지역의 경제성장이 러시아 전체 경제에 미치는 영향도 컸습니다. 우리는 앞으로도 기대가 큽니다."

"고맙습니다."

이남호의 통역을 듣고 난 강 회장이 짧게 인사를 했다.

"하지만 현재의 고려리아 정세는 러시아를 지극히 불안하게 만들고 있습니다. 미국과 일본 세력의 로봇이 된 한국 정부가 운영위원회와 경비본부를 장악하여 고려리아는 현재 미국과 일본의 위성 국가가 되었습니다."

단숨에 말을 뱉은 코마노프의 말은 길었지만 중대한 발언이다. 이남호는 진땀을 흘리며 강 회장에게 통역을 해나갔다. 통역이 끝나자 강 회장의 얼굴을 확인하듯 들여다본 코마노프가 말을 이었다.

"이것은 결국 미국과 일본이 러시아 극동지역에 새로운 교두보를 설치하려는 의도로밖에 보이지 않습니다. 그들은 CIA요원들을 고려리아 행정부의 요직에 앉혔으며 일본 정보국의 정보원 수백 명이 고려리아를 중심으로 전 러시아로 확산되는 실정입니다."

통역을 들은 강 회장이 무겁게 머리를 끄덕였다. 그러나 입을 열지는 않았다.

"결국 고려리아는 전혀 다른 방향으로 나아갑니다. 우리 러시아는 이제 이 상황을 좌시할 수가 없게 되었습니다."

손등으로 이마의 땀을 훔치며 이남호가 허둥대며 통역을 마치자 강 회장이 번쩍 머리를 들었다.

"각하, 조금 두고 보셔야 합니다. 왜냐하면 저로서도 계획이. 나는 내 손주 사위를 고려리아의 부위원장에 앉혔습니다."

그러자 코마노프의 뒤쪽에 앉아있던 고려인 통역이 유창한 러시아어로 방 안의 사내들에게 말했다. 그러나 그 말에 대한 반응 없이 코마노프가 다시 말했다.

"따라서 러시아 정부는 고려리아의 현 정부를 전복시키기로 결정을 했습니다. 우리는 고려리아에서 미국과 일본의 세력들을 몰아낼 거요."

"어떻게 말입니까?"

강 회장이 묻자 코마노프가 체르넨코에게 무언가를 물었고 체르넨코는 타시르에게서 종이쪽지를 건네받아 코마노프에게 주었다. 코마노프가 그것을 읽었다.

"극동군은 고려리아 국경에 대기시켜서 최악의 상황에만 투입시킬 계획이오. 우리는 이미 사전준비를 해두고 있었습니다. 우리가 강 회장을 이번에 모스크바로 모신 이유도 이것 때문이고 당신도 적극 환영하리라고 믿고 있습니다. 물론 우리는 고려리아를 해방시켜 다시 고려그룹에 넘겨드릴 예정입니다."

"어떻게 말입니까?"

이제는 코마노프의 말에 말려든 이남호가 먼저 그렇게 묻고 강 회장에게 한국어로 불러주었다.

코마노프가 다시 종이쪽지를 내려다보았다.

"드미트리 김."

이남호가 그의 말을 따라했다.

"드미트리 김."

사람 이름이었으므로 통역도 필요 없이 강 회장이 눈을 치켜떴을 때 코마노프가 말을 이었다.

"그 사람이 주도하여 고려리아 정부를 전복시킵니다. 그의 지원군은 여기 계신 극동군 사령관 로스토프 대장이 이끄는 러시아 극동군이오."

폭설

정보국의 후가쿠 차장이 방에 들어서자 시바다는 정중히 허리를 굽혔다.

"어서 오십시오, 차장님."

"시바다 군, 신색이 좋아보이는구면."

50대 중반의 후가쿠는 정보국에만 30년 가깝게 근무한 제2인자였다. 그는 코트를 벗어 동행한 사내에게 넘겨주더니 소파에 앉았다. 오리엔트호텔 20층에 있는 시바다의 숙소 안이다.

"훌륭하군. 내 아파트에 비하면 이곳은 궁전이다."

방 안을 둘러본 후가쿠가 감탄했다.

"내 월급으로는 엄두도 못 낼 생활이야."

시바다가 찌푸리며 웃었다.

"이것, 면목 없습니다."

"그렇다고 내가 야쿠자를 부러워하는 건 아냐."

그는 옆자리에 앉은 무표정한 얼굴의 사내에게로 머리를 돌렸다. 피부가 검은 40대의 사내였다.

"참, 소개가 늦었군. 이쪽은 동북아 과장 몬도 군이다. 인사해."

몬도와 시바다가 인사를 마치자 방 안은 잠시 말소리가 그쳐졌다. 후가쿠의 고려리아 방문은 갑작스러운 일이었다. 시바다는 후가쿠가 도착하기 한 시간쯤 전에야 겨우 고려리아에 있는 정보국 요원으로부터 통보를 받았던 것이다. 이목을 피하기 위해 극도의 보안유지를 한 극비 회동이다. 시바다는 얼굴에 웃음을 띠우고는 있었지만 몹시 긴장하고 있었다. 후가쿠가 다시 방 안을 둘러보았다. 시바다와의 단독 요담(要談)이었으므로 방 안에는 그들 세 사람뿐이었다. 그가 입을 열었다.

"시바다, 고려리아에 위폐를 얼마나 풀어놓았지? 내가 알아맞춰 볼까?"

번쩍 시선을 든 시바다를 향해 후가쿠는 고르지 못한 치열을 드러내며 웃었다.

"25억 엔쯤 되는 것으로 알고 있는데, 그렇지?"

"차장님, 그게 무슨 말씀입니까?"

시바다가 정색을 했다.

"위폐라니요? 저는 도무지 무슨 말씀인지 이해가 안 갑니다."

"이해가 가도록 몬도 군이 설명해 줄 것이다."

후가쿠가 소파에 등을 기대자 몬도가 상체를 세웠다.

"시바다 씨, 당신은 요코하마의 창고에 보관시켜 놓았던 위폐를 고려리아로 들여왔지요. 그 위폐는 5년 전에 사카이 곤베라는 기술자가 제조한 것으로 총 발행액수는 1만 엔권으로 35억 엔 정도였소."

시바다가 미처 입을 열 겨를도 주지 않고 그가 말을 이었다.

"그 위폐는 1000만 엔 정도를 외국에서 사용하다가 문제가 커질 것이 염려된 이나카와회에서 전부 소각시키기로 했던 것이지요. 그 책임을 맡은 것이 당신이었는데 당신은 소각시키지 않았소."

"잠깐만."

눈을 치켜뜬 시바다가 그의 말을 막았다.

"나는 당신이 무슨 말을 하는지 하나도 알아듣지 못하겠소. 몬도 씨, 난 모르는 일이오."

"요코하마의 당신 부하가 모두 자백했다면 알아들을 수 있겠구먼."

몬도가 시바다를 쏘아보았다.

"일본 정보국을 뭘로 보고 하는 수작이야? 너 따위뿐만 아니라 너희 하시모토 회장도 한숨에 잡아넣을 수 있는 우리다. 개새끼 같으니."

기합을 넣듯이 배에서 울려나온 굵은 목소리였다.

"우리가 널 잡아넣으려고 마음만 먹었다면 이렇게 오지도 않았단 말이다. 알아듣겠어?"

몬도의 시선을 견디지 못한 시바다가 이윽고 눈길을 떨어뜨렸다. 그러자 후가쿠가 헛기침을 했다.

"시바다 군, 그 돈을 꽤 요긴하게 쓴 것으로 알고 있는데, 그렇지?"

"……."

"김상철의 사업장 인수대금도 엔화로 결제했다니 아마 그 돈이겠군, 그렇지?"

"아직 유통되지 않았습니다."

시바다가 손등으로 이마의 땀을 닦았다.

"도로 회수했습니다."

"몰살을 시키고 말이지? 잘했어."

머리를 끄덕인 후가쿠가 입맛을 다셨다.

"그렇게 하고나서 자넨 조직의 공금 5억 몇 천만 엔을 착복했겠지. 진폐로 말이야. 자네 회장이 이 일을 알면 어떻게 될까?"

"……."

"우리가 이 일을 문제 삼지 않았다면 그런 식으로 축재를 계속 하겠지. 위폐와 진폐를 섞어서 교환해 주고 말이야, 짐승새끼 같으니."

"차장님."

얼굴이 노랗게 된 시바다가 후가쿠를 바라보았다.

"위폐가 본국으로 흘러가지 않도록 조심하고 있습니다. 그것은 고려리아 내부에만 유통되고 있어서……."

"닥쳐라! 이 개자식아!"

후가쿠가 탁자 위에 놓인 물 잔을 들더니 시바다의 얼굴에 뿌렸다.

"지금이 어떤 때라고 사욕만 차리고 있단 말이냐. 이 벌레 같은 자식아!"

물을 뒤집어쓴 시바다가 허겁지겁 손바닥으로 물을 훔쳐내었다. 그러나 꺾어진 기세는 다시 일어나지 않는다. 어깨를 편 후가쿠가 잠시 호흡을 가누더니 말을 이었다.

"고려리아는 우리 일본국의 중요한 거점이다. 너희 이나카와회를 앞세워 기반을 굳히려 했던 우리의 전략이 네놈의 사리사욕 때문에 망쳐지면 안 된다."

정보국을 상대로 싸울 수는 없는 일이다. 더욱이 조직 내에 자신의 비리가 알려지면 살아날 길이 없는 것이다. 시바다의 젖은 얼굴에는 진땀까지 섞여졌다.

후가쿠가 그를 쏘아보았다.

"따라서 오늘부터 여기 있는 몬도가 네 자문역으로 남는다. 위폐 정리뿐만 아니라 고려리아 경영에 관한 감사역이지. 이것은 너희 하시모토 회장도 받아들일 수밖에 없을 것이다. 너는 말할 것도 없고."

센트럴 통상은 이나카와회가 고려리아에 투자한 사업체들을 관리하는 회사로 시바다가 사장을 맡고 있었다. 몬도는 인솔해 온 10여 명의 요원들을 센트럴 통상에 배치시켰는데 그의 직책은 감사역이다. 부사장인 마쓰노와 자문역 가와베는 조직과 정보국과의 관계를 알고 있었으므로 특별한 반응은 없었으나 다소 찜찜한 표정들이었다.

다음날, 시바다는 자신의 방에서 나카무라와 마주앉아 있었다. 흰 눈이 천지를 메우고 있는 늦은 오후였다.

"지금 위폐가 얼마나 남아 있지?"

시바다가 묻자 나카무라는 잠시 생각하는 듯 머리를 기울였다.

"18억 엔 정도 될 겁니다."

몰라서 묻는 시바다가 아니다. 입맛을 다신 그가 나카무라를 바라보았다.

"오늘밤에 몬도와 함께 돈을 태우기로 했다. 모조리 말이야."

"……"

"물론 가와베나 마쓰노한테는 비밀이다. 몬도도 비밀을 지켜 주기로 했어."

"정보국에서 알았습니까?"

"요코하마의 죠오베가 불었다."

나카무라가 퍼뜩 시선을 들었다.

"보스, 그렇다면……"

"우리가 가져온 금액을 모두 알고 있어."

"……"

"요코하마에 남은 돈은 정보국에서 처리해 주기로 했으니 여기에 있는 것만 없애면 돼, 알았나?"

"알았습니다."

나카무라의 얼굴은 굳어 있었다. 이 일이 조직에 알려지면 시바다뿐만 아니라 자신의 목숨도 하룻밤 사이에 없어지는 것이다. 그들은 조직에서 사업장 구입자금으로 진폐를 받고는 장인규에게 위패로 결제를 하고 5억 2천만 엔을 횡령한 것이다. 그리고 그 증거를 없애려고 장인규와 그녀의 일행을 몰살시켰다. 나카무라의 불안감을 눈치챘는지 시바다가 달래듯이 말했다.

"걱정할 것 없어, 나카무라. 이 일은 정보국에서 입을 다물기로 했으니까 오늘밤 돈만 없애면 된다."

나카무라가 머리를 들었다.

"그럼 유통시킨 것은 어떻게 합니까? 그랜드 여행사의 이 사장한테도 5000만 엔 정도가 가 있고 각 호텔에 나누어져 있는 것이 3억 엔이 조금 넘습니다만."

"호텔에 있는 것은 회수시켜. 정보국이 알고 있는 이상 고려리아에서 유통되는 엔화는 체크할 테니까."

그는 피로한 듯 소파에 등을 기대었다.

"하지만 이유미와 박기동이 갖고 있는 것은 내버려 둬. 그것들은 엔화를 밖으로 가져가지는 않을 것이다."

이유미는 은행의 개인 금고에 엔화를 넣어두었고 도망친 박기동도 아마 거래은행에 보관시켜 두었을 것이었다.

창밖으로 고려시의 전경이 내려다보였다. 북극지방은 아침 8시가 넘어서야 주위가 밝아지기 시작하는데 10시인 지금에도 대기는 뿌연 안개에 묻혀 있었다. 대기 속의 미세한 수증기가 얼어붙어 버리기 때문이다. 태양은 부연 장막 위쪽에 자리 잡고 있어서 아직 보이지 않았으나 가끔씩 하늘 한쪽에 신비로운 빛주름이 잡혔다가 펴졌다. 이제 자주 보는 광경이지만 한민수에게는 장엄한 자연의 모습을 느끼게 하는 시간이었다.

신년을 맞은 지 며칠밖에 지나지 않은 1월 초순이다. 그로서는 고려리아 생활이 석 달째가 되어가고 있다.

노크 소리가 들렸으므로 그는 창에서 몸을 떼었다. 보안국장 오세영이 언제나처럼 단정한 모습으로 방 안에 들어서더니 그의 앞으로 다가왔다.

"행정위원장은 하반기에 추진하는 것이 낫다고 하는데요, 부위원장님."

한민수가 잠자코 소파에 앉자 오세영이 앞자리에 앉았다.

"본부장이 이야기를 해도 막무가냅니다. 지금 결재는 못하겠다는 겁니다."

경비대 증강에 관한 문제였다. 경비본부는 5000명을 증원하여 경비대원을 2만 명 수준으로 유지한다는 계획을 세웠고 이미 한국에서는 파견 준비까지 되어 있는 상황이다. 그리고 한민수도 결재까지 해 올린 처지인 것이다. 한민수가 이맛살을 찌푸렸다.

"나한테도 별 말씀이 없었는데……."

"혹시 노(老) 회장님께서 말씀이 계셨던 것이 아닐까요?"

노 회장이라면 강 회장이다. 강용식 회장이 그룹의 총회장이 되면서 강 회장은 노 회장으로 불리게 된 것이다.

"아니, 그럴 리가 없어요. 노 회장님은 고려리아 업무를 거의 나한테 일임해 놓으셔서."

"그렇다면 부위원장께서 말씀해 주시겠습니까? 이것, 한국에서는 이미 출발 준비까지 되어 있는 상황인데."

오세영은 작년 말에 비대해진 경비본부의 체제를 정비하면서 국장으로 승진이 되었고 이제는 경비본부의 제2인자였다. 그가 말을 이었다.

"운영위원장께서도 언짢아하시던데요. 지난번에 증원시켰을 때에도 이대각 씨와 같이 소동을 부렸다는 겁니다."

"어쨌든 내가 말씀을 드릴 테니 신경 쓰지 마세요. 아마 경비지출 문제 때문에 그러시는 것 같은데."

"인구 230만 명에 2만 명이면 많은 숫자가 아닙니다. 더구나 경비대는 치안업무뿐만 아니라 세관업무, 국경경비까지 도맡고 있는 형편 아닙니까? 더욱이 고려리아가 얼마나 큰 땅입니까?"

"알고 있어요."

한민수가 손을 들어 그의 말을 막았다.

"내가 알아서 하지요. 그런데 이대각 씨 문제는 어떻게 되었습니까?"

이대각의 직업소개소는 차츰 기반을 잡아가는 중이었다. 타운의 조그만 사무실을 빌려 혼자 시작했던 소개소가 지금은 직원도 세 명이나 두었고 일거리도 끊이지 않았다. 그것은 북한과 삼합회, 마피아가 그의 단골 고객이었기 때문이다. 오세영이 입을 열었다.

"이대각 씨는 가끔 유 위원장과 만납니다. 게다가 북한측 간부들과도 접촉이 많고. 그래서 감시는 붙여두었지만 아직 꼬투리가 잡히지 않습니다."

"고려에 반발하고 뛰쳐나간 사람이 고려리아에 머물고 있다는 것은 있을 수가 없는 일이오."

이맛살을 찌푸린 한민수가 말을 이었다.

"유 위원장을 방패막이로 삼고 있는 모양이지만 이대로 내버려 둘 수는 없어요. 떠나게 해야 합니다."

"알고 있습니다."

오세영이 머리를 끄덕였다.

"조금만 기다려 주십시오."

한민수가 유장석의 방에 들어선 것은 그로부터 30분쯤 후였다. 서류를 읽고 있던 유장석이 머리를 들더니 얼굴에 웃음을 띠었다.

"올 줄 알았어. 경비대 증원 문제 때문이지?"

말이 먼저 풀렸으므로 한민수도 따라 웃으며 앞자리에 앉았다.

"증원시켜야 되지 않겠습니까? 인구에 비례해도 경비대원이 너무 모자랍니다."

"하긴 그렇지 올해만 해도 인구가 300만이 넘을 테니까."

"한국에는 이미 증원될 인원이 대기하고 있습니다."

"들었어."

유장석이 담배를 꺼내 입에 물었다. 이대각 못지않은 다혈질의 사내였지만 신중하고 치밀해서 노 회장의 신임을 한 몸에 받고 있는 사내인 것이다. 잠자코 바라보는 한민수를 향해 그가 입을 열었다.

"경비대 증원은 안 돼. 상반기가 끝났을 때 다시 검토하기로 하지."

"그 이유를 알 수 없겠습니까?"

그러자 유장석이 천천히 머리를 끄덕였다.

"노 회장님의 지시야. 얼마 전에 우연히 경비대 증원 이야기를 했더니 당분간 보류시키라는 말씀이셨어."

한민수의 얼굴이 긴장으로 굳어졌다. 유장석이 틈틈이 노 회장에게 보고하는 줄은 알고 있었지만 업무 지시를 받은 적은 없었기 때문이다.

"그렇습니까?"

"더 급한 일이 많다고 하셨어. 예를 들면 병원과 학교의 증설, 그리고 공단의 확장에 자금이 더 필요하다는 것이지."

"……"

"우선순위를 구분 못한다고 한바탕 야단을 맞았단 말이야."

"하긴 그렇지요."

"전창남이가 꼭 경비대를 증원시키겠다면 정부에서 자금을 대라고 하는 수밖에. 이번에 들여오는 자금에서 경비대 예산으로 나눌 몫은 없으니까."

노 회장이 본격적으로 한국에 있는 자신의 주식과 자산을 처분하기 시작한 것은 작년 말부터였다. 물론 강용식 회장이 장악하고 있는 고려그룹은 이미 강용식과 강재원 앞으로 정리가 되어 있었으므로 노 회장의 몫을 말하는 것이다. 그것은 엄청난 금액이었다. 주식을 매각하고 부동산을 처분한 자금이 며칠 전부터 고려리아의 외국 은행에 입금되기 시작했는데 200억 달러 가깝게 될 것이었다.

유장석이 다시 입을 열었다.

"어차피 그 돈은 고려리아에 쓰일 돈이고 그것은 당신들 부부를 위해서야. 나는 노 회장님의 꿈을 아는 사람이야."

고려리아가 운영위원회에 완전히 장악되면서 한국 정부는 이제까지 규제했던 노 회장의 자금유입에 대한 규제를 해제했던 것이다.

한민수가 가늘게 숨을 내쉬었다.

"알겠습니다. 경비대 증원은 보류시키지요. 저 사람들 주장대로 할 필요는 없습니다."

"경비대 증원은 급하지가 않아. 시설투자가 우선이야."

"그렇다면 운영위원장이나 경비본부장은 제가 설득을 해보지요. 제 생각이지만 노 회장님 이야기는 꺼내지 않는 것이 낫겠는데요."

"그렇지. 노 회장님의 지시라면 또 정부에서 신경을 곤두세울지 모르니까 내가 고집하는 것으로 해두자고."

유장석의 얼굴도 밝아졌다.

"당신까지 거들어주면 더 좋고."

1월 초였지만 서울의 날씨는 영상의 기온에 햇살이 포근해서 겨울을 건너뛰고 봄이 다가온 것처럼 느껴졌다. 인도를 걷는 행인들의 표정도 날씨만큼이나 맑았고 움직임도 가볍다. 차가 한남대교로 들어서자 강 회장은 창에서 시선을 떼었다.

"어쨌든 한민수 덕분으로 재산정리와 자금송출이 순조롭게 이루어졌다."

그러나 그의 얼굴은 말의 내용과는 대조적으로 어두웠다.

"그놈이 고려리아에 있어준 것이 다행이야."

러시아 정보국의 도청기술은 교묘해서 한때는 모스크바에 있는 미국 대사관의 대화내용을 모조리 도청할 정도였다. 모스크바에 다녀온 지 얼마 되지 않았을 때 강 회장은 이남호와 함께 서울에 있는 러시아 대사관의 초대를 받았다.

파티 도중에 플레노프 부대사에게 안내되어 밀실로 들어간 그들은 한민수와 전창남 간의 대화내용이 녹음된 테이프를 들을 수 있었던 것이다. 고려리아 리조트시티의 외딴 방갈로에서 그들은 마음 놓고 큰소리로 이야기를 주고받고 있었다. 한민수는 전창남과 고려의 영향력을 줄이는 방법을 의논하고 있었는데, 그러기 위해서는 점진적으로 행정청의 요직에서 고려 사람들을 배제시키는 것으로 두 사람의 의견이 일치되었던 것이다. 이남호는 그때의 강 회장의 표정을 지금도 잊지 못한다.

강 회장은 입을 꾹 다물고 있었지만 금방이라도 울음을 터뜨릴 것 같은 표정이었다. 모스크바에서 대동그룹이 한국 정부와 연결된 것 같다는 이야기를 들었을 때는 반신반의하면서도 한민수는 별개로 생각했던 강 회장이다. 그날 대사관을 다녀온 이후로 강 회장은 한국의 재산정리를 서둘렀다. 전과 다름없이. 일주일에 한 번 정도로 한민수에게 전화를 걸었으며 고려리아를 맡긴다는 당부도 꼭 했다. 그는 유장석은 물론 강용식에게도 비밀을 지키고 있었으므로 상황을 알고 있는 것은 그와 이남호

둘뿐이다. 잠자코 앞을 바라보던 강 회장이 입을 열었다.

"그놈은 200억 달러 가까운 돈이 들어오니까 좋아하겠구먼, 그렇지?"

이남호가 대답하지 않자 그는 쓴웃음을 지었다.

"모두 제 복이다. 제 팔자고."

이제 강 회장은 고려리아 정부의 전복을 기대하고 있는 것이다. 고려리아가 전복되면 운영위원회는 물론 미국과 일본의 세력은 모조리 제거되거나 추방당하게 될 것이다. 그렇게 되면 고려리아는 다시 예전처럼 러시아와 중국, 한인의 세 조직과 민족이 남게 될 것이고 그때에는 다시 한국 정부와 적대관계가 된다. 그래서 미리 한국에 있는 모든 재산을 고려리아로 옮기는 것이다.

"드미트리 김이라."

강 회장이 혼잣소리처럼 말했다.

"김상철이 드미트리 김이 되어서 다시 나타났어. 이제는 러시아 정부를 등에 업고."

그가 주름진 얼굴을 펴고 웃었다.

"그놈하고 나하고는 전생에 무슨 연분이 있는 모양이다. 저, 고려리아 땅하고도."

김상철이 들어서자 방 안은 일시에 조용해졌다. 동 씨 집의 5평짜리 방 안이다. 송길수와 이한, 그레고리와 체격이 건장한 러시아인 한 사람이 끼여 있었는데 그는 극동군 사령부 소속의 타니츠키 중령이다. 시베리아의 극심한 추위를 피하기 위하여 거의 모든 서민들의 주택구조는 한국식 온돌방이었다. 장작 대신 기름보일러를 사용한 방바닥은 따뜻했다. 자리에 앉은 김상철을 향해 타니츠키가 입을 열었다.

"사령부에서 연락이 왔습니다. 강 회장의 준비는 모두 끝났다는 겁

니다."

강 회장의 준비가 구체적으로 어떤 내용인지는 알 수 없었지만 이제까지 그것을 기다려왔던 것이다. 김상철이 머리를 끄덕였다.

"우리도 준비가 끝났으니 곧 시작해야겠군."

"기상위성에 의하면 다음 주부터 폭설이 내린다고 합니다, 드미트리."

타니츠키가 접어두었던 지도를 방바닥에 펼쳤다. 여러 번 접었다 펼쳤기 때문에 군데군데 손때가 묻었고 접힌 부분이 모가 세워진 지도였다. 그는 손끝으로 고려공항을 짚었다.

"폭설은 약 일주일간 계속될 예정인데 나흘쯤 후에는 공항이 폐쇄될 것입니다. 모두 고려리아에 갇히게 되지요."

"공항이 폐쇄되는 것을 신호로 시작한단 말이군."

"사태가 악화되면 모두 달아날 텐데 우리 인원으로 공항을 장악할 수는 없습니다."

모두 잠자코 지도 위로 시선을 주었다. 고려리아 전복의 임무는 전적으로 김상철이 주도하게 되어 있는 것이다. 미·일 세력에 반란을 일으킨 김상철이 고려리아를 극도의 혼란상태로 만들어 놓았을 때 극동군이 투입되어 고려리아를 장악한다는 작전이다.

"가만, 눈이 내리지 않는다면 어떡하지? 본래 작전에 눈이 포함되어 있었나?"

그레고리가 물었으므로 모두 입가에 웃음을 띠었으나 타니츠키는 정색을 한 얼굴 그대로였다.

"다른 방법을 만들었을 거요, 그레고리. 방법은 얼마든지 찾을 수 있었을 것이고."

타니츠키가 거느린 특공대 60명은 지금 고려시 동쪽의 구릉지에 은신하고 있었다. 모두 민간인 복장으로 위장한 그들은 명목상으로는 김상철의 부하였지만 타니츠키의 지휘를 받는다. 송길수가 김상철을 바라보았다.

"형님, 이금철이나 홍기천은 눈치를 채고 있는 것 같습니다만."

"어떤 눈치 말이야?"

김상철이 묻자 송길수는 말소리를 낮췄다. 이 집도 홍기천 조직과 끈이 닿는 곳이기 때문이다.

"우리가 시바다와 우재환을 곧 친다는 것 말입니다."

"그쯤은 시바다나 우재환도 알고 있어."

그레고리가 말을 받았다.

"고려리아 주민들은 다 알고 있는 사실이야."

경비대가 검문과 검색을 계속하고 있어서 밤에도 외출을 삼가고 있는 형편이었다. 김상철이 머리를 끄덕였다.

"아마 내가 고려리아에 와 있다는 것도 알고 있을 것이다. 하지만……."

그의 시선이 사내들을 훑고 지나갔다.

"우리 목표가 시바다나 우재환이 아니라는 것을 아는 놈은 아직 없을 것이다."

"그렇습니다."

타니츠키가 낮은 목소리로 말을 이었다.

"이 작전을 알고 있는 자는 러시아 정부 내에서도 몇 명 안 됩니다."

이쪽도 마찬가지로 방 안에 모인 그들 외에는 러시아군과의 연합을 알고 있는 부하는 없다. 타니츠키는 그레고리의 부하로 행세하고 있는데다 특공대원들은 시내에 들어온 적이 없었기 때문이다.

퍼시픽 클럽은 작년 말에 개장한 카지노 겸 고급 유흥장이다. 고려시의 변두리에 세워진 3층짜리 대리석 건물로 이나카와회 소속의 사업장이었다.

밤 10시가 조금 넘은 시각이다. 1, 2층의 카지노는 손님으로 가득 차 있었는데 대부분이 일본과 한국인이었다. 이곳은 판돈이 컸고 회원들만 입장시키는데도 좌석은 언제나 만원이었다. 오세영이 3층에 있는 클럽의 밀실에 들어서자 시바다와 우재환이 자리에서 일어섰다. 테이블 위에는 이미 술과 안주가 벌려져 있다.

슈바를 벗어던진 오세영은 그들과 마주앉았다. 사흘에 한 번씩 만나는 모임이다.

"일본 정보국에선 소식이 없습니까?"

오세영이 대뜸 묻자 시바다가 입가를 비틀며 웃었다.

"하바롭스크에서 그레고리가 부하 50여 명을 일주일쯤 전에 불러들인 건 사실인 것 같습니다. 그리고 블라디보스토크에 남아 있던 송길수의 부하들도 모두 자취를 감추었소."

"그렇다면 모두 이곳으로 온 것이군."

"정보국도 그렇게 생각하고 있더군요."

시바다가 오세영의 잔에 술을 채웠다·

"그레고리와 송길수의 부하들을 합하면 150명 정도가 됩니다. 그놈들이 이곳에 있다는 거요."

우재환이 그의 말을 받았다.

"이곳의 소문도 마찬가지요. 김상철이 부하들을 규합해서 옛 사업장을 되찾는다는 겁니다."

"나도 들었어. 그놈이 한국측과 우리를 친다는 소문을."

술잔을 든 시바다가 오세영을 바라보았다.

"만일 그놈이 지난번처럼 치고 달아나는 수법을 쓰면 고려리아는 금방 난장판이 될 텐데…… 오 국장, 방법이 있습니까?"

"마피아와 북한쪽 사업장 근처에 김상철의 부하가 나타난다는 정보가 있어요. 그래서 경계를 강화시켜 두었습니다."

오세영이 피로한 듯 손바닥으로 얼굴을 쓸었다.

"몇 달 동안 소문만 떠도는 바람에 모두 신경이 예민해진 모양이오. 하지만 상황이 예전과는 다릅니다."

잠자코 있는 그들을 향해 오세영이 말을 이었다.

"정보망이 더욱 견고해진데다가 경비대의 기동률이 월등히 향상 되었소. 더구나 당신들 조직과 정보망을 활용하면 100여 명 정도의 주동자는 곧 소탕할 수 있습니다."

"하긴 우리도 조금 전에 그놈들이 어서 나타났으면 좋겠다는 이야기를 했었지요."

우재환이 의자에 등을 기대며 말했다.

"마피아나 북한, 어쩌면 삼합회도 김상철과 동조하고 있을지도 모릅니다. 지난번에 마피아가 혼이 나긴 했지만 곧 원상복귀 되었단 말입니다. 이번에는 철저하게 다뤄야 될 겁니다."

그러자 오세영이 이맛살을 찌푸리고는 술잔을 들었다. 우재환은 CIA에서 직접 정보를 받고 시바다도 일본 정보국과 직접 통하고 있어서 정보력으로 따지면 경비대에 뒤지지 않았다. 이렇게 셋이서 만나는 것은 한·미·일 삼국의 회동이나 마찬가지여서 서로 정보를 주고받아 왔던 것이다. 그러나 경비대의 운용방법에 간섭을 받을 수는 없다. 그는 우재환을 똑바로 바라보았다.

"경비대는 우리가 알아서 할 테니까 신경 쓰지 마시고 블루 클럽 같은 사고가 일어나지 않게 부하들을 단속해 주시오."

방 안의 분위기가 순식간에 굳어졌다.

술잔을 내려놓은 우재환이 그의 시선을 받았다.

"시비는 그자들이 먼저 걸었던 거요. 그것은 경비대에서도 인정을 하고 끝난 일인데 왜 이러십니까?"

"부위원장이 불쾌하게 생각하고 있어요."

그러자 우재환이 입맛을 다셨다. 블루 클럽은 대동이 투자해서 세운 카지노 겸 나이트클럽이었다. 고려시의 상가에 위치한 5층짜리 대형 사업장이었는데 며칠 전에 우재환의 부하들이 클럽 안에서 직원들과 싸우다가 경비대에 연행된 사건이 있었던 것이다.

오세영이 조금 목소리를 부드럽게 했다.

"아시다시피 한민수 씨는 한국 정부의 지원을 받고 있어요. 물론 나는 한국 정부의 지시를 받는 입장이고. 그래서 될 수 있는 한 대동그룹과 관계가 있는 사업장과는 마찰을 피해주시라는 겁니다."

그러자 시바다가 잇몸을 보이며 웃었다.

"고려리아에서 제일 막강한 세력이군, 그쪽이. 경비대 1만 5000명의 지원을 받는."

섹스도 서로 익숙해지면 상대방의 반응에 따라 절정을 조절할 수도 있는 법이다. 강미현은 한민수가 곧 폭발하리라는 것을 느끼고는 숨 가쁘게 그와 리듬을 맞추었다. 그는 요즘 들어 후배위를 즐겼는데 강미현에게는 그것이 정상위보다 더 자극적이었다.

그의 뜨거운 입김이 이제 목덜미까지 올라왔고 움직임이 거칠어지자 강미현은 침대 시트를 움켜쥐었다. 그의 동작에 맞추어 우는 것 같은 신음소리가 터져 나오고 있었다. 이윽고 자신의 허벅지를 움켜쥔 한민수가 깊숙이 들어오면서 온몸을 굳히자 강미현은 그의 남성이 팽창되는 것을 느꼈다. 커다랗게 신음소리를 뱉으면서 강미현은 침대 시트를 이로 물었다.

"좋았어?"

침대 위로 올라와 나란히 누웠을 때 한민수가 그렇게 물었으므로 강미현은 눈을 떴다.

"좋았어요."

그녀는 몸을 굴려 그의 가슴에 볼을 댔다.

"앞으로는 끝났을 때 좋았나 그렇지 않았나를 얘기해 줘요?"

한민수가 배를 들썩이며 풀썩 웃었다.

"이 여자한텐 말을 못하겠군. 그냥 분위기 살리려고 해본 소린데."

창밖에서 날카로운 바람 소리가 들려오고 있었다. 이런 날의 체감온도는 영하 50도가 넘는다.

"바람이 꽤 세군."

그녀의 어깨를 안은 한민수가 혼잣소리처럼 말했다.

"바람 소리가 꼭 비명 소리 같아."

"그래요? 난 음악 소리 같은데."

"괴기 영화의 배경음악 말인가?"

머리를 돌린 한민수가 그녀를 내려다보았다.

"김상철이 고려리아에 들어와 있다는 소문이 있어. 그의 부하들하고."

"……"

"소문이 아니라 사실인 것 같아. 여러 경로를 통한 정보를 보아도."

"빼앗겼다고 믿는 사업장을 되찾을 생각인가요?"

낮은 목소리로 그녀가 묻자 한민수가 고개를 끄덕였다.

"그리고 살해당한 장인규의 원한을 풀려고. 아마 대상은 시바다와 우재환이 될 거야."

"……"

"어쩌면 고려리아 행정부도. 이제는 그가 고려리아 정부에 대해서 부담이 없을 테니까. 지난번 사건을 봐도 말이야."

"고려리아의 적이 되어버렸군요, 그 사람."

그의 가슴에서 볼을 뗀 강미현이 천장을 바라보고 반듯이 누웠다.

"안 됐지만 할 수 없어요. 나로서도 도와줄 방법이 없는데다가 이유도 없고."

"……."

"자기, 혹시 그 사람 문제로 나한테 부담을 갖고 있어요?"

"없을 수가 없지."

한민수가 손을 뻗어 그녀의 머리칼을 부드럽게 쓸었다.

"될 수 있으면 좋게 처리하고 싶었어, 그래서 서울에도 손을 썼는데……."

"지난 일을 후회하지도 않지만 연연해하지도 않아요, 저는."

"알고 있어. 당신이 날 선택했다는 것."

"저나 우리를 위해서라도 그 사람 이름이 떠오르지 않게 해주세요. 그것이 고려리아를 위한 일도 되겠지만."

상반신을 세운 한민수가 그녀를 내려다보았다.

"미안해. 이야기를 꺼내서. 하지만 요즘 경비본부가 신경을 곤두세우고 있는 상황이라 그냥 담아두는 것도 마음에 걸리더군."

시선이 마주쳤고 이윽고 팔을 뻗은 강미현이 그의 목을 안았다.

"고마워요, 말해줘서. 저도 이렇게 말하고 나니까 후련해요."

다음날 아침, 한민수가 출근하고 나자 응접실에 앉아 신문을 읽던 강미현이 시계를 힐끗 쳐다본 후 전화기를 들었다. 바람은 그쳤지만 암회색 하늘에서 금방 눈이 쏟아져 내릴 것처럼 보이는 아침 10시경이었다.

유장석은 자리에 있었다.

"갑자기 웬일이요?"

그는 반가운 듯 목소리가 밝았다.

"나한테 전화를 걸어주시고."

"여쭤볼 일이 있어서요."

강미현은 곧장 본론으로 들어갔다.

"저, 김상철 씨가 고려리아에 와 있나요? 어제 그이한테서 들었는데."

"글쎄, 그런 소문이 있는 것 같습니다."

그의 목소리가 조금 낮아졌다.

"왜? 무슨 일이 있습니까?"

"이제 그 사람, 고려리아하고는 적대관계가 되어 있나요? 말하자면, 우리하고."

"……"

"그것을 알고 싶어서요."

"글쎄, 갑자기 그것을 왜 묻습니까?"

"저하고도 관계가 있나 싶어서요."

"……"

"그 사람, 저한테 배신감을 느꼈을지도……"

"그럴 리가 없어요."

유장석의 목소리는 단호했다.

"걱정 안하셔도 됩니다."

"……"

"김상철이는 체제에 반발하고 있을 겁니다. 그리고 철저하게 무너진 제 조직과 살해당한 사람들에 대한 원한이 있겠지요."

"고려리아에서 사건을 일으킬까요?"

"글쎄, 아직 모릅니다. 소문만 무성해서."

그는 다시 목소리를 부드럽게 했다.

"잊고 지내세요. 시간이 지나면 다 해결될 일입니다. 염려하지 않으셔도 돼요."

유장석과의 통화를 끝낸 강미현은 한동안 우두커니 앉아 창밖을 바라보았다. 전화하기 전보다 조금 더 어두워진 표정이었다. 창밖에서는 희끗희끗한 눈송이가 한두 점씩 떨어져 내리는 중이었다.

유장석도 창밖의 눈을 바라보며 테이블에 앉아 있었다. 결코 즐거운 기분이 아니었던 것이다. 말투로 보아 강미현은 김상철의 안위를 걱정하는 것이 아니었다. 고려리아와 표현은 안했지만 한민수와의 가정생활에 닥칠지도 모를 영향을 염려했던 것이다. 한민수가 고려리아에 온 이후로 운영위원회와의 갈등은 거의 없어졌다고 해도 과언이 아니었다. 그는 조정 역할을 훌륭히 해내었고 노 회장의 신임을 받고 있는데다가 한국 정부도 호의적이어서 유장석도 그에게 만족하고 있었다. 가끔씩 그가 전창남의 입장에 너무 치우친 것 같은 느낌이 들 때도 있었지만 그는 노 회장의 손녀사위이고 총회장의 하나밖에 없는 사위인 것이다. 한민수는 재치가 뛰어났고 적응력도 강한데다가 통이 큰 사내였다.

노 회장의 꿈을 실현해 낼 사내인 것이다.

전화벨이 울렸으므로 그는 수화기를 들었다.

"나야."

이남호의 목소리였다.

"아, 실장님. 그렇지 않아도 막 전화 드리려던 참입니다."

"그런데 꼭 내가 먼저 하는군."

이남호가 억양 없는 목소리로 말했다.

"어제 송금을 끝냈어. 파리 은행에 넣었는데 달러로 환산하면 56억 달러야."

노 회장의 자산 송금건이다. 그렇게 되면 이제까지 송금된 금액은 195억 달러로 그것은 노 회장의 전재산이었다.

"알았습니다. 그런데 실장님, 김상철이가 고려리아에 있다는 소문이 났는데요."

이남호가 잠자코 있었으므로 그는 말을 이었다.

"소문이 퍼져서 모르는 사람이 없습니다."

"경비대는 뭘 하고 있는 거야?"

"경계를 강화하고는 있습니다만 도무지……."

"……."

"지난번에도 말씀 드렸지만 그놈은 우리한테도 감정이 좋지 않습니다."

"할 수 없지."

이남호의 목소리는 매정하게 들렸다.

"방법이 없지 않는가 말이야. 경비대에 맡기는 수밖에."

"……."

"그곳 분위기는 어때? 뒤숭숭한가?"

"그렇지는 않습니다. 관광객과 이주민이 쏟아져 들어오는 상황이고 생산 활동에도 차질은 없습니다."

"그럼 됐어. 전화 끊네."

그러면서 이남호가 전화를 끊었으므로 유장석은 찌푸린 얼굴로 수화기를 내려놓았다. 오전 10시 30분이었다. 다시 창으로 머리를 돌린 유장석은 눈발이 꽤 굵어져 있는 것을 보았다. 1년에 10개월이 겨울이고 거의 언제나 눈을 보면서 사는 생활이었지만 어두운 하늘에서 쏟아져 내리는 눈은 그에게 포근하게 느껴졌다. 이런 기분에서는 차라리 맑은 하늘보다는 나은 것이다.

승용차가 타운의 서울 호텔에 도착한 것은 11시 정각이다. 눈발이 굵어지고 있었으므로 나카무라와 몬도는 서둘러 호텔 안으로 들어섰다. 이제 서울 호텔은 3류 호텔로 전락해 있어서 로비에서 어슬렁거리는 부류도 갓 이주해 온 러시아인이거나 근처의 사업장에서 일하는 종업원들이었다. 안쪽의 커피숍은 의외로 조용했다. 대여섯 개의 테이블만 차 있었는데 모두 사내들이었고 들어선 그들에게 일제히 시선을 주었다.

"저기 있습니다."

입구에 서서 안을 둘러보던 나카무라가 턱으로 한쪽을 가리키고는 앞장을 섰다. 다가오는 그들을 보자 박기동이 자리에서 엉거주춤 일어섰는데 옆자리의 사내는 마지못한 듯 그를 따랐다.

"오랜만이오, 박 사장."

나카무라가 던지듯 말하자 박기동이 입술만을 비틀며 웃었다.

"그렇게 되었습니다. 소개를 하지요. 이쪽은 북한의 조덕산 씨, 타운의 북한 사업장을 맡고 계신 분이지요."

"말씀 들었습니다."

그에게 나카무라가 가볍게 머리를 끄덕이고는 자리에 앉았다. 그는 몬도를 소개하지 않았고 저쪽도 그것을 상관하지 않았다. 나카무라의 수행원쯤으로 안 것이다.

"그런데 무슨 일입니까?"

박기동이 조심스럽게 물었다. 박기동이 북한측에 매달려 구명운동을 해올 줄은 나카무라도 뜻밖이었다. 그러나 지난번 최태호와 마쓰노와의 회동에서 박기동의 일은 없었던 것으로 하겠다는 결론이 났다. 시바다는 북한측에게 선심을 쓴 것인데 그로서는 직접적인 피해도 없는데다가 북한측과 거북한 관계가 되기를 바라지 않았기 때문이다. 그러나 시바다 쪽에서 만나자는 연락을 받은 박기동은 불안했는지 거물급 북한인과 함께 나온 것이다.

"박 사장, 언제까지 타운에만 숨어 계실 거요? 톰프슨 그룹의 공사도 아직 덜 끝났는데."

나카무라가 묻자 박기동이 눈을 껌벅이며 그를 바라보았다.

"난 숨어 있다기보다 이곳에 적당한 숙소가 있어서……."

"아직 불안하신 것 같은데, 그렇지요?"

박기동이 힐끗 조덕산을 바라보았으나 그는 턱을 든 채 얼굴을 찌푸리고만 있다.

"그래서 말인데, 박 사장이 횡령하신 돈, 엔화 말이오. 지금 아메리카 은행의 개인 금고에 넣어두고 계시지요?"

"……."

"그 돈을 돌려받으면 이 일은 없었던 것으로 하겠다고 보스께서 말씀하셨소. 여기 계신 조 선생 앞에서 내가 약속을 해드릴 수 있습니다."

"……."

"마음 놓고 행동해야 될 것 아닙니까? 3000만 엔과 목숨을 바꿀 셈이요?"

조덕산이 헛기침을 했으나 입을 열지는 않았다. 잠깐 조덕산의 눈치를 보던 박기동이 머리를 끄덕였다.

"그렇게 하지요. 돌려드리겠습니다. 그렇지 않아도 이 사장을 만나면 그럴 작정이었지요."

나카무라가 커피숍을 나가자 조덕산이 박기동을 바라보았.

그는 이제까지 한마디의 말도 뱉지 않았다.

"3000만 엔이나 돼? 당신은 500만 엔 정도라고 했지 않소?"

"스노베가 횡령한 금액까지 모두 합해서 내가 게워놓는 겁니다."

박기동이 길게 숨을 쉬었다.

"재수가 없다보니 내가 모두 뒤집어쓰게 되었소. 아무튼 지독한 놈들이요, 일본 놈들은."

"당신이 그렇게 엔화를 많이 갖고 있는 줄은 몰랐는데."

두 사람은 주위에 둘러 앉아 있던 부하들을 이끌고 호텔을 나왔다. 거리에는 이미 10센티미터쯤의 눈이 쌓여 있었고 눈발이 굵어져서 한낮인데도 주위는 어두웠다.

"이거, 눈이 꽤 오겠는데."

차에 오르면서 조덕산이 하늘을 올려다보았다.

"쉽게 그칠 것 같지가 않아."

오후 5시가 되자 주위는 이미 짙은 어둠에 덮였고 눈발은 좀처럼 수그러들지 않았다. 한인 거주 지역 안의 제법 번듯한 2층 양옥을 빌려 살고 있는 박기동은 최태호의 부하들과 함께 집을 나섰다. 최태호가 만나자고 한 것이다.

길가에 대기시켜 놓은 검정색 포드에 오르자 박기동이 옆에 앉은 사내를 바라보았다. 그와는 구면이다.

"최 사장 혼자 계십니까?"

"예, 혼자."

북한 출신으로 함흥이 고향이라는 사내였다. 박기동이 등받이에 등을 기댔다. 나카무라를 만나고 나서 막혔던 숨구멍이 뚫린 기분이었던 것이다. 3000만 엔을 돌려받으면 없었던 일로 하겠다고 그들이 먼저 제의해 온 이상 뒷말이 있을 리는 없다. 아마 그들은 그 돈을 자신들의 수중에 넣을 터이니 오히려 3000만 엔의 이득이 생긴다. 따라서 그들은 이유미에게 그 사실을 알리지도 않았을 것이었다. 그렇게 되면 앞으로 이유미와의 거래관계도 예전과 같은 방식으로 해나갈 수 있고 시바다 쪽과 반분해서 몫을 나눌 수도 있을 것이다. 불쌍한 스노베 같은 회계원은 필요 없는 일이었다. 대개의 사람이 그렇듯이 박기동도 자기 위주의 사고로 생각하는 버릇이 있었고 그것이 대부분 들어맞았다. 그리고 성격 역시 낙관적이었으므로 포기하는 적이 드물었다.

창문으로 고개를 돌린 박기동이 눈썹을 모았다. 승용차는 어느덧 타운을 빠져나가 변두리로 달리고 있었던 것이다.

"지금 어디로 가는 거요?"

정색을 한 박기동이 묻자 옆자리의 사내가 턱으로 앞쪽을 가리켰다.

"다 왔습니다."

앞쪽은 이제 막 가건물이 들어서기 시작하는 변두리의 이주민 거주지였다. 무작정하고 고려리아에 들어 온 그들은 일단 타운 변두리에 가건물을 짓고 거처를 만드는 것이다. 승용차가 골조만 올라가 있는 2층 건물 앞에서 멈춰 서자 곧 차의 문이 열리더니 찬바람과 함께 사내 하나가 차 안으로 들어왔다. 그는 털썩 박기동의 옆에 자리 잡았다.

"아니."

그 사내를 본 순간 박기동은 눈을 치켜뜨고는 입을 벌렸다. 그러나 더 이상의 말은 나오지 않았다. 사내는 이한이었던 것이다. 무지막지한 총잡이 살인자로 사람을 벌레 죽이듯이 하는 놈이다.

이한은 그에게 시선도 주지 않고는 앞에 탄 북한측 경호원의 어깨를 가볍게 손으로 쳤다.

"저 사거리에서 오른쪽으로 꺾자마자 내려주시오."

박기동이 겨우 목을 돌려 반대쪽 옆자리의 경호원을 바라보았다. 그러나 사내는 시침 뗀 얼굴로 앞쪽만 바라보고 있다. 승용차는 다시 한적한 도로를 달려가기 시작했고 차 안에는 엔진소리만 들려왔다. 사거리를 돌자 곧 앞쪽에 세워진 승용차 한 대가 보였다. 그들이 탄 차가 뒤쪽에서 멈추었을 때 이한이 불쑥 박기동의 소매를 움켜쥐었다.

"내려."

박기동은 반항도 애원도 소용없는 일이라는 것을 알고 있었다. 휘청거리며 눈보라가 휘날리는 길가에 내려서자 차는 요란한 엔진 소리를 내며 어둠 속으로 사라졌다. 그들은 앞쪽에서 기다리고 있는 승용차로 다가가 뒷좌석에 올랐다. 운전석과 옆자리에 두 사내가 앉아 있었지만 그들은 뒤도 돌아보지 않았다. 차는 곧 출발했고 박기동은 길게 숨을 내리쉬었다. 이제는 막다른 길이었다. 이쪽은 아무것도 통하지 않는 족속들인 것이다.

박기동이 끌려간 곳은 그곳에서 별로 멀지않은 이주민 거주지였다. 차에서 내려 가로등도 없는 골목길로 끌려가면서 박기동은 몇 번이나 발을 헛디뎌 넘어질 뻔했다. 눈을 뒤집어쓴 그들이 들어선 곳은 제법 단단하게 세워진 시멘트 건물 안이다. 전기가 들어오지 않아 가스등을 켜놓은 건물 안은 의외로 훈훈했다. 좁은 복도의 양쪽 끝으로 여러 개의 문이 있는 것을 보면 이주민의 합숙소이다.

두런거리는 말소리가 방에서 흘러나오고 있었는데 러시아어, 중국어가 뒤섞여 들렸다. 복도를 다시 꺾어 들어간 이한이 모퉁이의 방문 앞에 멈춰서더니 박기동을 돌아보았다. 그리고는 그의 어깨를 움켜쥐고 문을 열었다. 방 안은 천장에 매달아 놓은 가스등 불빛으로 환했다. 5평쯤 되어 보이는 방 한쪽에 석유난로가 벌겋게 달아올라 있었고 그 옆에 앉아 있는 사람은 김상철이다.

박기동과 시선을 마주친 그는 물끄러미 바라볼 뿐 입을 열지 않았다. 박기동은 곧 시선을 내렸지만 그의 인상은 이미 머릿속에 찍혀 있었다. 김상철은 예전의 그 모습이 아니었다. 코밑과 턱의 수염이 무성하게 자라 있는데다가 안색이 창백했다. 그것이 차가운 시선과 섞여 으스스한 분위기를 품어내고 있다. 우두커니 서있는 박기동을 향해 김상철이 입을 열었다.

"앉아."

인사를 할 엄두도 내지 못한 박기동은 앞에 놓인 플라스틱 의자에 조심스럽게 앉았다. 이한이 벽에 등을 기대고 앉더니 비스듬한 시선으로 박기동을 바라보았다.

"너에 대해서는 일일이 말할 필요도 없다. 그래서 용건만 말하겠는데."

김상철이 똑바로 박기동을 바라보았다.

"내일 시바다한테 3000만 엔을 돌려주기로 했다고 들었는데, 그 돈을 나한테 줘야겠다."

박기동이 들이마신 숨을 멈추었다. 그리고는 눈만 껌뻑이며 앉아 있었다. 그것을 본 김상철이 수염 사이의 입술을 비틀며 웃었다.

"내일 은행의 개인 금고에 갈 적에 내 부하들이 널 경호하고 갈 것이다. 넌 선택 할 입장이 아니야."

"……."

"허튼 짓 하면 그 자리에서 죽이겠다. 수류탄을 바지 속에 넣어서 터뜨려 죽이겠다고 저기 있는 한이가 그러더라만."

그는 턱으로 이한을 가리켰다.

"협조하면 보호해 줄 것이다. 나뿐만 아니라 다른 조직들도. 물론 시바다와 우재환은 예외이고."

"예, 하지요. 사장님."

박기동이 겨우 입을 열었다.

"협조하겠습니다. 내일 금고에서 찾아드리겠습니다."

"내가 돈 욕심이 난 것같이 보이나?"

"아, 아닙니다, 사장님."

"그 돈을 시바다가 왜 회수하려는지 알고 있나?"

"모릅니다, 사장님."

"그 돈이 위폐일 가능성이 많아."

"……"

"넌 이제까지 기를 쓰고 위폐를 횡령한 거야. 이유미도 마찬가지 일 것이고."

"……"

"다행히 너나 이유미나 고려리아 소재 은행의 개인 금고에 돈을 보관시켜 두고 이곳에서 조금씩 유통시켰으니 망정이지 그 돈을 외국으로 유출시키려고 했다면 아마 장 사장처럼 당했을지도 모른다."

박기동이 하얗게 질린 얼굴로 김상철을 바라보았다.

"그, 그러면 그 돈이……."

"시바다는 고려리아에 위조지폐를 유통시키고 있었어."

"……"

"관광객을 통해 몇 만 엔, 몇 십만 엔씩은 이미 밖으로 유출되었지만 액수가 큰돈은 탄로가 날 염려가 커서 주의 하고 있었을 것이다. 그런데 넌 이유미의 돈을 횡령하는 바람에 화를 나눠 갖게 되었지."

김상철이 수염 사이로 이를 보이며 웃었다.

"자업자득이다. 오늘밤 이곳에서 쉬면서 반성을 해라. 내일 은행에 갈 때까지."

다음날 아침, 제설차가 만들어 놓은 활주로 위를 일본 항공 소속의 보잉 747여객기가 거대한 눈보라를 일으키며 착륙했다. 어젯밤 조금 뜸해졌던 눈이 다시 굵어지기 시작했으므로 활주로 이곳저곳에서 제설차가 분주히 움직이고 있었다. 이유미가 대합실로 나온 것은 비행기가 도착한 지 20분 만이다. 언제나 일등석을 이용하고 있어서 비행기에서 먼저 나올 수가 있는데다가 짐을 가지고 다니지 않기 때문이다. 사람들을 헤치고 그녀 앞으로 사내 두 명이 다가왔다. 시바다가 보낸 사내들이었다. 낯이 익었으므로 이유미는 얼굴에 웃음을 띠었다. VIP대우를 받는 것에 익숙해진 태도였다. 그들을 따라 공항을 나온 이유미는 대기하고 있는 벤츠 600에 올랐다. 시바다의 전용차인 것이다. 차는 고속도로로 들어섰으나 눈 때문에 속력을 내지 못했다. 앞좌석에 앉은 사내가 몸을 돌려 그녀를 바라보았다.

"눈이 며칠간 더 계속된다고 합니다. 이대로 가면 이틀쯤 후에는 공항이 폐쇄됩니다."

"상관없어요. 기차가 있으니까. 기차여행도 괜찮아요."

대수롭지 않은 듯이 이유미가 말하자 사내가 머리를 끄덕였다.

"시간만 있으면 그게 더 낫지요. 안전하기도 하고."

와이퍼를 빠르게 작동시키고 있는데도 와이퍼가 내려간 순간에 유리창에 달라붙는 눈 때문에 앞이 보이지 않았다. 차는 더욱 속력을 줄였다. 일주일 예정으로 업무차 방문한 것이니 이틀 후의 공항 폐쇄는 걱정할 것이 없는 것이다. 아무리 폐쇄 기간이 길어도 닷새 이상은 안 될 것이고 만일 그렇게 된다고 해도 열차를 타면 되는 것이다. 이유미는 눈에 덮인 창밖으로 시선을 돌렸다. 일주일간의 출장이었지만 실제로 일해야 할 시간은 몇 시간뿐이다. 나머지 시간은 시바다와의 사교로 보내는 것이다. 올해 초부터 고려리아의 한국인 방문도 자유화되어서 이젠 여권만 있으면 고려리아행 비행기를 탈 수 있게 되었다. 따라서 수백 개의 여행사가 고려리아 상품을 내놓고 관광객을 모집했는데 그들이 예약할 수 있는 숙박 시설은 타운의 3류 호텔이나 이주민 기숙사 같은 여관뿐이었다. 고려시의 30여 개 1급 호텔을 예약할 수 있는 한국여행사는 고려와 대동그룹이 공동운영하는 근동 여행사와 톰프슨 그룹의 에이전시인 태극 여행사, 그리고 이유미의 그랜드 여행사 세 곳인 것이다.

사세가 급속히 확장되고 있어서 직원을 30% 증원시켰고 지방 도시 다섯 곳에 지점을 늘리는 등 이유미에게는 그야말로 활기찬 나날이었다. 이것이 모두 시바다가 도와준 때문인 것이다. 차가 어느덧 고려시에 들어섰고 곧 오리엔트 호텔의 멋진 외관이 보였다. 기다리고 있을 시바다를 떠올리는 이유미의 몸은 벌써부터 달아오르고 있었다.

오세영이 보안국의 지하실에 들어섰을 때 허철수가 그에게로 다가왔다. 30대 후반의 그는 고참 수사관으로 남산의 국정원 시절에 같은 과에서 손발을 맞춰온 사이였다.

"국장님, 놈이 상당히 단단합니다."

그는 오세영보다 앞서서 옆쪽의 방문을 열고 들어섰다. 방은 20평쯤의 넓이였지만 책상 두 개에 의자가 대여섯 개 무질서하게 놓여서 조금 어수선한 분위기였다.

그리고 의자에 앉아 있는 한 사내의 주위로도 서너 명의 사내가 어수선하게 늘어서 있다. 그러나 그들은 곧 오세영과 사내를 중심으로 질서 있게 둘러섰다. 다가선 오세영의 시선을 받은 사내가 어깨를 펴고 턱을 들었다. 스물대 여섯 살 정 도로 보통 체격의 한국인이었는데 둥근 얼굴에 코와 입도 작은 편이어서 어딘지 농부 같은 인상이었지만 눈빛이 매서웠다. 눈꺼풀에 반쯤 덮여진 눈동자가 똑바로 박혀 있다.

"박준태, 네가 입을 연다면 보상금을 받고 한국에서 살게 해주마. 어떠냐?"

오세영이 부드럽게 말했다.

"일자리도 마련해 주겠다. 그렇게 되면 넌 가족을 데려갈 수도 있을 게다."

사내는 입을 열지 않았으므로 주위의 요원들이 조금 웅성거렸다. 박준태는 어젯밤 검거된 송길수의 부하였다. 마피아 계열의 소냐 클럽 근처에서 일행 두 명과 함께 있다가 격투 끝에 두 명은 놓치고 그만 체포되었던 것이다.

"자, 송길수나 김상철이가 어디에 있는가만 말해주면 된다. 간단한 일이야. 넌 곧장 한국으로 떠날 수 있어."

"누가 한국 가고 싶다고 했나?"

강한 북한 쪽 억양으로 그가 입을 열었다. 그는 입술을 비틀며 웃었다.

"그 답답한 곳에서 왜 살아?"

"그럼 이곳이 좋단 말이구나."

말은 그렇게 했지만 오세영은 이미 설득을 단념한 듯 허리를 폈다. 허철수가 한 걸음 다가서더니 오세영을 바라보았다.

"어떻게 할까요?"

"죽여도 좋아. 토해내게 해."

시선을 박준태에게 주며 오세영이 얼굴에 웃음을 띠었다.

"넌 제발 죽여 달라고 애걸을 하게 될 것이다. 그리고는 어서 털어 놓고 죽어야겠다고 서두르게 될 거야."

오세영이 한 걸음 물러서자 요원들이 박준태에게 달려들었다.

옷을 벗기고 철제 의자에 그를 묶는 동안 오세영은 담배를 꺼내 물었다. 박준태는 처음으로 검거된 김상철의 부하였다. 그는 작년에 송길수를 따라 블라디보스토크에 갔다가 계속 머물렀던 사내 중의 하나인 것이다. 두 달이 넘도록 눈에 불을 켜고 수색했어도 소득이 없었던 터라 박준태의 체포는 곧 송길수와 김상철의 소문이 사실이라는 증명이 되었다. 그놈들은 고려리아에 숨어 있는 것이다.

아메리카 은행은 고려시 행정청에서 부챗살처럼 뻗어나간 대로의 아래쪽 4킬로미터 지점에 위치하고 있었다. 은행은 15층 건물의 2, 3층을 차지하고 있었는데 같은 건물 안에 10여 개의 은행이 들어 있었으므로 고려리아에서는 은행 빌딩이라면 모르는 사람이 없다.

박기동이 3층에 있는 개인 금고실 안으로 들어섰을 때는 오전 11시가 넘어 있었다. 은행 직원이 벽에 붙은 수백 개의 철제 금고 중에서 한 곳에 열쇠 두 개로 금고문을 열었다. 30센티 정사각형 앞면이었지만 길이는 두 배쯤 되는 서랍형 금고였다. 은행 직원이 금고실 밖으로 나간 후에 박기동은 금고를 테이블 위에 올려놓고는 뚜껑을 열었다. 안에는 달러와 엔화가 가득 쌓여 있었다.

가져온 비닐 가방을 열고 엔화를 던져 넣기 시작하던 그가 문득 움직임을 멈추고는 엔화 뭉치 한 개를 집어 들었다. 아직도 모서리와 바깥 면이 눈처럼 흰 새 지폐였다. 한동안 이곳저곳을 훑어보던 그는 입맛을 다시고는 다시 가방에 던져 넣었다.

그가 은행의 정문을 나온 것은 그로부터 10분쯤 후였다. 밖은 눈바람이 휘몰아치는 중이어서 한낮인데도 어둑했고 행인도 뜸한 편이었다. 그는 곧장 길가에서 대기하고 있는 승용차로 다가갔다.

"박 사장님, 잠깐만."

갑자기 뒤쪽에서 부르는 소리에 박기동은 걸음을 멈추었다. 일본어였고 그를 향해 다가오는 세 사내 중 하나는 낯익은 나카무라의 부하였다.

"기다리고 있었습니다."

사내들의 슈바에 눈이 별로 덮이지 않은 걸 보면 은행 안에서부터 따라온 모양이었다.

"아니, 난 오후 5시에 약속을 했는데."

박기동이 주춤대며 말하자 앞에 선 사내가 웃었다.

"이왕 주실 것, 몇 시간 빨리 가져가도 상관없겠지요?"

"글쎄, 난 직접……."

"주세요."

사내가 가방에 시선을 준 채 손을 내밀었다. 그리고는 눈을 와락 치켜뜨고는 입을 딱 벌리면서 한 발자국 그에게로 다가왔다. 박기동이 주춤 물러서면서도 저도 모르게 가방을 내밀었을 때, 사내는 털썩 땅바닥에 한쪽 무릎을 꿇더니 곧 얼굴을 바닥에 부딪치며 쓰러졌다. 그 다음 순간이다. 옆쪽에 섰던 사내가 배를 움켜쥐며 허리를 굽혔고 박기동은 무디고 낮은 총의 발사음을 들었다. 나머지 한 사내가 슈바 자락을 헤치고 구경이 큰 콜트를 꺼내들었으나 이미 늦었다. 그는 가슴에 두어 발의 총탄을 한꺼번에 맞은 모양으로 뒤로 벌떡 넘어지더니 움직이지 않았다. 박기동은 앞쪽에서 다가오는 사내를 보았다. 슈바에 방한모까지 눌러쓰고 있었지만 두 눈은 드러나 있다. 이한의 눈이었다.

"이리 내."

빠르게 다가온 그는 박기동의 손에서 가방을 가로채듯 받아 들었다. 어느 사이에 검정색 승용차 한 대가 그들 근처의 차도로 다가와 있었다.

"당신도 빨리 튀어."

차로 다가간 이한이 턱으로 박기동의 차를 가리켰다.

"어서."

그가 탄 차가 눈보라에 덮인 차도를 튕기듯 달려 나가자 박기동도 허둥거리며 차로 다가갔다. 핸들을 잡은 사내는 박기동의 느린 동작이 못마땅한 듯 차 안에 들어선 그가 미처 문을 닫기도 전에 차를 발진시켰다.

"박기동이, 이 개자식이."
사건을 보고받은 시바다가 뱉은 첫마디의 말이다.
"이 자식이 끝까지 돈 욕심을 부리는군. 3000만 엔에 목숨을 걸겠단 말이지?"
나카무라가 한 걸음 다가와 섰다.
"보스, 박기동의 부하 넷은 모두 집에 있었습니다. 그래서 조덕산에게 연락을 했더니 자신들은 모르는 일이라고."
"모르다니?"
시바다는 당장에라도 탁자 위에 놓인 재떨이를 던질 분위기였다.
"그것이 말이나 되는 소리야? 그놈들이 보호하고 있었으니 이일은 그놈들 책임이란 말이다."
아직 몬도는 모르고 있었지만 곧 알게 될 것이다. 시바다는 마침내 자리에서 일어섰다.
"우선 경비대에 박기동의 살인혐의를 알려라. 그리고 나서 경비대와 같이 찾는다."
그는 충혈된 눈으로 나카무라를 쏘아보았다.
"공항을 체크해, 어서."
"이미 애들을 보냈습니다, 보스."
순식간에 부하 네 명을 잃은 나카무라도 독이 오른 표정이었다.
"폭설 때문에 비행기 이착륙이 지연되고 있어서요. 아직 멀리 가지는 못했습니다."
"운전사까지 처치한 것을 보면 사전에 계획을 세워놓은 것이다."

방문이 열리더니 마쓰노가 들어섰다. 거대한 체구를 흔들며 다가온 그가 시바다와 나카무라를 번갈아 바라보았다.

"어떻게 된 거요?"

긴장으로 굳어 진 얼굴이다.

"은행 앞에서 네 명이나 총에 맞아 죽다니, 경비대가 발칵 뒤집혔습니다."

"박기동의 짓이오. 은행에서 돈을 찾아주겠다고 해놓고는 부하들을 쏘고 도망친 겁니다."

나카무라가 말하자 그는 와락 이맛살을 찌푸렸다.

"그쯤은 나도 들었어. 그런데 그 배후가 뭐냐 말이야?"

이미 그도 상황을 듣고 온 것이다. 시바다가 다시 소파에 앉자 마쓰노가 앞자리에 털썩 앉았다.

"하긴 1만 엔권 열 장만 주면 살인할 놈들이 수천 명이지. 타운에 가면 쓸 만한 놈들이 많을 테니까."

그는 3000만 엔이 위폐인 것을 모른다. 마쓰노가 다시 말을 이었다.

"돈을 내놓으려니까 아까운 생각이 들었던 모양이군, 그 자식이. 견물생심이야."

"박준태는 러시아 감옥에서도 몇 년을 보낸 놈입니다. 쉽게 꺾이지는 않을 겁니다."

송길수가 그렇게 말했지만 얼굴은 어두웠다. 김상철의 숙소인 동 씨 집안이다. 방 안에 모여 앉은 사람은 김상철과 송길수, 이한의 셋이었다.

"그레고리한테 연락을 하러 가다가 검문에 걸린 겁니다. 놈들이 미행했거나 기다리고 있었던 것은 아니었어요."

머리를 든 김상철이 창문을 올려다보았다. 안팎의 온도 차이로 부옇게

흐려진 유리 바깥쪽 창틀에는 한 뼘이나 눈이 쌓여 있었다. 오후 4시가 조금 못 된 시간인데도 바깥은 이미 어두웠다. 박준태는 연락책임을 맡은 부하로 그는 송길수의 숙소는 물론이고 그레고리와 타니츠키의 은신처도 알고 있는 몇 명 안 되는 사람 중의 하나였다. 그는 부하 두 명과 불시에 검문을 당하자 경비대에 달려들어 몸싸움을 벌였는데 그 사이에 부하들이 도망쳤던 것이다. 김상철은 그가 부하들을 도망치게 하고 스스로 잡힌 이유를 알고 있었다. 그가 경비대의 심문에 견디어낼 자신이 있었다기보다 부하들을 믿지 못했기 때문이다. 김상철이 이한에게로 시선을 돌렸다.

"공항은 어떻게 되었어?"

"오후 2시 발 비행기부터 출발이 지연되고 있습니다만, 아직……."

박준태가 체포된 후로 송길수와 그레고리는 부하들을 이끌고 거처를 옮긴 형편이다.

송길수와 이한의 시선을 받은 김상철이 입을 열었다.

"저녁 6시에 시작한다. 그레고리와 타니츠키에게 연락을 해라."

"때도 되었습니다."

시계를 내려다보면서 송길수가 자리에서 일어섰다. 저녁 식사를 시작한다는 이야기를 들은 것 같은 담담한 표정이다.

"그럼 저는 이만."

송길수와 이한이 방을 나가자 김상철은 자리에서 일어나 방의 구석에 걸어놓은 방한용 바지와 파카를 내렸다. 밤의 온도는 영하 50도에 가까웠기 때문에 조금만 피부가 드러나도 그 부분에 동상을 입는다. 그러나 요즘은 방한장비가 발달되어서 그가 갈아입은 옷은 영하 70도에도 견딜 수 있도록 만들어진 고려리아용 방한복이다.

외출 준비를 마친 그가 방바닥에 펼쳐놓은 총기를 점검하고 있을 때 방문이 열렸다. 쟁반을 든 동연교가 들어서고 있었다.

"저녁에 나가신다고 해서."

쟁반 위에는 흰밥과 배추조림, 튀긴 돼지고기를 담은 접시 세 개가 놓여 있었다.

"연교, 당분간 이곳에 돌아오지 못하게 되었다."

젓가락으로 밥을 떠 넣으면서 김상철이 말했다.

"될 수 있으면 밖에 나가지 마라. 아버지가 돌아오시면 가게는 며칠간 쉬시라고 전해라."

여느 때처럼 벽에 붙어선 동연교가 머리를 끄덕였다.

"전쟁이 일어나나요?"

"아마 그럴 것이다."

"장인규 씨의 복수를 하시는 거지요?"

입에 밥을 가득 넣은 김상철이 힐끗 그녀를 바라보았다. 그는 겨우 밥을 삼키고는 엽차 잔을 들어 한 모금을 삼켰다.

"그렇게 생각해도 되겠지."

발자국 소리가 들리더니 이한이 들어섰다. 머리에는 아직 털어내지 못한 눈이 묻어 있었다.

"모두 연락했습니다, 형님."

길고 긴 밤

　눈 때문에 헬기를 띄울 수가 없었으므로 오세영은 고속도로를 야전지프로 달려가는 중이다. 지프 뒤로 10여 대의 설상트럭이 따라오고 있었는데 1개 중대의 병력이었다. 오후 5시가 조금 넘었을 뿐인데도 주위는 이미 어두워서 차량들은 헤드라이트를 밝히고 있다. 오세영은 무전기의 스위치를 켰다. 와이퍼가 빠르게 움직여 눈을 씻어 내리고 있다.
　"예, 이봉석입니다."
　갑자기 타운의 경비청장 목소리가 차 안을 울렸다. 오세영이 송신기를 입에 댔다.
　"나 오세영이오. 지금 타운 7킬로미터 전방이오."
　"여긴 준비 끝났습니다, 국장님."
　"내가 도착할 때까지 경계만 하고 계시도록."
　"알았습니다."
　무전기의 스위치를 끈 오세영이 앞쪽으로 시선을 주었다. 분위기를 눈치 챈 운전사가 차에 속력을 내었으나 곧 눈길에 바퀴가 헛돌며 차가 흔들리자 다시 속력을 떨어뜨렸다. 고려리아의 경비대는 지금 비상이 걸려 있는 것이다. 송길수의 부하 박준태는 1시간쯤 전에 송길수와 그레고리의 은신처는 물론 그들의 병력 수와 고려리아에 잠입한 목적까지 털어놓았다. 그리고 김상철이 고려리아에 와 있다는 것까지는 자백했는데 은신처는 모르는 모양이었다. 뒷좌석에 타고 있던 허철수가 앞쪽의 오세영에게로 상반신을 굽혔다.

"공항이 오후 5시부터 폐쇄되었습니다, 국장님. 우선 놈들이 비행기로 도주할 길은 막힌 셈입니다."

폭설로 공항이 막힌 것을 다행으로 생각하는 말투였다. 고려타운으로 통하는 모든 길도 지금 봉쇄되어 있다. 박준태가 자백한 은신처에 송길수와 그레고리의 일당들이 아직까지도 엎드려 있을 가능성은 희박했지만 우선 그곳부터 수색해야 할 것이다.

"그놈들, 로켓포를 다섯 문이나 갖고 있다니 아예 전쟁을 치를 작정이었습니다."

허철수가 혼잣소리처럼 말했다. 그들의 목표는 시바다와 우재환이었다. 김상철은 장인규의 원수를 갚으려고 고려리아에 들어온 것이다. 로켓포와 기관총 등 각종 최신 무기로 무장된 150명의 무장 세력이다. 자신이 알고 있는 모든 것을 낱낱이 털어놓은 박준태는 한 시간쯤 전에 약물 중독으로 죽었다. 오세영은 시계를 내려다보았다. 5시 40분이 되어 가는 중이었다.

우재환의 숙소는 고려시 중심부에 위치한 콘티넨탈 호텔의 10층이었다. 콘티넨탈 호텔은 톰프슨 그룹이 작년 말에 완공한 호텔 중의 하나로 층수는 10층밖에 되지 않았지만 객실 수가 2500실이나 되는 대형 호텔이다. 건물의 구조는 위에서 보면 ㄱ자 로도, ㅅ자로도 보이는 두 개의 빌딩이 붙여진 형태이다. 그는 10층 건물의 한쪽 면을 부하들과 함께 사용하고 있었는데 20여 개의 방을 하나의 요새처럼 만들어 놓았다. 제일 안쪽에 자리 잡은 그의 방까지 가려면 대여섯 개의 부하들 방을 지나야 했고 엘리베이터 한 대는 그들 전용이었다. 우재환은 마치 미국의 대통령 같은 경호를 받고 있는 것이다.

저녁 무렵, 숙소의 넓고 화려한 응접실에는 우재환을 포함하여 네 사내가 앉아 있었다. 나머지 세 사내는 이종남과 미국인인 밀튼과 브라운이다. 보드카 잔을 쥔 밀튼이 입을 열었다.

"어쨌든 첫 라운드는 경비대가 치러줄 테니까 그것도 저쪽 선수가 링에 올라와 준다면 말이지만."

그는 한 모금에 보드카를 삼켰다.

"이번에는 마피아를 자극하지 않는 게 낫다고 오 국장한테 전해 주었어. 작년의 마피아 탄압에 대해서 러시아 정부가 꽤 불쾌했던 모양이야. ≪프라우다≫ 사설에서 두 번이나 비판을 했다니까."

갈색 머리칼에 체격이 당당한 밀튼은 톰프슨 그룹의 고문 직책을 맡고 있었으나 CIA 요원이다.

"150명 가까운 무장 집단이라니 무시할 수가 없어. 경비대를 애먹일 거야."

밀튼의 말에 이종남이 나섰다.

"북한과 시바다의 관계가 악화되어 있습니다. 은행 앞에서 부하 네 명이 당한 후에 시바다는 바짝 긴장하고 있어요."

"박기동은 아직도 찾지 못했나?"

우재환이 묻자 그가 머리를 저었다.

"다시 숨었습니다. 북한 놈들이 감춰두고 있는 것 같습니다만."

"그놈도 이젠 명이 끝난 것 같군. 기생충 같은 놈이었어."

밀튼이 벽시계를 올려다보았다. 오후 6시 10분이었다.

"오세영이 타운에 도착했겠군."

그리고 그가 창밖으로 시선을 돌렸을 때였다. 갑자기 어두운 창밖이 환하게 밝아진다고 느끼는 순간 그들은 엄청난 폭발음을 들으면서 일제히 몸을 숙였다. 벽에 걸린 장식물들이 떨어져 내렸고 유리창이 부서져 찬바람과 함께 눈보라가 쏟아져 들어왔다.

"로켓포다!"

어느 사이에 소파 뒤쪽으로 몸을 굴려 엎드려 있던 밀튼이 소리쳤다. 우재환은 천장에서 떨어진 형광등을 걷으면서 엉거주춤 일어섰다. 로켓탄은 바로 옆방인 거실을 명중한 것이다.

"어서 안쪽으로!"

넘어진 의자에 발이 걸려 비틀거리면서 그는 안쪽으로 통하는 문으로 달려갔다. 방 안의 사내들이 허둥거리며 뒤를 따랐고 그들이 옆으로 들어섰을 때 다시 호텔을 울리는 폭발음과 함께 등 뒤의 문짝이 부서지면서 부하 두어 명이 폭풍에 날려 쓰러졌다.

우재환이 미친 듯한 형상으로 부하들을 둘러보았다.

"서둘지 마라!"

그가 고함을 치자 주위는 순식간에 조용해졌다. 로켓탄은 이제 날아오지 않았으나 부서진 문짝을 통해 찬바람이 휘몰아치고 있었다.

"아래쪽을 수색해라, 어서! 그리고 간부들과 경비대에 연락을 하고."

부하들이 제각기 흩어지자 밀튼이 다리를 절름거리는 브라운을 부축하고 다가왔다. 그의 머리칼 속에서 반짝이는 것은 부서진 유리조각이다.

"김상철이가 이쪽을 치다니."

밀튼의 얼굴은 긴장으로 굳어져 있었다.

"우리부터 공격할 모양이야."

시바다가 콘티넨탈 호텔이 공격받은 것을 안 것은 그로부터 5분쯤 후였다. 그는 곧 마쓰노와 가와베, 몬도 등과 모여 앉았는데 장소는 부하들의 대기실이었다. 사방이 벽으로 막힌 호텔 안쪽의 방인 것이다.

"부하가 잡혔는데 은신처에 잠자코 주저앉아 있을 리가 없소."

몬도가 뱉듯이 말했다. 그는 번들거리는 눈으로 주위의 사내들을 바라보았다.

"타운을 벌써 빠져나온 거야. 그놈들은 고려시에 와 있소."

"경비본부에서 곧 비상령을 내릴 것이라고 하는데, 7시부터 말이오."

마쓰노가 시계를 내려다보는 시늉을 했다.

"발악이야 하겠지만 곧 소탕될 거요."

"놈들은 꽤 준비를 해둔 것 같소. 가볍게 생각할 일이 아니오."

자리에서 일어선 몬도가 그들을 내려다보았다.

"고려시는 면적도 세계에서 제일 큰 도시 중의 하나요. 게릴라식 공격을 해온다면 시간이 걸릴 거요."

몬도가 방을 나가자 마쓰노가 이맛살을 찌푸렸다.

"저 새끼 보기 싫어서 고려리아를 떠나든지 해야겠어. 도대체 우리 위에서 군림하려고 든단 말이야."

시바다가 잠자코 있었으므로 그는 더욱 열을 내었다.

"이럴 때 저놈이 하는 일은 뭐요? 그저 감독이나 하고 잔소리만 늘어놓는 것 아닙니까?"

"곧 쓸모가 있을 겁니다."

가와베가 입을 열었다.

"몬도가 데려온 부하들은 모두 자위대에서 특수훈련을 받은 자들이오. 비록 우리 지휘는 안 받지만 도움이 될 겁니다."

그러자 시바다가 머리를 끄덕였다.

"어차피 일어날 일이었어. 이 기회에 아예 뿌리를 뽑도록 하자."

타운을 맡고 있는 나카무라한테서 연락이 없는 것을 보면 그쪽은 아직 아무 일이 없는 모양이었다. 시바다가 입술 끝으로 웃었다.

"김상철의 마지막 발악이야. 우재환이 꽤 놀랐겠다. 거실에서 회의를 했다면 지금쯤 시체 조각이나 찾고 있었을 테니."

마쓰노와 가와베가 방을 나가자 시바다는 전화기를 들었다. 아래층 방에 있던 이유미가 곧 전화를 받는데 그녀와 저녁 약속이 되어 있었던 것이다.

"오늘밤 일 때문에 저녁은 같이 못하겠어."

"알았어요. 그럼 혼자 먹죠, 뭐."

이유미가 가볍게 대답했다.

"나타샤 레스토랑에 가서 게 요리나 먹겠어요."

"나가면 안 돼. 방에서 시켜 먹어."

시바다의 목소리는 부드러웠지만 그냥 넘어 갈 이유미가 아니다.

"무슨 일 있어요?"

"소동을 부리는 놈들이 있어서."

"……"

"오늘은 방에 있어. 내가 다시 연락할 테니까."

"알았어요. 기다릴게요."

수화기를 내려놓은 시바다는 담배를 빼 입에 물었다. 몬도는 이유미의 5000만 엔도 회수하라고 독촉하고 있었던 것이다. 그는 담배 연기를 길게 뱉아내었다. 어쨌든 이유미를 아래층까지 데려다 놓은 이상 회수는 문제될 것이 없다.

버스가 멈추자 문이 열리면서 경비대원 두 명이 들어섰다. 두 명 모두 철모와 방한복 어깨에 두툼한 눈이 쌓여 있다.

"여러분 죄송합니다. 잠깐 검문이 있겠습니다."

앞장선 사내는 인상이 좋은 20대의 사내였다. 유창한 영어로 관광객들에게 양해를 구하고난 그는 버스 안을 재빠르게 훑어보았다. 리조트시티에서 고려시로 들어오는 관광버스였다. 승객은 서양인 남녀들이 많았지만 동양인도 섞여 있다. 그는 주로 동양인만 주의 깊게 보았는데 이윽고 안쪽에 앉은 동양인 사내에게로 다가갔다.

"선생님, 여권을 보여 주시겠습니까?"

김상철은 앞에 선 경비대원을 올려다보았다. 잘생긴 얼굴에 웃음을 띠고 있었지만 오른손은 권총의 손잡이 위에 올려놓은 상태였다. 그가 내민 여권을 받은 사내는 찬찬히 들여다보고는 돌려주었다.

"감사합니다, 선생님."

허리를 편 사내가 경례를 하더니 몸을 돌렸다. 뒤쪽에서 M-16을 쥐고 있던 사내도 긴장을 푼 듯 반쯤 몸을 틀었을 때였다.

"이봐."

한국어로 김상철이 부르자 그들은 놀란 듯 걸음을 멈췄다.

"당신, 나 알아보았지?"

자리에서 일어선 김상철이 그렇게 물었을 때 뒤쪽에 서 있던 M-16을 쥔 대원이 먼저 반응을 했다. 그가 M-16을 고쳐 쥐고 총구를 앞쪽으로 겨누었을 때였다. 옆에 앉은 승객이 불쑥 권총의 총구를 그의 옆구리에 대고는 총신을 잡아 아래쪽으로 끌어내렸다. 그와 동시에 차 안에 앉아 있던 서너 명의 사내들이 차 밖으로 쏟아지듯 몰려나갔다. 검문소는 열 명 가량의 경비대원이 지키고 있었는데 검문을 받고 있는 것은 관광버스 두 대였다. 곧 밖에서는 요란한 총성이 울려 퍼졌다. 순식간에 일어난 일이다. 버스 안의 관광객들이 의자 밑으로 몸을 숙였고 여자들은 비명을 질러했다. 총성은 오래가지 않았다. 뒤쪽 버스에서도 뛰쳐나온 부하들에 의해서 검문소는 곧 제압되어 버린 것이다. 이한이 기관총을 세워들고는 버스 안으로 들어섰다. 잠깐 동안이었는데도 눈을 몸에 흠뻑 뒤집어쓰고 있다.

"끝냈습니다."

김상철에게 소리쳐 말한 그가 부하들이 버스에 오르자 운전사의 어깨를 쳤다.

"가자, 속력을 내."

버스가 급발진을 하는 바람에 바퀴가 눈길 위로 여러 번 공회전을 했다. 김상철이 버스 바닥에 무릎을 꿇린 경비대원들을 내려다보았다. 그들은 이미 사색이 되어 있어서 두 눈의 초점이 없다.

"너, 나 알아보았느냐고 물었다."

김상철이 앞쪽의 사내에게 묻자 그가 머리를 들었다.

"예, 알아보았습니다."

단단히 마음을 굳힌 듯 어금니를 물었으나 입술은 떨리고 있다. 차 안의 시선이 모두 그에게로 모아졌다.

"어떻게?"

"수염을 기른 얼굴의 사진도 보았기 때문에."

눈보라를 헤치며 버스는 고려시로 들어서고 있었다. 좌우로 화려한 네온사인이 눈보라 속에서도 휘황하게 빛나고 있었다.

버스는 오리엔트 호텔을 향해 다가가고 있었다. 뒤를 따르던 버스는 조금 전에 그들과 갈라졌던 것이다. 김상철은 AKS-74U 자동소총을 세워 쥐고는 버스 안을 둘러보았다. 리조트시티에서 내려오는 버스를 세워 탔기 때문에 차 안에는 서양인 관광객이 20명 가깝게 섞여 있었다. 나머지

12명은 이한과 그의 부하들인데 제각기 관광객 차림을 하고 있었지만 모두 긴장한 표정이었다. 이한이 그에게로 다가왔다.

"형님, 5분쯤 후에는 도착합니다."

머리를 끄덕인 김상철이 시계를 내려다보았다. 7시 10분 전이다. 자리에서 일어선 그가 차 안의 관광객을 둘러보았다.

"여러분은 버스가 호텔 앞에 도착하면 절대로 차 밖으로 나오면 안 됩니다. 총격이 끝났다고 생각되면 손을 들고 천천히 나와야 합니다."

그가 소리치듯 말하고는 바닥에 앉은 경비대원을 바라보았다.

"네가 먼저 내려라. 경비대원이니까 관광객을 보호해야 할 것이다."

"예, 그렇게 하겠습니다."

사내가 이젠 또렷한 목소리로 말했다.

"살려주셔서 고맙습니다."

"난 필요 없는 살상은 안한다."

"저는 고향이 서울입니다. 저 친구는 인천이구요."

"시끄러! 이 자식아!"

이한이 소리치자 사내는 입을 다물었다. 앞쪽으로 오리엔트 호텔의 20층 건물이 어두운 밤하늘에 환하게 드러나 있었다. 영문으로 쓴 붉은색 호텔 이름이 뚜렷하게 보였고 밑쪽에서 명멸하는 오색 네온은 카지노와 나이트클럽의 표시였다. 이한이 ABCS-74U 자동 소총을 세워들더니 운전사에게로 다가갔다.

"호텔 현관 앞으로 천천히 다가가. 불을 깜박이거나 허튼 짓하면 네 머리통을 반쯤 없어지게 해주겠다."

그는 총구를 운전사의 뒷머리에 대었다.

"너도 한국인이지?"

"이르쿠츠크 출신이오."

긴장한 30대 운전사가 말하자 이한이 총구를 내렸다.

"나도 스베츠카야 거리에서 살았던 적이 있다."

호텔이 다가오자 운전사는 속력을 줄였다. 한 방향 20차선의 대로였으나 눈이 쌓이는 통에 차량들의 속도는 느리다. 버스가 호텔의 정문 앞으로 다가갔을 때였다. 운전사가 머리를 돌려 뒤쪽에 선 이한에게 말했다.

"정문 앞에 사람들이 있습니다."

"나도 보았어."

"어떻게 할까요? 검문할 모양인데."

불안감에 허둥대는 목소리였다. 안쪽에 앉은 김상철에게도 호텔 정문 앞에 서 있는 대여섯 명의 사내들이 보였다. 옆쪽의 경비실에도 몇 명이 더 있을 것이다.

"놈들이 세우라면 세워. 보통 때와 같이 행동하면 돼, 너는."

이한의 말소리가 버스 안을 울렸다.

호텔 정문의 관리실은 본래 차량통제를 위해 만들어졌지만 시바다가 숙소로 정하고 나서는 그의 경호원들을 위한 경비실 역할을 했다. 보통 때는 경비인원은 3, 4명 정도였는데 오늘은 밖에 나와 있는 숫자만 해도 대여섯 명이다. 방한복 위에 흰 눈을 뒤집어 쓴 그들은 버스가 다가오자 손을 들어 세웠다. 고속도로상의 검문소보다 더 기세등등한 태도였다.

버스가 멈추자 사내 한 명이 운전석 옆쪽으로 왔고 두 명은 앞을 가로막고 섰으며 두 명이 문으로 다가와 두드렸다. 경비실의 처마 밑에도 두 명이 서서 이쪽을 바라보고 있었다.

"어디서 오는 길이오?"

운전석 밑에 선 사내가 소리쳐 물었을 때 열린 문으로 사내 두 명이 올라섰다. 그 순간 이한은 경비실 뒤쪽에서 나타난 세 명의 사내가 경비실 처마 밑의 사내들에게 다가가는 것을 보았다. 버스 안에 들어선 사내 두 명이 안을 휘둘러보았다. 뒤쪽의 사내는 바로 이한의 옆에 서 있다. 그의 시선이 부딪쳐오자 다리 밑에 깔고 앉았던 대형 리볼버를 들어올렸다. 소음기를 끼워 놓아서 길고 투박해진 총구가 둔탁한 소리를 내며 불을 뿜었다. 놀라 몸을 돌리는 앞쪽 사내의 가슴을 향해 다시 한 발을 쏘아 젖힌 이한은 곧 운전석의 열린 창으로 총구를 돌려 무어라고 입을 벌린 사내의 머리를 쏘았다. 머리를 돌린 이한은 곧 버스 앞에 선 두 사내와 경비실 처마 밑의 두 사내는 이미 쓰러져 있는 것을 보았다.

열려진 버스 문으로 눈을 뒤집어 쓴 세 사내가 뛰어 올라왔다.

"자, 어서 현관으로!"

이한이 소리치자 버스는 움직였다. 덜컹이며 버스가 흔들린 것은 시체를 깔고 지나갔기 때문이다. 이한이 식은땀으로 얼굴이 젖은 운전사의 어깨를 움켜쥐었다.

"보통 때와 같이, 천천히, 현관 앞으로."

버스 안에서 노리쇠를 당기는 금속성 소리가 여러 곳에서 들려 왔다.

현관의 경비책임자는 사사키 곤베라는 30대의 사내로 정문 경비실까지 그가 지휘하고 있었다. 정문과 현관은 대각선의 위치였고 사이에 거대한 돌조각상이 세워져 있어서 시야가 좋지 않았는 데다 눈보라가 휘몰아치는 밤이다. 20여 명의 현관 경비원은 제각기 둘씩 셋씩 로비와 엘리베이터 앞, 비상구 등을 나누어 맡고 있는데다 오늘은 비상이 걸려 2층의 식당가에 30여 명이 대기하고 있었다. 버스가 조각상을 돌아 현관 앞으로 다가오자 여느 때처럼 안내를 맡은 호텔 직원이 유리 회전문을 열고 밖으로 나왔다. 그의 뒤를 따라 사사키의 부하 무라다가 동료 두 명과 함께 나와 섰다.

휘몰아치는 눈발이 드러난 피부에 닿았고 그것이 금방 얼어붙었으므로 무라다는 얼굴을 찡그리며 방한모를 눌러썼다. 영하 40도가 넘는 추위였고 큐슈의 가고시마 태생인 그는 이런 날씨에 진절머리가 나 있었다. 버스는 회전문에서 4, 5미터 거리에 멈춰 섰고 곧 문이 열렸다. 그리고 추위가 겁난다는 듯이 관광객들이 몰려나왔다. 그들이 떼를 지어 회전문을 밀고 안으로 들어갔으므로 호텔 직원과 무라다는 한쪽으로 비켜섰다. 관광객들은 모두가 사내들이었고 일부는 방한 두건으로 눈만을 내놓고 있었지만 동양인이다. 그들을 눈여겨보던 무라다는 파카 주머니 속에서 쥐고 있던 권총의 손잡이를 힘주어 잡았다. 무언가 이상한 것이다.

사내들이 하나같이 그와 시선을 마주치며 현관 안으로 빨려 들어가고 있었다. 그는 한 걸음 회전문 쪽으로 다가섰다. 그때는 마지막 두 사람이 안으로 들어갈 순간이다. 그리고 무라다가 막 손을 들어 한 사내에게 말을 걸려고 입을 벌렸을 때였다. 이미 시선을 마주치고 있던 그 사내가 불쑥 방한 파카를 젖히더니 어깨에 매달고 있던 기관총의 총구를 무라다에게로 겨누었다.

"타타타타타!"

무라다와 그의 동료들이 제대로 총을 뽑지도 못하고 현관 앞에 쓰러졌을 때 그것이 신호라도 된 듯이 호텔 안에서 수십 정의 총성이 한꺼번에 울려왔다. 습격이다. 돌바닥에 얼굴을 대고 넘어져 있던 무라다의 흐린 시야에 버스에서 조심스럽게 내리는 경비대원 한 명이 보였다. 놈들은 경비대원으로 위장을 한 것이다. 무라다는 이미 쥐고 있던 권총으로 그를 겨누었다. 총신이 흔들렸으므로 손잡이를 땅바닥에 댄 채로 방아쇠를 당기자 버스 뒤쪽으로 뛰어가던 사내가 휘청 거리더니 앞으로 쓰러졌다. 그리고 그 다음 순간 손에서 권총을 떨어뜨린 무라다도 눈을 뜬 채 숨을 멈췄다.

기습이었다. 잠깐 동안의 총격으로 이미 반수 이상의 부하를 잃은 사사키는 화장실 입구의 벽에 붙어 서 있었다. 아직도 로비에서는 여자 관광객들의 비명과 함께 총성이 쉴 새 없이 들리고 있다. 사사키는 이를 악물고 상반신을 로비 쪽으로 내밀면서 총성이 울리는 곳을 향해 권총을 겨누었다. 보인다. 파카 차림의 사내 한 명이 온몸을 노출시킨 채 옆쪽을 향해 기관총을 난사하는 중이었다.

"탕, 탕, 탕."

그를 향해 연속으로 세 발을 쏘아 갈기자 사내가 천장으로 기관총을 난사하면서 앞으로 쓰러졌다. 다시 벽에 몸을 붙인 사사키가 가쁜 숨을 몰아쉬고 있을 때 발밑으로 무언가가 굴러오더니 구두 끝에 닿았다. 무심코 아래쪽을 내려다본 그는 눈을 와락 치켜뜨면서 구두 끝으로 그것을 힘껏 차냈다. 수류탄이다. 그러나 옆쪽으로 빗맞은 수류탄이 앞쪽의 벽에 부딪치고는 다시 그에게로 굴러왔다. 사사키는 와락 몸을 로비 쪽으로 굴렸다. 그 순간 자신에게로 쏟아지는 총탄을 느낄 수 있었다. 로비 위를 구르는 사이에 폭음이 터지면서 폭풍과 함께 돌 부스러기가 몸에 부딪쳤고 총탄이 날아와 그의 허리와 가슴을 뚫었다. 이윽고 스키복 매장 앞까지 굴러온 사사키는 길게 숨을 내리쉬면서 반듯하게 눕더니 숨이 끊어졌다.

"2층을 막아라!"

이한에게 고함을 친 김상철이 카지노의 입구로 달려가자 서너 명의 부하들이 뒤를 따랐다. 간간이 총성이 들려왔지만 현관의 경비원은 거의 제압한 상황이다. 손님들은 대부분 로비 바닥에 엎드려 있었으므로 그들 위를 건너뛰어야 했다.

카지노의 입구는 프런트 옆쪽의 계단이었다. ㄱ자로 꺾어진 계단을 내려가면 카지노의 육중한 나무문이 나온다. 계단을 뛰어 내려간 김상철은 막 나무문이 안쪽으로 닫히는 것을 보았다. 그는 주머니에서 수류탄을 꺼내들고는 계단의 모퉁이에 멈춰섰다.

가쁜 숨을 몰아쉬며 부하들이 그의 옆으로 나란히 붙어 섰다. 그가 카지노의 문 앞으로 수류탄을 던지자 부하 두 명이 잇달아 수류탄을 던져 넣었다. 폭음과 함께 나무파편이 튀어 올라왔고 그것은 연속해서 두 번이나 더 들렸다. 자욱한 연기와 화약 냄새 속에서 김상철은 시계를 내려다보았다.

7시 20분이었다. 로비에서의 총격전이 예상보다 5분 더 걸린 것이다.

"돌아간다."

그 순간 위쪽의 로비에서 폭발음이 계속해서 났다. 이미 천장의 거대한 샹들리에는 떨어져 내린 상태였고 전등이 대부분 깨진 로비는 어두웠다. 계단을 뛰어 올라오며 김상철이 고함을 쳤다.

"한아! 철수다!"

보안국장 오세영은 타운으로 끌고 갔던 병력을 다시 인솔하고 고려시로 달려오는 중이었다. 고속도로는 눈에 덮여 있어서 차량들이 제대로 속력을 내지 못했으나 선두에 선 그의 지프가 시속 50킬로미터를 내자 트럭 대열이 기를 쓰고 뒤를 따른다. 고려시의 야경이 평원 앞쪽으로 붉은 빛무리를 희미하게 보일 때였다. 맑은 날에는 커다란 빛무리를 만들었지만 지금은 눈보라 치는 날이다.

무전기가 울렸으므로 그는 스위치를 켰다.

"국장이다."

"국장님, 본부의 양 과장입니다."

서두르듯 말하는 것은 본부당직인 양 과장의 목소리였다.

"지금 오리엔트 호텔이 습격을 당하고 있습니다. 사상자가 수없이 났고 지금 3, 40명의 폭도들이 아래층 로비를 점령하고 있다고 합니다."

쩌렁거리는 목소리가 차 안을 울리자 운전사는 저도 모르게 액셀러레이터에서 발을 뗀 모양이었다. 오세영의 무서운 시선을 받은 운전사가 와락 액셀러레이터를 밟는 통에 지프는 옆으로 미끄러지며 달려 나갔다.

"경비대는 출동시켰나?"

오세영이 소리쳐 묻자 그의 목소리가 울려왔다.

"출동시키고 보고 드리는 겁니다. 가까운 상가지구 경비대와 본부에서도 1개 중대가 출발했습니다."

"나도 지금 그곳으로 가겠다. 아직도 그놈들이 호텔에 있단 말이지?"

"교전중이라는 연락을 받은 지 10분밖에 되지 않았습니다."

"시바다는 괜찮은가?"

"괜찮은 모양입니다. 놈들은 로비와 카지노를 습격했는데 카지노는 아직 점령하지 못한 것 같습니다."

무전기의 스위치를 끈 오세영이 운전사를 바라보았다.

"오리엔트 호텔로."

뒷좌석에 앉아 있던 허철수가 휴대용 무전기를 켰다. 뒤를 따르고 있는 트럭에 연락을 하려는 것이다. 오세영은 손목시계를 내려다보았다. 7시 25분이었다. 전조등의 빛발 사이로 살아 있는 곤충 같은 눈 떼가 차창을 향해 부딪쳐오고 있었다. 김상철은 우재환과 시바다 양쪽을 친 것이다. 고려시는 이미 비상령이 내려져서 모든 출구는 봉쇄되어 있었지만 사방 50킬로미터 거리의 고려리아는 면적이 2500평방킬로미터나 된다.

오세영은 저도 모르게 혀를 찼다. 노 회장이 반대만 하지 않았더라면 경비대원 500명은 이미 고려리아에 증원되어 있었을 것이었다.

"저건 뭐야?"

운전사가 혼잣소리처럼 중얼거렸으므로 오세영도 앞쪽을 바라보았다. 눈보라 때문에 가시거리가 짧았으나 앞쪽에 번쩍이는 차량들의 비상 경고등이 보였다.

"사고가 난 모양인데요."

목을 앞쪽으로 뽑은 허철수가 말했다. 비상등을 켜고 멈춰선 차량들이 모두 길을 막고 있었던 것이다. 비행장 활주로 같은 20차선의 도로였지만 빠져나갈 길이 보이지 않았으므로 운전사는 속력을 줄였다. 저쪽에서는 이쪽의 대열을 본 모양으로 재충돌을 염려한 운전사 대여섯 명이 이쪽을 향해 열심히 손을 흔들고 있었다.

"이런 빌어먹을."

뱉듯이 말한 오세영이 앞쪽을 노려보다가 문득 머리를 돌려 허철수를 돌아보았다.

"차가 멈추면 대원들을 모두 내리도록 해라. 그리고 길을 뚫어."

"알겠습니다."

허철수가 무전기를 들고 소리쳐 지시하는 동안에 지프는 멈춰섰다. 방한모를 찾아 머리에 눌러쓴 오세영은 문을 열고 밖으로 나갔다. 보나마나 충돌사고일 것이지만 오늘은 심한 편이다. 그가 차량 사이를 지나 앞쪽으로 다가갔을 때였다. 그는 뒤쪽에서 울리는 폭음을 듣고 와락 이맛살을 찌푸렸다. 뒤쪽에서 다시 충돌사고가 일어난 것으로 생각했던 것이다. 그가 머리를 돌렸을 때 붉은 화염이 밤하늘로 치솟았다. 폭발이다. 저도 모르게 허리춤에서 권총을 꺼내 쥔 오세영이 마악 그쪽으로 발을 떼자 다시 폭발이 일어났다. 이번에는 두 곳에서 연달아 불꽃과 파편을 뿜어내었는데 경비대의 트럭이다. 오세영은 권총을 휘두르며 자신의 지프로 달려갔다.

"대피하라! 습격이다!"

악을 쓰는 그의 목소리는 다시 일어난 폭발음에 묻혔다. 그러자 이미 하차했던 경비대원들이 길가의 어둠 속을 향해 총을 쏘기 시작했다. 한두 명이 사격을 하자 100여 명이 금방 따른다.

바로 옆쪽에서 차량 한 대가 폭발했으므로 오세영은 승용차의 뒤쪽으로 몸을 숙였다. 이번에 폭발한 것은 자신의 지프였다. 당한 것이다. 오세영 은 쪼그리고 앉은 채 이를 악물었다. 김상철은 고속도로에서도 기다리고 있었던 것이다.

"철수."

짧게 명령한 타니츠키가 눈밭에서 몸을 일으켰다. 불길에 싸여 있는 차량 때문에 이곳에서 고속도로는 환히 바라보였고 마구잡이로 총질을 하는 경비대를 전멸시킬 수도 있었다. 그는 방한화에 채워진 스키를 확인하듯 한 번씩 들어본 다음 익숙한 자세로 언덕 아래로 미끄러져 내려왔다. 가끔 눈먼 총탄이 머리 위를 스치고 지나갔지만 언덕 밑은 아늑했다.

아래에는 흰색 스키복 차림의 부하들이 이미 정렬해 서서 내려오는 그들을 기다리고 있었다.

"출발."

타니츠키가 방한 마스크를 내려쓰며 말하자 부관이 소리쳐 대열을 정돈했다. 곧 그들은 일렬종대로 늘어서서 눈 위를 달려가기 시작했다. 고속도로와 평행으로 평원 위를 달려가는 것이다. 쌓인 눈과 부서지고 폭파된 차량을 치우려면 몇 시간 가지고는 어림없는 일이다. 적어도 오늘 밤 타운에서 고려시 간의 상행선 통행은 어려울 것이었다. 다행히 눈보라가 등을 때리고 있었으므로 달리기에는 훨씬 수월했다. 부관이 속력을 내더니 그의 옆을 나란히 달렸다.

"대장, 고려시에 시간 맞추어 도착하기는 어렵겠습니다."

"몇 시야?"

타니츠키가 소리쳐 묻자 돌출부분에 걸려 비틀거리던 부관이 겨우 중심을 잡았다. 그들은 앞장선 첨병의 등에 붙인 야광표시를 보면서 달려가는 중이었다.

"8시 5분입니다."

고려시까지는 30분 정도 걸릴 것이고 시내로 진입하려면 다시 30분이 더 소요될 것이다.

"할 수 없다."

타니츠키가 속력을 내어 달리며 말했다.

"이번 작전은 꼭 타이밍이 맞고 손발이 맞아야만 시작하는 것이 아니다."

"조금 전에 나타샤 레스토랑이 폭파되었다는 거요. 손님들을 모두 내몰고 폭파시켰다지만 인명피해가 상당해요."

전화를 마친 전창남이 잠긴 목소리로 말했다.

"경비본부장은 당황하고 있어요. 놈들이 동시다발적으로 습격을 해오는 통에."

운영위원장실에는 유장석과 한민수의 세 사람이 모여앉아 있었다. 밤 9시가 되어가고 있었다. 다시 전화벨이 울렸으므로 전창남이 수화기를 들었다.

"운영위원장이오."

그리고는 잠자코 듣기만 하더니 알았다면서 전화를 끊는다. 이윽고 두 사람의 시선을 받은 전창남이 입을 열었다.

"이번에는 고려 호텔의 카지노가 로켓포 공격을 받았소. 경비원 10여 명의 사상자를 내었답니다."

한민수가 어금니를 물었다. 고려 호텔은 대동그룹이 100% 자금을 투입해서 세운 1급 호텔이다. 카지노는 고려리아 제일의 시설이라고 자랑할 만큼 호화로웠고 면적도 제일 컸던 것이다.

"이대로 둘 수는 없습니다."

한민수가 두 명의 위원장을 번갈아 바라보았다.

"하룻밤 사이에 고려리아가 망하도록 놔둘 수는 없습니다."

"경비대 전병력이 투입되어 있는 상황이오. 조금 두고 봅시다."

달래듯이 유장석이 말하자 한민수는 머리를 저었다.

"1만 5000의 경비대로는 주요 시설 경비에도 모자란다는 것이 이번 일로 여실히 드러났습니다. 그리고 놈들이 하루 이틀 사이에 소탕될 수가 없다는 것도…… 지원을 요청해야 합니다."

고려시와 타운 간의 고속도로가 끊겨 오세영은 아직도 고속도로 상에 묶여 있었고 비행기는커녕 헬기도 뜨지 못하는 날씨였다. 따라서 고려시와 타운의 경비대가 제각기 해당지역만 경비와 수습을 하는 상황이었는데 벌써 10여 건의 습격을 받아 100여 명의 사상자가 났다.

더구나 김상철이 철저하게 치고 달아나는 작전을 쓰는 바람에 경비대는 아직까지도 적절한 대비책을 만들지 못하고 있는 것이다. 유장석이 입을 열었다.

"이미 통금이 실시되었으니 놈들의 행동도 훨씬 위축될 거요. 그리고 날이 밝으면 더할 것이고. 한국에서 지원군을 부른다고 해도 날씨 때문에 공항이 폐쇄된 상황이라 내릴 수도 없어요, 더구나."

말을 멈춘 유장석이 손가락으로 헝클어져 내려온 머리칼을 쓸어 올렸다.

"오늘밤만 넘겨보도록 합시다."

한민수는 지난번에 보류되었던 5000명의 경비대 인원을 이 기회에 지원받아야 한다는 것이다. 잠자코 있던 전창남이 의외로 머리를 끄덕였다.

"오늘밤만 넘겨봅시다. 물론 서울에 연락은 해두고 말이오. 그러고 나서 내일 아침에 다시 상의합시다."

그가 유장석에게 시선을 돌렸다.

"김상철이 이토록 무모한 놈인 줄은 미처 깨닫지 못했소. 아예 이곳을 뒤엎어 버릴 작정을 한 놈 같단 말이오."

"마피아와 북한, 삼합회가 동조하지 못하도록 해야 합니다."

한민수가 차갑게 그의 말을 받았다.

"이 기회에 그들도 철저히 다스려야 뒤탈이 없습니다."

집무실로 돌아온 한민수는 테이블에 앉아 수화기를 들었다. 벽시계는 9시 10분을 가리키고 있었다.

"여보세요?"

기다리고 있었던 듯 강미현이 신호가 떨어지기가 무섭게 전화를 받는다.

"그곳, 아직도 심각해요?"

"그래, 아직. 아무래도 오늘밤은 사무실에 있어야 할 것 같아."

"어떻게 되었는데요?"

"그냥 그래."

뉴스에는 8시를 기해 고려시와 타운에 통금이 실시되었다는 내용과 콘티넨탈, 오리엔트 호텔의 습격 사건만 보도되었을 뿐이다. 나머지 사건은 보도금지를 시켰고 통금 시간에는 보도기관의 통행도 허락되지 않았으므로 일반인들은 사건의 전모를 모른다.

"식사는 하셨어요?"

강미현이 생각난 듯 묻자 그는 소리 죽여 숨을 뱉어내었다.

"여기서 시켜 먹었어. 내 걱정은 말고, 내가 틈나는 대로 전화할 테니까."

"조금 전에 경비대가 들어 왔어요."

"알고 있어."

"그럼 다시 전화 주세요."

한민수는 전화기를 내려놓았다. 저택의 경비대원은 20명 정도로 그것도 5킬로미터 정도 떨어진 정문과 저택에 반반씩 나눠져 있는 형편이다. 그는 경비본부장에게 부탁하여 조금 전에 30명 가량의 경비대원을 저택으로 보냈던 것이다.

"놈들은 3개나 4개 조직으로 나누어져 있다."

흔들리는 차 안이어서 펼쳐든 지도가 이리저리 구겨졌지만 오세영은 아랑곳하지 않았다.

"확실한 공격지점이 각자 정해져 있다. 그리고 때로는 시간에 맞춰 연대공격도 할 것이다."

그는 붉은 동그라미가 그려진 한 점을 짚었다.

"고려 호텔 카지노는 앞뒤 쪽에서 공격을 받았는데 30분쯤 후에는 한강 카지노와 파블로바 클럽이 거의 같은 시간에 폭파되었어, 이것은 두 팀이 합쳤다가 다시 나누어진 것 같다."

허철수가 지도에서 시선을 들었다. 그는 한쪽 볼에 커다란 반창고를 붙이고 있었는데 파편에 스쳤기 때문이다.

"이놈들의 습성이나 예상목표를 찾는 것은 불가능합니다, 국장님. 시간도 없고요."

"알고 있어."

뱉듯이 말한 오세영이 지도를 거칠게 그에게로 밀어놓았다.

"하지만 생각 없이 반사작용만으로 움직일 수는 없단 말이야."

경비대용 설상트럭은 요란한 엔진음을 내며 달려가고 있었으나 시속은 60킬로미터가 고작이다. 트럭은 이미 고려시로 진입해서는 행정청을 향해 달려가는 중이다. 오세영이 시계를 내려다보았다. 9시 50분이다. 부서진 차량들을 트럭으로 밀어젖히고 겨우 차선 한 개를 만들어서 현장을 빠져나왔지만 그의 지프를 포함하여 7대의 트럭이 폭파되었다. 다행히 길을 치우려고 전원 하차한 상태여서 피해가 적었지만 사망 12명에 부상 28명의 인명 손실을 입었는데 그를 처참하게 만든 것은 적을 보지도 못하고 당했다는 것이다. 그가 머리를 들었다.

"주요기관 중 습격당한 곳은 어디야?"

"관공서는 아직 피해가 없습니다. 모두 일본과 미국계, 그리고 고려와 대동의 합작 사업장들만 공격했는데 현재까지 모두 14군데입니다."

"날만 밝으면……."

오세영이 잇사이로 말했다.

"내가 눈 속을 뒤져서라도 이놈들을 잡아내 가죽을 벗길 테다."

지금까지의 사상자만 해도 300명이 넘는 대참사인 것이다. 그 중에서 민간인이 20여 명이 되었고 경비대원은 30명 가깝게 된다. 나머지는 시바다와 우재환의 부하였으므로 그들이 어떤 상황인지 짐작이 갔다.

"시바다와 우재환은 아직도 호텔에 머리를 박고 있나?"

"그건 확인해 보지 않았습니다, 국장님. 확인해 볼까요?"

"지금은 필요 없어."

그는 천장에 매달린 마이크를 뽑아 쥐었다. 본부와 연결된 무전기였다.

"본부, 나 보안국장이다. 본부장님 바꿔라."

소리치듯 그가 말하자 곧 본부장의 목소리가 울려 왔다.

"지금 어디야? 오 국장."

"B지구를 가고 있습니다. 10분 안에 행정청에 도착합니다, 본부장님."

"9시 20분에 알프스 클럽이 폭파되고 나서 지금까지 40분 동안 놈들이 잠잠해졌어. 자네, 생각나는 것 없나?"

초조한 듯 그가 물었는데 그는 좀처럼 이런 식으로 말하지 않는 사람이다. 보통 때 같았으면 '생각 있으면 말해 봐' 했을 것이다. 오세영이 손에 쥔 마이크를 들여다보았다.

"놈들은 다시 공격해 올 것 같습니다, 본부장님."

그는 힘주어 말을 이었다.

"제 생각입니다만 놈들은 아직 목표를 달성하지 않았습니다. 놈들의 목표는 시바다와 우재환의 제거인 것 같습니다."

"그렇군."

"제가 곧 가겠습니다."

그러고는 오세영이 무전기의 스위치를 껐으므로 차 안에는 다시 요란한 엔진음만 들려 왔다.

호텔의 로비는 그야말로 아수라장이었다. 엘리베이터는 대부분 수류탄 폭발로 파괴되었고 유리창은 모두 깨어져 찬바람이 휘몰려 들어왔다. 전등 대신 비상전구를 이곳저곳에 매달아 놓았는데 허물어진 장식물과 총탄 자욱이 가득한 내부를 더욱 을씨년스럽게 비치고 있다. 투숙객들은 모두 방에 들어가 있었으므로 로비에는 경비대원뿐이었다. 호텔 종업원도 보이지 않고 시마다의 경호원들도 모두 올려 보낸 것이다. 몬도는 경비대의 책임자에게 신분증을 보이고는 계단을 올랐다. 그의 신분증은 경비본부장이 발행한 몇 장 안 되는 특별 신분증인 것이다. 그가 다섯 명의 부하와 함께 20층에 있는 시바다의 방에 들어선 것은 그로부터 7분쯤 후였다. 조금 가쁘게 숨을 내쉬면서 몬도는 시바다의 앞자리에 앉았다.

"마쓰노는?"

그가 묻자 시바다가 손에 든 술잔을 내려놓았다.

"센다이 호텔을 지킨다고 떠났소. 그쪽에 사업장이 여럿이어서."

그는 손바닥으로 꺼칠해진 얼굴을 들었다.

"나도 잠시 후에는 로열 카지노 근처로 가 있을 작정이오. 이곳은 가와베가 맡기로 했소."

그는 힐끗 옆에 앉은 가와베에게 시선을 주었다.

"이렇게 앉아만 있다가는 혈압으로 죽을 것 같다니까."

나카무라는 타운을 맡고 있었는데 그곳도 두 곳의 사업장이 불타고 20여 명의 사상자를 냈다. 잠자코 그를 바라보던 몬도가 천천히 머리를 끄덕였다.

"그렇다면 나도 측면지원을 하지. 어쨌든 결말을 내야 할 테니까."

"저쪽은 어떻게 되었소?"

"우 사장도 마찬가지요. 경비대 지원을 받아 지키고 있을 뿐이지."

그는 탁자 위에 놓인 보드카 병을 집더니 비어있는 물 잔에 술을 따랐다.

여느 때와 다른 행동이다. 잔을 든 그가 벌컥거리며 두어 모금을 마시더니 더운 숨을 뱉어내었다.

"고려타운에서 러시아로 계속해서 암호무전이 발송되고 있소. 아마 현재 상황에 대한 연락을 하는 모양이오."

긴장한 시바다와 가와베의 시선을 받은 그가 다시 보드카를 한 모금 삼켰다.

"우리 일본국의 첩보위성은 모든 주파수의 통신을 하나도 빼지 않고 정보국에 중계를 하지. 정보국의 컴퓨터는 10초 안에 필요 없는 송신은 걸러냅니다."

"……."

"타운에서 나간 송신을 잡는 곳은 하바롭스크 북방 150킬로미터 지점의 수신소였소. 그런데 타운에서 사용하는 통신수단은 소형 위성통신(SATCOM) 시스템으로 휴대 가능한 최신 제품이오."

그는 빈 잔을 소리 나게 탁자 위에 내려놓았다.

"도대체 누가? 왜? 이런 연락을 하는가를 지금 정보국에서 분석하는 중인데 잠정적인 결론이 났어."

눈을 치켜뜬 몬도가 그들을 쏘아보았다.

"러시아가 신경을 곤두세우고 있는 것 같소. SATCOM은 김상철이 따위가 이용할 수 있는 기능이 아니오. 이것은 군사용이란 말이오."

시계를 내려다본 그가 자리에서 일어섰다.

"오늘밤 안으로 일이 끝나야 합니다. 길어지면 위험하단 결론이오."

따라 일어선 시바다가 굳어진 얼굴로 그를 마라보았다.

"저쪽, 미국 쪽도 압니까?"

"내가 조금 전에 알려주었소. 아마 지금쯤 부랴부랴 위성통신 조사를 할 테지만 곧 우리와 같은 행동으로 나올 겁니다. 어차피 이곳에서는 동반자 입장이니까."

그는 턱을 조금 들어보였다.

"자, 서두르시오. 모두 공격적인 자세로 나가야 일이 풀릴 거요."

몬도가 방을 나가자 시바다가 가와베를 돌아보았다.

"수비지역을 두 곳으로 줄여라. 나머지 세 곳은 버려둔다."

"센다이와 로열 두 곳입니까?"

"그렇다. 마쓰노와 내가 그곳에서 진을 치고 기다리겠다. 나머지 세 곳에 배치시킨 애들을 두 곳으로 불러들여."

다시 자리에 앉은 그는 탁자 위에 지도를 펼쳐놓았다.

"가쓰노와 히데키를 로옐로, 오카다는 마쓰노에게. 가와베, 넌 이곳에서 연락을 맡아라."

지도를 손으로 짚으며 말하던 그가 머리를 들었다.

"일이 끝난다는 건 김상철이 죽어 없어져야 한다는 말이군."

"그렇습니다, 보스. 그놈이 없어지면 끝입니다."

"그놈이 러시아와 통하고 있단 말인가?"

"그럴 가능성이 있다고 하지 않습니까?"

그들은 잠시 말을 멈추었다. 김상철의 존재가 더 무겁게 가슴을 눌러 왔기 때문이다.

몬도의 정보를 받은 밀튼은 우선 도쿄의 긴자 근처에서 술을 마시고 있던 일본 지국장 월리 모간을 불러내어 한바탕 욕지거리를 했다. 일본 정보국으로부터 수모를 당한 분풀이를 했다. 물론 도청을 염두에 두고 해댔으므로 모간은 전화가 끝난 뒤에야 욕먹은 이유를 알 것이었다. 그 다음에 전화를 한 곳은 워싱턴의 제임스 맥거번한테였다. 이번에는 조심스럽게 내용을 암호로 말하고는 한동안 수화기를 귀에 대고 기다렸다. 맥거번은 그의 직속상관으로 백악관에 파견된 CIA간부였다. 이윽고 맥거번이 책을 읽듯이 단조롭게 말했는데 그것은 그가 실제로 내용을 읽었기 때문이다. 밀튼은 암호에 익숙했으므로 그의 말을 순식간에 알아들었다.

"아직 확인은 되지 않았지만 일본측에서 거짓말을 할 이유가 없지."

먼저 그는 그렇게 말했다.

"러시아군은 고려리아가 처음 생길 때부터 감시하고 있었어, 그것은 당연한 일이야."

그는 느린 목소리로 말을 이었다.

"하지만 그런 상황이라면 몇 가지의 반응이 예상될 수 있겠는데, 이쪽에서 지켜보겠네. 물론 일본 정보국과도 채널을 열어놓을 작정이야."

"일본측은 될 수 있는 한 오늘밤 안에 일이 끝나야 한다고 합니다. 그래서 러시아측으로부터 트집거리를 잡히지 않는 것이 상책이라고 합니다만."

그가 말하자 다시 맥거번이 한참을 기다렸다가 대답했다.

"그것도 좋은 방법이지. 그리고 이쪽에서도 손을 쓰고."

"알았습니다. 그럼."

수화기를 내려놓은 밀튼은 한바탕 맥거번의 욕을 한 다음 자리에서 일어나 옆방으로 들어섰다. 옆방에 모여앉아 있던 우재환과 이종남 등이 일제히 그에게로 시선을 주었다.

밤 10시 20분이 되었다.

30분에 한 번씩 제설차 서너 대가 나란히 달리면서 쌓인 눈을 치웠지만 통금 이후에는 그것도 끊겨 차도는 눈밭이 되었다. 거리는 인적도, 차량의 통행도 두절된 지 오래였으므로 눈바람만 거침없이 휘몰려갈 뿐이다. 행정청에서 3킬로미터쯤 아래쪽의 거리는 더욱 스산했는데 평시에도 이맘때면 인적이 드문 곳이었다. 은행과 사무실 등이 밀집되어 있어서 퇴근 시간 후에는 빈 빌딩이 많아지는 것이다.

거리의 오른쪽 10여 층짜리 빌딩의 3층 사무실 안이다. 50여 평쯤 되어 보이는 방 안에 사내들이 가득 모여앉아 있었다. 이곳저곳에서 웃음소리가 들려 왔고 서로 이야기를 주고받는 방 안의 분위기는 밝았다. 방의 한쪽 구석에서는 두어 명이 보드카 병을 숨기듯 들고 눈치를 보면서 한두 모금씩 나눠 마시고 있다.

책상과 의자가 정연하게 놓여 있는 것을 보면 은행이나 무역 회사의 사무실처럼 보였다. 고려그룹 소유의 이 건물은 밤에는 경비원 두 명이 지키는 빈 건물이 된다. 또한 건물 주위에도 빈 빌딩이 많은데다 뒤쪽과 옆쪽으로 샛길이 뚫려 있어서 경계와 모이고 흩어지기에 좋은 장소였다. 옆쪽 방에서 김상철은 송길수와 이한을 마주보고 앉아 있었다. 송길수는 한 시간쯤 전에 부하들을 이끌고 도착했던 것이다.

"시바다가 로열 카지노 옆 건물로 옮긴 것은 제 자신을 미끼로 내놓은 것입니다. 우리를 끌어들이려는 수작이지요."

송길수가 탁자 위의 지도를 보며 말했다.

"그놈은 200명이 넘는 호위대를 이끌고 있는데다 카지노 근처에도 300명 가까운 경비원이 있습니다."

시바다와 우재환의 조직은 물론이고 경비대 안에도 정보원이 있는 것이다.

삼합회와 북한측의 정보원들도 적극적으로 협력하고 있었으므로 그들의 움직임은 재빨리 파악이 된다. 김상철이 지도를 내려다보았다. 거리는 경비대에 의해서 완전히 봉쇄된 상태였다. 그들이 머물고 있는 빌딩에서 로열 카지노까지는 대로를 10킬로미터쯤 직진해 내려갔다가 좌측으로 다시 4킬로미터쯤 더 가야 한다. 방문이 열리더니 부하 한 명이 들어섰다. 그가 김상철을 바라보았다.

"사장님, 우재환이 파라다이스 빌딩으로 옮겼습니다. 부하들을 그쪽으로 모으고 있는데 다른 사업장은 거의 비워놓은 상황이랍니다."

"이쪽도 마찬가지로군."

김상철이 혼잣소리처럼 말했다.

"그놈들이 자신들이 꽤 괜찮은 먹이감이라고 착각하고 있는 모양이다."

그는 손목시계를 내려다보았다.

"10시 30분이다. 오늘밤은 아마 고려리아 사상 제일 긴 밤이 될 것이다. 그놈들이나 우리나."

대로를 직진해 올라가면 차로 3분이면 되는 거리였으나 건물의 뒤쪽으로만 돌아가는 바람에 방향이 엉뚱하게 꺾어지는 경우도 있었고 자주 빌딩의 벽에 몸을 붙이고 서서 주위를 둘러봐야 했다.

그들이 행정청 건물이 바라보이는 건너편의 빌딩 그늘에 도착했을 때는 11시 50분이었다. 3킬로미터를 한 시간이 넘게 달려온 셈이었다. 모두 흰색의 위장복을 걸치고 방한모와 방한경을 쓴 단단한 차림이었다. 대열의 앞쪽에 있는 김상철의 옆으로 이한이 다가와 섰다.

"형님, 생각보다 경비가 단단한데요."

마스크 안에서 울리는 목소리라 웅얼거리는 것처럼 들렸다. 행정청은 8각형의 15층 건물이었는데 고려시의 한복판에 자리 잡고 있어서 어느 방향에서도 그 웅장한 본관이 보였다. 본관은 건물의 양면 길이가 100미터 정도로 어느 쪽에서 보아도 각진 부분은 보이지 않는다.

밤 12시가 다 되었는데도 행정청은 환하게 불을 밝히고 있었다. 그들이 서 있는 곳은 행정청에서 뻗어나간 방사선 도로의 한쪽 끝이다. 앞쪽으로 행정청을 둘러싼 원형의 도로가 펼쳐져 있었는데 넓이가 200미터 정도나 되어서 마치 광장 한복판에 건물이 세워진 것같이 보였다. 바람은 잦아들었지만 눈은 그치지 않았다. 경비대의 순찰차 대여섯 대가 본관 옆쪽에 나란히 세워져 있는 것이 희미하게 보일 뿐이다. 도로에 흰 눈이 쌓여가고 있었다. 김상철이 손목시계를 내려다보았다. 야광침이 11시 55분을 가리키고 있었다. 이제까지 공격한 대부분의 사업장은 우재환과 시바다가 관리하는 곳이었고 대동과 고려가 합작한 사업장은 두 군데뿐이었다. 물론 북한이나 마피아, 삼합회의 사업장은 건드리지 않았고 고려리아 정부나 경비대는 말할 것도 없다. 그래서인지 행정청의 경비는 허술했다.

그들은 김상철이 공격할 리가 없다고 믿고 있는 모양이었다. 방사선 도로의 16개 입구는 모두 행정청을 향해 있었는데 입구에 세워진 검문소는 반도 되지 않았다. 모두 거리 봉쇄와 상가 지역의 경계에 신경을 곤두세우고 있는 것이다.

김상철이 다시 시계를 들여다보았을 때였다. 가까운 곳에서 폭음이 울리더니 곧 그것은 요란한 총성으로 바뀌었다. 김상철은 손에 들고 있던 자동소총을 고쳐 쥐었다.

"가자!"

그는 앞장을 서서 광장과 같은 흰 눈밭으로 뛰어들었다. 행정청의 오른쪽 중간 부근에서 붉은 불기둥이 뿜어져 나오더니 곧 폭음이 났다. 총성은 더욱 요란해지고 있었다. 도로를 덮은 눈에 발목까지 빠졌으나 그는 부하들과 함께 눈보라를 일으키며 달려 나갔다. 아직 행정청 경비대는 이쪽을 발견하지 못한 모양이었다.

"두 곳에서 공격해 오고 있습니다."

그들 앞에 서서 소리치듯 말한 것은 행정청 경비대장이다.

"하지만 10분 안에 지원군이 도착할 것입니다, 위원장님."

그는 지금 두 명의 위원장과 부위원장 두 개를 맡고 있어서 실세위원장이라고 불리는 한민수의 앞에서 보고하는 중이었다. 폭음이 울릴 때마다 진동이 왔고 총성은 더욱 격렬해졌다.

"김상철이, 이놈이."

이를 악물고 탁자를 내려다보던 유장석이 잇사이로 말을 뱉었다.

"이놈이 어쩌려고."

"당연하지. 그놈이 뭘 가릴 입장인가?"

전창남이 와락 말을 뱉었지만 총성이 심해질 때마다 머리를 창 쪽으로 돌렸다. 그도 조금 전까지만 해도 행정청이 공격받을 줄은 예상하지 못했던 것이다. 우재환과 시바다가 결전을 준비하는 것에 대해서만 진지하게 이야기하던 참이었다.

"저희 경비대가 효과적으로 방어하고 있으니 걱정하실 것 없습니다."

경비대장은 30대 중반으로 경비본부의 과장급이다. 그가 다시 입을 열었을 때 다급한 노크 소리와 함께 문이 열렸다. 경비대원 하나가 서둘러 들어서더니 대장에게로 다가가 귓속말을 했다.

"무슨 일이야?"

전창남이 경비대장을 쏘아보았다. 경비대장의 안색이 순식간에 굳어진 것이다.

"무슨 일이냐니까?"

"다른 한 곳에서 놈들이 공격해 왔습니다."

그가 초점 없는 시선으로 세 위원장을 둘러보았다.

"일부는 행정청 내로 진입했다고 합니다. 로비에서 지금 총격전이……."

"이런 빌어먹을!"

전창남이 악을 쓰듯 소리쳤는데 표정이 무섭게 일그러져 있었다. 한민수가 경비대장을 쏘아보았다.

"막아낼 수 있겠소?"

"로비는 팔방으로 뚫려 있어서, 더구나 행정청 안의 경비대원은 50명 정도밖에……."

방사선 도로의 입구와 행정청 외부에 경비대가 배치되어 있었던 것이다. 김상철이 행정청을 공격하리라고는 세 사람 모두 예상도 하지 못한 일이었다.

한민수가 혀를 찼다.

"그렇다면 방어할 수 없단 말이오?"

"곧 지원군이 도착합니다. 방어 할 수 있습니다, 부위원장님."

총성이 더욱 가까운 곳에서 들려왔고 복도를 달려가는 발자국 소리가 어지럽게 들렸다. 전창남이 손끝으로 의자의 팔걸이를 빠르게 두드렸다.

"아예 고려리아를 뒤집을 모양이군. 그놈, 김상철이가."

잠자코 서 있던 경비대장이 부하와 함께 서두르며 방을 나갔다.

"이건 아무래도 심상치 않은데."

한민수가 혼잣말을 했다.

"김상철이 일부러 문제를 크게 만들고 있단 말이오."

유장석이 머리를 들었다.

"일부러 크게 만들다니? 그게 무슨 말이오?"

"미국과 일본이 이번 사건에 신경을 곤두세우고 있습니다. 러시아가 개입할 소지가 있다는 겁니다."

힐끗 전창남을 바라본 한민수가 말을 이었다.

"행정청을 공격하면 고려리아 정부가 극도의 혼란상태에 빠져 있는 것으로 비치겠지요. 난 미처 그 생각까지는 하지 못했습니다."

"……."

"김상철이 시바다나 우재환에게 원한을 갚을 목적이 아니었던 것 같습니다. 이렇게 행정청을 공격해 오는 것을 보면."

다시 총성이 격렬하게 울려왔다. 총탄이 벽에 맞아 튀면서 날카로운 소리를 냈다. 아직도 로비 쪽에서는 폭음이 울렸고 그때마다 탁자가 흔들렸다. 유장석이 눈을 치켜뜨고는 전창남과 한민수를 번갈아 바라보았다.

"당신들은 미국과 일본측에서 수시로 정보를 받는 모양이군. 나만 제쳐놓고."

"됐다. 들어갔다."

송길수가 벌떡 몸을 세우면서 소리치자 주위의 부하들도 순간 총격을 멈추었다. 앞쪽의 행정청에서는 격렬한 총격전이 벌어지고 있었다. 그리고 이쪽을 향해 쏟아지던 총탄도 뜸해져 있다.

"가자!"

도로로 뛰어든 송길수가 소리쳤다. 미친 듯이 눈보라 속을 달려가는 그의 뒤를 부하들이 따랐다. 뒤쪽에서 언제 경비대가 몰려올지 몰라 모두들 초조했던 것이다. 행정청에서는 아직도 총격전의 기세가 떨어지지 않고 있었다.

앞장서 달려가던 송길수는 옆쪽으로 흰 파카를 입은 10여 명의 무리가 행정청으로 달려오는 것을 보았다. 직선거리는 7, 80미터 정도였는데 그들도 필사적으로 달리고 있다. 그레고리와 그의 부하들인 것이다. 그와는 방사선 도로 4개의 간격이 있었으나 행정청으로 달려오면서 점점 가까워지고 있었다.

이제 행정청 건물 윤곽이 눈발 속에서도 점점 뚜렷하게 드러났다. 로켓탄에 맞은 창문에서 검은 연기가 뿜어 나오는 중이었고 5층의 방에서는 불길이 솟아올랐다. 행정청 앞쪽에서 이쪽으로 쏘아대던 기관포대는 수류탄을 맞았는지 잠잠했고 간혹 이쪽을 향해 한두 발의 총탄이 날아왔지만 앞쪽의 경비대는 거의 전멸한 모양이었다. 김상철의 기습이 성공을 한 것이다. 송길수는 가쁜 숨을 몰아쉬며 앞장서 달려 나갔다. 행정청의 현관이 30미터 앞쯤으로 다가왔을 때 뒤쪽에서 밤하늘을 울리는 총성이 울렸다.

경비대의 지원군이 몰려온 것이다. 옆으로 바짝 다가와 뛰던 그레고리의 부하 두어 명이 두 손을 허공에 저으면서 쓰러지는 것이 보였다. 그 순간 송길수는 현관 안쪽에서 그쪽을 향해 손을 흔드는 사내들을 보았다. 김상철의 일행이다. 이윽고 그는 부서진 유리문을 통해 로비로 뛰어 들었다.

"형님은?"

로비 바닥에 미끄러지듯 주저앉으면서 송길수가 묻자 이한이 머리로 뒤 쪽을 가리켰다.

"위층으로."

방한모를 잡아 뜯듯이 벗으면서 그레고리가 로비로 들어섰다. 이제 모두 행정청 안에 모인 것이다. 그들은 다시 제각기 흩어져 계단과 엘리베이터로 달려갔다. 이미 로비에 있던 경비대는 소탕되어서, 부서지고 무너진 장식물들 사이로 사상자가 어지럽게 널려 있다. 고려리아의 행정청이 습격당한 것이다. 행정청은 입구가 8개가 되었는 데다 현관을 들어서면 건물을 빙 둘러 로비가 만들어져 있었으므로 방어를 하자면 몇 개 중대가 필요한 구조였다. 이한은 남쪽의 계단을 헐떡이며 달려 올라갔다. 김상철의 뒤를 따르려는 것이다.

이한에게 로비를 맡긴 김상철은 여섯 명의 부하와 함께 12층의 계단을 오르고 있었다. 목표는 운영위원장실이다. 지금쯤 그레고리와 송길수가 아래층의 모든 출구를 봉쇄하고 있을 것이었다. 운영위원장실은 14층에 있었으므로 그는 가쁜 숨을 뱉으며 이제 14층의 계단을 달려 올라갔다. 방한복과 장비가 무거워서 전신에 땀이 흐르고 있었지만 벗어던질 수는 없는 노릇이다. 뒤를 따르는 부하들도 거칠게 숨을 몰아쉬고 있었다. 모두 조선족 출신이었고 젊다. 대부분이 러시아나 중국에서 일정한 직업 없이 떠돌다가 고려리아에 들어온 사내들이었다. 김상철의 앞으로 14층의 복도가 가로로 펼쳐졌다. 폭이 6, 7미터 정도의 바닥에는 붉은색 카펫이 깔려 있다. 호흡을 가다듬은 김상철이 머리만을 내밀고 복도의 좌우를 둘러보았다. 길이가 50미터쯤 되어 보이는 복도는 텅 비어 있었으므로 그는 이맛살을 찌푸렸다. 이제까지 달려 올라오는 동안 한 번도 저항을 받지 않았을 뿐 아니라 인적도 느끼지 못했기 때문이다. 김상철이 뒤에 늘어선 부하들에게로 머리를 돌렸다.

"두 팀으로 나누어서 좌우로 갈라선다."

그는 선임자인 허동식을 바라보았다.

"넌 세 명을 데리고 우측을 맡아라. 나머지는 나와 함께 좌측으로 간다."

운영위원장실은 좌측이다. 아래쪽의 총성은 어느덧 그쳐 있어서 건물 안의 정적이 오히려 긴장감을 더해주는 분위기였다. 탄창의 바닥을 쳐올린 김상철은 AKS-74U자동소총을 움켜쥐고 복도로 뛰어들었다. 그의 뒤를 부하들이 따랐는데 복도 양쪽의 나무문들은 굳게 닫힌 채 움직이지 않았다. 김상철이 복도 끝의 운영위원장실에 도착한 것은 채 10초도 되지 않았다. 그가 육중한 나무문에 발길질을 하자 나무 조각이 떨어져 나가면서 문이 열렸다. 두 손으로 기관총을 움켜쥔 김상철이 몸을 굴리면서 안으로 들어가 엎드린 자세로 총을 겨누었을 때 소파에 앉아 있던 사내가 몸을 일으켰다. 환한 불빛 아래 서 있는 그는 유장석이다. 눈을 치켜뜬 얼굴로 김상철이 몸을 세웠다. 넓은 방 안에는 유장석이 혼자 앉아 있었던 것이다.

"널 기다리고 있었다."

어깨를 편 유장석이 김상철을 쏘아보았다.

"다른 놈들은 이미 옥상의 헬기장에서 헬기를 타고 떠났을 것이다. 경비대도 아마 그쪽으로 몰려갔을 것이고."

"왜 남으셨습니까?"

총구를 내린 김상철이 손등으로 이마의 땀을 씻어냈다. 어지러운 발자국 소리가 들리더니 이한이 무서운 기세로 방 안에 뛰어 들어왔다. 목구멍에서 쇳소리가 들릴 정도로 가쁜 숨을 몰아쉬고 있다. 방 안을 둘러본 그가 실망한 듯 어깨를 늘어뜨렸다.

"제기랄, 튀었군."

몸을 돌린 김상철이 부하들에게 소리 쳤다.

"놈들은 옥상의 헬기장으로 갔다. 경비대도 아마 그곳에 몰려 있을 테니 항복하면 생포해라."

피값

"출동준비 완료되었습니다."

방에 들어선 볼로프가 기운차게 말하고는 로스토프의 앞자리에 앉았다.

"기상상태가 나쁩니다만 비행기가 착륙하는 것도 아니니까요."

그는 고려리아 원정군의 사령관으로 임명된 것이다. 그가 지휘하는 1개 여단의 공수부대는 새벽 5시에 공군기지를 출발하여 고려리아에 투입된다.

새벽 1시 30분이었다. 로스토프가 탁자 위에 놓인 보드카 잔을 쥐었다.

"이제부터 일본과 미국이 시끄러워질 것이다. 볼코프, 나한텐 앞으로의 대여섯 시간이 문제란 말이다."

그는 술을 한 모금에 삼켰다.

"네가 고려리아 땅을 밟을 때까지 마음을 놓을 수가 없어. 미국과 일본 놈들이 온갖 수단을 총동원해서 우리를 저지하려고 들 테니까."

볼코프가 잠자코 머리를 끄덕였다.

공수여단이 부대를 떠나 비행장으로 출발한 것은 두 시간 전이다. 현재 여단 병력은 비행장에서 합승 명령만 기다리는 상황이었는데 미국과 일본의 정보망이 그것을 놓칠 리가 없다.

"코마노프는 협상하려고 들 것이다. 그자는 고려리아의 군사적 중요성에 대해서는 아직도 납득하지 못하고 있어. 지난번의 결정은 우리 기세에 밀렸기 때문이야."

로스토프가 다시 잔에 술을 채우더니 입 안에 털어 넣었다. 그것을 잠자코 바라보던 볼코프는 가볍게 입맛을 다셨다. 로스토프가 비행장에서 출동점검을 해야 할 자신을 이곳에 묶어두는 이유를 알고 있었던 것이다. 그는 혹시나 있을지도 모를 모스크바로부터의 작전취소를 경계하고 있었다. 작전취소는 모스크바에서 비행장에 있는 자신에게 직접 내려질지도 모른다. 볼코프가 머리를 들었다.

"각하, 고려리아 경비대가 행정청으로 진입해 들어갔습니다. 김상철이 오래 견딜 것 같지가 않은데요."

"타니츠키는 지금 어디에 있나?"

"타운에서 고려시로 향하고 있습니다만 김상철에게 큰 도움은 못 됩니다. 병력이 50명도 안 되어서."

"행정위원장을 인질로 잡고 있지?"

"일부러 남아 있었다니까 인질이라고 볼 수도 없습니다."

"운영위원장은 어디로 갔나? 그 부위원장이라는 놈하고."

"정보원이 찾고 있습니다."

전화벨이 울렸으므로 그들은 탁자 위의 전화기로 시선을 돌렸다. 흰색의 전화기가 울리고 있었는데 모스크바와의 직통전화였다. 로스토프가 숨을 들이마시고는 수화기를 들었다.

"사령관 로스토프요."

"로스토프, 나 타시르요."

정보국장 알렉세이 타시르었다.

"타시르, 무슨 일이오?"

로스토프가 전화기를 고쳐 쥐었다. 타시르는 그의 인맥이다. 아프카니스탄에서 그가 군단장을 맡고 있었을 때 타시르는 군단 참모장이었다. 그러나 러시아로 철수하고 나서는 운이 좋지 않아 참모부에서 대기상태로 지내다가 로스토프와 체르넨코의 추천으로 정보국장이 되었다.

"로스토프, 조금 전에 미국 대사가 크렘린에 들어갔소. 그리고 나신스키가 일본 대사관의 참사관과 벨로크 식당에서 만나고 있습니다."

타시르가 억양 없는 목소리로 말했다. 모스크바 시간으로는 지금이 오후 4시 30분이다. 로스토프가 이맛살을 찌푸렸다.

"놈들이 시작했군, 타시르."

"체르넨코한테도 연락을 했습니다."

"잘했어, 타시르."

국방 장관 체르넨코는 잔뜩 기분이 상해 있을 것이지만 각료의 신분이다. 일본은 체르넨코의 설득을 단념하고 그의 라이벌이자 중앙회의 부위원장이며 국방위원인 나신스키를 끌어들이려는 것이다. 전화기를 내려놓은 로스토프가 입술을 비틀며 웃었다.

"정치가 놈들이란. 적도 아군도 없는, 그래서 쓸개도 없는 놈들이다."

잠자코 그를 바라보는 볼코프를 향해 그가 다시 말했다.

"모스크바에 있는 체르넨코가 곧 흔들릴 것이 틀림없다. 그 사람도 반쯤은 정치가가 되어 있으니까."

그는 잔에 보드카를 채우고는 벽시계를 올려다보았다. 새벽 1시 45분이다.

"볼코프, 기지로 돌아가라."

그가 뱉듯이 말하자 볼코프가 몸을 굳혔다.

"네, 돌아가겠습니다. 그러면……."

"돌아가는 즉시 출동이다."

"예, 각하."

"지금 이 순간부터 작전개시다, 볼코프. 따라서 너는 내 명령만 받는다."

"알겠습니다, 각하."

자리에서 일어선 볼코프가 경례를 했다.

"그럼 출동하겠습니다."

청와대 안보수석 박정규가 러시아 극동군이 움직인다는 정보를 들은 것은 새벽 1시였다. 그에게 연락을 해온 사람은 일본 대사관의 참사관 시마무라였는데 공수부대가 공군기지로 이동하고 있다고만 말해주었던 것이다. 그는 일본 정부의 입장이나 대응방향 등에 대해서는 일절 언급하지 않았으므로 답답해진 박정규는 미국 대사관의 워렌 영사를 찾았지만 그와는 연락이 되지 않았다. 대치동의 자택을 나온 것은 1시 50분, 그는 청와대의 상황실로 차를 달렸다.

안보위원인 국정원장과 국방 장관, 국무총리에게 상황을 알렸으나 대통령에게는 조금 지켜보았다가 보고할 생각이었다. 승용차는 새벽길을 빠르게 달려가고 있었다. 창밖을 마라보던 박정규는 문득 주머니에서 수첩을 꺼내들었다. 수첩에 적힌 전화번호를 찾은 그는 카폰을 들고 다이얼을 눌렀다. 강 회장에게 전화를 하는 것이다. 어쨌든 강 회장은 고려리아를 대표하는 사람이다. 한국에서 그만큼 러시아 대통령이나 크렘린의 고위층과 통하는 사람은 없다. 직통전화였지만 먼저 낯선 사내가 전화를 받더니 박정규가 신분을 밝히자 곧 강 회장과 연결이 되었다. 새벽 2시가 넘은 시각이다.

박정규가 늦은 밤의 전화에 대한 사과를 하자 강 회장이 불쑥 물었다.

"무슨 일입니까?"

"고려리아 문제 때문에, 알고 계시지요?"

"알고 있어요."

그의 말투는 담담했다. 그러나 자다 깬 목소리는 아니다. 그가 남의 일처럼 말했다.

"김상철이 난리를 친다고 들었는데…… 수십 군데를 폭파하고 사람도 수백 명이 죽었답니다."

"러시아군이 움직일 것 같다고 합니다. 한 시간쯤 전에 믿을 만한 곳에서 정보를 들었는데 공수부대가 출동준비를 한다고."

"……"

"수십 억 달러를 투자한 미국과 일본의 기업들도 그렇지만 고려 쪽도 문제가 될 것 같아서 러시아가 임차관계를 백지화시킨다면 한국도 국가적으로……."

"금시초문인데, 그 이야기는."

강 회장의 목소리는 잔뜩 가라앉아서 웅얼거리는 것처럼 들렸다.

"만일 그 말이 사실이라면 난 망했어. 러시아가 군대를 보낸다는 것은 뻔해. 고려리아를 환수하는 거야."

그의 목소리가 하도 처절하게 들렸으므로 박정규는 온몸에서 찬기운을 느꼈다. 그의 말이 이어졌다.

"미국과 일본인들이 그렇게 설치게 놔둔 한국 정부는 누가 책임을 질 거요? 수백 억 달러를 투자했다가 날리게 된 나한테 말이오."

"회장님, 그래서 전화를 드린 겁니다. 방법을 만들어 보려고."

"어떤 방법 말이오?"

"크렘린을 움직여서 군대가 나서지 않도록 하는 것이."
"누가 말이오?"
"회장님께서 하시는 것이 아무래도……."
강 회장이 헛웃음 소리를 내었다.
"내가 그런다고 들어줄 것 같소? 그들이 미국과 일본 핑계를 댈 것이 뻔한데 내가 어떻게 나선단 말이오?"
"……."
"박 수석, 너무하신 거 아니오? 나한테 이러면 안 됩니다. 나는 지금 가슴이 미어질 지경이오. 약을 먹어야겠소."
"다시 연락드리지요. 어서 약 드시고."
카폰의 스위치를 끈 박정규가 세게 혀를 찼다. 이번 사태로 가장 큰 손해를 입는 것은 강 회장인 것이다. 소득이 없는 전화였지만 한 가지는 깨우친 것이 있었다.

한국 정부는 피해 당사자가 아니라는 사실이다. 물질적인 피해는 기업들 몫이었고 전략적 손실은 미국과 일본 정부가 입었다. 그가 주도했던 한국 정부의 고려리아 운영은 어떤 면으로 보면 성공작이었다. 조금 가슴이 가벼워진 박정규는 어깨를 폈다. 대통령에게도 그런 관점에서 보고하기로 마음을 정한 것이다.

"박정규는 이번 사태를 예상하고 있었다고 할 것이다."
전화기를 내려놓은 강 회장이 강용식을 바라보았다.
"그것이 박정규 같은 관료들이 써오는 수단이지. 그자들은 손해 볼 일도 책임질 일도 하지 않는다."
"미국과 일본 정부가 동분서주하겠군요."
가운 차림의 강용식이 말하자 강 회장이 쓴웃음을 지었다.

"이번에는 그놈들이 뒤통수를 맞았다. 지금 날뛴다고 해서 군대는 쉽게 돌아서지 않을 것이다."

"미현이는 어떻게 할까요?"

"어떻게 하다니?"

강 회장의 얼굴이 딱딱하게 굳어졌다.

"내버려 둬라. 지금 그 애에게 신경 쓸 상황이 아니다."

"한민수가 전창남이까지 저택으로 데려왔다지 않습니까?"

강미현은 그들이 집안으로 들이닥치자 강용식에게 전화를 걸어왔던 것이다. 아마 한민수가 제대로 상황 이야기를 해주지 않아서 불안했던 모양이었다. 강 회장이 의자에 등을 기대고는 강용식을 똑바로 바라보았다.

"그건 내 잘못이다. 내가 사람을 잘못 보았어. 난 그놈의 교활한 수단에 넘어 갔다."

"아버님 잘못이 아닙니다. 저에게도 책임이 있습니다. 제가 신경을 더 썼어야 했습니다."

"고려리아 전복의 가장 큰 성과는 미·일의 세력 축출보다도 내부의 매국노인 그놈의 제거가 될 것이다. 그놈을 죽여 없애야 한다."

강 회장의 격렬한 기세에 놀란 듯 강용식이 얼굴을 굳혔다. 이제까지 강 회장은 한민수에 대한 표현을 자제해 왔다. 그에게 한민수에 대한 이야기를 해준 것도 최근의 일이었던 것이다.

"아버님, 러시아를 믿어도 되겠습니까? 고려리아를 장악하고 나서 고려에 다시 돌려준다는 약속 말입니다."

강용식이 말머리를 돌렸다.

"이 기회에 고려리아의 모든 시설과 자원을 몰수한다면……."

"그럴 수는 없다. 그런 강도짓을 해서 득이 될 것이 별로 없을 테니까.

그들은 고려리아를 경영할 능력도, 자본도, 그리고 명분도 없다. 그리고 그것을 스스로도 잘 알고 있어."

강 회장의 얼굴에 활기가 띠어졌다. 그가 생기 있는 소리로 말을 이었다.

"일본과 미국의 정보원들을 몰아낸 다음에 그쪽 기업들을 우리가 관리하면 된다. 그, 우 아무갠가 하는 놈이 장악했던 톰프슨 그룹의 사업장들……."

잠깐 말을 멈춘 그가 입술을 비틀며 웃었다.

"대영그룹의 사업장 말이다. 그곳을 우리가 관리한다. 대동그룹의 사업장들도."

"대영과 대동도 지금 비상이 걸렸습니다, 아버님."

"법석을 떨겠지만 속수무책일 것이다."

그가 이제는 어깨를 한번 들썩이고 웃었다.

"머지않아 대영측은 우리에게 접근해 올 것이다. 상황에 따른 변신에 능한데다 요점 파악이 뛰어난 것이 그자들의 전통이야. 톰프슨의 껍질을 벗고는 우리와 손잡자고 나설 것이다."

"대동이 문제겠군요."

"정치적으로 나서겠지. 하지만 난 이미 모든 재산을 처분한 입장이야. 대통령이 아니라 단군 할아버지라도 나한테 압력을 가할 수는 없어."

강용식이 입맛을 다셨다.

"남아 있는 저한테 압력이 오겠군요."

"글쎄, 박정규가 그때까지 청와대 기둥에 달라붙어 있다면 그럴지도 모르지. 그리고 대통령 임기가 1년 6개월밖에 남지 않았어."

"그렇다면 아버님, 고려리아 경영은 누구에게 맡기실 계획입니까? 사업장 관리 말씀입니다."

불쑥 강용식이 그렇게 묻자 강 회장이 시선을 들어 앞쪽의 벽을 바라보았다. 정색을 한 표정이다. 이윽고 그가 입을 열었다.

"그건 러시아측과 상의를 해봐야 한다. 우리가 결정할 문제가 아니야."

"김상철이 아닙니까?"

그렇게 묻던 강용식은 이제까지의 대화에서 자신이 그의 이름을 처음 꺼냈다는 것을 알고 있었다. 당연히 오늘 화제의 주인공이 되었어야 함에도 아버지는 물론 자신도 그것을 꺼려하고 있었던 것이다. 강 회장은 입을 다문 채 대답하지 않았는데 예상하고 있던 반응이었으므로 강용식도 더 이상 묻지 않았다.

새벽 3시가 되자 경비대는 12층까지 진입해 왔다. 엘리베이터를 모두 파괴시켰기 때문에 두 곳의 계단으로 올라가는 것이다. 이제 남아 있는 것은 2개 층의 계단뿐이었고 이쪽의 사상자도 반수가 넘었다. 격렬한 총성과 폭음이 계속해서 행정청 안을 울렸고 화재가 발생한 듯 검은 연기가 계단을 통해 위쪽으로 뿜어 올라왔다. 좌측의 계단을 맡고 있던 그레고리가 14층 복도에 서 있는 김상철에게 달려 왔다.

"보스, 놈들이 악착같습니다. 아예 건물 전체를 폭파시킬 모양이오."

그는 왼쪽 팔이 피투성이가 되어 있어서 방한복을 벗어 던지고 셔츠 위에 피가 배인 붕대를 아무렇게나 감고 있었다.

"아직 연락이 없습니까?"

폭음이 컸으므로 소리치듯 그가 물었다. 김상철이 맞받아 소리쳤다.

"날이 밝을 때까지야. 그레고리, 그때까지 견뎌야 돼."

"만일 안 온다면 우리만 개죽음을 당하는 거요."

"그렇게는 안 될 거야."

몸을 돌린 그레고리가 복도를 달려 사라졌다. 계단은 테이블과 캐비닛

등 갖가지 집기들로 막아놓았지만 경비대는 끈질기게 장애물을 제거하고 다가오는 것이다. 폭음과 총성으로 가득 찬 행정청 건물은 그야말로 아수라장이 되어 있었다. 김상철이 한쪽 계단을 맡고 있는 송길수에게 다가갔을 때 그는 13층의 계단 위쪽에서 테이블을 방패삼아 쪼그리고 앉아 있었다. 아래쪽 계단은 산더미처럼 쌓인 집기들로 막혀 있었지만 틈 사이로 총탄이 날아와 벽과 테이블에 맞고 튕겨났다.

"조금 전에 놈들이 가스탄을 쏘았다가 연기가 아래쪽으로 내려가는 바람에 다시 쏘지를 않습니다."

송길수가 이를 드러내며 웃었다.

"장애물이 쌓여 있어서 이쪽으로 쉽게 던질 수도 없게 되었으니 다행이오."

14층의 유리창을 뚫고 가스탄 두 개가 떨어졌지만 곧 아래로 되던져졌고 이제는 복도의 창문은 캐비닛으로 막아놓았다. 총성이 조금 뜸해지는 느낌이 들었으므로 김상철은 머리를 들었다.

완급을 조절할 수 있는 여유는 저쪽이 갖고 있는 것이다.

"다른 방법으로 공격하려는 겁니다. 아까도 폭약으로 장애물을 제거하려고 5분쯤 소강상태가 되었지요."

송길수의 부하 두 명이 재빠른 동작으로 철제 테이블을 들고 그들 옆을 지나갔다. 그들도 그 사이에 장애물을 더 쌓으려는 것이다. 계단은 폭이 5미터 정도로, 꺾어지는 지점까지의 거리는 10미터쯤 되었다. 부하들이 캐비닛을 던져두고 서너 계단씩을 뛰어 올라오는데 아래쪽에서 총성이 났다. 뒤쪽의 부하 한 명이 눈을 부릅뜨면서 송길수의 앞에서 넘어지더니 곧 아래쪽으로 굴러 내려갔다. 곧 이쪽에서 격렬한 사격이 시작되었다. 테이블을 젖힌 송길수가 일어섰다. 그는 김상철이 말할 겨를도 없이 계단을 달려 내려가 쓰러진 부하를 들쳐 메었다. 그가 부하를 업고 계단을 오르는 동안 아래쪽을 향해 총탄이 퍼붓듯 쏟아졌지만 상대방이 보이는 것은 아니다. 이윽고 그의 옆으로 다가온 송길수가 부하와 함께 쓰러지듯 주저앉았다. 김상철은 모로 누워 있는 부하를 내려다보았다. 반쯤 눈을 뜬 동포 청년이다. 고향이 하얼빈인지 블라디보스토크인지 알지는 못했지만 등을 관통당한 그는 이미 숨이 끊어져 있었다.

오세영은 10층의 복도에서 소명일과 마주보고 서 있었다. 그들의 주위는 소란스러웠다. 아직도 총성이 울리는 중이었고 간부들의 고함 소리와 무전기에 대고 외치는 소리들로 어수선한데다 대원들은 무리를 지어 그들 옆을 뛰어 지났다. 부상자를 들것에 담아든 대원들이 다가왔으므로 그들은 벽 쪽에 붙어 섰다. 오세영이 핏발 선 눈을 들었다.
"그렇다면 러시아군이 출동했단 말입니까?"
머리를 끄덕인 소명일이 주위를 둘러보고는 말소리를 낮추었다.
"1개 여단의 공수부대야. 세시에 기지를 떠났으니 앞으로 두 시간 후에는 이곳에 떨어져 내릴 거야."
"그들이 김상철을 구하려고 오는 건 아니지 않습니까?"
턱을 들어 위쪽을 가리켜 보인 오세영이 그에게 바짝 다가섰다.
"내란을 이유로 고려리아를 환수하겠다는 것 아닙니까? 김상철이 저 놈은 원인 제공을 해주도록 계획이 되어 있었군요."
"행정청으로 치고 들어온 이유도 그것이야. 내란을 가장 극명하게 나타낼 수 있는 방법이지."
간부 하나가 서둘러 그들에게로 다가와 섰다.
"특공대 투입 준비가 되었습니다."
그가 오세영과 소명일을 번갈아 바라보았다. 이번의 특공대는 화염방사기를 앞세워서 13층 이상부터 불바다로 만들 작정이었다.

"명령이 있을 때까지 대기하고 있어."

소명일의 지시를 받은 간부가 몸을 돌려 사라졌다. 행정청 안은 차츰 총성과 폭음이 뜸해지고 있었다. 간혹 산발적인 총격이 오갈 뿐 공격 이후 처음 찾아온 소강상태였다.

"정부에서 다른 지시는 없습니까?"

오세영이 묻자 그는 입맛을 다셨다. 피로해 보이는 얼굴이었다.

"인명 피해를 최소화하라더군."

"……"

"그리고 이것은 정치적인 문제라는 거야. 러시아와 미국, 일본이 정치적으로 해결할 문제라던데. 우리는 피해자라는 거야."

"누가 그랬습니까?"

"안보수석 박정규야."

"……"

"구체적인 지시는 하나도 없어, 그 개자식."

이제까지 억누르고 있었던 모양으로 소명일의 얼굴이 갑자기 붉게 달아올랐다.

"책임질 일이나 이야기는 절대로 하지 않으려는 수작이야."

그는 번쩍 머리를 들고 오세영을 바라보았다.

"러시아군과 싸울 필요는 없어. 그럴 만한 전투력도 없고 솔직히 지킬 명분이나 의욕도 없다."

"동감입니다, 본부장님."

오세영이 머리를 끄덕이고는 다시 턱으로 위쪽을 가리켰다.

"하지만 저놈은 잡겠습니다. 러시아군이 도착하기 전에 말입니다."

"두 시간쯤 후에는 러시아군이 도착한다는 거요."

전화기를 내려놓은 전창남이 한민수에게로 몸을 돌렸다. 그의 얼굴은 빛바랜 종이 색깔이었다.

"로스토프가 출동 예정시간을 두 시간 반이나 앞당겼다는군."

그는 박정규와의 통화를 끝낸 것이다. 15층 옥상의 헬기장에서 24시간 대기하고 있던 전용헬기를 타고 이곳에 도착한 것은 새벽 1시가 조금 못 되었을 때였다. 그러나 마음을 놓은 것은 잠깐 동안으로 전창남은 시내에 있던 우재환으로부터 러시아 극동군이 움직인다는 연락을 받고 가슴이 덜컥 내려앉았다. 그리고 조금 전에 박정규로부터 러시아군이 떠났다는 이야기를 들은 것이다.

한민수가 옆에 앉은 강미현을 힐끗 바라보고는 입을 열었다.

"김상철이 러시아군을 끌어 들인 셈이군요."

"그런 셈이지. 러시아는 군대를 투입할 명분이 세워진 셈이지."

전창남이 다시 시계를 내려다보았다.

"박 수석은 별일 없을 것이라고 하는데, 고려리아는 러시아 직할영토도 아니니까 말이야."

"우재환과 시바다는 입장이 다르지요. 러시아군의 목표는 그쪽이 될 것 아닙니까?"

전창남이 대답 대신 길게 숨을 뱉어냈다. 이제까지 잠자코 있던 강미현이 한민수를 바라보았다.

"정말 괜찮겠어요?"

"우린 괜찮아."

어금니를 문 전창남이 머리를 돌리고는 길게 숨을 뱉는 소리가 들렸다. 그 순간 요란한 총소리가 들려 왔으므로 방 안의 세 사람은 자리에서 일제히 일어섰다.

총소리는 그치지 않았고 더욱 거칠어졌다. 방문이 덜컥 열렸으므로 놀란 그들이 몸을 굳혔다. 경비대장이 들어선 것이다.

"습격입니다. 놈들이 사방에 깔려 있습니다."

"누가 말이야?"

놀란 것에 스스로 화가 난 전창남이 소리치듯 물었다. 그 순간 총탄이 날아와 응접실의 유리창에 구멍을 냈다. 그들은 일제히 응접실 바닥에 엎드렸다.

"김상철의 일당인 것 같습니다만."

엉거주춤 엎드린 경비대장이 말꼬리를 흐렸을 때 밖에서 총성이 뜸해지는 것 같더니 확성기를 통한 러시아어가 울려 퍼졌다.

"경비대는 들어라. 우리는 러시아군이다. 3분 안에 무기를 버리고 항복하면 살려주겠다. 하지만 반항하면 모조리 사살한다. 자, 3분의 여유를 준다."

방 안의 사람들 중 러시아어를 이해하지 못한 사람은 없다. 한민수의 팔 안에 엎드려 있던 강미현이 머리를 들었다. 한민수는 마침 전창남과 마주보고 있었다.

"빨리 왔는데."

전창남이 낮고 쉰 목소리로 말했다. 그의 눈은 크게 뜨여 있었지만 초점이 잡힌 것 같지는 않다.

"자, 2분 남았다."

밖은 이미 깊은 정적에 덮여 있었으므로 확성기 소리는 더욱 크게 들렸다. 한민수가 몸을 세우더니 강미현을 부축해 일으켰다.

"러시아군을 상대할 수는 없어요. 자, 어서 나갑시다."

불길은 14층의 계단을 통해 복도까지 밀려 올라왔다. 짙은 연기에 덮인 15층의 복도에서 부하들이 부상자를 끌고 옥상의 계단으로 대피하고 있었다.

옥상에는 이한이 나가 있었지만 이미 그곳은 막다른 곳이다. 텅 빈 헬기장이 있을 뿐이었다. 계단 입구에서는 아직도 격렬한 총격전이 계속되고 있었다. 송길수가 맡고 있는 계단이다. 그레고리가 맡고 있던 계단은 불길에 덮여 굴뚝이 되어 있었으므로 그는 복도로 올라와 있었다. 연기를 헤치며 부하 한 명이 미친 듯이 달려왔다. 그는 김상철의 앞에 헐떡이며 멈춰섰다. 옷과 머리칼이 불에 그을은 그는 송길수의 부하였다.

"형님이, 저기……."

"어떻게 된 거야!"

러시아어로 소리쳐 물은 것은 옆에 있던 그레고리이다.

"고립되었습니다. 14층의 한쪽에."

이미 경비대는 14층에 올라온 것이다. 그들은 연기를 헤치고 송길수의 부하를 따랐다. 계단이 복도 끝의 양쪽에 있는 구조였는데 송길수가 맡은 쪽은 불길이 뻗치지 않는 곳이다. 그는 14층에 마지막까지 남아 있다가 14층과 15층 사이에 쌓아둔 장애물을 부하들이 넘도록 엄호한 다음 14층의 어딘가에 고립되어 있는 것이다.

그들이 계단으로 다가가자 주위에 엎드려 있던 사내들이 머리를 들었다. 모두 얼굴과 옷이 불에 그슬리고 찢겨져 마치 아수라와 같은 형상을 한 사내들이다. 그러나 숫자는 대여섯도 되지 않았다. 40명 가까웠던 인원이 이렇게 줄어든 것이다. 그들이 장애물을 향해 쏘아대고 있었으므로 김상철이 소리쳤다.

"지금도 살아 있느냐?"

"예."

하고 오른쪽 사내가 금방 소리쳐 대답했지만 그 옆의 사내는 상반신을 벌떡 세우더니 머리만 저었다.

김상철이 기관총을 내려놓고는 방한복을 벗어던졌다. 탄띠도 풀고 벨트에 베레타를 꽂고는 바지의 양쪽 주머니에 수류탄을 한 발씩 넣었다. 30발들이 탄창 하나를 작업복 윗저고리에 꽂았을 때 그는 그레고리도 금방 그와 비슷한 차림이 되어 있는 것을 보았다. 시선이 마주치자 그가 입술을 비틀며 웃었다.

"보스, 나도 가겠소."

"그레고리, 넌 남아서 부하들을 맡아."

"맡아야 할 병사도 없어, 이젠."

퍼뜩 그레고리를 바라본 김상철이 방한복을 집어 들었다.

"저쪽으로 내려간다, 그레고리."

그가 턱으로 가리킨 쪽은 불길을 물고 있는 계단 쪽이다. 복도의 천장에서는 화재 경보가 쉴 새 없이 울리면서 물줄기가 쏟아져 내리고 있었다. 그들은 방한복에 방한모까지 눌러 쓰고는 물줄기 아래 서 있었다.

흠뻑 물에 젖은 그들이 계단으로 뛰어든 것은 그로부터 5분쯤 후였다. 불줄기는 계단에 쌓여 있는 장애물을 태우며 그들에게 뻗어왔다. 방풍 안경에 방한 장갑까지 끼고 있었지만 테이블 두어 개를 치우자 금방 온 몸이 뜨거워졌다. 다시 캐비닛 하나를 들어 옮기던 김상철은 무엇인가에 걸려 비틀거렸다. 앞쪽에서 총성이 울렸는데 이쪽을 향한 것은 아니다. 그레고리가 미친 듯 의자 하나를 옆쪽으로 던졌는데 이미 그의 방한복 등에는 불이 붙어 있었다. 캐비닛을 겨우 옆으로 밀고 테이블 위에 발을 딛고 올라선 김상철이 앞에 가로막은 불덩이를 발길로 걷어찼다. 그러자 앞쪽의 천장이 보였다. 김상철은 몸을 돌려 그레고리를 내려다보았다. 그는 막 테이블을 밀어젖히는 중이었는데 이제 방한복 어깨가 까맣게 타들어가고 있었다.

김상철은 그에게 손을 내밀었다. 그레고리를 힘껏 테이블 위로 끌어올린 김상철은 곧 그의 다리를 들어 앞쪽의 빈 공간을 향해 밀어 넣었다. 그리고는 곧 자신도 공간을 향해 몸을 던졌다. 어깨가 의자의 팔걸이에 부딪치면서 김상철은 반대쪽 바닥에 떨어졌다. 이쪽도 불이다. 그러나 바로 눈앞의 공간은 멀쩡했다. 서둘러 몸을 일으킨 그는 방한복을 벗어 던지면서 계단을 뛰어내렸다. 이쪽은 14층 아랫부분의 계단이다.

방한모를 벗어 던진 그의 바로 눈앞에 그레고리가 벽에 붙어서 있는 것이 보였다. 그는 지금 바지에 붙은 불을 손바닥으로 두드려 끄고 있는 것이 보였다. 김상철은 어깨에 걸고 있던 AKS-74U 자동소총을 손에 쥐었다. 이제 14층에 내려온 것이다.

"보스, 우린 양념 바른 불고기였소."

그레고리가 불에 그을은 수염 속의 흰 이를 드러내었다.

"자, 인사하러 갑시다."

반대쪽 계단에서 나타난 두 사내가 기관총을 난사하자 14층의 복도는 금방 수라장이 되었다. 김상철은 복도 왼쪽의 방 앞을 10여 명의 경비대원이 둘러싸고 있는 것을 보았다. 이쪽은 불길에 싸여 있는 곳이었는데다 불길을 뚫고 내려올 줄은 생각하지도 못했던 것 같았다. 1분에 8백 발이 발사되는 AKS-74U기관총이다. 30발들이 탄창이 모두 비워졌을 때 복도에 서 있는 경비대원은 보이지 않았다. 김상철은 탄창을 갈아 끼우면서 경비대원이 둘러섰던 방으로 달려갔다.

"송길수! 어디 있느냐!"

그 고함 소리가 복도를 울렸다. 그 순간 오른쪽 계단입구에서 번쩍이는 불꽃이 보이더니 총탄이 쏟아졌다. 김상철은 이마 옆쪽에 뜨거운 인두로 지진 것 같은 느낌을 받고는 그쪽을 향해 기관총을 난사했다. 옆쪽을 달리던 그레고리가 주머니에서 수류탄을 꺼내더니 앞쪽을 향해 던졌다. 김상철은 닫힌 문짝을 발로 차 열고는 안쪽으로 들어섰다. 그레고리가 그의 등을 덮듯이 들어선 순간 폭음과 함께 파편이 등 뒤의 복도를 날았다. 송길수는 방 안 구석에 쪼그리고 앉아 있었다. 그는 김상철과 시선이 마주치자 얼굴에 웃음을 띠었지만 말을 뱉지는 않았다. 김상철은 그의 앞쪽에 쓰러지듯 앉았다.

"맞았어?"

송길수의 몸은 피투성이가 되어 있었던 것이다. 입가에서는 핏방울이 흘러내렸고 방한복을 벗어젖힌 그의 작업복 상의는 피에 흠뻑 젖어 있었다. 그레고리가 문 안쪽에 서서는 계단 쪽을 향해 한두 발씩 총을 쏘았다. 송길수가 피에 젖은 얼굴을 들었다.

"형님, 난 이미 가망이 없습니다."

그는 울컥 한 움큼의 피를 뱉었다. 서둘러 그의 작업복을 열어젖히던 김상철이 문득 움직임을 멈추었다. 그는 가슴에 두 발의 총탄을 맞은 것이다.

송길수가 다시 입을 열었다.

"고려리아는 다시 찾게 되는 거요?"

"그렇다, 길수."

"한이는 살았습니까?"

"그래."

"형님, 나, 미련이 많소."

"알고 있어."

김상철이 손등으로 눈물을 닦자 송길수는 안간힘을 쓰며 말했다.

"난 그저 이 땅에서 살려고, 가족과……."

"알아."

송길수의 머리를 끌어안은 김상철의 악문 잇사이로 울음소리가 새어

나왔다.

"미안해, 미안해."

뒤쪽에서 그레고리가 기관총을 짧게 쏘아 젖히고는 소리쳤다.

"보스, 업고 나갑시다."

김상철은 안았던 송길수의 머리를 떼어내었다. 그러자 그의 머리가 힘없이 옆으로 젖혀졌다. 송길수는 이미 숨이 끊어져 있었던 것이다. 그의 부릅뜬 눈은 이제 먼 곳을 향한 시선이 되어 있었다.

갑자기 주위가 조용해진 느낌이 들었으므로 김상철은 머리를 들었다. 총성이 그친 것이다. 그레고리는 그것이 더욱 불안한 모양으로 몸을 굳히고는 계단 쪽을 바라보았다. 김상철은 다시 바닥에 누인 송길수에게로 시선을 돌렸다. 그가 눈을 감겨 주어서 이제 송길수는 자는 듯 누워 있었다. 고려리아에 처음 발을 디딘 김상철에게 무법자 타운에서 견디는 법을 알려주었고 그와 함께 하나씩 사업장을 세워 간 동료이자 형제였다. 그레고리가 입을 열었다.

"보스, 나도 곧 따라간다고 생각하면 조금 위로가 되실 거요."

그의 목소리는 낮았으나 주위가 조용했으므로 크게 들렸다.

"용감한 고려인이었소. 신중하고 의리가 강한 사람이었소."

김상철은 기관총을 짚고는 자리에서 일어섰다. 15층의 복도와 옥상에 흩어져 있을 부하들은 이한이 인솔하고 있었지만 이쪽과 연락이 끊겨 있는 상황이다.

그가 옆으로 다가가자 그레고리가 그의 이마를 바라보았다.

"보스, 괜찮소?"

"총알이 스쳤을 뿐이야."

그러나 흘러내린 피가 한쪽 얼굴과 어깨까지 피범벅으로 만들어 놓았다.

주위는 여전히 조용해서 총성에 익숙해진 귓속에서는 쇳소리가 울려왔다. 숨이 막힐 듯한 정적이었다. 그레고리가 손목시계를 내려다보았다.

"4시 10분인데 놈들이 마지막으로 밀어붙일 준비를 하는 모양이군."

김상철이 머리를 한쪽으로 기울였다.

"그레고리, 저 소리 들리나?"

"무슨 소리 말이오?"

머리를 한쪽으로 기울인 그레고리의 귀에도 누군가를 부르는 소리가 들렸다.

"형님!"

이제는 선명하게 들렸는데 이한의 목소리였다. 이한은 복도 끝의 15층으로 올라가는 계단 안쪽에서 부르고 있다. 아마 장애물 건너편에서 소리치고 있는 모양이었다.

"형님!"

"나 여기 있다!"

김상철이 소리치자 이한의 목소리가 더욱 커졌다. 이제 장애물을 넘어오는 것 같았다. 이맛살을 찌푸린 김상철이 그레고리를 바라보았다. 14층 복도로 내려오는 계단은 13층의 계단에서 정면으로 보이는 것이다.

"내려오지 말아!"

김상철이 고함을 쳤다.

"거기서 기다려!"

"형님, 경비대는 물러갔습니다!"

이제 이한의 목소리가 바짝 다가오더니 그의 몸이 계단을 내려와 복도로 들어서는 것이 보였다. 그는 한 손에 기관총을 세워 들고는 복도가 떠나갈 듯이 소리쳤다.

"타니츠키가 전창남이와 한민수를 잡았습니다. 그러고 나서 경비대의 철수를 요구한 겁니다. 형님, 우린 살았습니다."

아침 7시 정각에 고려시 주위에 낙하한 러시아 극동군 소속의 제81공수여단은 4개 방면으로 고려시에 진입해왔다. 닷새 동안이나 계속되던 폭설은 어느덧 그쳐 있었지만 아침 하늘은 흐렸다. 각 단위부대로 나눠진 여단병력의 2개 대대는 타운으로 진입해 들어갔고 1개 대대는 이미 비행장을 점령한 상태이다. 볼코프가 아직도 검은 연기를 뿜어 올리는 행정청 건물에 도착한 것은 아침 9시가 조금 못되었을 때였다. 징발한 경비대 소유의 지프에서 내린 그는 잠시 거대한 행정청을 올려다보았다.

"굉장하군."

이미 방사선 도로를 질주해오면서 그는 몇 번이고 고려시의 위용에 같은 말을 되풀이 하였었다. 여단장 스크라빈 소장은 조금 싱거운 표정을 짓고 있었다. 고려리아 경비대는 저항하지 않았을 뿐만 아니라 그들에게 차량지원까지 해주었던 것이다. 볼코프는 스크라빈과 함께 로비로 들어섰다. 간밤의 흔적이 그대로 남아 있는 로비를 보자 스크라빈의 얼굴에 생기가 살아났다. 그가 감탄했다.

"사령관, 이건 대단하군요."

계급은 같은 소장이지만 볼코프가 이번 작전의 지휘관인 것이다. 이제 행정청은 러시아 진압군의 사령부가 되어 있었다. 장교들의 활기찬 목소리가 이곳저곳에서 났고 병사들은 바쁘게 움직였다. 소방복 차림의 사내들이 계단을 올라가는 것을 보면 위쪽의 불이 아직 덜 꺼진 모양이었.

사령관실로 만들어진 2층의 사무실에 김상철이 들어온 것은 그로부터 10분쯤 후였다. 그는 이마에 피가 배어나온 붕대를 감은데다가 옷은 불에 그슬리고 피에 젖어 참혹한 모습이었다. 볼코프와 같이 앉아 있던 스크라빈이 다시 감탄한 듯한 표정을 지었다.

그들은 자리에서 일어나 김상철을 맞이했다.

"다행이요, 드미트리. 위험했었다고 들었소."

볼코프가 김상철의 손을 잡고는 스크라빈을 소개했다.

"당분간 당신을 도와줄 사람입니다."

자리에 앉자 김상철이 물었다.

"시바다와 우재환은 찾았습니까?"

"지금 찾는 중인데 아마 곧 찾아낼 수 있을 겁니다."

스크라빈이 넓은 어깨를 펴며 대답했다.

"고려리아를 빠져 나갈 수는 없습니다. 국경에는 1개 사단이 배치되어 있으니까."

문에서 노크소리가 들리더니 러시아군 장교와 함께 유장석이 들어섰다. 엊저녁과 같은 양복에 넥타이를 단정하게 매었지만 초췌한 모습이다. 볼코프와 스크라빈이 일어서더니 정중하게 그를 맞았다. 그들과 인사를 나눈 유장석이 김상철과 나란히 앉았다.

"위원장 각하, 우린 궁극적으로 러시아와 고려를 위해서 행동을 한 것입니다. 알고 계시지요?"

볼코프가 묻자 유장석의 시선이 김상철을 스치고 지나갔다.

"여기 있는 김상철 씨한테서 몇 시간 전에야 들었습니다."

얼굴에 웃음을 띠운 볼코프가 머리를 끄덕였다.

"보안유지 때문입니다. 우리가 강 회장께 철저하게 보안을 지켜달라고 당부를 했지요. 위원장 각하의 주위를 첩자들이 둘러싸고 있었으니까요."

"앞으로 어떻게 하실 계획입니까?"

"고려리아가 정상적인 상태가 되면 우리는 철수합니다."

"그건 들었소. 그러나 고려리아의 내부정리를 어떻게 할 것인가는 여기 있는 김상철 씨도 모르고 있던데."

볼코프가 정색을 했다.

"곧 지시가 내려올 겁니다. 난 명령에 따를 뿐이오."

"……."

"우리는 미국과 일본의 압력 따위는 신경 쓰지 않습니다. 그들은 고려의 간판 뒤에 숨어서 러시아의 극동 지역에 거점을 만들려고 했습니다."

그것을 모르는 유장석이 아니다. 잠자코 있는 유장석을 향해 볼코프가 부드럽게 말했다.

"위원장 각하, 피로해 보이시는데 조금 쉬십시오. 쉬고 일어나시면 정리되어 가는 것을 보실 수 있을 겁니다."

볼코프의 방을 나온 유장석과 김상철은 아래층의 로비로 내려왔다. 로비에는 러시아 병사들로 가득 차 있었으므로 그들은 왕래가 뜸한 벽 쪽으로 다가가 섰다.

"기뻐해야 할 일인데도 도무지 나는 그럴 기분이 나지 않는다."

넥타이의 매듭을 거칠게 당겨 늘어뜨린 유장석이 김상철을 바라보았다. 지친 표정이었다.

"이봐, 상철아, 우리가 다시 주권을 찾을 수 있을까? 우리 고려의 주권 말이다."

"약속했습니다. 우리에게 맡긴다고."

김상철이 핏발 선 눈을 들었다.

"지키지 않는다면 또 전쟁을 할 겁니다."

"회장님이 나한테까지 비밀로 한 건 서운하다. 나는 알고 있었어야 했어."

"……."

"전창남과 한민수 부부를 인질로 잡았다는데, 강미현 씨는 풀어 주겠지?"

"볼코프가 결정하겠지요."

유장석의 시선이 그를 스치고 지나갔다. 그들을 향해 이한이 다가오고 있었다. 아직도 한 손에 자동소총을 쥔 그는 산발한 머리에 눈을 부릅뜨고 있어서 귀신같은 형상이다. 그의 뒤로 10여 명의 부하가 따르고 있었는데 그것이 100명 가까웠던 조선족과 고려인 부하들의 살아남은 인원이다.

"형님, 죽이러 갑시다."

다가선 그가 유장석은 거들떠보지도 않고 소리쳐 말했다. 시바다와 우재환을 죽이자는 것이다. 그는 모든 원인이 그들에게 있다고 믿고 있었으며 단순한 그의 직감이 틀린 것은 없다.

아침 9시. 박정규는 주한 미국대사 제임스 터너의 집무실에 앉아 있었다. 이제 꺼릴 것도 없었으므로 차를 몰아 대사관으로 달려 온 참이다.

"이젠 크렘린도 어쩔 수가 없어요, 박. 이미 상황은 벌어졌으니 주워 담을 수는 없소."

터너의 표정은 어두웠다.

"모스크바에서 우리측과 일본이 적극적으로 움직였지만 너무 늦었어. 손 쓸 여지도 없이 극동군이 출동해 버린 거요."

"고려리아와의 통신이 세 시간 전부터 두절상태요. 지금 상황이 어떻습니까?"

한숨도 잠을 자지 못한 박정규가 충혈된 눈으로 터너를 바라보았다. 대통령한테는 고려리아의 소요사태 때문에 러시아군이 진입했다는 식으로 짧게 보고를 하고 나왔지만 그것으로 끝날 일이 아니다. 터너가 입을 열었다.

"러시아군은 모든 행정기관과 경비대를 장악했소. 그리고 대부분의 요인들을 보호하고 있습니다."

"전창남과 한민수가 체포된 것은 압니다. 하지만 그 후로 연락이 끊겨서."

"우재환은 러사아군의 보호를 받고 있다는 연락을 받았습니다. 하지만 시바다는 부하 몇 명과 함께 도주한 모양이오."

"……."

"곧 모스크바에서 코마노프가 정부 입장을 발표할 겁니다. 아마 고려리아의 상황을 강력히 비난하겠지. 그래야 명분이 서니까."

"한국은 어떻습니까?"

그러자 터너가 힐끗 그를 바라보았다.

"크렘린의 속셈은 알 수가 없어놔서…… 당신도 알다시피 코마노프는 예상할 수가 없는 인물이라……."

"한국 정부도 비난할까요?"

"글쎄, 그것은……."

"대통령께서 염려하고 계십니다."

터너가 커피 잔을 들고는 한 모금을 마셨다. 아직 미국과 일본 정부는 고려리아의 러시아군 진입에 대해서 공식발표를 하지 않고 있는 상황이다. 헛기침을 한 박정규가 터너를 똑바로 바라보았다.

"터너 씨, 대통령께서는 미국에서 먼저 러시아군 진입에 대해서 강하게 비난해 주기를 바라고 계십니다. 물론 일본도 마찬가지로."

커피 잔을 내려놓은 터너가 입술 끝으로만 웃었다.

"글쎄, 우리가 한국 정부의 입장을 모르는 것은 아니지만 주객이 전도된 것 같지 않습니까? 고려리아는 엄연히 한국 기업이 임차한 땅인데."

"물론 고려그룹은 한국의 기업이니 한국 정부가 나서야 정상이기는 하겠지만……."

"먼저 항의 성명을 내시면 미국 정부도 도와드리지요."

"러시아가 어떻게 나올지도 모르는 상황인데도 말이오?"

"이건 내 추측이지만 러시아 정부는 한국 정부를 비난할 겁니다. 미국과 일본의 세력을 끌어들였다는 내용이 되겠지요."

"……."

"우린 부인할 거요. 이건 뻔히 서로 알고 있는 일이지만 관례지요. 그러고 나서 정치적으로 해결하게 될 겁니다."

우려했던 일이 사실로 닥쳐오자 박정규는 잠자코 터너의 가슴께를 바라보았다. 그렇게 되면 한국 정부는 미·일의 꼭두각시 노릇을 하다가 피해를 입었다는 책임을 피할 수가 없게 된다. 그러나 고려리아의 임차주는 엄연히 고려그룹이었고 한국 정부가 전면에 나선 적은 한 번도 없다. 박정규가 천천히 머리를 끄덕였다.

"당연히 우리도 부인할 겁니다. 한국 정부는 이번 일과 상관이 없습니다. 하지만 한국 기업이 투자를 한 지역에 러시아 정부가 계약을 깨고 진입했다는 것은 문제로 삼겠습니다."

터너가 이제는 얼굴을 펴고 웃었다.

"그땐 적극적으로 도와드리지요. 러시아가 억지를 썼다는 보도 자료를 한국의 언론에 배포하겠소. 아마 일본도 그럴 겁니다."

박정규가 서둘러 방을 나가자 빌리 핸슨이 들어섰다. 그는 정보담당 영사이다.

"크렘린이 한국 정부를 강력히 비난할 것 같습니다, 대사님."

조금 전까지 박정규가 앉았던 의자에 털썩 앉은 그가 눈으로 문 쪽을 가리켰다.

"미스터 박의 입장이 난처해지지 않을까요?"

"천만에."

터너가 머리를 저었다.

"여긴 미국이 아냐, 빌. 언론은 정부가 장악하고 있어. 며칠 동안 러시아 정부의 과민반응과 흑심에 대해서 대학교수, 전문가 등을 동원해서 집중적으로 보도하겠지. 어용 관련조사 기관도 동원할 것이고. 그렇게 며칠이 지나면 한국 국민들은 잊어버리게 되어 있어."

쓴웃음을 지은 핸슨이 들고 있던 팩스 용지로 시선을 내렸다.

"고려아 진입군은 모든 행정기관과 사업장에 정상 활동을 하도록 지시 했습니다. 하지만 경비대는 영내에 대기 상태로 두었습니다."

"……"

"미국인 24명, 일본인 32명, 한국인 67명이 스파이 혐의로 체포되어서 감금당해 있고 약 200명이 조사를 받고 있습니다. 하지만 아직도 색출해 내고 있으니까 그 숫자는 더 늘어날 것입니다."

"추방시키겠지?"

"그럴 가능성이 많습니다."

터너가 의자에 등을 기대고는 목을 좌우로 흔들어 목운동을 했다. 이것은 미국 정부의 입장으로 보면 CIA의 공작 하나가 좌절된 정도의 사건이고 피해는 거의 전무한 상황이다. 서둘 필요는 없는 것이다.

청와대로 돌아온 박정규는 곧장 대통령의 집무실로 들어섰다. 회의실에서 총리를 비롯한 안보위원들이 기다리고 있었지만 그들에게 보고할 겨를이 없는 것이다. 대통령은 책상에 앉아 그를 기다리고 있었다. 잠자코 시선을 주는 것을 보면 좋은 분위기는 아니다.

"각하, 미국은 고려아 사태에 대해서 러시아를 강하게 비난할 작정입니다."

그가 말하자 대통령이 머리를 끄덕였다.

당연하다는 반응이다. 박정규가 한 걸음 다가와 섰다.

"하지만 고려리아는 엄연히 대한민국 기업의 임차지이므로 미국이 먼저 나선다는 것이 한국의 주권을 침해하는 것으로 보일 우려가 있습니다."

"……"

"그래서 우선 우리 정부가 먼저 한국 기업의 재산을 보호해줘야 한다는 내용의 항의 성명을 내는 것이 정상일 것 같습니다만."

"러시아는 성명을 아직 안 내었나?"

"곧 발표할 것입니다, 각하."

"내용이 어떻게 될 건지 알아보았나?"

"미국이나 일본측도 아직 모르고 있었습니다만."

"그자들이 미국이나 일본을 비난할 것 아닌가?"

"당연합니다. 하지만 한국 정부를 더 비난할 가능성도 있습니다, 각하."

"……"

"미국과 일본은 즉각 한국 정부를 돕겠다고 했습니다, 각하."

"모두 제 앞가림이 우선이야."

혼잣소리처럼 말한 대통령이 시선을 들었다.

"고려리아는 어떻게 될 것 같나?"

"아직 미국측도 모르고 있었습니다, 각하."

"하긴 그자들이 손해 본 것은 없을 테니까. 한국 기업들만 타격을 입었지."

"……"

"임차지를 환수당하면 고려가 흔들리겠군. 대영이나 대동도 손해가 꽤 크겠군, 그렇지?"

"예, 각하."

"한국 경제에 미치는 영향은 어때?"

"예, 그것은 아직……."

대통령이 머리를 끄덕였다.

"대변인과 함께 성명서를 작성 하도록."

"예, 각하."

"한 시간 후에 내가 안보회의에 참석할 테니까 그땐 경제부총리도 불러오도록."

그 시간에 강 회장은 자택의 응접실에 앉아 그가 즐기는 녹차를 마시고 있었다. 진하게 끓인 녹차를 한 모금 마시고난 그는 입안에 배인 향을 음미하려는 듯 서너 번 입맛을 다셨다.

"대영의 조 실장이 미국 대사관에 들어갔다고?"

조 실장이라면 비서실장 조영규다. 앞에 앉은 이남호가 입술을 비틀며 웃었다.

"예, 회장님, 박정규가 나오고 나서 곧 조영규가 들어갔습니다."

"똥줄이 탈만도 하지. 조영규 다음 순서로는 대동의 한 회장 놈이 되겠구나."

"아마 그렇게 되겠지요. 한국 정부에는 책임질 사람이 없습니다."

"당분간은 우리도 표정관리를 해야 되겠군."

"그렇습니다. 그래서 오후에 그룹 사장단 회의를 소집해두었습니다."

"잘했어. 회의 주제는 고려리아가 러시아에 환수 당했을 경우에 그룹에 미치는 영향으로 하도록."

"예, 회장님."

"난 충격을 받아 드러누운 것으로 해라."

"알겠습니다, 회장님."

강 회장이 자리를 고쳐 앉았다.

"회의를 마치고 자네가 고려리아에 들어가야 되겠어. 난 여기 있을 테니 자네가 협상을 해."

"알겠습니다. 저녁 비행기로 일본으로 갔다가 그곳에서 러시아로 들어가도록 하겠습니다."

"청와대나 미국, 일본 놈들이 자네의 움직임에 신경을 곤두세울 것이다. 조심하도록."

"제가 들어가는 것이 이상할 이유가 없습니다. 놀라서 상황파악 하려는 것으로 알겠지요."

러시아 정부는 고려리아의 임차주인 고려그룹과 다시 협상을 하게 될 것이었다. 그래서 고려리아를 다시 정립시키는 것이 원래의 계획이다. 이남호가 다시 쓴웃음을 지었다.

"잘하면 제가 고려리아를 살려낸 영웅이 되겠습니다, 회장님."

"러시아인들도 믿을 수가 없어. 결과가 나오기 전까지는."

정색을 한 강 회장이 이남호를 바라보았다.

"대영은 명색이나마 톰프슨 그룹으로 허울을 감추었지만 대동의 월슨은 허술하기 짝이 없다. 처음에 간판만 걸었다가 아예 대동의 100% 투자로 바뀌었는데……."

그가 시선을 옆쪽으로 돌렸다.

"우릴 무시한 것이지. 가소로운 놈들이다."

"제가 알아서 처리 하겠습니다, 회장님."

이남호의 얼굴도 굳어 졌다.

"죽 쒀서 개 줄 뻔했습니다, 회장님."

이대각은 대위 계급장을 단 러시아 장교에게로 다가갔다. 얼룩무늬의 전투복을 입은 장신의 사내였다.

"이봐, 대위. 난 이대각이라고 고려리아 행정위원회의 전(前) 부위원장이었던 사람이다."

그의 러시아어는 유창했으나 대위가 머리를 한쪽으로 기울였다.

"전 부위원장이라구?"

"그렇다, 이대각이다."

타운의 한복판인 서울 호텔 앞쪽 대로상이다. 군데군데 진주군이 서 있는 외에는 거리는 여느 때와 별로 다른 점이 없다. 대위가 이대각의 아래위를 훑어보았다.

"그런데 무슨 일이냐?"

"김상철과 만나고 싶다."

"김상철이라니?"

"그를 모른단 말인가? 어젯밤에 고려시를 뒤집은 한국인 말이야."

"용건이 뭔데?"

"고려리아의 장래에 관한 일이야."

"전 부위원장이라고 했지?"

다시 한 번 확인한 대위가 옆에 서 있는 무전병에게로 몸을 돌렸다. 한낮이다.

아침부터 눈이 그쳐 있었지만 기온은 영하 30도 가까웠다. 잠시 후에 대위가 그에게로 다가왔다.

"가십시다, 부위원장 각하."

그가 경비대의 지프로 그를 데려간 곳은 고려시에 있는 고려호텔이었다. 이대각은 기다리고 있던 사내의 안내로 12층에 있는 객실에 들어섰다. 스위트룸이어서 응접실에 앉아 있던 김상철이 자리에서 일어섰다.

"어서 오십시요, 부위원장님."

"성공했구먼, 그래."

이대각이 그의 손을 잡았다.

"무사해서 다행이다."

그의 시선이 김상철의 이마에 감긴 붕대를 스치고 지나갔다. 김상철은 이제 옷을 갈아입고 말끔히 면도를 한 얼굴이었지만 지친 표정이었다. 그들은 소파에 마주보고 앉았다.

"러시아 정부의 발표를 들었는데, 개인 재산과 투자기업의 권리를 최대한 보장한다는 내용이었어. 자네도 알고 있지?"

"알고 있습니다."

"약속을 지킬까?"

김상철이 머리를 끄덕였다.

"지킬 겁니다."

러시아 정부는 한 시간쯤 전에 고려리아를 미국과 일본의 위성 국가로 만든 한국 정부를 강력히 비난하는 성명을 발표했던 것이다. 한국도 비슷한 시간에 러시아의 고려리아 침공을 항의했는데 한국 기업의 재산을 보호해야 한다는 다소 비켜선 듯한 반응이었다. 이대각이 큰 머리를 들었다.

"한국 정부는 벌써부터 꽁무니를 빼고 있어. 성명서를 봐도 그것이 보여. 고려리아를 이 지경으로 만들어 놓은 놈들이 말이야."

"그럴 줄 예상하고 있었지요."

"스파이 혐의로 체포된 놈들은 어떻게 할 계획인가?"

"추방시킬 겁니다."

"한민수는 어떻게 할 거야?"

김상철이 그에게로 시선을 주었다.

"그건 왜 저한테 묻습니까?"

"그럼 내가 누구한테 물어?"

"아마 추방되겠지요. 그자도."

"위층에 유 위원장이 계십니다. 볼코프 소장과 함께 상황정리를 하고 계시는데, 안내해 드리지요. 도움이 필요하실 텐데 마침 잘 되었습니다."

김상철이 벨을 누르자 문이 열리더니 사내 한 명이 들어섰다. 옷을 갈아입지 못해서 온몸이 피와 검정으로 얼룩진 조선족 사내였다. 그에게 시선을 주었던 김상철이 낮은 목소리로 말했다.

"어젯밤 희생이 컸습니다. 날 따르던 부하들을 거의 잃고 10여 명이 남았지요. 송길수도 죽었습니다."

"……."

"내 형제 같던 사람들이 이제 거의 다 죽었습니다. 난 꼭 피값을 받을 겁니다."

지프에서 내린 이한이 행정청에서 아래쪽으로 5킬로미터쯤 떨어진 대륙 호텔에 들어서자 기다리고 있던 카자코프 대위가 다가왔다. 그는 타니츠키 중령의 부관으로 이번 작전에 처음부터 참가한 사내였다.

"한, 이나카와회 소속의 시바다와 나카무라, 그리고 몬도의 행방을 아직 알 수가 없어. 잡아온 놈들의 이야기를 들으면 10여 명의 부하를 데리고 남쪽으로 갔다는 거야."

그들은 계단을 올라 2층의 사무실로 들어섰다. 대륙 호텔은 완공을 며칠 앞둔 고려 소유의 호텔로 객실이 2000개나 되었는데 지금은 진주군의 숙소와 체포당한 사람들의 감방 겸용으로 쓰이고 있다. 안쪽의 자리에 앉아 있던 타니츠키 중령이 이한을 맞이했다. 그는 이제 스파이 검거의 책임자였다.

"한, 의외로 놈들이 순순히 자수해왔어, 아무래도 본국에서 지시를 받은 모양인데 우리가 작성한 명단에서 빠진 놈은 이제 10%밖에 되지 않아."

타니츠키가 부드럽게 말했다. 작전을 시작하기 전에 그들은 두 달 가깝게 처리해야 할 사람들의 명단을 만들어 두었던 것이다. 이한이 탁자 위에 펼쳐진 명단을 들춰 보았다. 수십 장의 종이에 적힌 사람 이름 옆에는 펜으로 표시가 되어 있었다.

"한, 송의 이야기는 들었어. 안 됐네."

타니츠키가 낮은 목소리로 말했다.

"나도 바빠서 조금 전에야 그레고리한테서 들었어."

그에게 머리를 끄덕여 보인 이한이 손가락 끝으로 이름 하나를 짚었다.

"우선 이놈부터 봅시다. 내가 직접 알아보겠소."

타니츠키가 머리를 숙여 그의 손끝을 바라보았다.

"사이토라면 나카무라의 부하로군. 카자코프가 안내해 줄걸세."

이한이 네 명의 부하를 뒤에 달고 카자코프를 따라간 곳은 객실 1415호실이었다. 마땅한 시설이 없었으므로 체포된 사람들은 특급호텔의 첫 손님이 되어 있었던 것이다. 방 안에는 세 사내가 있었는데 들어선 그들을 보고 모두 긴장을 했다. 이한이 사내들을 둘러보았다.

"사이토가 누구냐?"

한국어였지만 시바다의 부하들 중 상당수가 재일동포 출신이었고 일본계라도 간단한 한국어는 말하고 듣는다. 사내 하나가 성큼 앞으로 나섰다. 곧은 콧날에 배우처럼 잘생긴 사내였다.

"내가 사이토요."

한국어도 익숙했다. 머리를 끄덕인 이한이 소파에 앉아 턱으로 앞쪽

자리를 가리켰다.

"앉아. 내가 이한이다."

"명성은 들었습니다."

카자코프가 이한의 옆에 맞이했지만 그는 한국어를 모른다. 이한이 다시 입을 열었다.

"시바다는 어디에 있어?"

"모릅니다."

선뜻 대답한 사이토가 굵은 입술을 열며 웃자 가지런한 이가 드러났다.

"난 타운에 있었습니다. 보스는 고려시의 로열 카지노에 계셨고."

"불칸 역을 친 것이 누구냐?"

"무슨 말씀인지 모르겠는데……."

사이토의 검은 눈동자가 이한에게 향해졌다. 그와 한동안 시선이 마주친 이한이 벨트에 찔러 넣은 베레타 M9을 빼어 들었다. 미군의 제식권총으로 38구경에 15발이 장탄된 근접전용이다.

"모른다면 죽어라."

이한이 권총을 세워 들고는 입술을 찌푸리며 웃었다.

"모른단 말이냐?"

"모릅니다."

그 순간 요란한 총성이 울렸으므로 카자코프가 흠칫 머리를 들었고 사이토는 입을 딱 벌렸다. 사이토의 뒤쪽에 서 있던 부하 한 명이 한 발에 심장이 명중되어 테이블을 넘어뜨리며 방바닥에 쓰러졌다. 이한이 다시 베레타를 세워 들었다. 무표정한 얼굴이다.

"두 놈 남았는데 한마디씩만 묻고 두 발로 끝내겠다. 자, 불칸 역을 누가 쳤어?"

"모릅니다."

다시 총성이 울렸고 이마가 뚫린 부하 하나가 벽에 부딪치며 주저앉았다. 이미 숨이 끊어졌으나 두 눈이 놀란 듯 크게 뜨여 있다. 이한이 사이토를 바라보았다.

"불칸 역을 누가 쳤어?"

"나카무라가 쳤습니다."

입술만을 움직여 사이토가 말했지만 방 안의 사람들은 모두 알아들었다. 머리를 끄덕인 이한이 자리에서 일어섰다.

"너도 끼었나?"

"난 아닙니다. 이와구치와 다른 부하들이."

머리를 끄덕인 이한이 한 손을 뻗어 사이토의 머리칼을 움켜쥐었다. 그러더니 곧장 권총의 총구를 그의 코에 대고는 옆으로 눕히면서 방아쇠를 당겼다. 다시 총성이 울렸고 이어서 사이토가 자지러지는 신음소리를 내며 두 손으로 얼굴을 감싸 쥐었다. 코가 달아난 것이다.

"당분간 살려두겠다."

이한이 카자코프를 바라보았다.

"카자코프, 저것들을 어젯밤의 전상자 명단에 끼워 넣어 주시오."

입맛을 다신 카자코프가 머리를 끄덕였다.

"두 명은 그렇다고 치고 코가 없어진 부상자는 저놈이 처음일거요, 한."

"곧 미국과 일본이 정치적인 협상을 해올 거야."

한민수가 그렇게 말했지만 자신 없는 표정이었다. 저택에서 대륙 호텔의 15층 객실로 옮겨진 것은 오전 11시경으로 전창남은 바로 옆방에 들어 있었다. 완공을 며칠 앞둔 호텔이어서 방 안은 따뜻했고 시설도 훌륭했으므로 지낼 만은 했다. 그러나 어쨌든 포로의 신분이다. 문밖에는 러시아군이 지켜서 있었고 전화는 불통이었는데 다행인 것은 TV를 시청할 수 있도록 해준 것이다. 그들은 코마노프 대통령의 강경한 비난 성명과 한국 외무부 대변인의 두루뭉술한 항의 성명을 들었고 이어서 고려리아 진주군 사령관인 볼코프 소장의 협조문 발표까지 시청할 수 있었던 것이다.

볼코프는 미·일의 스파이 혐의자를 색출하여 추방시키는 것이 목적이며 고려리아를 환수할 의도는 없다고 했다. 고려리아가 정상이 되면 즉시 철수한다는 것이다. 창가에 서서 어두워가는 고려시를 내려다보던 강미현이 돌아섰다.

"볼코프는 유 위원장의 협조를 받고 있다고 하던데 당신은 왜 부르지 않죠?"

"……."

"저는 그것이 꺼림칙해요."

"꺼림칙하다니?"

한민수가 찌푸린 얼굴로 바라보았다.

"볼코프인가 뭔가 하는 자가 날 부르지 않는다는 것이 말이야?"

"당신은 고려그룹 경영자의 사위예요. 유장석 씨를 풀어 주었다면 우리도 당연히 그렇게 해야 되는 것 아녜요?"

"……."

"천창남과 당신을 같이 취급하는 것 같아서."

"그런 것에 신경 쓸 것 없어."

가라앉은 목소리로 그가 말했다.

"곧 나가게 될 테니까. 다만 이 사건으로 고려리아의 성장에 타격이 올 거야. 나는 그것이 걱정 돼."

갑자기 TV에 뉴스 화면이 펼쳐졌으므로 그들은 말을 멈추었다. 먼저 아나운서의 소개가 있은 다음 한국인이 화면에 나왔는데 그는 한국어로 자신은 고려시에서 무역상사와 여행사 대리점을 운영하는 박기동이라고 자신을 소개했다. 그는 곧 열띤 어조로 일본의 야쿠자 조직인 이나카와회가 고려리아에 위조지폐를 대량 반입하여 러시아와 관광객들에게 사용하고 있다고 말했다. 그는 이나카와회의 고려리아 책임자인 시바다가 그 주범이며 그것을 배후에서 조종한 것은 일본 정보국 요원이며 시바다의 자문역인 몬도 이찌로라고 폭로했다. 그가 앉은 테이블 옆에는 그가 수수료로 받았다는 위조지폐가 쌓여 있었다. 다시 아나운서에게로 카메라가 돌아갔다. 아나운서는 일본이 양동작전을 쓰는 것으로 분석하고 있었다. 하나는 고려리아에 세력을 굳히려는 것이었고 또 하나는 고려리아 발전의 방해였다. 위조지폐의 대량 투입으로 피해를 입는 것은 고려리아 정부와 주민, 그리고 러시아 정부인 것이다.

한민수가 TV의 스위치를 껐다.

"저놈 내가 알아. 사기꾼이야."

낮은 목소리로 그가 말했다.

"김상철이를 배신하고 우재환과 시바다에게 붙더니 다시 김상철에게 돌아선 모양이군."

"……"

"위조지폐라니, 러시아 놈들도 꽤 머리를 썼군. 아니, 김상철이 농간인가?"

얼굴이 하얗게 굳어진 이유미는 TV의 화면이 바뀌어도 한동안 움직이지 않았다. 박기동의 얼굴이 나왔을 때부터 놀람의 연속이었던 것이다. 그렇다면 은행의 개인 금고에 보관된 5000만 엔도 위폐일 가능성이 있고도 남는다. 박기동이 테이블 위에 얹어놓았던 엔화 뭉치는 자신의 몫에서 횡령해간 돈일 것이었다. 이유미는 힐끗 문 쪽을 바라보았다. 어젯밤의 습격 때부터 오금이 저려 한 발자국도 문밖으로 나가지 않은 채 TV만 지켜보았었다. 말로만 듣던 쿠데타가 눈앞에서 벌어졌고 자신이 하늘처럼 의지했던 시바다 겐지는 이제 스파이에다 위조지폐범 혐의까지 겹친 상황이 되었다. 그리고 또한 언제나 든든하게 생각했던 개인 금고 안의 5000만 엔이 생각조차 하기 싫은 물건이 된 것이다. 머리를 든 이유미는 창밖으로 허리를 돌렸다. 짙은 어둠에 덮여 있어서 아무것도 보이지 않았지만 눈이 그쳐 있다는 것은 맑은 유리창으로 알 수 있었다. 진주군 사령부는 곧 활주로를 정비하는 대로 관광객의 출입을 허용하겠다고 발표했던 것이다. 갑자기 울리는 전화벨 소리에 이유미는 소스라치며 생각에서 깨어났다. 오후부터 고려리아 내부 통화는 허용되어 있었다. 벨이 다섯 번쯤 울릴 때까지 몸을 굳히고 있던 그녀는 결심한 듯 손을 뻗어 수화기를 들었다.

"여보세요."

"이유미 씨, 그랜드 여행사의 이 사장 아니시오?"

그 목소리는 조금 전에 TV에서 들었던 박기동이다. 이유미의 전신에 소름이 돋았다. 박기동의 느글느글한 말소리가 이어졌다.

"내가 모처럼 매스컴을 탔는데, 보셨소?"

"……"

"보신 모양이구먼."

"용건이 뭐죠?"

이유미는 박기동이 어제까지만 해도 목숨이 위태로운 처지였다는 것도 안다. 그러나 이제는 불사조처럼 다시 일어난 것이다.

"용건이라니? 내가 그 위대한 시바다 겐지의 정부한테 용건이 있으려고."

"전화 끊어요."

"끊지 말고 내 말 들어."

박기동의 목소리가 단호해졌다.

"넌 이제 마음대로 성질부릴 상황이 못 돼."

"……."

"난 지금 방송국에서 나온 길이야. 아무 곳에나 다닐 수 있는 패스가 있어. 이른바 진주군에서 발행한 특별 통행증이지."

"……."

"내가 시바다의 위조지폐 5000만 엔을 갖고 있다는 걸 나만은 알지."

"……."

"거기에다 네가 시바다의 정부였다는 걸 러시아군이 알면 어떻게 될까?"

"용건을 말해."

"사업 이야기를 하려는 거야. 어차피 러시아군은 물러갈 것이고 시바다는 끝났어. 그러니 당신은 새 파트너를 찾아야 할 것 아닌가? 일본측 호텔이나 미국측 호텔은 이제 내 입김이 통할 것이고."

"……."

"오늘밤에 그곳에 가지, 계약을 하자는 거야. 긴장하지 말아, 어때?"

"좋아."

이유미가 앞쪽의 벽을 쏘아보았다.

"당신의 사업기질은 인정해. 비록 바탕이 사기꾼이기는 하지만."

그러자 박기동의 웃음소리가 들렸다. 꽤 밝고 긴 웃음소리여서 수화기를 내려놓아도 이유미의 귓속에 여운으로 남아 있었다.

새로운 출발

　이남호가 고려리아에 도착한 것은 그 다음날 저녁때였다. 수십 동의 건물이 폭파되고 수백 명의 사상자가 난데다가 나중에는 러시아 공수여단이 전격 투입된 지역치고는 의외라고 느껴질 정도로 공항의 분위기는 평온했다. 물론 러시아군이 공항의 이곳저곳에 드문드문 서 있었지만 한가로운 태도였다. 무혈 입성한 때문이기도 할 것이다. 이남호를 마중 나온 것은 진주군의 참모로 대령 계급장을 붙인 사내였는데 곧장 대기시켜 놓은 차로 안내했다. 그가 탄 차가 공항을 빠져나와 고속도로에 접어들었을 때 옆자리에 앉은 대령이 입을 열었다.
　"오늘 오후부터 일부 수사대상자를 제외하고는 입출국을 허용했습니다."
　로스토프는 이남호의 연락을 받자 극동군 소속의 공군기를 제공해 주었던 것이다.
　"사상자가 정확히 얼마나 됩니까?"
　이남호가 묻자 대령이 쓴웃음을 지었다.

"러시아군 사상자는 다섯입니다. 둘이 죽고 셋이 부상당했는데 모두 낙하시에 생긴 사고지요."

"……."

"이틀간 경비대를 포함한 야쿠자, 또는 한국계 조직의 사망자는 148명, 부상자는 241명입니다."

"……."

"민간인 사망자는 7명, 부상이 15명인데 현장 근처에 있다가 피해를 입었습니다."

"김상철의 조직은?"

"사망 54명, 부상 62명입니다."

"하룻밤의 시가전에 200명이 넘는 전사자와 300명이 넘는 부상자를 냈어요. 이건 어지간한 전쟁보다 더 심했습니다."

러시아군 진입으로 그것이 딱 그쳤으니 그것만으로도 고려리아나 세계 언론을 상대로 군대를 투입한 명분이 설 것이다.

"한국 쪽의 반응은 어떻습니까?"

대령이 물었으므로 이남호는 생각에서 깨어났다.

"글쎄, 좋은 것은 아니오. 언론이 그렇게 유도한 점도 있지만."

"고려리아는 미·일의 식민지가 될 뻔했습니다. 한국 정부는 그들의 꼭두각시 노릇을 한 겁니다."

"……."

고속도로를 벗어난 차는 곧 고려시로 들어섰는데 이미 주위에 어둠이 깔려 있어서 도시가 파괴된 흔적은 잘 보이지 않았다. 행정청에 도착하자 로비에서 기다리고 있던 진주군 사령관 볼코프 소장이 다가왔다. 이남호와는 초면이다. 볼코프가 경례를 올려붙였다.

"실장 각하, 잘 오셨습니다."

좌우로 고급장교들을 도열시켰고 통로에는 붉은색 양탄자를 깔아놓은 최상급 예의를 차리고 있다. 이남호는 도열해 서 있는 장교들과 차례로 악수를 나누면서 문득 좌우를 둘러보았다. 김상철이 그들 속 어딘가에 끼여 있는 듯한 생각이 든 것이다. 잠시 후에 이남호는 볼코프의 2층 집무실에서 그와 마주앉았다.

"내일 체르넨코 국방 장관과 로스토프 극동군 사령관께서 오십니다."

볼코프의 말에 이남호가 머리를 끄덕였다.

"세계의 이목이 집중되어 있는 만큼 수습이 빨리 이루어져야겠지요."

"톰프슨 그룹의 배후는 대영이고 윌슨의 배후는 대동입니다. 알고 계시지요?"

"알고 있어요."

"대영은 북한 쪽에도 자금을 대었습니다. 아마 북한 진출의 대가로 자금을 제공한 것 같습니다."

이남호가 퍼뜩 시선을 들었다. 그렇다면 대영은 미국과 한국, 거기에다 북한 정부의 배경을 가지고 있었던 셈이다. 이윽고 이남호의 얼굴에 웃음기가 띠어졌다.

"대영그룹다운 처세로군요. 그자들이 러시아 정부에는 로비를 못한 것이 다행이오."

볼코프가 따라 웃었다.

"시간만 더 있었다면 그렇게 되었을지도 모릅니다, 실장 각하."

갑자기 노크소리가 들리더니 문이 열렸다. 방으로 들어선 것은 김상철이다. 볼코프가 그들을 번갈아 바라보았다.

"제가 불렀습니다. 앞으로 서로 동반자 입장이 되실 사이고 해서."

이남호를 향해 김상철이 머리를 숙였다.

"오랜만에 뵙습니다, 실장님."

"이 사람아!"

자리에서 일어선 이남호가 김상철의 손을 잡았다. 김상철은 말끔한 파카 차림이었지만 이마는 온통 붕대에 싸여져 있다.

"그동안 도와주지 못해서 미안하네."

"천만의 말씀입니다, 실장님."

그들이 다시 자리에 앉자 볼코프가 탁자 위에 놓인 보드카 병을 쥐고는 앞에 놓인 잔에 술을 채웠다.

"내일 러시아 정부와 고려 그룹의 정식 협상이 열리겠지만 그것은 협상이 의례히 그렇듯이 형식입니다. 오늘 이 자리에서 고려리아 내부의 정리를 결정짓도록 명령을 받았습니다."

그는 술잔을 그들에게 건네주었다.

"대영과 대동의 껍질은 벗겨졌지만 그들이 투자한 사업은 보호됩니다. 물론 CIA요원인 우재환이나 그의 간부들, 그리고 일본 정보국의 요원들은 추방될 것입니다. 이것은 모스크바에서 실장 각하께서도 합의하신 사항이지요."

술잔을 들어 한 모금에 삼킨 그가 말을 이었다.

"한민수는 CIA와 한국 정부 양쪽에 다리를 걸친 놈이지요. 그놈은 제일 죄질이 나쁜 놈이지만 역시 추방시킵니다. 그것으로 되겠지요?"

볼코프가 이남호를 바라보았다. 어쨌든 한민수는 고려그룹의 사위였으므로 이남호의 입장을 묻는 것이다.

이남호가 머리를 들었다.

"대동이 투자한 사업장은 몰수시켜 주시오. 그러기 위해서는 한민수를 잡아두는 것이 낫겠는데…… 대동에서 협상해오도록 말이오."

볼코프가 긴장을 했다. 고려 쪽의 반응이 이토록 격할 줄은 뜻밖인 모양이었다.

"한민수를 풀어주는 조건으로 사업장을 포기하도록 말입니까?"
"그렇습니다."
"고려가 그럴 생각이시라면 어려운 일은 아닙니다."
머리를 끄덕인 그가 김상철을 바라보았다.
"앞으로 대영그룹의 사업장은 물론이고 대동의 사업장 관리까지를 여기 있는 드미트리가 맡게 되겠지요. 드미트리는 우리 러시아 정부와 고려그룹 간의 가교 역할을 충분히 해낼 사람입니다, 실장 각하."

감금당한 상황이었지만 하루 세끼 배달되는 것은 호텔 주방에서 만든 일곱 요리였다. 저녁으로 나온 식사는 잘 익혀진 스테이크와 쌀밥이었다.
"할아버지가 오실지도 모르겠는데."
포크를 내려놓은 한민수가 강미현을 바라보았다. 그는 스테이크를 세 조각쯤 먹었을 뿐이다.
"러시아 정부가 고려와의 계약을 준수한다니 고려 쪽으로 당연히 연락했을 거야."
역시 식욕이 떨어진 강미현도 포크를 내려놓았다. 시간이 지날수록 한민수는 눈에 띄게 초조해하고 있었다. 만 이틀간을 방에만 갇혀 있는 채 외부와 단절되어 있는 상황이다. TV를 통해 관광객들의 출국 장면과 평온을 되찾아가는 고려시의 모습이 보였지만 그들에게는 어떤 연락도 없는 것이다.
"추방시키려면 시키라고 해, 까짓것."
혼잣소리처럼 그가 말하자 강미현이 머리를 들었다.
"당신이 왜요? 쓸데없는 소리 말아요."
"……"
"잘하면 전화위복이 될 수 있는 기회라는 생각이 들어요, 이번 사건이."

문에서 노크소리가 났으므로 그들은 몸을 굳혔다. 문이 열리면서 들어선 것은 두 명의 러시아군 장교와 한국인 한 명이었다. 앞장선 장교가 빠른 러시아어로 말하자 한국인이 통역을 했다.

"한민수, 옷을 입어라. 조사할 것이 있다."

한민수의 얼굴이 하얗게 굳어졌다.

"무슨 조사 말인가?"

한국인의 통역을 들은 장교가 쓴웃음을 짓더니 짧게 말했다.

"일급 스파이 혐의다."

"말도 안 되는 소리."

통역의 말에 대뜸 소리친 것은 강미현이다.

"너희들 책임자를 만나게 해 줘. 내가 해명하겠다."

"빨리 입어, 이 새끼야."

아예 강미현의 말은 무시한 채 한국인이 눈을 부릅떴다.

"여편네 치맛자락에 숨을 작정이냐? 이 개자식아."

장교 한 명이 다가오더니 한민수의 목덜미를 잡아끌었다. 이제 한민수는 눈만 굴릴 뿐 제대로 입도 열지 못한다. 한민수가 그들에게 끌려 밖으로 나가자 강미현은 잠시 가쁜 숨을 뱉으며 방 안에 서 있었다.

이윽고 몸을 돌린 그녀가 소파에 쓰러지듯 앉았을 때 방문이 열리는 기척이 났다. 이남호가 유장석과 함께 들어서고 있었다.

"놀랐겠군."

낮은 목소리로 말하자 강미현은 왈칵 눈물을 쏟았다. 두 손으로 얼굴을 가린 강미현이 이를 악물었으나 어깨가 두어 번 들썩였다. 이남호와 유장석이 그녀의 앞자리에 앉았다.

"할 수 없는 일이야. 한민수는 전창남과 맥을 통한 놈이었어. 고려리아에 오기 전부터 한국 정부와 밀약을 맺은 놈이야."

이남호가 표정 없는 얼굴로 말을 이었다.

"충격이 크겠지만 사실이야. 할아버지와 나는 작년에 모스크바에 갔을 때 그 사실을 들었지만 긴가민가했었어. 하지만 곧 확실하게 알게 되었지. 그놈은 우리는 물론 미현이도 철저하게 속이고 고려리아를 장악하려고 했어."

얼굴에서 손을 뗀 강미현이 그를 바라보았다. 아직도 물기가 배인 눈이었다.

이것은 또 다른 충격이다. 그러나 이것으로 한민수에 대한 연민은 최소한 가셔지리라고 이남호는 계산한 것이다.

"사실이오."

이제는 유장석이 입을 열었다.

"이미 전창남과 그의 부하들이 자백을 했습니다. 한민수는 고려리아에서 고려를 배제시키려고 철저히 준비를 하고 있었어요."

강미현은 아직 충격에서 깨어나지 않은 듯 멍한 표정이었다. 그러나 어느덧 눈의 물기는 말라져 가고 있었다.

경비대는 무장해제를 당하고 간부들이 연금 상태에 있었지만 기능을 정지당한 상태는 아니었다. 경비본부를 장악한 러시아군은 각 초소나 경비, 행정관계의 경비부서는 그대로 업무를 계속하게 한 대신 기동대의 주 병력은 숙소에 대기시켰다. 철저한 계획하에 진입한 러시아군이어서 일사불란한 행동이었고 작전에 차질도 없었던 것이다. 오세영이 고려 호텔의 방에서 자신이 군림 하던 경비본부로 끌려 간 것은 저녁 8시가 조금 넘었을 때였다. 경비본부에는 1개 대대 병력이 주둔하고 있었는데 행정업무를 맡은 경비대원은 여전히 자리를 지키고 있다. 그가 들어선 방은 2층의 회의실이었다. 가끔 그가 회의를 주재하던 방이었지만 지금은 포로의 신분으로 끌려온 것이다. 넓은 회의실에는 서너 명의 러시아군 장교가 앉아 있었는데 들어서는 그를 보자 일제히 말을 멈추었다. 오세영을 데려온 병사들이 그를 앞쪽으로 밀었다.

"여기 앉으시오."

상석에 앉은 대령이 턱으로 옆쪽 의자를 가리켰다.

"당신이 고려리아 경비대의 최고 실력자라고 들었소."

그는 능숙한 영어를 썼는데 오세영이 러시아어는 서툴지만 영어에 유창하다는 것을 아는 모양이었다.

"자, 같은 정보 책임자끼리 터놓고 이야기 합시다, 보안국장."

"뭘 말이오?"

"당신이 쥐고 있던 고급정보, 한국과 미국의 고려리아 관련 정책과 그 책임자들을 말해 주시오."

"……"

"우리가 조사한 내용에 당신의 확인이 필요해요. 새로운 정보라면 더 좋고."

"내가 말할 것 같소?"

"물론."

대령이 얼굴에 웃음을 띠우고는 술병을 눈으로 가리켰다. 옆쪽에 앉은 장교가 대령과 오세영의 앞에 술을 채운 술잔을 내려놓았다.

"당신은 고려리아 북쪽의 정치범 수용소에서 20년을 보낼 준비가 되어 있지 않을 거요. 특히 미국과 일본을 위해서 기밀을 지켜주려고 그랬다면 자던 개도 웃을 노릇이지, 그렇지 않소?"

"……"

"조금 전에 CIA 요원이었던 밀튼과 브라운, 우재환까지 낱낱이 자백하고 돌아갔단 말이오."

대령이 술잔을 들고는 오세영의 앞에 놓인 잔을 눈으로 가리켰다.

"자 마십시다, 보안국장. 당신이 해줘야 할 일이 많소."

그 시간에 서울 청진동의 조용한 한옥의 방 안에 청와대 안보수석 박정규는 대영그룹의 비서실장 조영규와 요리상을 사이에 두고 앉아 있었다. 사람을 물리친 채 독대한 그들의 얼굴은 굳었고 요리 접시에는 젓가락 흔적도 없다.

"강 회장이 재산을 모두 빼돌린 것을 보면 미리 크렘린과 사전 교감이 있었던 것 같은데."

박정규가 입을 열었다.

"그렇다고 정부가 고려에 어떤 압력을 넣을 상황도 아니고."

"역효과가 날 거요. 그런 단순한 방법을 쓰다가는."

조영규가 그를 똑바로 바라보았다.

"이남호 씨가 들어갔으니 곧 어떤 결과가 발표되겠지. 그때까지는 기다리는 것이 좋습니다."

"여론이 좋지 않아요. 언론사가 흔들리고 있어서."

주요 일간지에 대학교수와 평론가 몇 명을 내세워서 고려리아의 혼란한 상황을 비판하도록 한 것이 역효과를 낸 것이다. 그들의 논조는 고려그룹의 무모한 투자는 결국 한국의 경제에 도움이 되지 못했고 열강의 압력만 늘렸다는 것으로 일관되었는데 독자들의 강한 반발을 받고 있는 중이었다. 언론사 노조가 들썩였고 일부 야당지에서는 정부의 식민지 근성을 매도하고 있었다.

"크렘린의 반응은 어떻습니까?"

박정규가 묻자 조영규가 가볍게 헛기침을 했다. 한국 정부는 모스크바 주재 한국 대사가 국방 장관, 외교통상부 장관 등 러시아 정부의 주요 인사를 만나려고 시도했다가 모두 하나같이 거절당했던 것이다. 한국주재 러시아 대사는 본국으로 소환된 처지였고 외무부에서는 부대사를 불러 항의했는데 그것은 국민에 대한 선전용이다. 부대사가 와준 것만 해도 성과라는 외무부 실무자들의 평이었다. 그러나 대영은 다르다. 그들은 러시아에 10억 달러가 넘는 투자를 해왔는데다가 인맥이 있는 것이다. 박정규가 조영규를 만나자고 한 것도 이것 때문이다. 오늘 아침에 모스크바의 대영 현지법인 사장이 크렘린에 들어가 국방위원이자 중앙회의 부의장인 나신스키를 만난 것이다.

"별다른 이야기는 없었던 모양입니다. 나신스키는 실세가 아니어서."

"실세가 아니라니? 중앙회의 부의장이면 행정부에서는 2인자인데."

"그래도 이번 고려리아 사태에 대해서는 한 발 물러난 입장인 것 같습니다."

박정규가 잠시 그를 바라보았다. 얼굴이 다시 딱딱하게 굳어져 있다. 힐끗 그를 바라본 조영규가 입을 열었다.

"미국이나 일본은 이미 물러난 모양인데, 우리 정부가 나선다면 여론만 악화될 것 같다고 생각합니다만, 그렇지 않습니까?"

"……"

"아마 그들은 크렘린과 타협을 한 것 같습니다."

박정규가 이미 식어 버린 정종 잔을 들어 올렸다가 다시 내려놓았다. 미국과 일본은 고려리아 사태가 유감이라는 미지근한 성명 한 번을 낸 것이 끝이었다. 그들은 적극적으로 나서주겠다는 약속을 깨고 한국 정부에 책임을 씌우려는 의도였다. 그리고 러시아는 그들과 약속이나 한 듯이 계속해서 한국 정부를 비난하는 성명을 쏟아내는 중이다.

이윽고 박정규가 머리를 끄덕였다.

"어쨌든 이남호가 어떻게 하는가 두고 봅시다. 고려리아가 고려의 임차지인 것은 분명하니까."

"……."

"정부가 나서서 이래라 저래라 할 수는 없지. 국익에 크게 위배된다면 몰라도."

박정규와의 회합을 마친 조영규는 대기하고 있던 차에 올랐다. 골목길을 빠져나간 차가 큰길에 들어서자 옆자리에 앉아 있던 최선호가 그를 바라보았다. 그는 차 안에서 기다리고 있었던 것이다.

"박 수석한테 뭐라고 하셨습니까?"

"모른다고 했어."

등받이에 등을 기댄 조영규가 쓴웃음을 지었다.

"저놈이 제아무리 임기응변과 책임회피에 능하다고 해도 곧 목이 잘릴 것이다. 대통령도 바보가 아니니까."

나신스키는 현지법인 사장에게 대영그룹의 모든 투자 사업은 보호될 것이라고 약속해 주었던 것이다. 그는 대영과 고려와의 회합과 고려리아의 공동 진출을 제의했는데 그것은 대영측으로서도 얼마든지 대환영이다. 이제 조영규에게 박정규는 아무짝에도 쓸모없는 자였고 그를 위해 정보를 줄 생각은 손톱 끝만큼도 없었던 것이다.

다음날 아침, 국정원장 권준규는 청와대 본관 1층에 있는 비서실장 이태준의 방에 들어섰다.

"어서 오시오."

기다리고 있던 이태준이 자리에서 일어서며 시계를 보았다.

"각하께서 기다리고 계십니다."

"안보회의입니까?"

"아니, 그저 기밀회의라고 해둡시다."

이태준이 그를 향해 빙긋 웃었다. 그들이 2층의 대통령 집무실에 들어서자 테이블에 앉아 있던 대통령이 눈으로 앞쪽 자리를 가리켰다.

"앉으시오."

세 사람만의 회의인 것이다. 긴장한 권준규가 힐끗 이태준을 바라보았으나 그는 시치미를 떼고 있었다.

"이번 고려리아 사태 때문에 보자고 했는데."

대통령이 선뜻 본론을 꺼냈으므로 권준규는 들고 온 가죽가방에서 서류를 꺼내들었다. 이미 준비를 해온 것이다.

"상황은 여기 있는 이 실장이나 박 수석한테 들었는데 내가 권 원장을 보자고 한 건 조금 다른 이야기를 하려고……."

대통령이 똑바로 권준규를 바라보았다.

"박 수석은 우리 정부가 나설 필요는 없다면서 고려그룹과 러시아가 결정하도록 놔두자는데, 이건 손바닥으로 하늘을 가리는 일이오. 이제까지 정부가 고려리아 정책에 깊이 간여한 건 세상이 다 아는 일인데 이제 와서 모른 척한다는 건 책임만 떠넘기려는 것이야."

"……."

"그 사람, 지금 이리 뛰고 저리 뛰면서 하는 짓을 보니 모두 제 책임만 모면하려는 짓이고 나라를 위해서 제 한 몸 바친다는 생각이 없어."

대통령의 늘어진 눈시울이 조금 떨었으므로 권준규는 시선을 내렸다. 임기가 1년여밖에 남지 않은 대통령이다. 정치공작의 달인이며 목표를 위해서는 수단방법을 가리지 않아서 피가 없는 사내라고까지 불렸던 사내인 것이다. 대통령은 당연히 박정규의 제안을 따라야 정상이다. 권준규가 입을 열었다.

"결론적으로 미국과 일본이 소극적인 자세로 대응하면서 책임을 한국 정부에 넘긴 것이 문제가 되었습니다, 각하."

"그, 박정규는 미국측과 어떤 관계인가? CIA 요원이 아닌가?"

문득 대통령이 그렇게 묻자 당황한 권준규가 이태준을 바라보았다. 그러나 이태준은 대통령의 가슴께만 바라볼 뿐 잠자코 있다.

"권 원장, 말해 봐요."

대통령이 재촉했다.

"각하, 그것은…… 박 수석이 미 국무성과 인연은 꽤 있습니다. 자문관 역할도 했고 한국에 오기 전에는 정책기관에서 일하기도 했습니다만 확실한 증거는……."

"한국 정부는 배신을 당한 거야. 미국 정부와 그 하수인 한 놈에게, 그렇게 생각지 않소?"

"……."

"물론 사람을 잘못 기용하고 일방적으로 대미관계 정책을 맡긴 책임은 나한테 있어. 하지만 나는 고려리아 문제보다도 땅에 떨어진 국가위상이 걱정이 돼요."

대통령이 이태준에게 머리를 돌렸다.

"이 실장, 당신이 권 원장한테 말해 줘."

"예, 각하."

이태준이 권준규를 바라보았다.

"어젯밤에 조성호 대사가 귀국했어요."

조성호는 러시아 주재 한국대사이다. 그가 귀국한 것은 알고 있었으므로 권준규가 잠자코 머리를 끄덕였다. 러시아 외교통상부 장관과 약속을 하고 크렘린에 들어갔던 조성호는 두 시간이나 대기실에서 기다렸다가 만나지도 못하고 되돌아왔다. 국제적인 망신을 당한 사건이다.

"조 대사는 코마노프를 만났습니다."

이태준의 말에 권준규가 눈을 치켜떴다. 그러나 본래 신중한 성격이다. 잠자코 있는 그를 향해 이태준이 말을 이었다.

"코마노프는 각하께 친서를 보냈습니다. 조 대사는 친서를 갖고 온 겁니다."

"……."

"내용은 양국관계의 정상화요. 러시아는 한국이 미·일의 압력을 받아 고려리아를 관리한 상황을 이해한다고 했습니다."

"……."

"내일 고려리아에서의 협상부터 러시아는 더 이상 한국을 비난하지 않을 겁니다. 하지만 러시아는 고려리아의 미·일 세력을 추방할 것이고 한국 정부쪽에서도 미국 추종세력을 축출해 달라는 부탁을 해왔어요."

권준규가 천천히 머리를 끄덕였다. 이제 대통령이 자신을 부른 이유도, 자신이 해야 할 일도 알게 된 것이다. 한쪽이 가면 다른 한쪽이 온다. 이것이 동서 냉전시대에 단련되었던 권준규의 철학이다. 그것을 어떻게 잘 이용하느냐에 따라서 약소국은 위상이 변하는 것이다.

"알겠습니다, 각하."

권준규의 목소리는 낮았으나 방을 울렸다.

오후 4시. 고려시의 행정청에서 외신기자 수백 명이 운집한 가운데 러시아를 대표한 체르넨코 국방 장관과 고려그룹의 대표인 비서실장 겸 관리회장 이남호의 협정서가 발표되었다. 먼저 체르넨코가 사건 경위를 발표했는데 고려리아의 자주권 보호를 위해서 러시아군을 투입시킨 것에 대한 유감 표명이었다. 그는 이제 한국은 물론, 미국이나 일본의 국가 명을 입 밖에도 내지 않았다. 그리고 러시아군은 2개월 후에 철수한다고 선언했다. 그 다음 순서는 이남호였다.

그는 전세계로 생중계된 TV 화면을 쏘아보며 짧게 말했다.

"운영위원회를 해산한다."

"경비대를 해산, 재편성 한다."

"투자기업은 보호되나 일부 문제기업은 정리한다."

"주민의 생활에는 최대한 권리를 보장한다."

그가 말을 마쳤을 때 기자들이 새떼처럼 일어섰다. 영국 BBC 기자가 큰소리로 물었다.

"미국 스파이로 체포된 사람은 몇 명이고 그 처리는?"

그러자 체르넨코가 웃었다.

"용의자일 뿐이오. 하지만 본인들이 귀국을 원하고 있어서 내일 전원 출국시킬 계획이오."

기자들이 웅성거렸다. TV화면에 나온 그들의 표정에는 실망의 기색이 역력했다. 미국 CNN기자가 물었다.

"한국 정부에 대한 러시아의 입장을 말해주시오. 운영위원회를 없앤 다면 한국 정부는 고려리아에 손을 뗀 겁니까?"

"양국의 우호관계에는 변함이 없소. 그리고 운영위원회 문제는 내가 답변할 성질이 아니오."

그러자 이남호가 나섰다.

"이제까지 한국 정부는 기업 활동에 간섭한 적이 없습니다. 운영위원회 해산은 고려그룹 내의 조직개편일 뿐이오."

체르넨코가 커다랗게 머리를 끄덕였다. 한국 기자 하나가 일어섰다.

"이번 사건의 기폭제가 된 폭동의 주모자가 김상철이라는 것은 모두 알고 있는 사실입니다. 그 사람은 살인혐의로 기소된 한국인이오. 그는 지금 어디에 있고 어떻게 처리할 생각입니까?"

체르넨코가 마이크를 잡았다.

"그것은 금시초문이오. 우리는 그런 사람을 모릅니다. 폭동에 대해서는 경비본부측에서 곧 수사발표를 할 겁니다."

한국 기자가 다시 일어섰다가 주위 기자들의 눈총을 받고 있다는 것을 깨달았다. 모두 웃음을 띠거나 저희끼리 수군대면서 그를 바라보는 것이다. 그가 잠자코 자리에 앉자 단상의 끝 쪽에 앉아 있던 볼코프 소장이 옆자리에 앉은 스크라빈 소장을 바라보며 쓴웃음을 지었다.

"저놈은 자다 일어난 모양이군, 스크라빈."

스크라빈이 따라 웃었다.

"한번은 짚고 넘어갈 일인데 잘 되었소, 볼코프. 저런 놈도 있어야 실감이 나지."

"저런 병신 같은."

하고 박기동이 의자에 등을 기대고는 이유미를 바라보았다.

"김 사장이 드미트리 김으로 러시아 국적을 갖게 된 것을 모르는군, 저놈은."

"러시아 국적이라니요?"

이유미가 묻자 그는 얼굴에 웃음을 띠었다.

"한국에서는 손을 못 대게 되었단 말입니다. 김 사장은 이제 명예회복을 했지요."

이유미의 방 안이다. 오후에 찾아온 박기동과의 상담 도중에 그들은 TV의 기자회견을 본 것이다.

"김 사장이 한국 세력을 모을 겁니다. 아마 고려리아 제일의 조직이 될 거요."

박기동이 제일이나 되는 것처럼 말했다.

"우재환이 관리했던 사업장을 송두리째 가져올 것이고 시바다한테 팔았던 타운의 사업장도 다시 회수할 거요. 그러나 제일 중요한 것은……"

그는 의자를 당겨 앉고는 정색을 했다.

"러시아계 고려인, 중국계 조선족, 그리고 일본의 조선인, 거기에다 한국과 북한의 한국인을 망라한 조직을 만들 겁니다."

"어떻게 그렇게 잘 아세요?"

"나만큼 김 사장을 잘 아는 사람도 없지요. 나는 한때 그 양반의 대리인으로 북한까지 들어가 인력을 공급시켰던 사람이오."

"……"

"각지에 흩어진 한국인을 망라한 범한국계 조직, 이것이 고려리아의 한국인을 통일시키는 시발이 됩니다."

"……"

"그것이 본래 고려의 왕회장 뜻이었소. 김 사장은 그것에 심취된 사람이었고."

헛기침을 한 박기동이 탁자 위의 서류로 시선을 내렸다.

"자, 그렇다면 남은 건 수수료 배분인데, 이제 내가 총경비의 7%를 받는 것이 합리적이겠는데, 어떠시오?"

"5%로 해요. 7%는 너무 높아요."

"안 됩니다. 난 다른 여행사와는 10%로 계약할 작정이오."

이유미가 이맛살을 찌푸렸다.

"다른 여행사와도 계약을 해요?"

"그럼 안 됩니까?"

쓴웃음을 지은 박기동이 그녀를 똑바로 바라보았다.

"시바다나 우재환이 관리했던 호텔이나 사업장들과 제일 잘 통하는 게 누구겠습니까? 다른 놈들은 이 땅에서 여행사 대리점 간판을 걸 수 없어요."

"……"

"이번에 이 몸이 총을 들고 싸우지 않았지만 한 몫을 했단 말이오. 어제 TV에 괜히 나온 줄 아시오?"

이유미가 가볍게 한숨을 내려쉬었다.

"좋아요, 7%."

"옛날 인연이 있어서 봐드린 겁니다."

그 인연이라는 것이 결코 좋은 기억들이 아니었으므로 이유미가 힐끗 시선을 주었으나 박기동은 아랑곳하지 않았다.

"자, 계약서에 사인을 합시다."

이유미의 방을 나온 박기동이 고려 호텔에 들어섰을 때는 저녁 6시가 되어 있었다. 고려 호텔은 이른바 고급 포로수용소가 되어 있어서 정문에서부터 경비가 삼엄했지만 사령부에서 발급 받은 통행증을 가슴에 붙인 박기동을 제지하는 병사는 없다. 그는 로비 끝 쪽에 테이블을 가져다 놓고 앉아 있는 장교에게로 곧장 다가갔다. 장교의 뒤쪽으로 엘리베이터와 계단이 있었으므로 그가 출입통제의 책임자일 것이다. 박기동이 테이블 앞에 서자 장교가 머리를 들었다. 체격이 거대한 푸른 눈의 대위였다.

"대위, 난 드미트리 김의 부하로 박기동이라고 합니다."

대위가 그의 허가증과 얼굴을 번갈아 바라보더니 머리를 끄덕였다.

"당신, TV에 나왔던 사람이군. 기억 나. 그런데 여긴 웬일이오?"

"사람을 만나려고. 여기로 왔다던데."

"사령부의 허가는 받았소?"

"받지 않았소."

대위가 머리를 저었다.

"안 돼요. 허가를 받아와요."

"드미트리 김의 심부름이요, 대위."

바짝 다가선 박기동이 그를 쏘아보았다.

"여기 끌려온 사람은 드미트리 김의 친구요. 그래서 잠깐 면회하고 가려는 거요."

"드미트리 김의 친구가 이곳에 있다고?"

"그렇소. 행정청의 관광 과장 안인석이야. 확인해 봐요."

찌푸린 얼굴로 박기동을 바라보던 대위가 손을 뻗어 전화기를 쥐었다. 사령부에 보고부터 하는 것이다. 박기동은 잠자코 서서 대위가 보고하는 내용을 들었다. 그의 상대는 중령이었다. 이윽고 대위가 전화기를 내려놓았다. 못마땅한 표정이었다.

"허락합니다."

그는 앞에 놓인 서류를 한참이나 뒤적이더니 머리를 들었다.

"414호실이오. 시간은 30분이고."

"충분해, 대위. 고맙소."

박기동이 방에 들어서자 안인석이 놀라 자리에서 일어섰다. 그는 다른 한 명의 한국인과 같이 있었는데 모르는 얼굴이었다.

"안 형, 오랜만이오."

"웬일입니까? 여긴."

박기동이 웃어 보였으나 안인석은 아직도 얼떨떨한 표정이었다. 그들은 썩 가까운 사이도 아니었다.

"잠깐 나 좀 봅시다."

박기동은 그를 끌고 복도로 나와 섰다. 복도의 양쪽 끝에 서 있던 경비병이 이쪽을 바라보았지만 제지하지는 않는다. 그들은 창가에 마주보고 섰다.

"안 형, 어떻게 하실 거요? 그냥 추방당하시고 말 겁니까?"

"그럼 어떻게 합니까?"

안인석이 쓴웃음을 지었다.

"이 기회에 정리하는 수밖에."

"돌아가서 뭐 하시려고? 고려에서 받아줄 것 같습니까?"

"그런 기대를 할 것 같소? 박 사장은 날 어린애로 보시는 모양인데, 난 고려고 고려리아고 이젠 떠날 생각이오."

"이제까지의 고생을 수포로 돌리고 말이오?"

박기동이 말소리를 낮추었다.

"김상철 씨가 한마디만 하면 됩니다. 딱 한마디만. 그러면 이곳에서 나와 행정청으로 다시 돌아갈 수가 있어요."

"……."

"내가 안 형과 이유미 씨, 그리고 김 사장과의 관계를 아는 몇 안 되는 사람 중의 하나요. 그래서 말인데, 안 형이 김 사장께 도와달라고 부탁만 하면 문제가 해결됩니다."

"……."

"친구 사이 아니었습니까? 이제 서로 고통을 받았으니 잊어버릴 만도 하지요. 난 김 사장을 잘 압니다. 안 형이 부탁한다면 들어 줄 사람이오."

"도대체 누구한테 들었소?"

"운영위 간부들한테서. 그놈들은 안 형과 김 사장과의 관계를 샅샅이 압니다."

"……."

"어때요? 내가 김 사장께 말씀 드릴까?"

머리를 든 안인석이 그를 쏘아보았다.

"나한테 바라는 건 뭐요?"

"허허, 이거야 원."

"소득 없는 일에 당신이 나설 리는 없고. 솔직히 말해 봐요. 그래야 나도 결정을 할 테니까."

"언젠가 때가 오겠지요. 지금은 없어요."

"……."

"꼭 끄집어낸다면 안 형과 김 사장을 다시 만나게 해서 김 사장한테 신임을 조금 받을 수 있지나 않을까 하고. 결코 손해 볼 일은 아닐 테니까."

"……."

"실컷 이용만 당하고 있다가 스파이 혐의를 받고 쫓겨났는데도 정부는 외면하고 고려에서는 철저히 배척당할 입장 아니오? 도대체 뭘 망설이시오?"

경비본부 보안국장 오세영이 차분한 목소리로 폭동의 원인과 주모자, 그리고 피해상황을 발표하고 있었다. 폭동의 원인은 위조지폐에 피해를 본 한국계와 러시아계 주민들의 불만이 폭발한 것이었으며 그들은 위조지폐를 뿌린 시바다 겐지를 습격하다가 고려시와 타운으로 범위가 확산되었다는 것이다. 그리고 폭동의 주모자 대부분은 사살되었는데 인적사항이 TV의 화면에 사진과 함께 비쳐졌다. 모두 낯선 얼굴에 어떤 사진은 시체를 찍은 것이 그대로 드러났으므로 강미현은 머리를 돌렸다.

"이봐, TV 끄지."

이남호가 말하자 유장석이 TV의 스위치를 줬다. 이남호의 숙소인 파라다이스 호텔의 객실 안이다. 저녁 식사를 마친 그들은 소파에 앉아 커피를 마시는 중이었다. 머리를 돌린 이남호가 강미현을 바라보았다.

"피곤해?"

"아뇨, 괜찮아요."

강미현은 화장기 없는 얼굴에 머리를 뒤로 묶어 올린 때문인지 조금 여위어 보였다.

"하나씩 정리가 되어가는군."

이남호가 혼잣소리처럼 말했다.

"그런데 시바다의 무리는 재빠르기 짝이 없군. 놈들은 국경을 벗어 난 것 아닌가?"

"김상철이 부하들을 총동원해서 그놈을 찾고 있는 모양입니다."

"다시는 고려리아에 발을 붙이지 못할 놈들이야. 애써 쫓을 필요는 없어."

"불칸 역에서 10여 명의 부하가 몰살당했습니다. 그것이 시바다의 짓이었다는군요."

그들의 이야기를 들으며 강미현은 우두커니 앉아 있었다. 고려 호텔에서 이남호의 옆방으로 숙소를 옮긴데다가 그들이 이렇게 붙잡고 있는 이유는 알고 있었지만 혼자 있고 싶은 것이다. 잠자코 있는 그녀에게로 이남호가 머리를 돌렸다.

"대동그룹 문제는 러시아가 나서서 해결해 주기로 양해가 되었어. 내일 사업장에 배치되었던 대동의 직원들은 모두 추방될 거야."

"……"

"한민수는 당분간 러시아 정부가 잡아둘 생각이고, 아마 대동이 고려리아에 투자한 사업장을 포기한다는 합의를 하면 풀려날 거야."

"……"

"내가 미현이를 어렸을 때부터 봐 왔지만 다부지고 영리했지, 상처가 클 줄 알아. 하지만 얼른 마음을 잡아야 해. 그래서 일부러 이런 이야기를 하는 거야."

"그 사람을 만나게 해주세요."

그러자 이남호와 유장석이 서로 얼굴을 마주보았다.

"글쎄, 그거야 만나게 할 수는 있지만."

이남호가 입맛을 다셨다.

"물론 부부 사이였고, 배신감도 크겠지. 하지만……."

"김상철 씨 말예요, 실장님."

"김상철이?"

엉겁결에 이남호가 묻자 그녀는 머리를 끄덕였다.

"한민수를 만나고 싶지는 않아요. 그리고 그런 감정, 금방 정리 할 수 있어요."

"……."

"하지만 이렇게 쫓겨나듯 고려리아를 떠나기는 싫어요. 너무 비참해요."

헛기침을 한 유장석이 나섰다.

"이건 내 생각입니다만 그것이 별로 도움이 될 것 같지가 않은 데요."

"맞아."

이남호가 말을 받았다.

"그리고 쫓겨나다니, 그것은 미현이의 자격지심이야. 도대체 누구한테……."

"내가 그 사람을 피할 이유가 없어요. 그렇지 않아요? 내가 왜."

이남호와 유장석이 다시 마주보았는데 모두 당황한 표정이었다.

"아니, 누가 피한다고."

그렇게 묻던 이남호가 입맛을 다시더니 말을 멈추었다. 사정을 알고 있는 그로서는 뭐라고 말하기가 어려웠던 것이다. 한민수와의 결혼생활은 파탄 상태가 되었고 그것은 김상철이 주도한 폭동이 원인이다. 한민수가 무슨 짓을 했느냐는 것보다 강미현은 그것이 김상철에 의해서 일어났다는 것이 견디기 힘든 것이다. 유장석이 다시 헛기침을 했다.

"아가씨, 김상철이는 그런 사내가 아닙니다. 잘 아실지 모르겠지만 내가 보기에는 아가씨에 대한 무슨 감정 같은 것은 전혀……."

말을 도중에서 멈춘 유장석이 힐끗 강미현의 눈치를 보았다. 이제 이남호는 벽을 바라보는 시늉을 했고 강미현도 더 이상 입을 열지 않았다. 방 안에 억눌린 듯한 정적이 덮이고 있었다.

여전히 화려하고 소란스런 타운의 밤이다. 러시아군이 낙하해서 고려리아의 정권을 뒤덮은 상황이라고는 도무지 믿기지 않을 만큼 타운의 분위기는 활기를 띠고 있었다. 거리는 관광객과 주민으로 메워졌고 각종 유흥업소는 손님으로 만원이다. 저녁때까지만 해도 거리에 드문드문 서 있던 러시아군은 인파에 묻혀 보이지도 않았다. 김상철이 이한과 함께 코즈모프 클럽에 들어서자 계산대 옆에 서 있던 조덕산이 다가왔다.

"어서 오십시오, 김 사장님."

그는 반쯤 허리를 꺾었는데 정중한 태도였다. 그의 안내를 받은 그들은 곧장 안쪽의 밀실로 들어섰다. 이미 술과 안주를 벌려놓고 기다리고 있던 이금철과 최태호가 반색을 하며 일어섰다.

"고생 많이 하셨습니다, 김 사장님."

이금철이 김상철의 손을 잡으며 말했다.

"무사하셔서 정말 다행입니다."

인사를 나눈 그들은 마주보고 앉았다.

오늘은 이금철이 초대한 자리로 명분은 고려리아의 평화와 우의를 다지기 위해서라는 것이다. 위조지폐 문제 등으로 크게 체면을 깎인데다가 시바다의 공격으로 최태호는 구사일생의 위기를 겪은 몸이다. 이번 사태가 미국과 일본세의 몰락으로 결정이 되자 그들은 서둘러 김상철을 초대한 것이다. 송길수와 부하들의 죽음에 애도를 표한 그들은 번갈아서 시바다와 우재환을 성토했는데 평양에서도 김상철을 적극 지지한다는 분위기를 풍겼다. 보드카를 대여섯 잔씩 마시고난 다음이다. 이금철이 김상철을 바라보았다.

"배후의 실체가 대영으로 드러난 톰프슨 그룹의 사업장은 김 사장님이 관리하게 되시겠지요?"

"그렇습니다."

이틀 동안에 흩어져 있던 조직원 100여 명이 빠짐없이 모였고 그들이 추천해 데려온 사람만 해도 300명이 넘는다. 대영이 사업장이나 이나카와회, 대동의 사업장들 모두는 지금도 운영을 하고 있었지만 주인이 없는 상태였다. 김상철이 말을 이었다.

"지금도 일부는 대영이나 대동의 사업장에 보냈고 며칠 안에는 모두 장악하게 될 겁니다."

"이나카와회의 사업장은 어떻습니까?"

"위조지폐로 값을 치른 내 사업장 11개는 환수했습니다."

"알고 있습니다. 하지만 나머지는 어떻게 하실 겁니까?"

이금철이 부드럽게 웃었다.

"곤란하시면 말씀 안 해주셔도 좋습니다. 궁금해서 여쭤본 것이라."

"아마 이나카와회에서 다른 관리인을 임명할 겁니다. 그것은 이미 모스크바에서 러시아와 일본 양국 정부가 합의를 한 것 같습니다."

"그렇군."

이금철이 커다랗게 머리를 끄덕였다.

"그래서 일본 놈들의 반응이 흉년에 풀죽도 못 먹은 놈들처럼 느실느실했군."

"지금 잡혀 있는 마쓰노나 가와베가 임명될 수도 있겠지요. 그자들은 시바다의 위조지폐 사용에 관련이 없는 것으로 밝혀졌으니까."

김상철의 앞에 놓인 잔에 이금철이 술을 채웠다.

"김 사장님, 톰프슨 그룹의 자문관으로 이경복이라는 사람이 있습니다. 솔직히 말씀 드리면 대영그룹의 비서실 중역이지요."

"……."

"지금 고려 호텔에 수용되어 있는데 내일 추방될 것이라고 하더군요."

"……."

"김 사장께서 대영그룹의 사업장들을 관리하시려면 그자가 필요하실 겁니다. 실무책임자였으니 내막도 쉽게 파악하실 수 있을 것이고."

"대영에서 부탁하던가요?"

김상철이 묻자 이금철이 쓴웃음을 지었다.

"얽히고 얽힌 관계지요. 이경복은 우재환에게 협조했지만 김 사장께도 적극 협조할 것이라고 대영에서 연락해 왔습니다."

"……."

"나는 그저 대영의 부탁을 전달해 드리는 것뿐입니다. 부담 갖지 마시고."

김상철이 머리를 돌려 잠자코 앉은 이한을 바라보았다. 깊게 빠져들수록 적도 없고 우군도 없는 상황이 되어 간다. 이해와 타산으로 붙었다 떨어지는 것은 국가관계뿐만이 아니라 기업도 마찬가지인 것이다.

그들이 임시 본부로 삼고 있는 고려시 중심부의 5층 빌딩에 들어섰을 때 로비에 서 있던 박기동이 다가왔다.

"이제 오십니까?"

"당신 바쁜 모양이오? 하루 종일 보이지 않더니."

김상철의 말에 그가 눈초리에 주름을 만들며 웃었다.

"예, 조금 바빴습니다."

그는 계단을 오르는 김상철의 옆에 바짝 따라붙었다.

"사장님, 말씀 드릴 일이 있습니다."

그러자 이한이 손을 뻗어 그의 목덜미를 움켜쥐었다.

"이 새끼야, 나한테 얘기해."

계단에 발이 걸린 박기동이 비틀거리며 멈춰섰고 이한이 코가 닿을 듯이 바짝 얼굴을 가져다 대었다.

"이런 쥐새끼 같은 놈, 건방지게 네가 뭔데 함부로……."

얼굴이 하얗게 된 박기동이 한 계단을 내려섰을 때 김상철이 다가와 섰다.

"무슨 이야기요?"

"예, 다름이 아니고 안인석 씨 문제로."

"……."

"제가 저녁에 만나고 오는 길입니다요."

"따라와요."

이한의 시선을 피하며 박기동은 김상철의 사무실에 따라 들어갔다. 자리 잡고 앉은 김상철이 말을 계속하라는 듯 박기동을 바라보았다.

"예, 전부터 안인석 씨를 조금 알고 있었습니다. 그래서 고려 호텔에 면회를 갔던 것입니다."

박기동이 열심히 말했다.

"그랬더니 안인석 씨가 김 사장님께 부탁을 전해달라고 하더군요. 패배자가 될 수는 없다고도 했습니다."

"……."

"저는 두 분이 친구 사이신 것은 알고 있었습니다. 그래서 주제 넘는 짓이라고 생각은 들었지만 일부러 찾아갔습니다."

방문이 열리더니 이한이 들어섰다. 김상철의 옆에 선 그가 팔짱을 끼고 노려보았으므로 박기동은 서둘러 시선을 돌렸다.

"사장님께선 원체 바쁘셔서 그쪽을 잊으셨을 지도 모른다고 생각했지요. 하지만 저로서는 듣기만 했을 뿐입니다."

"패배자가 될 수는 없다고?"

혼잣소리처럼 김상철이 말하자 그가 커다랗게 머리를 끄덕였다.

"그렇습니다. 도와달라고 했습니다."

"당신은 질긴 사람이야."

김상철이 똑바로 그를 바라보았다.

"당신을 볼 때마다 나는 질긴 생명력을 느껴. 당신 같은 사람들이 모여 한국의 경제성장을 이룩했을 거야. 모두 당신 같지는 않겠지만."

"……"

"수단과 방법을 가리지 않고, 체면이나 지조도 없는데다 배신과 거짓말을 밥 먹듯이 하지만 시장을 보는 눈은 뛰어나지. 돈을 모을 기회가 있다면 목숨을 걸 만한 용기도 있고."

"……"

"난 당신한테서도 배우고 있어."

침을 삼킨 박기동이 시선을 올렸다가 내리고는 손바닥으로 이마를 닦았다. 김상철이 자리에서 일어섰다. 나가라는 표시였다.

"하지만 언젠가는 도끼로 제 발등을 찍을 경우가 올 거야. 조심해야 돼, 당신은."

고려리아 동쪽은 오호츠크 해의 위쪽 기지가 만과 맞닿아 있었으므로 캄차카 반도만 건너면 미국령의 제도들이 베링 해에 떠 있다. 알래스카에서 뻗어 나온 제도들인 것이다. 시바다 겐지가 나카무라 이하 10여 명의 부하들을 이끌고 얼음에 덮인 기지에 도착한 것은 한밤중이다. 한밤중이지만 이곳은 태양이 지지 않고 지평선 위에 붉은 빛덩어리로 펼쳐져 있는 북극지방이었다. 만 사흘간을 달려온 끝이라 그들은 기진맥진한 상태였다. 고려시에서 1100킬로미터를 달려온 것이다. 2킬로미터쯤 앞쪽에 4, 50채의 민가가 모여 있었는데 이곳은 러시아 영토였다. 고려리아 국경은 겨우 30킬로미터쯤 북쪽이었으니 사흘 만에 고려리아를 벗어난 것이다. 시바다가 몬도에게로 다가갔다. 설상트럭 옆에 선 몬도는 망원경으로 주위를 둘러보고 있는 중이었다.

"몬도 씨, 여기까지는 운이 좋았는데 앞으로가 걱정이오."

그는 턱으로 앞쪽의 마을을 가리켰다.

"저곳에 묵을 수는 없소. 오늘은 이 근처에서 야영하고 다시 남하하는 수밖에. 도시로 들어가야 합니다."

고려시를 탈출한 것은 러시아의 공군기들이 발진한 다음이다.

수십 대의 수송기가 떠올랐다는 연락을 받은 즉시 몬도는 시바다에게만 그것을 알린 다음 같이 빠져나온 것이다. 몬도가 시계를 내려다보았다. 밤 11시였으나 주위는 그저 흐린 한낮처럼 맑았다.

"남쪽으로 200킬로미터쯤 내려가면 람스크라는 항구가 있소. 인구가 5000명 정도의 도시인데 그곳에 가면 일본 배를 탈 수 있을 거요."

몬도가 말하자 시바다가 얼굴에 웃음을 띠었다.

"이제야 말씀하시는군. 당신은 무작정 하고 이곳까지 올 사람이 아니오."

"어업조사선이오."

"200킬로미터라면 다섯 시간이면 도착할 수 있을 거요. 아침 여섯시까지만 쉬고 떠납시다."

시바다가 소리쳐 나카무라를 불러 이야기를 하자 부하들은 금방 생기가 살아났다. 제각기 야영 준비와 늦은 저녁 식사 준비로 부산한 무리에서 빠져나온 몬도는 만이 내려다보이는 조그만 언덕으로 올라갔다. 얼어붙은 바다에는 흰 눈이 덮여서 마치 평원처럼 보였다. 뒤쪽에서 인기척이 나더니 곧 사내 한 명이 다가왔다. 그의 부하인 죠오베였다.

"과장님, 연락이 되었습니다."

몬도가 잠자코 머리를 끄덕였다. 그들이 타고온 트럭에는 위성통신시스템(SATCOM)이 실려 있었으므로 일본 정보국과도 직접 교신이 가능한 것이다. 영하 30도였지만 바람 한 점 없는 밤이었다. 통조림을 데워 간단한 저녁을 마친 부하들은 곧 트럭 안에 들어가 잠에 떨어졌다. 모처럼의 안정된 분위기였다. 내일이면 일본 배에 올라 귀국하게 되는 것이다. 피우던 담배를 버리고 마악 트럭에 오르려던 몬도는 옆쪽으로 다가오는 시바다를 보았다.

"몬도 씨, 잠깐 나하고 이야기를 합시다."

시바다가 부드러운 얼굴로 말했다. 밤낮으로 달려왔던 사흘간 이었고 그동안 제대로 이야기를 나눌 시간이 없었기도 했다. 그들은 만이 내려다보이는 위치에 자리 잡고 앉았다.

"몬도 씨도 잘 알겠지만 내 입장이 고약해서 말이오."

시선이 마주치자 시바다가 빙긋 웃었다.

"오는 도중에 틈틈이 고려리아 방송을 들었는데 위조지폐 문제가 크게 터졌더군. 당신도 알고 계시지요?"

"나도 방송은 들었소."

"정보국과 통신할 때 다른 이야기는 없었습니까? 나에 관한 이야기 말이오."

몬도가 피우던 담배를 땅바닥에 비벼 끄고는 정색을 했다.

"무슨 뜻이오? 당신 이야기를 우리가 왜?"

"난 이미 조직으로 돌아가는 것을 포기했소. 아마 받아주지도 않을 것이지만."

"……."

"조직은 고려리아에 투자한 사업체를 살리기 위해서나 명예 회복을 위해서라도 날 제거하려고 할 겁니다."

이번에는 시바다가 담배를 꺼내 입에 물었다. 그는 불을 붙인 담배 연기를 길게 내어 뿜었다.

"지금 여기 데려온 열두 명은 내 심복들이지. 저놈들이 불칸역에서 공을 세운 영웅들이오."

"……."

"정보국의 입장도 생각해 보았소. 당신이 날 데리고 도망친 이유도. 만일 내가 마쓰노나 가와베처럼 앉아 있다가 러시아군의 포로가 되었다면 아마 꼼짝없이 위조지폐 사건을 자백하게 되었을 거요."

몬도가 몸을 굳히고는 그를 쏘아보았다.

"이봐, 시바다 씨, 당신은……."

"잠자코 내 말을 들어."

시바다의 목소리는 낮았으나 힘이 실려 있었다.

"난 네 놈이 내 약점을 쥔 것처럼 으스대고 있을 적에 꼭 이런 상황이 오기를 기다렸다. 나는 한번 당한 수모는 잊지 않는 사람이다."

"……."

"넌 아마 정보국과 통신하면서 나를 언제 제거할 것인가까지 이야기해 두었을 것이다. 이 시바다 겐지는 없어져야 할 사람이라고 정보국이나 우리 이나카와회가 합의를 했겠지."

이제 몬도의 얼굴은 하얗게 굳어졌다. 기세를 잃은 것이다. 한 번 잃은 기세는 다시 세우기 힘든 법이다. 시바다가 또박또박 말을 이었다.

"어업 조사선이라, 그건 내가 조사를 해볼 생각이다. 너는 이곳에 남고."

그 순간 시바다가 몸을 비틀면서 그의 오른손이 몬도의 목 밑을 스쳤다. 나란히 앉아 있던 몬도가 뒤로 목을 벌컥 젖혔는데 몸은 그대로이다. 베어 젖혀진 목에서 핏발이 사방으로 뿜어져 나왔으므로 시바다의 얼굴은 금방 피투성이가 되었다. 뒤에서 인기척이 나더니 나카무라가 다가왔다.

"보스, 두 놈은 해치웠습니다."

시바다는 잠자코 몬도의 저고리에 칼날을 닦고는 호주머니에 있는 그의 한쪽 손을 떼어 냈다. 이미 시체가 되었으나 몬도의 손은 권총의 손잡이를 굳게 움켜쥐고 있었다.

다음날 아침 고려시에 있는 김상철의 사무실로 이대각이 서두르며 들어섰다. 그의 얼굴은 찌푸려져 있었다. 아침 10시가 조금 넘은 시간이다. 타운에 있는 그의 숙소에서 이곳까지는 한 시간은 족히 걸렸으니 이대각은 일찍부터 서둘렀을 것이었다. 김상철이 앞에 앉은 이대각을 주의 깊게 바라보았다.

"무슨 일 있습니까?"

"있어."

이대각이 큰 머리를 위 아래로 흔들었다.

"나, 다시 부위원장이 되었다."

김상철이 얼굴에 웃음을 띠었다.

"잘 되었습니다, 부위원장님."

"경비본부장도 겸하게 되었어."

"더 잘 되었습니다."

몸을 뒤로 젖힌 이대각이 비스름한 시선으로 김상철을 바라보았다.

"부위원장만 맡으라면 거절할 작정이었어. 그런데 경비본부장까지 겸하라는 거야. 그래서 승낙했다."

"당연히 그러셔야……."

"이제야 제대로 고려리아가 돌아가는 것 같다."

"……."

"위원장이 아침에 전화로 이야기해 주더구먼. 지금 위원장과 볼코프를 만나러 가는 길에 너한테 먼저 들린 거야."

"그럼 어서 가보셔야."

"기다리라고 하지 뭘."

이대각이 이제는 다리까지 꼬아 얹었다.

"머리가 크다는 것은 뇌의 용량이 크다는 것이고 그것은 뇌를 잘 활용만 하면 머리 작은 놈들보다 얼마든지 생각이나 계산을 빨리 할 수 있다고 나는 믿는다."

그는 정신을 집중시키려는 듯 김상철을 쏘아본 채 정색을 했다.

"그래서 오는 도중에 곰곰이 생각했는데 경비본부장 자리는 서울의 노 회장도 당신 뜻대로 결정 할 수 없었을 것이라는 결론을 내었다. 한국 정부는 말할 것도 없고 말이야."

"……."

"러시아 정부가 추천했을 확률이 높아. 그런데 그놈들이 이대각이라는 대가리 큰 인물이 타운에서 직업소개소를 하고 있다는 것까지를 알 리가 없다는 생각이 들었다."

그는 상체를 세우고는 다리를 내렸다.

"네가 추천했지? 볼코프한테?"

김상철이 머리를 저었다.

"노 회장이나 유 위원장이실 거요."

"말도 안 되는 소리."

코웃음을 친 이대각이 자리에서 일어섰다.

"영감은 내가 쿠웨이트로 가지 않은 것에 앙심을 품고 있을 것이다. 유 위원장은 영감의 말에는 절대로 복종하는 사람이고."

"부위원장님만한 적격의 인물이 없습니다. 반대하는 사람이 하나도 없다는 것을 아셔야 해요."

"과연 그렇군. 넌 알고 있었어."

소리 내어 혀를 찬 이대각이 몸을 돌렸다.

"결국 내 생각이 맞은 거야."

이대각을 배웅하고 돌아온 김상철이 자리에 앉았을 때 문에서 노크소리가 났다.

문이 열리며 이한이 들어섰고 뒤를 따르는 것은 강미현이다.

"형님, 이 분이 뵙자고 하셔서."

이한의 얼굴은 찌푸려져 있었다. 자리에서 일어선 김상철이 앞쪽을 손으로 가리켰다.

"여기 앉아요."

방에 들어설 때부터 강미현은 곧장 시선을 주고 있었는데 이쪽의 반응에 따라 얼마든지 변할 수 있는 분위기가 눈빛에 나타나 있다. 강하지도 그렇다고 약하지도 않으면서 긴장감이 흐르는 분위기였다. 못마땅한 표정의 이한이 방을 나가자 방 안에는 잠시 정적이 흘렀다.

"날 찾아올 줄은 전혀 뜻밖인데."

먼저 입을 연 것은 김상철이다.

"어쨌든 살아있다 보니까 다시 만나게 되는군."

그를 바라보던 강미현이 시선을 조금 내렸지만 입을 열지는 않았다.

문득 김상철이 입가에 웃음을 띠었다.

"그, 한민수라는 자, 내 주관으로 말한다면 개자식 이었어."

"……"

"그리고 솔직히 당신들 결혼생활의 파탄도 예상했지만 조금도 부담이 되지 않았어."

"……"

"당신의 불행은 내 책임이 아냐."

"……"

"한마디만 더 하지. 난 당신으로부터 상처받지 않았어. 그러면 이해가 되겠지?"

"됐어요. 이젠."

강미현의 목소리가 밝았으므로 김상철이 오히려 조금 긴장을 했다. 그녀의 시선에는 이미 아까의 분위기가 섞여 있지 않다.

"실컷 얻어맞은 것 같은데 기분이 후련해요."

이번에는 김상철이 입을 다물었고 그녀가 말을 이었다.

"이번 사건은 유감이지만 난 후회하지는 않아요."

시선이 마주치자 강미현이 입술과 눈 끝으로만 웃었다.

"고마워요, 어쨌든."

그녀는 자리에서 일어섰다. 그것은 쫓겨나는 것 같았던 맹랑한 기분이 사라졌다는 것에 대한 치하였다. 고려리아에 대한 감사의 인사는 이미 그가 충분히 들었을테니 더할 필요는 없다.

"언제 식사나 같이해요."

"그러지."

둘이는 마주보며 얼굴에 웃음을 띠었다. 강미현이 방을 나가자 곧 이한이 들어섰다. 그는 한동안 눈을 껌벅이며 김상철을 관찰하다가 반응이 없자 입맛을 다셨다. 서류를 뒤적이던 김상철이 머리를 들었다.

"안인석은 풀려났나?"

"예, 형님."

다시 입맛을 다신 이한은 몸을 돌리더니 방을 나갔다.

대의의 희생자

강 회장이 고려리아에 온 것은 5월 초순이었다. 강추위는 가셨지만 고려리아의 5월은 아직도 영하의 기온이었고 가끔은 눈보라가 휘날리기도 한다. 준비해온 슈바에 털모자를 눌러쓴 강 회장의 표정은 밝았다. 영접 나온 유장석과 이대각의 안내를 받으며 붉은 양탄자가 깔린 공항의 로비를 걸어나오는 그의 모습은 활기에 차 있었다. 관리들과 경비대가 좌우에 도열해 서 있는 광경은 마치 국가원수를 맞이하는 행사처럼 보였는데 그것을 이상하다고 생각하는 사람은 아무도 없다. 2년만의 방문이었고 강 회장의 표현으로는 귀국이었는데 그동안의 곡절을 생각하면 감회가 새로웠을 것이다. 그는 양탄자 위를 걸어 공항 건물의 현관 바로 앞에 대기시킨 검정색 캐딜락에 올랐다. 국빈용으로 주문해 놓은 품위 있고 호화로운 차였다. 10여 대의 경비대 호위차와 관리들이 탄 수십 대가 차량 행렬이 곧 고속도로로 들어섰다. 고려리아가 태어난 후로 처음 갖는 성대한 영접행사였다. 강 회장은 의자에 등을 기대고 앉아 창밖을 바라보았다. 그의 옆자리에는 수행해온 이남호가 앉아 있었고 마주보는 앞쪽에

앞은 것은 유장석과 이대각이다. 고려리아는 이제 인구 350만에 연평균 관광객이 100만 명 가량으로 예상되는 신흥국가였고 고려시의 인구는 70만에 타운의 인구는 40만 명이 넘는다. 이 양대 도시 외에도 10여 개의 소도시가 생겨나는 중이었는데 발전속도는 눈이 부실 지경이다. 행정청에서 예상한 올해의 1인당 국민소득은 1만 2000달러로 주변 지역의 3배에서 4배의 수준이었다. 강 회장이 입을 열었다.

"인구 비례는 어떻게 되지?"

수시로 보고하고 있었으므로 유장석이 금방 보고했다.

"예, 대별해서 말씀 드리면 한국계가 약 30%로 100만 명, 중국계가 역시 30%로 100만, 러시아계가 35%인 130만, 나머지 민족이 20만입니다."

"러시아나 중국의 한인들 이주 실적은 어때?"

"극동지역의 러시아 땅에 있던 고려인들은 거의 대부분 이주해 왔습니다. 그리고 지금은 원동지역의 고려인이나 중국 땅의 조선족이 옮겨오는 상황입니다."

"중국 국경 검문소에서 지금도 검문을 심하게 하나?"

"아닙니다, 저희 행정청 직원들을 중국 국경까지 파견해서 돕도록 했기 때문에 이주 희망자가 돌아간 적은 없습니다."

머리를 끄덕인 강 회장이 한동안 창밖을 내다보더니 입을 열었다.

"저쪽, 북한은 어때?"

"아직 소수입니다, 회장님."

대답한 것은 이대각이다. 그가 말을 이었다.

"국경 통제가 심하고 더욱이 러시아 대륙을 횡단해야 고려리아에 도착합니다. 얼마 전에는 고려부두를 출발했던 화물열차 안에서 일가족 세 명이 얼어 죽은 시체로 발견되었습니다."

"어디에서 말이야?"

"고려리아 영내의 간이역에서 발견되었습니다."

"저런 끔찍한 일이 있나?"

강 회장의 이맛살이 찌푸려졌다.

"방법을 강구하도록."

"예, 회장님."

"지난번에 김상철이 북한 노동자들을 끌어오려다가 그만두었는데."

유장석과 이대각이 긴장을 했다. 그것이 도화선이 되어 김상철은 살인범이 되었고 고려리아는 갖은 압력을 당한 끝에 운영위원회가 설치되고 미·일의 세력을 받아들였던 것이다. 그것을 벗어나기 위해 수백 명의 인명이 희생되었고 마침내는 러시아군이 진입을 했다. 강 회장이 그들의 얼굴을 둘러보았다.

"김상철이는 잘 있나? 왜 오늘 공항에 나오지 않았지?"

유장석이 당황한 얼굴이 되었다.

"공식 행사여서. 그래서 따로 인사를 드리게끔 준비를 하라고 했습니다만."

지어낸 말이다. 그러나 이대각은 강 회장이 김상철을 만날지 자신할 수도 없었던 것이다. 차는 고려시로 들어서고 있었다. 본래 강 회장이 설계를 꼼꼼히 검토한 도시였지만 그가 떠났던 2년 전에는 겨우 뼈대만 세워졌을 뿐이었다. 강 회장이 눈을 치켜뜨고는 창밖을 바라보고 있었다. 지금은 특급 호텔이 40여 개에 상가와 빌딩이 들어섰고 외국 은행의 지점만 해도 150개가 넘는 웅장한 도시가 되어 있는 것이다.

"훌륭하다."

강 회장이 낮은 목소리로 말했다.

"여기가 바로 한국인이 살 땅이야."

그는 길게 숨을 내려쉬었다.

"이봐, 문을 조금만 열라고. 도시 냄새 좀 맡아보자."

고구려 호텔은 27층 높이에 객실 수만 6400개에 이르는 대형 호텔이었는데 27층 높이에서 그친 것은 고구려가 27대 영류왕 때에 멸망당했기 때문이라는 소문이 있었지만 확인되지는 않았다.

어쨌든 고구려 호텔은 고려에서 세운 고려리아의 최대 호텔이다. 27층의 스카이라운지에서는 고려시의 야경이 한눈에 내려다보였고 평원 끝쪽의 고려타운도 한 줌의 불덩이처럼 시야에 들어왔다. 호텔 주위로도 크고 작은 빌딩과 호텔들이 세워져 있었지만 전망에 방해가 되지 않는 것은 고려측 건물의 특권이다. 행정청은 앞으로도 고구려 호텔의 시야를 가리거나 더 높이 솟아오르고 싶어 하는 건물들을 통제할 것이었다. 강 회장은 스카이라운지의 특실에 앉아 있었는데 저녁 식사를 마치고 그가 즐기는 녹차를 마시는 중이었다. 그를 중심으로 둘러앉은 사내들은 이남호와 유장석, 이대각과 김상철이다. 볼코프가 지휘하는 러시아 진주군은 지난 4월에 약속대로 철군을 했고 고려리아는 하루가 다르게 번창하고 있는 중이다. 식사에 곁들여 포도주를 두어 잔 마신 강 회장의 분위기는 밝았다.

"박정규와 전창남이 미국으로 들어갔어. 가족을 끌고 갔다니 아마 돌아오지 않을 모양이야."

강 회장이 그들을 둘러보았다.

"그런 놈에게 정책을 맡긴 대통령에게도 책임이 있지만 그만해도 잘한 셈이다."

"우재환도 미국에 있다고 들었습니다."

말을 받은 것은 이대각이다.

"모두 고향으로 돌아간 것이지요."

그러나 시바다와 나카무라 등 도망친 이나카와회의 간부들은 아직도 행방이 묘연했고 일본 정보국 요원 세 명도 귀환하지 않았다. 고려리아에 남은 마쓰노와 가와에는 물론 일본 정보국도 시바다가 그들을 처치했다고 믿고 있었다.

강 회장이 김상철에게로 머리를 돌렸다.

"네 조직원은 몇 명이나 되느냐?"

"3000명이 조금 넘습니다."

"허어."

강 회장이 감탄을 했다.

"먹여 살리려면 비용이 꽤 들겠구나."

"제각기 직장이 있으니 따로 비용 나갈 것은 없습니다."

대부분의 부하들은 사업장에 고용되어 있어서 월급을 받는 것이다. 거기에다 김상철은 보호세 명목으로 대영으로부터는 이익금의 10%를, 대동의 사업장에서는 20%를 따로 받는다. 대동은 한민수를 석방시키는 조건으로 고려리아에 투자한 모든 사업장을 포기했는데 그것을 인수한 사람은 다름 아닌 김상철이었다. 그러나 그것도 형식일 뿐 대동이 투자한 사업장의 이익금 80%는 이대각한테 전달되어서 고려와 러시아가 반분하고 있었다. 김상철은 관리만 책임질 뿐인 것이다. 이대각이 입을 열었다.

"고려리아 제일의 조직이지요. 경비대 다음가는 세력입니다."

강 회장이 머리를 끄덕였다. 본래부터 조직의 필요성을 알고 있었던 그였다. 삼합회와 마피아가 제각기 그들 민족에 기반을 두고 성장하는 것은 당연하다. 그와 마찬가지로 처음부터 한민족을 상대로 적극적인 포섭공작을 해온 북한측에 대항할 조직이 필요 했던 것이다. 행정청이나 경비대의 통제만으로는 생활 깊숙이 파고드는 조직의 침투에 대항할 수가 없다. 잘못하다가는 외양은 자본주의를 추구하는 고려리아지만 내부의 한민족은 모조리 북한측에 흡수될 위험한 상황이었다.

"요즘 대영그룹이 우리한테 상당히 호의적이야. 아니, 마찰을 피한다고 할까?"

강 회장이 말머리를 바꾸었다.

"반도체 경쟁에서도 그것이 드러나. 아마 고려리아 문제 때문에 그런 것 같아."

이남호가 쓴웃음을 지었으나 나머지는 잠자코 귀를 기울였다.

"대영이 나진·선봉지역에 투자를 계속해 왔지만 곧 손을 뗄 것이다. 이곳 눈벌판에서 시작한 우리보다 몇 배나 더 어려운 조건이야, 그곳은."

"……."

"전력과 통신, 항구시설에다 관련 산업 모두를 신설해야 하는데 그 비용이 이곳보다 몇 배는 든다. 거기에다 자유무역 지대라지만 통제와 감시가 심하고 생산량도 낮단 말이야."

강 회장이 김상철에게로 머리를 돌렸다.

"넌 북한에서 넘어온 부하들도 있다면서?"

"예, 조금 있습니다."

"그 사람들한테서 들었겠지?"

"들었습니다."

"생산량이 안 나오는 이유는?"

"예, 능력에 따른 성과급을 지급해도 자유무역 지대 밖으로의 통행이 금지된 상태여서 돈 가치를 발휘할 기회가 없기 때문인 것 같습니다."

"그렇다."

강 회장이 커다랗게 머리를 끄덕였다.

"고려시보다 적은 자유무역 지대야. 그곳에는 나이트클럽도, 오입할 곳도, 카지노도 없어. 북한이 허락하지 않기 때문이지. 돈 쓸 곳이 없는데 돈 벌어서 뭐해? 그러니 생산량이 올라가겠나?"

"……."

"그, 북한 사람들을 네가 데려 와라."

그러자 테이블의 분위기가 일시에 긴장되었다. 이 말을 꺼내려고 강 회장이 분위기를 만든 것이다.

"지난번에 네가 시도했다가 일이 터졌는데, 지금은 상황이 나아졌다. 북쪽지방에 인력이 얼마든지 필요하고 이곳은 돈 쓸 곳도 많다. 네가 길만 열어 놓으면 아마 봇물 터지듯이 쏟아져올 것이다."

그가 번들거리는 눈으로 김상철을 쏘아보았다.

"북한은 위원장인가 뭔가 하는 놈을 이곳에 앉혀놓고 고려아를 흡수하려고 할 것이다. 이제 미국과 일본의 세력이 제거되었으니 아주 적기라고 생각할지도 모른다. 그렇다면 우리도 그것을 이용해야 돼. 그리고 이 일을 할 사람은 너밖에 없다."

"……."

"행정청에서 움직인다면 한국 정부는 말할 것도 없고 북한도 경계하게 될 테니까."

"……."

"북한 인구가 2400만이여. 얼마든지 끌어와도 상관이 없어."

김상철이 입을 열었다.

"이제는 제가 회장님의 지시를 거부할 수도 있다는 것을 알고 계시지요?"

퍼뜩 눈시울을 올린 강 회장이 김상철을 쏘아보았다. 이남호는 변함없는 표정으로 김상철을 바라보았고 유장석은 소리 죽여 숨을 내려쉬었다. 그러나 이대각은 조금 다르다. 어깨를 편 그는 큰 머리를 조금 뒤로 젖히고는 강 회장을 바라보았다. 도전적인 자세라고 봐도 될 것이다.

이윽고 강 회장의 굳어졌던 어깨가 먼저 풀렸다. 그리고 입가에 웃음기가 띠어지면서 눈시울이 내려졌다.

"하긴 그렇다. 넌 러시아 국적을 갖고 있는데다가 그들의 대리인이기도 하니까."

"그들한테도 이용당하고 있을 뿐입니다."

"나한테 유감이 있구나."

"버림받았었고 고려리아가 제 땅이라는 생각도 잊었었지요. 솔직히 회장님과 고려의 대의를 위해 일을 일으킨 것이 아니었습니다."

강 회장이 길게 숨을 내리쉬더니 번쩍 머리를 들었다.

"당연한 일이다. 나도 정부와 타협을 하고 비굴하게 살았으니까. 조급한 김에 실수도 했어. 미현이를 그 쓰레기 같은 놈과 결혼시켜서 하마터면 모든 일을 그르칠 뻔했다."

그러자 이남호가 테이블 위로 시선을 내렸고 유장석은 머리를 옆쪽으로 돌렸으며 이대각은 헛기침을 했다. 김상철을 쏘아본 강 회장이 말을 이었다.

"솔직히 말해줘서 고맙다. 나도 솔직히 말한다면 네가 재기할 가능성은 없다고 생각했었지. 어쨌든 너는 승자다. 승자의 권리가 있어."

"……."

"미현이도 고려리아를 위해 이 할애비의 뜻에 따를 것이다. 나는 이제 다시 너희 둘에게 기대를 걸고 있어."

스카이라운지를 나왔을 때는 밤 10시가 넘어 있었다. 현관 앞으로 나온 김상철이 마악 차에 오르려는데 뒤쪽에서 이대각이 다가왔다.

"김 사장, 가는 길에 날 내려줘."

할 이야기가 있는 모양이었다. 차가 호텔의 정문을 나서자 이대각이 입을 열었다.

"네가 그런 식으로 나올 줄은 몰랐을 거다. 영감도 놀란 모양이야."

"……."

"하지만 강미현의 이야기는 즉흥적이 아닌 것 같아. 기회가 좋지 않았을 뿐이지."

그가 김상철을 바라보았다.

"어때? 기분이?"

"섬뜩했습니다. 하지만 이해는 했어요."

김상철이 쓴웃음을 지었다.

"강미현 씨가 회장님의 이야기를 들었다면 어떤 반응을 보일까요? 자신이 승자의 몫으로 내놓아졌다는 걸 알면 말입니다."

"강미현이 입장을 생각하는 걸 보면 가능성이 있는 거냐?"

"그 여자한테 감정이 있는 건 아닙니다."

"강미현은 받아들일 것이다. 그 피는 속이지 못하는 법이여."

그들은 한동안 창밖의 시가지를 바라보며 입을 열지 않았다. 차는 곧장 도로를 동진하고 있었는데 타운으로 가는 것이다.

"난 하겠습니다."

불쑥 김상철이 입을 열자 이대각이 그럴 줄 알았다는 듯이 머리를 끄덕였다.

"아마 영감도 그렇게 생각하고 있을 것이다."

"희생을 감수할 만한 일이었지요, 고려리아 건설은."

"영감은 너한테 기대를 걸고 있어."

"난 이제 고려 직원이 아닙니다. 아까 회장님께 그것을 상기시켜 드리고 싶었어요."

"그래서 불쑥 강미현의 이야기를 꺼냈을 거야, 회장이."

"……"

"그리고 네가 당신의 대의에 따르고 있다는 것을 알아."

이대각이 손을 뻗어 김상철의 어깨를 쳤다.

"네가 하겠다는 말을 듣고 싶었다. 여기서 내려줘."

차가 길가에 멈춰 서자 이대각이 그를 향해 빙긋 웃었다.

"나는 곧장 이 실장한테 보고를 할 것이다. 물론 예상들은 하고 있겠지만 확실한 게 좋거든. 물론 내 점수에도 도움이 될 것이고 말이야."

뒤쪽으로 승용차 한 대가 다가와 섰는데 이대각의 전용차이다.

"이게 월급쟁이 하고 사장하고 다른 점이지. 윗사람 챙기는 것 말이다."

변순태는 하바롭스크 태생의 고려인으로 전직이 시계수리공이었다. 오케안 시장 근처의 시계방에서 4년을 일하다가 고려리아의 초창기에 수송트럭을 타고 들어온 개척민 중의 하나인 것이다. 타운의 인구가 2,3000명이었던 시절이다.

대망을 품고 고려리아에 왔지만 하루 벌어 하루 마시는 생활로 몇 달을 지내다가 송길수의 부하가 되면서부터 그의 인생은 바뀌어졌다. 사람은 한평생을 살면서 자신의 능력을 제대로 발휘하고 가는 경우는 극히 드물다. 사회의 틀에 의해서 정해진 순서를 따라 생활하다 보면 자신의 능력이 무엇인지도 모르고 가는 경우도 흔한 것이다. 변순태는 머리가 좋은 편이었다. 한번 듣거나 익힌 기술은 잊지 않아서 시계방의 견습공 딱지도 남보다 2년이나 빨리 떼었던 경력이 있다. 그는 송길수에게서 관리의 요령을 배웠고 갖가지 고초를 겪으면서 자신의 성격이 대담하다는 것도 알게 되었다. 눈도 한번 깜박이지 않고 살인을 했으며 극한 상황이 되면 정신이 차분히 가라앉는 것이다. 그러나 송길수가 죽은 이후로 그는 의기소침해 있었다.

지금은 이한의 부하가 되어 있는 그가 어깨를 구부정하게 숙이고는 김상철의 고려시 사무실에 들어선 것은 아침 9시 30분경 이었다. 김상철이 개인적으로 부른 것은 처음이어서 그는 잔뜩 긴장해 있었지만 그를 맞이하는 김상철은 부드러운 표정이었다.

"네 이야기는 송 사장한테서 많이 들었다."

마주앉은 김상철이 입을 열었다.

"송 사장은 나와 형제 같은 사람이었다. 나도 가슴이 아프다."

"……"

"우리는 동북아시아에 한민족의 새로운 영토를 개척하려고 했어. 그것은 본래 고려의 강 회장이 구상한 계획이었지만 우리는 그 대의에 공감했던 것이지. 그래서 사내로서 목숨을 걸고 일할 만한 명분을 갖게 된 것이다."

방음장치가 잘 되어 있는 사무실 안이어서 김상철의 말소리만 가득 채워지고 있었다. 김상철이 낮은 목소리로 말을 이었다.

"고려리아는 남북한과 일본을 합한 면적보다도 넓다. 생각해 봐라. 이 땅에 한민족이 모여서 또 하나의 나라가 세워진다는 것을. 그것을 견제하려고 미국과 일본이 한국 정부를 움직여 고려리아를 관리했고 우리가 그들을 쳤다."

"……"

"네가 대의와 명분을 갖도록 말해주는 것이다. 왜냐하면 너한테 앞으로 큰일을 맡길 생각이니까. 너는 지금부터 타운의 일을 맡게 된다."

변순태가 눈을 치켜떴다. 타운에는 직할 사업장만 해도 24개가 있는 것이다. 그의 표정을 본 김상철이 부드럽게 말했다.

"이한과 그레고리는 고려시의 일을 맡게 될 것이다. 이제는 조직이 커졌으니 제각기 맡은 역할이나 책임도 커져야 할 테니까.”

아침시간이어서 고려시 외곽에 자리 잡은 러시아 식당 소피아는 한산했다. 창가에 앉아 있는 두 테이블의 손님뿐이었는데 동남아쪽 관광객이었다. 커피 잔을 내려놓은 최태호가 시선을 들었다.

“정치적인 문제는 난 모릅니다. 그리고 내가 상관할 일도 아니지요. 나는 대영이 약속한 돈만 받으면 그만이오, 이 선생.”

앞자리에 앉은 사내는 대영의 관리자인 이경복이다. 그는 찌푸린 얼굴로 입맛을 다셨다.

“글쎄, 나도 실무자 입장이어서 말입니다. 서울에서 돈이 내려와야 드릴 것 아닙니까? 지금 본사에서 평양 쪽과 절충하고 있다니 곧 결과가 나오겠지요.”

“평양에서는 날더러 빨리 받으라고 하는데 무슨 절충을 한단 말이오?”

최태호가 와락 이맛살을 찌푸렸다.

“우린 공사가 예정보다 2개월이나 늦어졌소. 책임추궁을 당할 형편이란 말입니다.”

대영과 북한이 고려시에 합작 사업장을 건설하기로 합의한 것은 6개월 전이었으니 김상철의 사건이 일어나기 전이다. 대영은 자금을 대고 북한은 관리를 맡으며 이익금은 반분한다는 조건이었고 이경복은 사업장의 감리 감독을 한다는 세부사항까지 결정되었던 것이다. 대영의 입장으로 보면 미국계의 우재환에게만 사업장을 맡기는 것보다 북한측에도 투자하여 균형을 이루는 것이 안정성이 있었을 것이다. 더구나 북한에게는 이미 북한에 진출한 사업장의 특혜를 조건으로 거금을 투자한 전례가 있다. 그러나 김상철의 사건으로 러시아군이 투입되고 고려리아의 판도가 일시에 뒤집혀졌다. 대영의 사업장은 김상철이 장악하게 되었던 것이다. 이금철의 부탁으로 이경복이 고려리아에 남게 되었지만 대영은 북한과의 합의를 이행하지 않았다. 최태호가 말을 이었다.

"이미 고려의 강 회장이나 김상철이도 우리와 대영과의 관계를 짐작하고 있을 거요. 그들은 우리 사업을 반대하지도 않을 겁니다. 나는 도대체 영문을 알 수 없소."

"……."

"나는 이번일로 우리 공화국과 대영과의 관계가 불편해질 것이 염려됩니다. 이 선생이 서울에 연락을 해주시오."

최태호가 자리에서 일어섰다.

"일주일 후에 확답을 해주시오. 약속한 돈을 보내든가 아니면 합의를 깨겠다든가 둘 중의 하나를 말이오."

거친 발걸음으로 최태호가 음식점을 나가자 곧 이규환이 들어섰다. 그는 이경복의 찌푸려진 표정을 보더니 분위기를 짐작한 모양으로 조심스럽게 자리에 앉았다.

"일주일 여유를 주는군. 가부간을 결정하라고."

이경복이 입술을 비틀며 웃었다.

"위에서부터 아래 놈들까지 공갈치는 것이 익숙하단 말이야."

"우리가 나진·선봉에 막대한 투자를 해놓았으니 약점을 쥐었다고 믿는 겁니다."

"그나저나 야단났다. 합의를 깨었다고 나진·선봉에 갖가지 압력을 가할 것이 뻔한데."

이경복이 입맛을 다셨다.

"본사에서도 골머리를 썩이고 있는 모양이야."

이미 고려리아에서의 북한과의 합작 사업은 포기하기로 결정이 난 것이다. 미국의 배경을 업고 한국 정부의 지원을 받아 시작했던 고려리아의 투자 사업이었다. 그러나 지금은 껍질이 모두 벗겨져 대영의 실체가 드러나 있는 상황이다. 이런 상황에서 북한의 껍질을 쓰고 투자를 다시 시작할 수는 없는 것이다. 시계를 내려다본 이경복이 자리에서 일어섰다.

"어쨌든 본사에 보고를 해야겠다. 대안도 없이 보고만 하고 있으니 기운이 빠지는구면 그래."

이금철은 스스로 천성적인 육감이 뛰어나다고 믿는 사내였다. 그리고 그것이 번번이 적중되었기 때문에 인상이 나쁜 자는 절대로 중용되지 않았고 예감이 좋지 않으면 밖에 나가지도 않았다. 예감이 틀린 적도 있었는데 그것은 변수가 생겼기 때문이라고 갖다 맞추는 형편이다. 그렇다고 그가 편견과 아집에 사로잡힌 사람은 아니다. 분석력과 재치가 뛰어난 탓에 생겨난 일종의 자기 확신 현상이었다. 그런 그가 요즘의 고려리아 상황에 대해서 불안감을 느끼는 것은 당연한 일인지도 모른다. 미국과 일본세를 몰아내는 것에는 동조하였음에도 고려리아 내부에 김상철의 세력이 급격히 확장되자 불안감을 느낀 것이다. 다른 세력들도 그것을 느꼈겠지만 그가 느끼는 감정은 그들하고는 유형이 다르다. 어쨌든 김상철과 고려는 한국에 뿌리를 두었고 남북한이 대립한 이런 상황에서 그들과의 공존은 언제 틀어질지 모르는 것이다. 그런 그의 위기의식은 타운에 시계수리공 출신인 변순태가 책임자로 부임해오면서 증폭되었다. 그는 기계 같은 사내였다. 그런 자를 타운의 책임자로 임명한 김상철의 의도가 꺼림칙한 것이다. 이미 오래 전부터 김상철의 명성과 그의 부하들에 대한 배려가 고려리아에 퍼져 있는 상황이어서 변순태가 조직원을 모집하자 조선족과 고려인을 불문하고 떼를 지어 사내들이 모여들었다. 심지어는 전에 고용되었다가 이금철에게로 복귀했던 북한군 출신들까지도 돌아간 것이다. 이금철은 보드카 잔을 내려놓고 최태호를 바라보았다.

"김상철과 마찰을 일으킬 필요는 없어. 지금은 상황이 좋지가 않아. 기세를 타고 있는 놈들에겐 부딪치지 않는 것이 낫다."

말은 가볍게 했지만 그의 얼굴은 찌푸려져 있었다.

"하지만 위원장님, 문제는 남아 있는 놈들도 흔들리고 있다는 겁니다. 조선인은 결국 김상철과 우리들의 나눠 갖기 싸움이 됩니다."

최태호가 말을 이었다.

"다시 말하면 고려리아는 남조선과 우리 공화국과의 결전장이 되어 가는 것 같습니다."

"당연하지. 처음부터 그렇게 되어 있었던 것 아닌가? 그러다가 미국과 일본이 끼어들었지. 결국은 마피아와 삼합회가 남았지만 말이야."

그는 보드카 잔에 술을 채워 들었다.

"지금 당면문제는 대영의 투자금을 받는 일이야. 평양에서 대영의 비서실장을 만나려고 여러 번 연락을 했는데도 아직 반응이 없는 모양이야."

실권이 없는 중역들과의 회합은 시간만 낭비한다고 생각한 평양에서는 비서실장 조영규와의 협상을 요구했던 것이다. 이금철이 술잔을 들어 한 모금에 술을 삼켰다.

"결국은 자본력 싸움이다. 이 망할 놈의 땅에서는 말이야."

"우리가 전쟁을 치를 때 모두 눈치만 보고 엎드려 있었다. 아마 곧 경비대한테 몰살당할 것이라고 믿었겠지."

변순태가 앞에 선 세 명의 사내들을 둘러보았다. 모두 긴장으로 뻣뻣하게 굳어져서 숨소리도 내지 않는다. 타운의 나파스 클럽 안이었는데 엘로즈에서 다시 원래의 상호로 바꾼 것이다. 변순태가 말을 이었다.

"특히 네놈들은 그것을 바랬을 것이다. 우리가 다시 힘을 얻으면 살아나기 힘들었을 테니까."

자리에서 일어선 변순태가 사내들의 앞으로 다가가 섰다. 그들은 송길수의 부하였다가 그가 타운을 떠나자 나카무라의 휘하로 들어갔던 사내들이다. 방 안에 모여선 사내들은 모두 긴장하고 있었다. 세 사내는 나카무라가 도망치자 이제까지 중국인 거리에서 숨어 지내다가 오늘 아침 붙잡혀온 것이다. 변순태가 왼쪽에 선 사내에게로 몸을 돌렸다.

"김덕표, 네가 이곳에 왔을 적에 잠잘 곳과 먹을 것을 마련해 준 사람이 누구냐?"

"예."

대답을 했지만 사래가 걸린 사내가 딸꾹질을 했다.

"송 사장님 입니다."

"그 송 사장님이 일본 놈들을 치다가 경비대 총에 맞아 죽었다."

그는 허리춤에 꽂아둔 콜트 45구경을 빼어 들었다.

"너희 세 놈은 쏘아죽여서 제사를 지내야 된다."

이미 각오를 하고 있었던 모양으로 세 사내는 눈알만 굴릴 뿐 선 채로 움직이지 않았다.

"네놈들은 우리를 염탐하고 다녔고 맞아 싸우려고도 했겠지."

"아닙니다, 저희들은……."

가운데에 선 사내가 갈라진 목소리로 말했다.

"그놈들은 우리한테 중요한 일은 시키지도 않았습니다. 정말입니다."

변순태가 권총을 든 손을 휘둘러 그 사내의 옆얼굴을 쳤다. 손잡이에 맞은 사내가 방바닥에 쓰러지자 변순태는 권총을 옆에 선 사내의 머리에 갖다 대었다. 무표정한 얼굴이다.

"네놈들은 매국노나 마찬가지다. 당연히 죽어야 돼."

사내가 온몸을 굳힌 채 멍한 시선으로 앞쪽을 바라보았다. 이제 곧 방아쇠가 당겨지고 총성이 울리려는 긴장된 순간이다. 권총을 내린 변순태가 부드득 이를 갈더니 몸을 돌렸다. 다시 테이블로 돌아와 앉은 그가 머리를 들었다.

"사장님은 지난일은 어쩔 수 없는 일이었다고 하셨다. 아직 너희들이 준비가 덜 되었다고."

그의 가라앉은 목소리가 방 안을 울렸다.

"너희들이 원한다면 다시 예전 일자리도 주라고 하셨으니 생각이 있다면 말해라."

방 안에 잠시 정적이 흘렀고 이윽고 그것은 소리 죽인 울음소리로 깨어졌다. 세 사내가 우는 것이다. 변순태가 와락 이맛살을 찌푸렸다.

"이놈들을 데리고 나가라, 어서."

변순태로부터 보고를 받은 이한은 혀를 찼다.

"그건 형님 모르게 쏘아죽이든 목을 졸라 죽이든 했어야 되는 일이야. 넌 융통성이 없어."

이한이 문 쪽을 자꾸 보는 것이 세 사내를 쫓아가려는 시늉이었다. 그는 타운에 들린 길에 변순태를 찾아온 것이다.

"그렇게 버릇을 들였다가는 남아 있을 놈이 없다. 모두 배신할 거야."

"저는 사장님 말씀에 공감합니다."

변순태의 말에 이한이 핏발 선 눈을 치켜떴다.

"시계 고치던 놈이 뭘 안다고? 무엇을 공감한단 말이냐?"

나이는 엇비슷했지만 이한은 죽은 송길수와 더불어 김상철의 형제나 마찬가지의 신분이다. 이제 조직에서 김상철을 형님이라고 부르는 사람은 이한 한 명뿐인 것이다. 변순태가 입을 열었다.

"저, 그놈들이 아직 준비가 덜 되었다는 말씀이, 그것은 고려리아가 우리 땅이라는 생각이지요. 저도 요즘에야 그것을 깨우쳤습니다. 사장님한테서 들었지요."

"고려리아가 우리 땅이라고 말이냐?"

"예, 한민족의 새로운 영토라고."

"난 중국에서 온 조선족은 싫어. 그놈들한테서는 돼지기름 냄새가 나."

이한은 카자흐스탄 출신의 고아이다. 그가 요즘 들어 더욱 창백해져서 실핏줄이 보이는 얼굴을 들었다.

"현채옥이 서울 호텔 근처에 있다고 해서 갔다가 허탕을 쳤다. 도대체 그 여자가 어디에 박혔는지 모르겠다."

변순태가 눈을 깜박이며 그를 바라보았다.

"타운에만 있다면 제가 찾아내겠습니다, 형님."

송길수의 장례를 치르고 난 후에 현채옥은 자취를 감추었던 것이다. 변순태가 송길수의 여자였던 현채옥을 모를 리가 없다. 그날 이 후로 현채옥을 찾아온 이한이 머리를 끄덕였다.

"살아남은 사람이 더 아프다. 내가 그걸 잘 알아."

"……."

"너도 나하고 친하지 않는 게 낫다. 난 귀신이 씌웠는지 나하고 친한 것들은 모조리 죽는다."

그가 붉은 입술을 벌리며 웃었다.

"아니면 이 땅이 귀신 붙은 땅이든가."

"그럴 리가요, 형님."

"송길수도 형님한테 물이 들어서 이 얼음덩이 땅을 고향이라면서 뼈를 묻겠느니 어쩌느니 하고 유식한 소리를 하더니만 이젠 형님이 너한테로 옮겼군."

이한의 핏발선 눈이 번들거리고 있었다.

"죽으면 소용없어. 고향이건 타향이건 죽고 나면 그게 무슨 소용이야?"

이한이 자리에서 일어섰다.

"현채옥을 찾아. 샅샅이 뒤져서라도."

"알겠습니다, 형님."

문으로 다가간 이한이 문득 머리를 돌려 뒤를 따르는 변순태를 바라보았다.

"그건 그렇고, 그놈들은 죽였어야 했어."

대영그룹의 회장실은 광화문 본사 빌딩 33층에 자리 잡고 있었다. 채광이 잘되는데다가 전망이 탁 트인 방 안에서는 서울의 도심이 한눈에 바라보인다. 생각에 잠겨 있던 김호경 회장이 머리를 들었다. 60대 초반이었지만 검은 머리에 혈색이 좋아서 나이보다 훨씬 젊어 보이는 얼굴이다.

"이런 상황에서 나진·선봉지역이나 고려리아 양쪽으로부터 끌려 다닐 수는 없어. 그리고 사업 이전에 이런 식의 관계는 불쾌하다. 애초부터 그자들한테서 정상적인 사업관계를 기대한 것이 무리였는지도 모르지."

회장이 입술 한쪽만을 비틀어 웃자 조영규는 긴장을 했다. 그의 경험에 의하면 회장의 컨디션이 최악의 상황일 때 저렇게 웃는 것이다. 회장은 화가 날수록 목소리가 가라앉고 마지막엔 웃는다. 고려의 강 회장과는 정반대의 스타일이었다.

"나진·선봉에 더 이상의 투자는 없다. 재고는 말레이시아 사업장으로 옮기고 생산계획도 줄이도록."

"알겠습니다, 회장님."

그뿐만 아니라 이미 들여오기로 잔금까지 치른 항만 시설도 독일의 항구에 보류시켜둘 것이다. 생산계획을 줄이는 것은 생산량만큼만 생산하겠다는 뜻이므로 북한 당국도 이의를 제기할 수 없다. 그렇게 되면 남아도는 기계는 말레이시아 사업장으로 옮길 것이고 피해를 극소화시킨 시점에서 나진·선봉에서 철수할 예정이었다. 그 시점은 3년 후가 될 것이다. 이것은 어젯밤의 그룹장 회의에서 결정된 극비사항이다.

"사흘 후에는 어떤 내용이든 통보를 해줘야 할 것 같습니다만…… 그자들은 기다리고 있습니다, 회장님."

조영규가 조심스럽게 말했다.

"물론 고려리아의 사업장은 별문제가 없습니다. 김상철이 관리하고 있으니까요."

회장이 보일 듯 말 듯이 머리를 끄덕였다. 그 대신으로 나진·선봉지역의 투자 사업장에 갖은 압력을 가할 것이다. 그러나 그것이 두려워서 고려리아의 북한측에 투자를 할 수는 없다. 다시 투자를 해야 한다면 차라리 이경복에게 맡겨 김상철의 관리를 받게 하는 것이 나은 것이다. 이미 고려측에 알려진 이상 북한과의 합작은 위험천만한 작업이다.

"방법이 없어, 북한측에 통보하는 수밖에, 나진·선봉의 불이익은 감수한다."

회장이 자르듯 말했다.

"관계가 나빠지더라도 끌려 다닐 수만은 없어."

"알겠습니다, 회장님."

"그, 김상철이 말인데, 지금은 강 회장과의 관계가 다시 좋아졌겠지?"

문득 회장이 말을 바꾸었으므로 조영규가 다시 긴장을 했다.

"예, 어쨌든 다시 예전의 관계로 돌아간 것으로 되어 있습니다만."

"러시아 국적을 갖게 된데다 고려의 도움 없이 일어선 상황 아닌가?

더구나 손녀까지 엉뚱한 놈한테로 주었다가 망신을 당했지 않아?"

"배신감을 느꼈겠지요. 말씀대로 고려 쪽에서도 김상철을 함부로 하지 못하는 상황입니다. 이젠 러시아의 배경이 있고 자체 세력이 있으니까요."

"그렇다면 우리나 고려나 김상철에 대한 입장은 비슷하지 않을까? 서로 사업장을 맡긴 지분도 비슷하고 말이야."

조영규가 눈을 껌벅이며 회장을 바라보았다. 거느리고 있는 수백 명의 두뇌 집단이 만들어내는 계획을 최종 선택만 하는 입장인 회장이다. 그러나 두뇌 집단이 하지 못하는 일이 있는데 그것은 발상이다. 그들은 주어진 일밖에 할 수 없었으므로 결국 창조는 최고 경영자의 의지가 필요한 것이다. 조영규는 긴장감을 느꼈다. 선대로부터 대영을 물려받아 10여 년 만에 대영의 규모를 세 배로 확장시킨 회장이다. 치밀하고 절대로 모험을 하지 않지만 계획한 일은 무슨 일이 있더라도 해내는 사람이었다.

"그렇다고 볼 수 있습니다, 회장님. 그는 대동의 사업장에 대한 지분도 20%나 갖고 있다고 들었습니다. 거기에다 자신의 몫에다 고려와 대영의 사업장을 합하면……."

"고려는 어떻게든 그를 자신의 가족으로 끌어들이려고 할 것이다. 아마 강 회장 성격으로는 그 이혼한 손녀를 다시 주려고 할걸?"

"……."

"김상철을 우리 사람으로 만들어야 돼. 그것이 고려리아 사업의 열쇠가 될 것이다. 집중하도록."

머리를 든 회장이 조영규를 똑바로 바라보았다.

"자본주의 국가에서는 결국 경제력이 지배의 관건이야. 고려리아에서도 그 원칙이 통하지 않을 리가 없어."

"자본주의 사회에서 돈이면 안 되는 일이 없어."

박기동이 옆자리에 앉은 이판석에게 훈계하듯 말했다.

"물론 그 돈이 권력과 합해진다면 무서운 힘을 발휘하게 되는 것이지. 이것이 철학이다."

그의 승용차 마틴은 고려리아의 최고급 차종으로 고려리아 국장급 이상의 간부가 되어야 탈 수가 있다. 마틴은 마약 고려시로 들어서서 대로를 달려가고 있었다.

"자본주의 사회는 또한 경쟁의 사회다. 같은 조건, 같은 상황에서라도 우열이 가려지고 승패가 꼭 일어난다. 너는 네 동료를 경쟁자로 생각해야만 될 것이다."

이판석이 잠자코 머리를 끄덕였다. 그는 하얼빈 태생의 조선족으로 북경대학을 나온 사내였다. 1년 전에 고려리아에 들어와 여행사의 안내원이 되었다가 두 달 전에 박기동의 비서이자 회계원으로 채용이 되었다. 말수가 적은데다가 수줍음을 잘 타는 스물일곱의 사내였는데 러시아어와 중국어, 일본어에다 영어에 능통한데다 치밀해서 일에 실수가 없었다. 박기동은 여행사 대리점에다 수입상 사무실, 거기에다 타운에 두 곳의 클럽을 소유한 사업가이다. 거기에다 타운에 사설 금융 회사를 차려 은밀하게 사채업을 하고 있었으므로 몸이 열 개라도 모자랄 형편이었다. 박기동이 가죽 시트에 등을 기대고는 만족한 듯 숨을 내려쉬었다.

"하긴 운이 조금쯤 따르기는 해야지. 갖출 건 다 갖추었다고 해도 운이 따르지 않아서 망한 경우도 있으니까."

차가 시내 중심부로 들어서자 박기동은 말수가 적어지더니 이윽고 대리석으로 지은 10층 건물로 다가가자 긴장된 기색이 역력 했다. 김상철의 본부 사무실 빌딩인 것이다. 이곳은 사업장을 통치하는 곳이다. 더욱이 행정청과 긴밀한 유대관계를 맺고 있는 상태여서 그 힘은 절대적인 곳이었다. 박기동과 이판석이 10층의 대기실로 들어서자 테이블에 앉아 있던 사내가 그들을 훑어보았다.

"박 사장, 같이 온 사람은 누구요?"

"내 비서올시다, 조 형."

박기동이 상냥하게 말하고는 이판석을 돌아보았다.

"인사해라, 실장님이시다."

"이판석입니다."

허리를 90도가 되게 굽힌 이판석을 향해 사내가 턱만 조금 까닥여 보였다. 그도 같은 조선족이거나 고려인 출신일 것이다.

"두 분이 같이 들어가시오. 사장님께서 기다리고 계시니까."

사내가 말하자 박기동이 놀란 듯 눈을 크게 떴다. 그러나 이의가 있을 수는 없는 일이다. 그들이 방에 들어서자 소파에 앉아 있던 김상철의 시선이 박기동을 지나 이판석에게로 향해졌다. 그러자 이판석이 우선 커다랗게 절부터 했다.

"당신 비서라는 사람인가?"

"예, 사장님. 이판석이라고."

김상철의 물음에 대답한 것은 박기동이다. 그는 불안한 얼굴이었다.

"아직 아무것도 모릅니다, 사장님."

"거기들 앉아."

이판석과 함께였지만 박기동은 엉덩이 끝만 소파에 걸치고는 반듯한 자세로 앉았고 이판석도 마찬가지였다. 김상철이 이판석에게 말했다.

"자네가 유능한 사람이라는 소문을 들었다. 그래서 박 사장과 함께 보자고 했어."

그러자 얼굴이 금방 달아오른 이판석이 머리를 숙였다. 김상철이 말을 이었다.

"나도 사람을 모으고 있어서 네가 탐이 났지만 어차피 박 사장도 내 사람이다. 박 사장한테서 배울 점도 많을 것이고."

숨을 들이마신 박기동이 눈을 깜박이다가 가만히 뱉어냈다. 김상철이 박기동에게로 머리를 돌렸다.

"자네 둘한테 맡길 일이 있어."

"예, 말씀하십시오, 사장님."

박기동이 선뜻 대답했지만 둘한테 맡긴다는 말이 조금 걸렸다.

"이금철을 만나 지난번에 중지되었던 인력 공급건을 상의해 봐. 인력은 5000명 정도. 이것은 1차분의 숫자야."

"예, 5000명, 1차분으로."

"1차분 공급이 성공적이면 곧 숫자를 늘려 다시 공급이 있을 것이다. 그것을 말해주도록."

"예, 알겠습니다, 사장님."

기운차게 대답한 박기동이 물었다.

"물론 이것도 사장님의 사업장에 필요한 인원으로 비공식이겠지요?"

"물론 내가 주도한 사업이야."

시선을 든 김상철이 박기동을 똑바로 바라보았다.

"하지만 예전보다 상황이 많이 좋아졌으니 입국시키는 데는 문제가 없어."

인력은 얼마든지 필요한 상황이었고 지난번에 성사 직전까지 갔다가 좌절된 일이다. 박기동이 커다랗게 머리를 끄덕였다.

"알겠습니다, 사장님."

"군인은 안 돼. 일반인으로 가족 단위의 노동력이면 아이들까지 포함해서 계산할 테니까 가족을 중심으로 보낼 것. 그 다음이 미혼 남녀, 기혼 남녀의 순서다."

"예, 사장님."

어느 사이에 수첩을 꺼내 열심히 적고 있는 이판석에게로 김상철이 머리를 돌렸다.

"이판석이, 가족 단위를 중심으로 하는 이유를 알 수 있겠나?"

"예, 사장님."

몸을 굳힌 이판석이 얼굴을 들었는데 다시 붉어져 있다.

"고려리아에 정착시키기 위해서 입니다."

"……"

"또 가족이 오게 되면 북한의 공작이나 위협의 효과가 떨어질 것입니다. 거기에다 가족에 대한 책임감으로 생산량이 늘어날 가능성이 많습니다."

김상철이 얼굴에 웃음을 띠었다.

"그리고 아이들은 고려리아를 고향으로 생각하며 자라날 것이다. 어린 시절의 추억이 담긴 고향 말이야. 그래서 진정한 고려리아인으로 성장할 테지."

"……"

"이번에는 1인당 500달러씩을 기준으로 협상해 보도록. 두 달 급료를 선불해 주는 셈이야. 박 사장, 알겠나?"

"알겠습니다, 사장님."

"우선 수용소 수감자들을 보내라고 해보도록. 이것은 미끼야. 아마 그들은 절대로 보내지 않을 것이다."

"예, 사장님."

머리를 끄덕이던 박기동이 소리 죽여 숨을 내리쉬었다. 이인숙의 생각이 났기 때문이다. 그녀는 이미 불칸 역에서 일본인들의 총에 맞아 죽었다. 김상철이 다시 이판석에게로 머리를 돌렸다.

"어차피 너도 박 사장을 따라갈 것일 테니 너한테도 직접 이야기해 주고 싶었다. 이제 고려리아에 왜 그들을 데려오는가는 알 수 있겠지?"

"예, 사장님."

이판석이 커다랗게 머리를 끄덕였다.

"알 수 있습니다, 사장님."

콘티넨탈 호텔은 본래 우재환이 숙소로 쓰던 곳으로 지난번 사건 때 로켓포 공격을 받았었지만 지금은 말끔히 단장되어서 흔적도 보이지 않는다. 김상철이 이한과 함께 호텔에 들어섰을 때는 밤 10시가 되어 있었다. 로비는 사람들로 붐비고 있었는데 지하 1층에 카지노와 클럽 때문이다. 그들은 곧장 엘리베이터를 타고 8층으로 올라갔다. 엘리베이터에서 내리자 사내 한 명이 서 있다가 허리를 숙여 절을 했다.

"제가 안내해드리겠습니다."

조태광이 인솔해온 경호원만 다섯 명이 넘었으므로 그들은 복도를 메우다시피 하고는 끝 쪽의 객실로 다가갔다.

"이 방입니다, 사장님."

방 앞에 선 사내가 말하자 조태광이 와락 문을 열더니 부하들과 함께 몰려 들어갔다. 그는 중국계 조선인으로 상해 시장의 경호 부책임자를 지낸 사람이다. 30대 중반으로 온갖 중국무술에 뛰어났던 그는 조선족으로는 출세한 사람 중의 하나였다. 곧 경호 책임자에 대령으로 진급할 예정이었던 그가 고려리아로 들어온 것은 작년 말이다. 그는 그의 중국인 부인과 백화점의 지배인을 간통 현장에서 잡아 때려죽이고는 그것을 방조한 장모와 처남을 총으로 쏘아죽인 다음 집에 불을 지르고 고려리아로 도망쳐 왔다. 그는 이한에게 찾아가 부하가 되기를 청하였는데 사연을 들은 이한이 김상철의 경호대장으로 적극 추천해준 것이다. 조태광이 방을 나왔다.

"들어가시지요."

김상철과 이한이 방으로 들어서자 두 사내가 그들을 맞이했다.

이경복의 옆에는 50대 후반쯤으로 테 없는 안경을 낀 사내가 서 있었는데 들어서는 그들을 향해 얼굴에 웃음을 띠었다. 이경복이 그를 소개했다.

"그룹 비서실장인 조영규 사장이십니다. 이분이 김상철 사장이시고."

"말씀 많이 들었습니다."

조영규가 김상철의 손을 잡았다.

"이렇게 갑자기 찾아와 폐를 끼칩니다."

"아닙니다. 뵙게 되어서 반갑습니다."

김상철이 조금 놀라는 기색이었다. 대영의 비서실장이면 고려의 이남호에 못지않은 실권을 가진 최고 경영진의 한 사람이다. 더구나 비서실의 체제는 고려에 비하여 대영이 몇 배나 더 강력하다고 알려져 있다. 이경복이 만나자는 연락을 해왔을 때 조영규와 함께 기다리고 있을 줄은 뜻밖이었던 것이다. 자리를 잡고 앉자 조영규가 부드러운 표정으로 입을 열었다.

"고려리아를 본 내 첫인상은 과연 고려에 어울리는 땅이라는 것이었습니다. 거칠고 큰데다가 힘이 느껴지는 곳입니다, 이곳은."

낮고 굵은 목소리로 그가 말을 이었다.

"그리고는 이제 우리 대영도 사고의 전환을 해야겠다고 결심을 했습니다. 사업장의 전환이나 이익, 그리고 미래의 사업성을 계산하는 것에서 떠나 고려와 동반자의 입장에서 일해야겠다는 것을."

김상철이 잠자코 그를 바라보았다. 몇 년 전인가 고려와 대영이 연합하여 통신시장에 진출한 적이 있다. 그러나 그것은 상대방을 제압하기 위한 수단이었을 뿐으로 목적이 달성되자 각기 획득한 통신시장의 지분을 나눠 갖고 다시 경쟁상대가 되었다.

"그렇게 되려면 고려의 대의를 따라야 하겠지요. 경쟁자의 입장을 떠나 한민족의 새로운 정착지를 만든다는 대의에 공조해야 할 것입니다."

김상철이 머리를 끄덕였다.

"고려측도 반대할 이유가 없겠지요. 큰 도움이 될 것입니다."

"서울에 돌아가면 곧 보고를 드릴 작정 입니다."

이제 그는 정색을 했다.

"내가 고려리아에 온 것은 지역 상황을 보려는 것이 아니라 김 사장님을 만나려고 온 겁니다. 그래서 가명 여권으로 홍콩을 거쳐서 왔습니다."

"……"

"우리가 투자한 사업장을 관리해 주시는 김 사장께 인사도 드릴 겸 해서."

분위기에 놀러 있던 이찬이 테이블 위에 놓인 물 컵을 집더니 벌컥거리며 마셨다. 조영규가 김상철을 똑바로 바라보았다.

"우린 지금 난관에 처해 있습니다. 북한측과 이곳에 투자를 하기로 했었는데 약속을 지키지 못했기 때문입니다. 자금은 우리가 대고 관리는 그들이 하는 조건이었는데 솔직히 말씀 드려서 체제가 변한 상황입니다. 그들에게 투자하느니 이젠 우리 이름으로 투자하고 김 사장께 관리를 맡기는 것이 훨씬 안정성이 있습니다."

"……"

"이곳 북한의 책임자는 여기 있는 이 상무한테 내일까지 연락이 없으면 각오하라고 했다는군요. 서울의 판단착오로 고려리아의 실무자들이 위협을 받고 있었습니다."

김상철의 거사만 없었다면 체제가 바뀌지도 않았고 북한과의 합작사업 포기도 없었을 것이다. 그리고 이런 만남이 만들어질 리도 없다. 김상철이 쓴웃음을 지었다.

"북한이 이곳의 대영 사업장에 위해를 가할 리는 없습니다."

"물론입니다. 김 사장님이 계시는데…… 하지만 나선 선봉의 자유무역 지대에 우리는 발목이 붙잡혀 있어서."

말을 멈춘 조영규가 물 잔을 들더니 두어 모금을 삼키고는 내려놓았다.

"나는 대영과 북한과의 관계를 말씀 드리려고 온 겁니다. 말씀드리고 나니 가슴이 후련하군요. 이제 한시름은 덜었습니다."

그러나 그의 얼굴은 후련한 표정이 아니었다.

다음날은 맑은 햇살이 쏟아지는 청명한 날씨였다. 북한이 고려시에 지은 몇 채 안 되는 사업장의 하나로 창광 클럽이 있다. 시내 중심부에서 남쪽으로 10킬로미터 지점에 위치한 5층 빌딩이었는데 나이트클럽과 바, 빠찡고에 카지노까지 들어찬 건물이었다. 5층의 사무실 창가에 서서 거리를 내려다보던 이금철이 몸을 돌렸다.

"병 주고 약 주는군. 우리 조직원을 빼가면서 이제는 우리 인민들을 고용하겠다고?"

그는 방 안의 사내들을 둘러보았다.

"수용소 수감자들을 데려와도 좋다니, 그건 무슨 수작이야?"

주위의 고층 건물들에 둘러싸여 있어서 햇살이 잘 들지 않았으므로 빌딩은 그늘이 져 있었다. 자금이 부족해서 5층까지만 지은 것이다. 창문을 등지고 선 그가 말을 이었다.

"아이들의 머릿수도 계산해 준다고? 아예 노동자 공급이라는 말은 빼고 이주민 공급이라고 하지 그래."

"그건 신경 쓰실 일이 아닙니다."

박기동의 말투는 가벼웠다. 의자에 등을 기대고 앉은 그의 태도도 여유가 있다.

"노인이건 병신이건 머릿수만 채우면 된다고 생각하셔야 합니다. 두당 500달러의 계약금이니 5000명이면 250만 달러요. 이건 창광 클럽 두 개를 지을 수 있는 돈입니다."

"우리가 사람 장사를 하는 줄 알아? 당신, 말조심 하라우."

이금철이 눈을 부릅떴다.

"평양에서 그런 말도 안 되는 조건을 받아들일 것 같아?"

"안 되면 할 수 없지요, 노동력은 동남아에 얼마든지 있는데다가 한국에서의 이주민도 늘어나고 있는 상황이니까."

박기동이 입맛을 다셨다.

"현역 군인이나 제대자를 모아 보내서 어떡하실 작정입니까? 금방 고려 쪽의 속셈이 보인다고 하셨는데 그건 북한의 속셈이 보이는 일 아닙니까?"

"당신 거만해졌어, 요즘."

"위원장님을 위해 말씀드리는 겁니다. 이건 시간이 해결해줄 문제이지 금방 되는 일이 아닙니다. 현재의 고려리아 상황을 잘 알고 계시지 않습니까?"

"수용소 수감자는 안 돼."

"그렇다면 당원 가족을 보내시든가. 김 사장도 군인이나 제대자를 받지는 않을 테니까요. 그건 공공연한 도전입니다."

"지난번에는 보냈지 않아?"

"이번은 물량이 큽니다. 고려리아는 인민군 대부대를 받을 생각은 없습니다."

"평양과 상의를 해보겠어. 아무래도 내가 가야할 것 같은데."

"저도 따라가지요. 도움이 되실 겁니다."

그러자 이금철이 그의 앞자리에 앉았다.

"이젠 고려리아에 북한 주민을 끌어들이기로 했나? 고려인과 조선족 다음 순서로 말이야."

"글쎄요. 땅도 넓고 일자리도 얼마든지 있으니까요. 다른 민족보다는 한민족이 모이는 것이 낫겠지요."

"고려리아에 온 놈들의 대부분이 자본주의의 썩은 물이 드는 걸 보고 자신이 생겼나 보지?"

"김 사장이 고용하는 겁니다. 저는 김 사장의 심부름을 할 뿐이고. 그런건 모르는 일입니다."

"누굴 바보로 아나? 행정청의 허가가 없으면 5000명이나 되는 인원을 어떻게 받아? 더구나 우리 공화국 인민을?"

이금철이 지쳤다는 듯 머리를 끄덕여 보였다.

"좌우간 알았어. 조만간 내가 평양에 갈 테니까. 이건 내가 결정할 문제가 아니야."

박기동이 방을 나가자 이제까지 한쪽에 잠자코 앉아 있던 최태호가 입을 열었다.

"고려에서 본격적으로 우리 공화국의 인민을 끌어들일 모양입니다, 위원장 동지."

"수용소 수감자들을 보내라니. 그놈들이 이곳에서 반동세력을 키우도록 만들겠단 말이지."

이금철이 어깨를 들썩이며 헛웃음을 쳤다.

"그 말이 진심이었다면 다행이다. 그 정도로 밖에 고려리아에 대한 우리의 입장을 과소평가하고 있었다니."

"가족 단위로 이주민을 보낸다면 금방 소문이 퍼져서 탈북 사태가 일어날 가능성이 있습니다."

"그것은 우리가 상관할 일이 아니야. 평양에서 알아서 할 일이다."

"그건 그렇습니다."

"평양에서는 이번 제의를 받아들일 거야. 우리에게 인력은 얼마든지 있으니까."

이금철이 자신 있게 말했다.

"박기동이 말대로 서둘 필요는 없다. 방법은 얼마든지 있으니까."

전화벨이 울렸으므로 최태호가 전화기를 들었다.

"여보세요."

"위원장님, 계십니까? 나 이경복입니다."

"아, 난 최태호올시다."

최태호가 힐끗 이금철에게 시선을 주고는 내처 말했다.

"바꿔드릴까요?"

"아니, 됐습니다. 최 사장님한테 전해도 상관없겠지요."

"말씀하세요, 이 선생."

"저, 지난번에 합의한 사항을 이행하지 못할 것 같아서. 본사에서 그렇게 연락이 왔습니다. 자금 사정이 악화되어서."

"잠깐만."

얼굴색이 변한 최태호가 송화구를 막더니 이금철을 바라보았다.

"합의를 이행하지 못하겠답니다."

이금철이 전화기를 빼앗듯이 받아 쥐었다.

"이 선생, 뭐라고 하셨소?"

"면목없습니다, 위원장님. 저야 본사의 연락을 받기만 해서 자세한 내용은……."

"당신들, 이런 식으로 우리를 모욕해서 온전할 것 같소?"

"미안하게 되었습니다, 위원장님."

"당신, 나하고 당장 만납시다."

"글쎄, 그것이……."

이경복의 조금 느린 듯한 말소리가 이어졌다.

"잘 알고 계시겠지만 고려리아의 대영그룹 관리는 김상철 사장이 맡고 계셔서요. 김 사장님도 알고 계시는 일이니만치 김 사장님과 만나시는 것이 나을 것 같습니다만."

"……."

"저로서는 드릴 말씀도 없습니다. 그저 자금 사정 때문에 그렇게 되었다는 것밖에는."

"이런 비열한 놈."

눈을 부릅뜬 이금철이 으르렁대듯 말하자 전화가 끊어졌다. 천천히 전화기를 내려놓은 이금철이 최태호를 바라보았다. 그의 부릅뜬 시선은 초점이 잡혀지지 않았으므로 최태호는 머리를 돌렸다. 상황을 짐작할 수 있었던 것이다.

<5권에 계속>